Casas y tumbas

Bernardo Atxaga

Casas y tumbas

Traducción del euskera de
Asun Garikano y Bernardo Atxaga

Título original: *Etxeak eta hilobiak*
Primera edición en castellano: febrero de 2020

© 2019, Bernardo Atxaga
© 2020, Penguin Random House Grupo Editorial, S. A. U.
Travessera de Gràcia, 47-49. 08021 Barcelona
© 2020, Asun Garikano y Bernardo Atxaga, por la traducción

© Diseño: Penguin Random House Grupo Editorial, inspirado en un diseño original de Enric Satué

Printed in Spain – Impreso en España

ISBN: 978-84-204-1937-4
Depósito legal: B-27542-2019

Compuesto en MT Color & Diseño, S. L.
Impreso en Unigraf, Móstoles (Madrid)

AL19374

Penguin
Random House
Grupo Editorial

Il était un petit navire...
(Érase una vez un pequeño barco...)
1972

1

Elías tenía catorce años cuando llegó a Ugarte una tarde de finales de verano. Iba a pasar una temporada en casa de su tío, dueño de una panadería que abastecía a los pueblos de alrededor. Al día siguiente, 27 de agosto, domingo, encontró un trozo de madera en el cobertizo que había enfrente de la casa y se puso a hacer un barco con su navaja suiza.

—Con estas herramientas te será más fácil, Elías —le dijo su tío al verlo, dejando un serrucho, un martillo y una gubia sobre la mesa de carpintero que ocupaba el centro del cobertizo.

El chico asintió con la cabeza varias veces en señal de agradecimiento, y se puso enseguida a trabajar. Estuvo toda la mañana y toda la tarde desbastando el interior y el exterior de la pieza, sin subir ni un momento a la panadería, que se hallaba a cien metros escasos, camino del monte.

El lunes por la mañana, durante el desayuno, el tío se dirigió a él como si no pasara nada:

—Ven a ver cómo hacemos el pan, Elías. Ven, y ayuda a los empleados a meter en las cestas los panes recién sacados del horno, o a cargar las cestas en la Chevrolet. Son todos de por aquí, gente muy buena, especialmente un chico que sé que te va a gustar, Donato. ¿Sabes cómo llamamos a Donato?

Se quedó esperando, pero el chico no hizo ademán de responder.

—Le llamamos el Gitano Rubio. Es muy alegre, y además toca el acordeón.

Esta vez el chico sonrió.

Ese mismo día, 28 de agosto, mientras cenaban, el tío intentó de nuevo arrancarle alguna palabra.

—Tú te acuerdas de mi nombre, ¿no es así? ¿Cómo me llamo? —le preguntó con énfasis exagerado, como si hablara medio en broma—. Di, ¿cómo me llamo?

El chico tenía que haber respondido «Miguel», pero, una vez más, se limitó a asentir con un movimiento de cabeza. Terminada la cena, el tío le insistió en que visitase la panadería:

—Mi olfato ya está acostumbrado, pero a ti, de primeras, te va a encantar el olor a pan. Y ahora en verano, los días que hace calor, puedes bañarte en el canal. Te lo digo en serio, es una delicia meterse en el agua fresca.

El chico volvió a responder con un simple gesto, y se dirigió con rapidez al cobertizo para seguir dando forma a la pieza y convertirla en un barco de juguete. La bombilla de doscientos veinte watios que colgaba sobre la mesa de carpintero daba luz suficiente para poder trabajar de noche. El único problema eran las mariposas y los insectos nocturnos, que cuando revoloteaban a su alrededor parecían nieve sucia y resultaban desagradables.

Primero en casa de su madre, luego en la de su tío de Ugarte, Elías llevaba una semana sin decir palabra. Algo más de una semana, en realidad, ya que había dejado de hablar mientras hacía un *cours intensif* de francés en el colegio Beau-Frêne de la ciudad de Pau, en el sur de Francia. Allí había ocurrido el milagro opuesto a los que *l'Immaculée-Conception*, patrona del colegio, obraba supuestamente en Lourdes: el alumno que había entrado hablando con normalidad se había vuelto mudo.

Tres días después de su llegada a Ugarte el barco estaba ya acabado y Elías grabó en uno de los costados la E inicial de su nombre con la navaja suiza; pero apoyó la gubia en el fondo para quitarle una protuberancia, le dio un golpe con el martillo y toda la pieza se agrietó. Miguel lo vio al

10

mediodía, cuando bajó a casa a comer con un empleado de la panadería y se paró en el cobertizo.

—Tenías que haber escogido una madera más dura, y no cerezo —explicó al chico—. Prueba con el fresno. Encontrarás montones de troncos apilados en la parte alta del canal. Donato no está hoy, porque ha cogido fiesta, pero te vas allí mañana con él y que te ayude a elegir uno que te venga bien.

—Si quieres puedo enseñarle yo el lugar —medió el empleado que acompañaba a su tío. Vestía una camisa de mahón azul manchada de harina.

Miguel no estuvo de acuerdo.

—Los jóvenes con los jóvenes. Que vaya con nuestro amigo Donato.

—¿Qué te parece? —el hombre frunció el ceño exageradamente—. Solo tengo cincuenta y cinco años, y todos en la panadería me llaman Viejo. A Donato, Gitano Rubio, y a mí, Viejo.

Elías sonrió.

—Uno gitano, otro viejo, mira qué clase de empleados tengo.

Era inútil. El chico no quería hablar.

—Bromas aparte, el Gitano te enseñará el lugar donde están las pilas de troncos. Y también los mejores tramos para nadar en el canal —zanjó Miguel. Luego se dirigió a la cocina, que estaba en la planta baja de la casa, a diez pasos del cobertizo.

Ignorando el consejo, Elías no esperó al día siguiente para subir al canal y traer de allí, arrastrándolo por el camino, un tronco de fresno. Quedaron así frustradas las esperanzas de Miguel, que confiaba en que su sobrino, si se dejaba acompañar por Donato, acabaría soltando alguna palabra, aunque solo fuera una, y que a esa primera palabra la seguirían muchas más y, en definitiva, la normalidad. Al atardecer, Elías estaba de nuevo en el cobertizo, vaciando la pieza de madera en la mesa de carpintero, aparentemente contento, silbando de vez en cuando una canción infantil francesa: *«Il était un petit navire qui n'avait ja- ja- jamais navigué. Ohé!» Ohé!».* A veces daba la impresión de que las mariposas y los insectos que giraban en torno a la bombilla se movían al ritmo de la melodía.

La madre de Elías llamaba a su hermano Miguel todos los días para preguntarle por el chico, y tampoco dejó de hacerlo aquel 29 de agosto. Él quiso mostrarse optimista:

—Yo lo veo bastante bien, muy ilusionado con esa chalupa suya. Primero la hizo con cerezo, pero se le rompió. Una pena, porque le había grabado ya su inicial con la navaja. Ahora lo está intentando con madera de fresno, mucho mejor.

No era eso, sin embargo, lo que deseaba oír su hermana. Desde el otro lado del teléfono Miguel la notaba a la espera. Al final tuvo que confesarle la verdad:

—Sigue mudo, pero cuando coja confianza, seguro que empieza a hablar.

Prefería omitir los detalles, y no le contó que el chico evitaba coincidir con él y los empleados de la panadería durante el almuerzo, o que a Marta, la cocinera, una mujer muy agradable, ni siquiera la saludaba.

Advirtió que su hermana hacía esfuerzos para contener el llanto.

—Debe de ser agotador para ti. Lo siento, Miguel. Si Elías sigue así cerraré el restaurante y lo llevaré adonde haga falta.

Su hermana era viuda. Tenía un restaurante en la costa, y con lo que sacaba en verano podía mantenerse todo el año.

—Ni se te ocurra. Tu sitio está ahí. Aquí somos muchos, y ya verás cómo acaba soltándose, si no es con uno, con otro.

Más que cansancio, la presencia de Elías le provocaba a veces cierta incomodidad, sobre todo durante la cena, cuando el chico y él se sentaban a la mesa frente a frente. Aquel día, después de la conversación telefónica con su hermana, Miguel hizo una excepción y se llevó dos bandejas a la sala contigua a la cocina, una con sobras del mediodía para él y otra con aceitunas, jamón, queso y paté para su sobrino. Encendió la televisión y se pusieron a ver la crónica de los Juegos Olímpicos de Múnich. La estrella de la noche era un gimnasta japonés llamado Sawao Kato.

—¿Qué te parece ese gato? —bromeó Miguel, viéndolo exhibirse en las barras paralelas.

Elías levantó el dedo pulgar y aplaudió cuando Kato clavó los pies en el suelo al final del ejercicio.

Mientras preparaba la comida para los empleados de la panadería, Marta se asomaba a la puerta de la cocina para ver si el chico seguía en el cobertizo con su madera y sus herramientas, y le venían a la cabeza pensamientos, recuerdos de personas raras a las que había conocido en su vida, como Antonio, el ingeniero de la mina donde trabajaba su marido, al que en el pueblo llamaban Antuán por ser francés, que nunca se separaba de sus perros, como si no hubiera en su vida cosa más importante que los perros; o como aquella mujer, antigua compañera suya de escuela, que se pasaba la vida riendo, a menudo a carcajadas, hasta casi ahogarse; o como Lucía, que había sido su mejor amiga, a quien solo le atraían los chicos malos. Se acordaba de ellos y se preguntaba si el sobrino de Miguel sería de la misma clase; si era normal pasarse el día entero con el bendito barco, interrumpiendo su silencio solo para silbar, la misma canción siempre, rehuyendo a todo el mundo y sin decir una palabra a nadie, ni a Miguel ni a ella ni a los empleados. Además, no quería subir a la panadería, a pesar de encontrarse allí mismo, y eso también era raro, porque a los chicos les gustaba curiosear entre los sacos de harina y las cestas de los panes, desde luego a sus gemelos muchísimo, aprovechaban cualquier excusa para pasarse por allí.

Elías llevaba ya cuatro días en casa de su tío cuando Marta fue al cobertizo para llevarle una taza de caldo y presentarse formalmente:

—Soy Marta, una persona muy importante en esta casa, la cocinera. Y tú ¿cómo te llamas? Tu tío me lo dijo pero se me ha olvidado.

Miguel le había pedido que le hablara de esa forma, preguntándole directamente por el nombre.

El chico se limitó a señalar la E grabada con su navaja en el costado del barco que se le había roto.

Un par de horas más tarde, con el termómetro a veinticuatro grados, Marta volvió al cobertizo con un vaso de limonada.

—Entonces, ¿no vas a decirme tu nombre? Si no me lo dices, no voy a saber cómo llamarte.

El chico acabó de tomarse el refresco y se inclinó sobre la mesa de carpintero para reanudar su trabajo.

Marta regresó a la cocina preocupada, y le costó concentrarse en la comida que estaba preparando para los empleados, patatas con guisantes y merluza en salsa. Se acordaba de sus gemelos, Martín y Luis, algo más jóvenes que Elías, a medio camino entre los doce y los trece años, tan habladores, especialmente Luis, y el comportamiento del sobrino de Miguel le resultaba incomprensible. No estaba segura de si lo habían llevado al médico. Por un comentario de Miguel, creía que sí, pero al parecer no había servido para nada. El chico no tenía enfermedad o lesión alguna que le impidiera hablar.

Cuanto más pensaba en el asunto, más intranquila se sentía. Sabía que su padre había fallecido, y que su madre llevaba sola el negocio familiar, un restaurante que no le dejaba tiempo para nada, tampoco para cuidar debidamente de su hijo. Marta se ponía en su lugar y se preguntaba cómo reaccionaría ella si uno de los gemelos, Luis o Martín, enmudeciera de golpe.

Esa noche, mientras calentaba en casa la cena para su marido y para los gemelos, las patatas con guisantes y la merluza en salsa que había traído de la panadería, siguió haciéndose preguntas, pero no dijo nada hasta que los gemelos bajaron a jugar a la plaza y se sentó con su marido en las butacas de mimbre de la terraza. Tenía ante sus ojos el espacio inmenso, la luna medio llena en una esquina del cielo, las estrellas en lo más alto; alrededor, las luces encendidas en las cocinas o en las salas de las casas del pueblo, rectángulos amarillentos o azulados en la oscuridad.

—¿No es tremendo, Julián? Perder el habla así, de un día para otro. Y no sabes qué niño tan guapo es —dijo.

El marido asintió con la cabeza mientras encendía un Monterrey. Las noches de verano, cuando salían a la terraza, siempre se fumaba un purito de aquella marca.

Soplaba un aire suave, una brisa que traía los sonidos nocturnos del pueblo, todos ellos débiles, salvo los chillidos de los niños que jugaban en la plaza. La noche invitaba a la conversación, pero Marta se sentía cansada. Siempre acababa cansada después de las seis horas que dedicaba a cocinar para los empleados de la panadería y a dejarlo todo recogido para el día siguiente, desde las diez de la mañana hasta las cuatro de la tarde, y el cansancio era ahora aún mayor por la tensión que le generaba la presencia del sobrino de Miguel. Resultaba embarazoso tener una persona así a unos pocos metros de la cocina, en el cobertizo, alguien que podía hablar pero que no hablaba.

Poco a poco, según avanzaba la noche, las frases que Marta dirigía a su marido —«parece ser que al restaurante de su madre van muchos extranjeros, por eso lo mandó a estudiar francés», «dicen que estuvo en Lourdes, pero antes de perder el habla, en una excursión con el colegio»— fueron rompiéndose, descomponiéndose, hasta que solo fue capaz de pronunciar palabras sueltas, «Francia», «peligro»,

15

«enfermedad», «obsesión», «anormalidad»... Tenía la impresión de que esas palabras saltaban de sus labios a la inmensidad nocturna, y cuánto, cuánto le gustaba aquella inmensidad que traía sosiego al mundo, y qué necesario era aquel sosiego, aquella paz, porque el mundo estaba lleno de problemas, y era difícil irse a la cama sin ninguna preocupación, sin algo difícil de entender, sin un recuerdo doloroso, sin sufrimiento.

—¿No es tremendo, Julián? Perder el habla así, de un día para otro —repitió, y de nuevo sus palabras saltaron a la inmensidad tranquilizadora de la noche junto con el humo del Monterrey de su marido.

Sin embargo, ella no tenía paz. Llegaba a sentirse en paz cuando disponía ordenadamente las bandejas con la comida en medio de la mesa, o al llorar ante un suceso triste, o, sobre todo, cuando algo que no se entendía podía por fin explicarse; de lo contrario, si las bandejas de comida quedaban desordenadas sobre la mesa, si las lágrimas no brotaban o la explicación del problema se resistía, la angustia se filtraba hasta el último rincón de su alma. Era lo que le estaba pasando. No respiraba tranquila desde la llegada del chico a casa de Miguel.

—Todo se arreglará, mujer —dijo su marido.

A Julián también le gustaba hablar, pero prefería que lo hiciera Marta mientras él fumaba despacio, preocupándose solo del cenicero y de que la ceniza no acabara en sus ojos por culpa del viento.

Desde la terraza seguía oyéndose el griterío de los niños que jugaban en la plaza, parecido en cierto modo al chirrido de los vencejos que unas horas antes, durante el atardecer, habían estado volando sobre el pueblo. Eso era el verano, niños jugando al aire libre, vencejos cazando mosquitos, conversaciones sosegadas de los hombres que recorrían las calles de bar en bar, y el viento sur, las estrellas, la luna medio llena. Todo eso era el verano, y la vida parecía más fácil, menos peligrosa, como si el año hubiera llegado a un equilibrio y una tela ligera se hubiera posado sobre el pueblo como el manto con el que una madre arropa a su bebé, protegiendo a todas las personas y todas las vidas allí reunidas. Luis, Martín y el resto de los niños jugaban en la plaza tranquilos y felices; tranquila y felizmente fumaba el hombre que estaba a su lado; pero ella se quedaba fuera, a la intemperie, sin amparo. La llegada de Elías le había recordado que la cosa más imprevista, la cosa más rara, podía hacerse realidad, y que a Martín y a Luis les podía ocurrir lo mismo que a Elías, o cualquier otra desgracia, sobre todo a Luis, el más alocado de los gemelos.

—Miguel es muy cazador —dijo el marido apagando el puro en el cenicero y poniéndose en pie. Quería entrar en casa para ver la televisión.

Ella no hizo caso del comentario. Acababa de asaltarle una nueva preocupación. Les había hablado de Elías a los gemelos, y ellos, sobre todo Luis, habían manifestado el deseo vivo de hacerle una visita. «Ya sabes que nos gusta mucho ir a la panadería de Miguel. Iremos mañana y le ayudaremos a hacer la chalupa.» Ahora no podía hacerles cambiar de plan, y la reacción que pudiera tener Elías le daba un poco de miedo. Su mutismo no parecía algo contagioso, como la meningitis o la varicela. Era una tontería pensar en ello. Pero habría sido mejor no decirles nada a los chicos y dejar que se dedicaran a jugar en paz en la plaza dando voces y chillando, como hacían en ese momento.

—¿Por qué dices que Miguel es cazador? ¿Qué tiene eso que ver? —preguntó—. Los cazadores de verdad son el Viejo y Eliseo. Miguel no tanto.

Junto con el Gitano Rubio y el Viejo, Eliseo era el tercer empleado de la panadería. Se encargaba de repartir el pan en la camioneta Chevrolet.

—Si van al monte y le dejan disparar con la escopeta, quizás eso impresione al chico y le haga hablar.

Julián estaba de pie en el umbral de la puerta que daba a la cocina, dispuesto a dejar la terraza. Marta sacudió la cabeza.

—¿Qué dices? Eso es un disparate.

El termómetro que colgaba de una escarpia en la pared de la terraza marcaba veintidós grados. No era una temperatura muy alta, pero a ella le sudaba la frente.

—¡Yo no dejaría una escopeta en manos de un niño anormal!

Se arrepintió nada más decirlo. Debía refrenarse, controlar mejor lo que decía. Elías se había vuelto mudo, pero por lo demás era un niño normal, aunque más serio que cualquiera de los del pueblo.

—Este caso me recuerda el de un repartidor que trabajaba en nuestra empresa —dijo Julián—. No hablaba nada. Pero un día tuvo un accidente de coche y se llevó un susto de muerte. Pues bien, a partir de ese día no había quien lo callara. Se pasaba la vida contando chistes. Se convirtió en un pesado.

Las voces que llegaban de la plaza eran ahora más débiles. Las luces de las casas se iban apagando. La noche era silenciosa. Marta volvió a sacudir la cabeza.

—No te entiendo muy bien, la verdad.

—Es igual, son bobadas que no van a ninguna parte.

Julián se despidió con la mano. Estaba deseando entrar en casa para ver la crónica de las Olimpiadas de Múnich.

—¿No quieres venir? En gimnasia hay un japonés buenísimo, un tal Sawao Kato. Te va a gustar.

Marta no quiso dejar la terraza.

Luis y Martín fueron a casa de Miguel a la mañana siguiente. Observándolos desde la cocina, Marta se sintió aliviada. A juzgar por la forma de moverse en el cobertizo, los gemelos y Elías habían congeniado. Veía cómo

Elías asentía o negaba con la cabeza, o mostraba el barco que estaba construyendo con la pieza de fresno, veía cómo los gemelos iban de un lado a otro, o se inclinaban sobre la mesa de carpintero con la gubia u otra herramienta en la mano, y le daba la impresión de que todo iba bien.

Antes del mediodía los vio abandonar el cobertizo en dirección a la panadería. Los llamó desde la ventana de la cocina:

—¿Adónde vais?

Luis y Martín respondieron al unísono, como una sola persona:

—A por troncos. Nosotros también queremos hacer barcos.

Estaba acostumbrada y normalmente no se sorprendía de que los gemelos lo hicieran todo igual, como en ese momento, que habían respondido lo mismo y con las mismas palabras. Pero esa mañana el hecho le afectó de forma particular, y despertó en ella la inquietud que en el pasado, cuando los gemelos tenían tres o cuatro años, la había llevado a pedir consejo médico. «Marta, los niños que son gemelos no son como los demás, más vale que te acostumbres», le dijo la pediatra, un poco en broma. El tiempo había demostrado que no había nada fuera de lo normal en el comportamiento de los chicos, ni desde luego nada malo, pero la llegada de Elías había removido el poso de inquietud, de angustia, que nunca faltaba en el fondo de su alma.

Sacudió la cabeza y empezó a preparar la comida. De primero, ensalada de patata con huevo duro y mucha lechuga, como le gustaba a Miguel. De segundo, bonito encebollado. Pero a los gemelos no les entusiasmaba el pescado, y quizás tampoco a Elías le gustara mucho. Les pondría lomo de cerdo a la plancha con patatas fritas.

Cuando el grupo de la panadería bajó a comer, Miguel le puso la mano en el hombro y le dio las gracias por haber traído a los gemelos a su casa.

—La compañía le vendrá muy bien a mi sobrino. No hay más que ver lo a gusto que están juntos.

Marta le mostró la fuente de ensalada de patata, «con huevo duro y mucha lechuga, como a ti te gusta», y la dejó en la mesa, enfrente de Donato.

—Donato, todavía eres mi ayudante, ¿no? Reparte la ensalada mientras traigo la botella de sidra.

En verano, Marta dejaba que las bebidas se refrescaran en la corriente del río que, tras recoger el agua del canal, pasaba por un lado de la casa antes de enfilar hacia el pueblo.

—Tengo que casarme con una cocinera como tú, Marta —dijo el Viejo nada más probar la ensalada.

Donato habló sin levantar la cabeza del plato:

—¡No dejes escapar la oportunidad, Marta! Sepárate enseguida de tu marido y agarra a este hombre. Una ocasión así no se presenta dos veces.

—A mí ya no me quiere nadie —replicó el Viejo—. Pero la carrera que llevas tú no es mucho mejor, Donato. Veintitrés años bien cumplidos y no te hemos conocido ninguna novia.

Donato, el Gitano Rubio, dedicaba sus días libres a tocar el acordeón en los barrios rurales y era muy popular. Los domingos y días de fiesta, las chicas del pueblo salían a pasear y pasaban por la panadería a comprar un pan de leche, y se ruborizaban cuando él les hacía una broma. Era un chico de ojos azules y de pelo rubio rizado, muy guapo. Pero la pulla del Viejo tenía sentido. Nunca se le había visto con una amiga.

El otro empleado sentado a la mesa, Eliseo, se rio, y Miguel también. El Viejo volvió a la carga:

—En cambio Eliseo se trae algo entre manos, a mí no me engaña. Hace un año, se iba con la Chevrolet a repartir el pan y le bastaba con cuatro horas, o cuatro horas y media. Ahora hay veces que le lleva cinco horas, o cinco horas y media, o seis. Ya lo veréis, pronto me quedaré sin compañero de caza.

Eliseo era un hombre de pocas palabras, y siguió la broma con su habitual laconismo.

—Hace un año eran quinientos panes, ahora, casi mil. O sea, que de mujeres nada.

Comenzaban la jornada muy de mañana, antes del amanecer, y la comida era siempre un momento relajado. Todos gozaban de buena salud y estaban fuertes, y era un placer sentarse a la mesa y disfrutar de la comida o del frescor de la sidra en la penumbra de la cocina mientras afuera el termómetro marcaba veinticuatro o veinticinco grados.

La charla de los hombres se animó mientras comían el plato principal, bonito, después de abrir la segunda botella de sidra, y a Marta se le hizo evidente lo feliz que se sentía ella en aquella compañía, casi tanto como en casa. Tal vez en casa un poco más, porque allí estaban los gemelos y para ella los gemelos eran lo más importante del mundo, pero en cualquier caso, tenía que reconocerlo, especialmente en días como aquel, su trabajo en la casa de Miguel contribuía mucho a su felicidad.

Fue al trastero que estaba al fondo de la cocina a por una barra de helado de vainilla y chocolate para el postre. De repente, como si la luz blanca del interior del frigorífico hubiera despejado sus dudas, se confesó a sí misma la verdad: «Aquí estoy más a gusto que en casa». Ahuyentó aquel pensamiento y, de vuelta en la cocina, dejó la barra de helado delante de Eliseo.

—Sírvelo tú, por favor.

—Marta, ¿no me habías nombrado tu ayudante? —preguntó Donato.

—Sí, y por eso vas a sacar los platos de postre y las cucharillas para todos. Voy a acabar de preparar la comida para los chicos.

Marta había metido las patatas en el horno para que estuvieran crujientes, y justo cuando les acababa de echar sal y había puesto los filetes de lomo de cerdo en la plancha llegaron los gemelos preguntando si la comida estaba lista. Detrás de ellos, junto al cobertizo, bajo el sol, Elías los esperaba con el serrucho en la mano, como si quisiera continuar trabajando. Marta se llevó un dedo a la nariz.

—Estos gemelos míos serían capaces de oler las patatas fritas a cien metros.

Miguel se levantó y trajo un par de fiambreras del trastero.

—¿Por qué no coméis en el canal? Allí hace más fresco que aquí —propuso en voz alta para que Elías le oyera.

Los gemelos, ambos a la vez, giraron la cabeza hacia el cobertizo. Elías asintió.

Después de comer, los empleados de la panadería marchaban a su casa y Miguel se retiraba a descansar. Pero aquel día nadie se movió de la mesa después de que los chicos se fueran a comer al canal. El Viejo deseaba conocer los hechos, la razón por la que Elías había regresado de Francia antes de tiempo, y por qué estaba mudo, si se debía a alguna enfermedad.

—Marta, siéntate con nosotros —dijo Miguel.

—Primero serviré el café.

Donato se levantó.

—No, el café lo servirá tu ayudante, el Gitano Rubio.

—Me parece bien.

Se quitó la redecilla que se ponía para cocinar y sacudió la cabeza. La melena le cayó sobre los hombros.

—Con el pelo así pareces una chica joven, Marta —le dijo Donato cuando se volvió a sentar, después de dejar la cafetera sobre la mesa.

Miguel sonrió ante el comentario, y comenzó a dar explicaciones cruzándose de brazos. Las cuerdas vocales de su sobrino estaban como tenían que estar, y en la cabeza tampoco tenía nada, aunque se necesitarían más pruebas para examinar la parte más interna del cerebro. Los médicos habían intentado sonsacarle si le había pasado algo en Beau-Frêne, el colegio de Francia, y habían hablado también con su madre para conocer la versión de la dirección del colegio, pero todo había sido en balde.

—Nos dijeron que Elías tuvo una pelea con un profesor y que le tiró una piedra, y que por eso lo mandaron a casa antes de acabar el curso.

—¡No creo que estando mudo pudiera aprender mucho francés! —dijo el Viejo—. ¿Y por qué dejó de hablar? Eso es lo que hay que aclarar. Todo lo demás, si tiró una piedra o si dejó de tirarla, no tiene ninguna importancia.

Todos le dieron la razón.

—Habría que preguntárselo a los profesores, seguro que ellos saben algo —afirmó Donato—. No todos, pero algunos profesores son gente mala y hacen mucho daño. En este mismo pueblo hubo uno asqueroso, no sé si os acordáis, le llamábamos Dientes. Por poco me niega el certificado escolar. ¿Que le tiró una piedra al profesor? A Dientes muchos le habrían pegado un tiro.

—Si quieres vamos a buscarle. Te dejo mi escopeta —le dijo el Viejo—. Pero primero tendríamos que saber si hay cojones.

Donato encendió un cigarrillo y echó el humo al Viejo.

—Los hay, pero no tan grandes.

Se rieron todos. Miguel se dirigió a Marta:

—Parece un ángel, con ese pelo rizado, pero no hay que fiarse.

El 1 de septiembre, los gemelos subieron muy temprano a casa de Miguel, antes que Marta, y sin perder tiempo, acompañados de Elías, se pusieron a trabajar en el cobertizo con los troncos de fresno. El que había escogido Luis era ancho y corto; el de Martín, más alargado y seco. Cuando llegó Marta los encontró enfrascados en su labor, cada cual con su gubia, su serrucho y su martillo.

—¿Las habéis traído de casa? —preguntó, señalando las herramientas.

—Nos las ha dejado Miguel —respondieron los gemelos.

Elías lo confirmó asintiendo con la cabeza.

—Tengo ganas de ver vuestros barcos acabados. Os van a quedar muy bien —dijo Marta.

Luis arrancaba virutas a la madera con una gubia grande, enérgicamente; Martín, con más cautela, utilizando una gubia pequeña; Elías manejaba el serrucho. Su tronco, que alcanzaba casi un metro de largo, era el más grande. Ya había ahuecado la madera y estaba igualando los costados.

Los empleados de la panadería se tomaban un descanso a las once, y Donato era el encargado de llevar la cesta que solía preparar Marta con el almuerzo. Aquel día, al entrar en casa de Miguel, oyó que alguien silbaba en el cobertizo.

—¿Quién está silbando? —preguntó, acercándose.

—¡Elías! —respondieron los gemelos.

Donato se agachó y arrimó la oreja a la boca del chico.

—Dime, ¿qué canción era esa? No la conozco. Y si el Gitano Rubio no la conoce, señal de que no es de aquí.

Elías bajó la cabeza.

—Está bien, tranquilo —dijo Donato.

Fue donde Luis, cogió su gubia y su martillo y arrancó tres virutas a la pieza.

—Se trata de dar golpecitos con el martillo, empujando la gubia poco a poco. No de un solo golpe. La fuerza es muy importante para pelear, pero no para este oficio. Os lo digo yo.

Estaba sudando, y los rizos de pelo rubio se le pegaban en la frente. Se dirigió de nuevo a Elías:

—Hiciste bien tirándole la piedra al profesor. Yo hubiera hecho lo mismo.

Se acercó más a él y le dio un beso en la mejilla.

Marta se asomó a la ventana de la cocina.

—Se te va a hacer tarde, ayudante. Súbeles la cesta antes de que la sidra se caliente.

Al mediodía fue Miguel el que pasó por el cobertizo. Los chicos seguían concentrados en su trabajo. La pieza de Elías, la chalupa, era ancha por detrás y puntiaguda por delante. La de Martín, alargada y estrecha, parecía una piragua. La de Luis, una gabarra.

—Si queréis os doy pintura. Si no pintáis la madera, los barcos se os van a estropear enseguida —les dijo.

—¡Vale! —exclamaron los gemelos a la vez.

Miguel les indicó que le siguieran y los guio hasta el garaje de la casa. En una balda fijada a la pared se alineaban cinco botes de pintura, cada uno de un color: el primero, blanco; el segundo, rojo; el tercero, verde; el cuarto, negro; el quinto, amarillo.

—¿Cuál quieres tú, Elías? ¿De qué color vas a pintar tu barco?

El chico señaló el tercer bote, el verde.

—Bien —dijo Miguel—. Es más bonito que el negro, desde luego.

Los gemelos, los dos a la vez, señalaron el rojo.

—Si Luis quiere ese, entonces yo el blanco —dijo Martín.

Miguel rebuscó en una caja de cartón y sacó tres brochas, una para cada chico. Luego les mostró una botella de plástico.

—Prestad atención. Esto que veis aquí es aguarrás.

Bajó otro bote de la balda. No tenía tapa y estaba vacío.

—Lo echáis a este bote, y cuando acabéis limpiáis aquí las brochas. No con agua.

Los tres chicos cogieron los botes de pintura y las brochas. Elías, también el aguarrás. Martín, el bote vacío.

De nuevo en el cobertizo, apartaron las herramientas y se pusieron a pintar. El bote verde estaba ahora junto a la chalupa de Elías, el blanco, junto a la piragua de Martín, el rojo, encima de la gabarra de Luis. El aguarrás y el bote vacío los habían dejado en un rincón.

Apareció Marta y echó una ojeada al cobertizo.

—Bien, habéis dejado el aguarrás en el suelo. Tened cuidado con ese producto.

—¡Ya lo sabemos! —respondieron los gemelos.

—¿Cuándo pensáis comer? ¡Son las dos! Los hombres han acabado ya.

—¡Más tarde!

Los gemelos estaban sudando. No soplaba nada de aire, la temperatura superaba los veinte grados a la sombra. Los empleados de la panadería, «los hombres», se acercaron a ellos charlando despreocupadamente. Todos menos Eliseo fumaban.

—¿Por qué no dais la vuelta a los barcos y los ponéis en el suelo? Os resultará más fácil pintarlos —les dijo Miguel.

Sujetando su cigarrillo con los labios, Donato cogió la chalupa de Elías con la punta de los dedos, para no mancharse.

—Tú agárrala por ese lado —le dijo al chico.

Entre ambos, le dieron la vuelta y la bajaron al suelo. Martín puso su piragua boca abajo, y luego ayudó a su hermano a hacer lo mismo con la gabarra.

—Así las pintaréis mejor, sin duda —dijo el Viejo—. Y, con el calor que hace, se os secarán enseguida.

Eliseo le dio la razón.

—¿Cuándo vais a hacer la regata? —preguntó.

—¡Mañana! —exclamaron los gemelos.

Antes de marcharse, Donato volvió a dirigirse a Elías:

—Tienes que enseñarme esa canción que silbabas esta mañana. Me vendría bien. Todo el mundo se alegra cuando un acordeonista toca una pieza nueva en el baile.

—Ya te enseñaré yo la letra —le dijo Miguel—. La conozco bien.

Subiendo hacia la panadería, Miguel le habló a Donato de la época en que, con el objeto de aprender el oficio de panadero, él mismo había estado en Pau. Un sacerdote de la iglesia a la que acudía los domingos le había invitado a entrar en el coro del colegio Beau-Frêne, y él había aceptado porque le gustaba cantar y, sobre todo, por conocer gente. Fue allí donde aprendió la canción, igual que Elías, que veinte años más tarde, bajo su recomendación, había ido al mismo colegio a hacer un curso de francés. Miguel tarareó la canción: *«Il était un petit navire qui n'avait ja-ja- jamais navigué. Ohé! Ohé!».*

—No han cambiado mucho las cosas por allí —concluyó—. El colegio mantiene el mismo repertorio.

Estaban ante la puerta de la panadería. Miguel apoyó la mano en el brazo de Donato.

—Tú insiste, continúa preguntándole al chico por la canción. Pero dile que quieres que te la cante, no que te la silbe. Si empieza a cantar, quizás luego se ponga a hablar.

El Viejo y Eliseo llegaron donde ellos.

—Eso está bien pensado —dijo el Viejo—. No me acuerdo de su nombre, pero hubo un artista que pese a ser tartamudo cantaba mejor que nadie.

Miguel y Donato se le quedaron mirando.

—Por lo visto es más fácil cantar que hablar —añadió el Viejo.

—¿Por qué no nos lo llevamos de caza? —preguntó Eliseo—. Si nos ponemos a disparar delante de él, quizás se lleve un susto y se suelte a hablar. En mi pueblo cuentan que una vez pasó eso.

Miguel puso cara de duda.

—Marta me ha dicho que su marido ha tenido la misma idea, pero a mí no me convence. Se contaba algo parecido de uno al que conocí de joven, aunque a la inversa. Que una noche un gato le saltó a la cara, y que del susto se volvió tartamudo.

—En estos pueblos pequeños la gente tiene mucha fantasía —dijo el Viejo.

Donato agarró del hombro a Eliseo.

—En los castellanos también, ¿no es así? No lo digo por ti, ya me entiendes. Lo digo en general.

Eliseo era de Castilla, donde había sido pastor antes de venir a trabajar a Ugarte. Donato y él habían hecho juntos el servicio militar.

Viento sur, veintitrés grados. En lo alto, por encima de la terraza, la noche en todo su esplendor, las estrellas, la luna, y en la plaza los niños dando voces y chillando como vencejos; pero la belleza de todo aquel despliegue no traspasaba el espíritu de Marta, y cuanto más hablaba con su marido más crecía su desasosiego. Le había contado atropelladamente que los niños habían pintado los barcos, aunque para ello se habían quedado sin comer hasta las cinco de la tarde. Luis había pintado el suyo de rojo, Martín, de blanco, el sobrino de Miguel, de verde. En cuanto al chico, seguía sin hablar, pero todo indicaba que lo pasaba bien con los gemelos.

—No tiene peligro, al menos no lo parece —concluyó—. No sé lo que ocurrió en Francia, cuando le tiró la piedra al profesor o a quien fuera, pero desde que vino a casa de Miguel se le ve muy formal.

El marido echó una mirada a su Monterrey.

—Dale tiempo —dijo.

El hilo de humo que salía de su puro se deshacía enseguida, como sacudido por una mano invisible.

—Qué brisa tan cálida —añadió—. La pintura de los barquitos se secará enseguida.

—¡Precisamente! —dijo Marta—. Y mañana por la mañana los tres se irán al canal a hacer una regata. De solo pensarlo me entra la angustia.

Unos doscientos metros antes de llegar a la panadería, el agua del río que bajaba del monte desembocaba en un canal; luego, lentamente, avanzando entre árboles, maleza y rocas, trazaba una curva y proseguía en línea recta hasta llegar a un punto en el que se dividía en dos: una pequeña parte del caudal iba hacia la derecha, hasta el interior de la panadería, por un ramal estrecho, mientras que la corriente principal, por la izquierda, seguía adelante cuarenta metros más hasta caer en cascada desde lo alto de una roca.

Marta tenía en la cabeza la imagen del último tramo del canal. Ese era el motivo de su angustia. Si los chicos no lograban detener los barcos en el momento preciso, en el punto donde se bifurcaba el canal, aquellos seguirían su carrera hacia delante, corriente abajo, y podía ocurrir que Luis, el más impetuoso de los tres, se metiera en el agua para intentar alcanzarlos a nado, y... ¿había paredes, o una presa, al borde del precipicio? No se acordaba. Eso era lo primero que tenía que averiguar, se lo preguntaría a Miguel. Hasta saberlo, no permitiría que los gemelos se acercaran al canal. Se lo prohibiría terminantemente en cuanto volvieran de la plaza. Al día siguiente irían con ella a la panadería, y no por su cuenta, nada más levantarse, como aquella mañana. Además, la pintura de los barcos se secaría mejor si le daban unas horas más.

—Hoy ha sido la final de los cien metros —dijo el marido—. Ha ganado Valeri Borzov. Medalla de oro.

—Julián, vete a ver la televisión.

Al final, entraron los dos. Él se fue hasta la sala y encendió el televisor. Ella cogió un paquete de L&M y un mechero de un cajón de la cocina y volvió a sentarse en la terraza. Fumaba ocasionalmente. Unos diez cigarrillos a la semana.

Sola en la terraza, la noche y el cielo se le antojaron más vastos que nunca; las estrellas, más lejanas; la luna, también muy lejana, aunque bastante grande. Además, no había ya niños en la plaza del pueblo, o si los había jugaban sin las voces y los chillidos de antes. Aquel silencio era lo que más la perturbaba, agudizando su sentimiento de soledad. Era una nueva soledad, o, al menos, una clase de soledad que hacía mucho que no sentía. Parecida, quizás, a la que había sentido cuando tenía algunos años más que sus gemelos, en la época en que Lucía y ella iban a bailar a las fiestas de los pueblos vecinos. Se dedicaban a bailar, y luego no había nadie que la acompañara a casa. A ella no, pero a Lucía sí. Lucía siempre se hacía acompañar de algún chico malo, porque era atrevida, no una cobarde como ella, que les decía que no a todos, a los buenos y a los malos, y tenía que regresar siempre sola, caminando con paso apresurado para llegar a casa cuanto antes.

Encendió el cigarrillo y observó el humo. Aunque no soplaba aire, desaparecía enseguida. Le venían a la cabeza pensamientos, hilos de pensamientos, tan débiles e inconsistentes como el humo de su cigarrillo. Había cumplido treinta y ocho años. Llevaba quince casada con Julián. Tenía dos hijos, nacidos ambos el mismo día, primero Martín y luego Luis, según le habían contado. Había también más cosas en su vida, pero ¿qué cosas? De todos los pensamientos que le venían ese era el más inconsistente, no se le ocurría nada. La memoria solo le mostraba vivencias ordinarias, barcos vulgares que seguían su curso, no barcos de colores. Volvió a acordarse de Lucía. Solían sentarse juntas en la escuela, en uno de aquellos pupitres dobles, y su amistad se había ido estrechando con los años. Ahora Lucía estaba muerta. Ella guardaba un recuerdo suyo, un precioso pañuelo para la cabeza que su amiga le había traído de Italia.

Buscó el cenicero con los ojos, pero no estaba encima de la silla. Dejó caer la ceniza del cigarrillo al suelo de la terraza. Antes o después se la llevaría el viento, no había de qué preocuparse.

Un pensamiento se infiltró entre sus recuerdos. Julián no le había dado ninguna importancia al hecho de que, por el asunto de los barcos de los chicos, hubiese regresado tarde de la panadería, a las seis, casi hora y media más tarde de lo habitual. Enseguida, otro pensamiento: desde que trabajaba en casa de Miguel, únicamente había notado cierta desconfianza en su marido los primeros días, y desde entonces solo una vez más, cuando supo que Donato, el Gitano Rubio, estaba trabajando allí. «Donato no hace mucho caso a las mujeres. Bromea con las que tontean con él, y ahí se queda la cosa», le dijo ella. Mal hecho, opinaba ahora. Lucía solía decir, en la época de los bailes, que siempre venía bien tener un falso novio, un monigote que despertara los celos del chico al que pretendías conquistar. Pero, claro, Lucía estaba muerta. No podía ser un ejemplo para ella.

Deslizando un pie por el suelo de la terraza, Marta dio con el cenicero y apagó el cigarrillo. Había tomado una decisión: a partir del día siguiente volvería tarde a casa, un día a las cinco y media, otro a las cinco y cuarto, otro a las seis, o a las seis y media, a ver qué pasaba. La idea la excitó. Era algo nuevo, un barco desconocido en el curso de su vida.

Se fue directamente a la cama. Antes de quedarse dormida, fijó en su cabeza el primer pensamiento de aquella noche. Tenía que hablar con Miguel del peligro del canal. Si a uno de los niños le pasaba algo, toda su vida saltaría en pedazos.

Elías y Luis caminaron desde el cobertizo hasta la panadería llevando sus barcos, el rojo con forma de gabarra y la chalupa verde, a hombros; Martín, agarrando el suyo, la pequeña piragua blanca, bajo el brazo. Cuando llegaron arriba, Miguel los estaba esperando.

—Dejad los juguetes en el suelo y venid conmigo.

Los chicos los pusieron al borde del camino, en paralelo, como en un muelle, y siguieron a Miguel por el interior de la panadería hasta llegar a una puerta que tenía el cerrojo echado.

—Ahora, ¡atención!

Abrió la puerta y los cuatro salieron a una plataforma. Les llegó de inmediato el ruido que hace el agua al caer en cascada.

—¿Veis cómo está eso? —dijo dando dos pasos hasta una barandilla de madera.

Les señalaba el abrupto final del canal. No había allí ninguna pared firme, solo una fila de piedras sueltas. Rebasado ese punto, el agua caía en vertical unos diez metros y se acumulaba abajo formando una poza.

—Antes había una presa ahí, pero el invierno pasado se rompió y ahora el agua cae libre —explicó Miguel—. Si queréis nadar tenéis que ir a la parte alta del canal, ni se os ocurra acercaros a la panadería. En el último tramo la corriente es muy fuerte, y si vais a parar ahí, no podréis retroceder.

Señaló hacia la izquierda, hacia la cascada. Los tres chicos asintieron con la cabeza. El agua no parecía la misma a la izquierda y a la derecha, arriba y abajo. El estruendo y las salpicaduras daban enseguida paso a un riachuelo que rodeaba la casa de Miguel y el cobertizo, para continuar después su descenso en paralelo a la carretera. Ambos, riachuelo y carretera, bajaban luego hasta el pueblo, un kilómetro más allá.

Acercándose por detrás, Donato sujetó a Luis por los dos brazos y lo empujó hacia delante, unos veinte centímetros. Luis dejó escapar un grito y, al instante, Martín hizo lo mismo.

—¿Qué os pasa? ¿Tenéis miedo? —Iba en camiseta interior y tenía los brazos blancos de harina.

—Donato os enseñará cómo tenéis que moveros por el canal —dijo Miguel entrando en la panadería y esperando a que pasaran para cerrar la puerta.

Los tres chicos salieron al camino, y Luis y Martín corrieron a coger sus barcos. Donato levantó del suelo el de Elías.

—Te lo llevo yo, pero a cambio me tienes que enseñar esa canción francesa.

—¿Cómo quieres que te la enseñe si no habla, Donato? —preguntó Luis.

—Silbando —respondió Martín de inmediato.

Donato negó con la cabeza.

—No, necesito la letra. En las fiestas, a mí me gusta cantar. Tanto como tocar el acordeón.

No hubo respuesta por parte de Elías. Ni siquiera su sonrisa de costumbre.

Caminaron hasta el punto en el que se bifurcaba el canal. No se oía allí el menor murmullo y, a simple vista, el agua parecía discurrir en absoluta calma. Pero era una impresión falsa. Donato lo demostró dejando caer una ramilla. Bastó un par de segundos para que se alejara más de un metro. La corriente era fuerte. Además, se desviaba hacia la izquierda, hacia el desnivel, no hacia el ramal que se adentraba en la panadería. Donato les señaló la ramilla. Se fue por la izquierda. Cinco segundos más y había desaparecido de la vista.

Junto a la pared del canal, al borde del camino, había tres varas en el suelo. Donato cogió una de ellas y les mostró su largura. Alcanzaba fácilmente la pared opuesta del canal.

—Cuando vuestros barcos lleguen hasta aquí, o un poco antes, traedlos hacia este lado con la vara, hacia el ramal. Solo tenéis que guiarlos. Sin hacer fuerza.

Luis y Martín cogieron cada cual su vara del suelo, los dos a la vez. Con la mano tendida, Elías pidió la tercera a Donato y, con otro gesto, su barco, la chalupa verde.

Donato no accedió enseguida.

—Tenemos que ir más arriba, todavía falta bastante —dijo—. Esta chalupa pesa lo suyo. ¿No quieres que te la lleve yo?

Elías negó con la cabeza.

—Ya le ayudo yo —se ofreció Martín.

Sosteniendo su barco, la piragua blanca, bajo el brazo, agarró por un lado la chalupa de Elías. Donato cogió las dos varas de los chicos y echó a andar camino arriba.

El canal tenía una escalera de piedra justo en el punto donde, después de una revuelta, enfilaba en línea recta hacia la panadería. Abría una brecha en la pared de cemento y se adentraba en el agua. Donato hizo una marca en el suelo con una de las varas.

—La primera carrera la haréis desde aquí —dijo.

—¿Qué pasa si se nos hunde el barco? —le preguntó Martín.

—Pues que habrá que hacer otro.

Luis soltó una carcajada y echó su barco al agua. Se hundió unos centímetros, pero salió enseguida a la superficie. Una pequeña gabarra roja en la corriente.

La pared del canal estaba construida a ras del camino, sin que sobresaliera del suelo; el agua discurría más o menos un metro más abajo. Con sumo cuidado, tumbándose en el suelo y alargando al máximo el brazo, Martín depositó su piragua blanca sobre el agua. Se inclinó un poco, como si tuviera más carga en uno de los lados, pero incluso ladeada adelantó enseguida a la gabarra de Luis. La piragua blanca navegaba mejor que la gabarra roja.

—Correrá aún más si le pones unas piedras para equilibrarla —dijo Donato.

Elías se tumbó también en el suelo, agachado hacia la corriente, con la mitad del cuerpo dentro del canal. La chalupa verde comenzó a descender torpemente, con la proa hacia atrás, como si pretendiera ir en la otra dirección. Elías corrió a coger la vara para enderezarla.

—¡Empieza la regata! —voceó Donato.

Llegó primero la piragua de Martín, a pesar de chocar contra la pared en el último tramo y llenarse de agua; luego, la chalupa de Elías; en última posición, la gabarra de Luis. No hubo ningún problema en el punto en el que se desdoblaba el canal. Les bastó con empujar un poco con las varas para guiar los barcos hacia el ramal.

Sacaron los barcos del agua y los dejaron junto a la puerta de la panadería.

—¿Cuándo me vas a enseñar la canción, Elías? —preguntó Donato—. Dentro de poco van a ser las fiestas de un barrio del pueblo, y me gustaría estrenarla allí.

Elías le sonrió. Luego, cogió su chalupa y su vara y se dirigió camino arriba, para hacer otra regata. Luis y Martín corrieron tras él.

El 3 de septiembre fue un día agradable, y la noche todavía más, con veinte grados de temperatura, un poco de viento sur, y el cielo muy claro por el tamaño de la luna. Sentada en la terraza, Marta contó a Julián las noticias de la jornada. La más destacada, que habían recibido la visita de la hermana de Miguel, la madre de Elías.

—Me ha parecido una mujer muy educada. La verdad es que no ha podido estar mucho tiempo con su hijo, ya sabes qué excitados andan los chicos con sus regatas, pero se ha marchado bastante contenta porque lo ha encontrado más animado. «Tenías que haberlo visto el día que volvió del colegio francés», me ha dicho mientras me echaba una mano en la cocina. «Se encerraba en su habitación y no abría la puerta, y le oía llorar cuando subía del restaurante. Le está sentando muy bien estar aquí.» Una mujer muy educada, ya te digo. Pretendía ayudarme a preparar la bechamel, pero no le he dejado porque iba muy elegante. Después, mientras comíamos el postre, la tarta de manzana que ella misma ha traído, nos ha dado las gracias por el esfuerzo que estamos haciendo para que el chico se recupere.

Julián estaba fumando su Monterrey de cada noche, y de vez en cuando agitaba el vaso de whisky que tenía en la mano, haciendo tintinear los cubitos de hielo. Alargó el brazo para ofrecerle un trago.

—Sabes que prefiero el ron. Si me lo traes, te lo agradeceré —dijo Marta—. ¡Tráeme también el paquete de L&M! —añadió cuando él entró en la cocina.

En el aire, como de costumbre, resonaban los chillidos de los niños que jugaban en la plaza, pero no los de Luis y Martín, ya que los gemelos se habían quedado a pasar la noche en casa de Miguel, con Elías.

Julián volvió a la terraza, y aguardó a que ella encendiera el cigarrillo antes de ponerle en la mano la copa de ron. Marta bebió un sorbo.

—Me encanta el ron Negrita —dijo.

De la barandilla de la terraza colgaba un tiesto con tierra pero sin ninguna planta. Marta dejó allí la copa para fumar el cigarrillo más cómodamente.

—Los chicos están felices con sus regatas —dijo—. La verdad es que es bonito ver cómo bajan los tres barcos por el canal. Al principio ganaba siempre el de Martín, pero Donato les ha añadido carga para equilibrarlos. Luis me ha dicho que él ha ganado tres veces, Martín, cinco, y el sobrino de Miguel, dos.

Le aburría su propia voz, no sentía ninguna necesidad de hablar de aquellas cosas, pero no podía callar.

—Todas las carreras son bonitas —dijo Julián—. Dentro de un rato iré a ver las que se han disputado hoy en Múnich.

Marta siguió con su tema:

—Al menos no hay peligro de que los niños se acerquen a la cascada. Cuando los barcos llegan al punto donde se divide el canal, los guían con unas varas hacia el ramal de la panadería. No te voy a decir que ya no sienta miedo, porque el peligro sigue ahí. Pero se les ha dicho a los niños que no se les ocurra meterse al agua en ese tramo.

Al subir esa mañana al canal para ver los barcos se había encontrado con el Viejo, que examinaba los arañazos de la corteza de un fresno. «Ha sido un jabalí. Se habrá estado rascando», dijo el Viejo. «Voy a decir a Eliseo y a Miguel que tenemos que subir las escopetas a la panadería. Lo cazaríamos enseguida. No aguantan la sed, igual que nosotros, y vienen al canal en busca de agua.» Ella había respondido: «A ver si encuentro una buena receta de estofado de jabalí». La broma le pareció de pronto estúpida, y se preguntó qué haría el jabalí si se encontraba con los chicos. Había oído decir que por lo general no atacaban, pero que si se los azuzaba podían ser peligrosos. Y a sus gemelos se les daba mejor eso de azuzar que cualquier otra cosa.

Julián agitó el vaso de whisky. Los cubitos de hielo sonaron apagados. Estaban medio derretidos.

—¿Cómo hace Donato para equilibrar los barcos? —preguntó.

—Con piedras. Al de Martín le puso también un trozo de madera, porque se torcía. Ahora va derecho.

Desde la terraza, todo parecía inmóvil. La luna, fija en la oscuridad, incrustada en un extremo del cielo como una moneda abollada; las ventanas de las casas del pueblo, recuadros de una pintura. De la plaza no llegaba ningún ruido. En el cenicero, las colillas del puro y del cigarrillo estaban apagadas.

—Voy a ver el resumen de las Olimpiadas —dijo Julián mirando el reloj—. Hoy tocan los cuartos de final de los tres mil. El favorito es Keino.

—¡Un hurra por Keino! —Marta levantó la copa de ron y la vació de un trago.

Encendió el segundo cigarrillo nada más quedarse sola, y le vino a la cabeza que ese día había regresado de la panadería una hora y media más tarde que de costumbre, a las seis, y el día anterior, a las cinco y media, y que Julián ni siquiera se había interesado por conocer el motivo. Decidió que al día siguiente iría a la panadería en minifalda. Se le puso la carne de gallina solo de pensarlo.

Todavía estaba despierta cuando Julián se metió en la cama.

—Marta, ¿dónde estuvo ese chico en Francia? —preguntó.

—En Pau —respondió ella sin abrir los ojos.

—No te pregunto eso. En qué clase de escuela, eso es lo que quiero saber.

—¿Por qué? —No tenía ninguna gana de abrir los ojos.

—¿Lo sabes o no?

Él encendió la luz. Tenía una revista deportiva en las manos.

—He visto aquí un artículo sobre un tal Julianovich, exfutbolista. Cuenta los castigos que le ponían en el colegio. Puede que al chico le haya pasado algo parecido. Si le tiró una piedra a un profesor, por algo sería.

—En un colegio de frailes. Miguel dijo que era un buen sitio. Él lo conoce. Cantaba en el coro de ese colegio cuando estuvo en Pau aprendiendo el oficio de panadero.

Julián dejó la revista sobre la mesilla y apagó la luz.

—No me extrañaría nada que le hubiese pasado lo que a Julianovich. Los frailes son unos sádicos —dijo.

—¿Quién ha ganado la carrera de los tres mil? —preguntó Marta abriendo los ojos.

—Hoy eran las pruebas clasificatorias. El mejor tiempo lo ha hecho Keino.

—¡Un hurra por Keino, y otro hurra por ron Negrita!

—Estás contenta —dijo Julián poniéndole una mano en el vientre. Ella la apartó.

—Estoy contenta porque mañana voy a ir con minifalda. Apenas me la he puesto en todo el verano, y me hace ilusión.

—¿Qué te propones? ¿Impresionar al Gitano Rubio?

—También —respondió, dándole la espalda.

Le vino a la memoria la imagen del canal tal como lo había visto esa tarde: el agua fluyendo sigilosa entre los árboles, la maleza, las rocas y, de pronto, impulsados por la corriente, los tres barcos, uno rojo, otro blanco, el tercero verde. Le pareció sentir el frescor de aquel lugar, y en ese momento la venció el sueño.

El 4 de septiembre, los tres chicos subieron más arriba que nunca con sus barcos, hasta la zona de los fresnos, y, tras una discusión entre los gemelos a propósito de la cantidad de piedras con la que iban a equilibrarlos, se inclinaron hacia el canal y los dejaron a merced de la corriente. La chalupa verde se situó enseguida en primer lugar, y antes de recorrer la primera mitad de la revuelta ya sacaba unos diez metros de ventaja a la piragua blanca y a la gabarra roja. De pronto, algo hizo que la chalupa se alzara y chocara violentamente contra la pared. Hubo una agitación en el agua del canal. Luis y Martín corrieron a ver lo que pasaba.

—¡Un jabalí! —chillaron. Elías empezó a emitir sonidos, como si llamara a alguien, pero sin que se entendiera nada.

Había un jabalí en el canal, hundido en el agua hasta el cuello. Dirigió una mirada a los chicos y se revolvió, primero en dirección al camino, como si pretendiera arremeter contra ellos, luego hacia el otro lado, intentando escalar la pared. Pero no conseguía superar el metro de altura que lo separaba del suelo firme. Lo intentaba una y otra vez, pero siempre acababa cayendo y golpeando el agua con las patas delanteras, como si temiera hundirse. Después de cada caída, esperaba unos veinte segundos antes de intentarlo de nuevo.

La chalupa verde, la piragua blanca y la gabarra roja se perdieron de vista canal abajo.

Luis levantó una vara y la dirigió hacia el jabalí. Elías se la agarró y le hizo detenerse.

—Quiero metérsela en la boca, para que la muerda —protestó Luis.

Con un movimiento de cabeza, Elías le indicó que no lo hiciera. Martín levantó también la vara, pero solo para señalar.

—Le sangran las pezuñas —dijo.

Era verdad. Empapado como estaba, su pelaje parecía completamente negro, pero se le veían unas manchas rojizas entre los dedos de las patas delanteras.

El jabalí dio un salto, como si quisiera sumergirse en el agua, y se alejó unos cinco metros, hacia delante. Los chicos se distanciaron un par de metros en dirección contraria.

—¡Menudo susto me acaba de dar! —dijo Luis, de nuevo con la vara en alto.

El jabalí arañaba la pared del canal. Por primera vez, oyeron su gruñido, una especie de ronquido, más áspero que el del cerdo.

—Por ahí tampoco va a poder subir —dijo Martín.

—Ni por ahí ni por ningún otro sitio. Esta bestia se va a ahogar aquí —zanjó su hermano.

El jabalí agitaba ahora las patas traseras, esforzándose por levantar el cuerpo y alborotando el agua a su alrededor. Era inútil. Lentamente, deteniéndose de trecho en trecho para intentar escalar la pared, iba deslizándose canal abajo.

—Se está quedando sin fuerzas. No puede luchar contra la corriente —dijo Luis.

Agachándose hacia el agua, le azuzó con la vara en un costado. El jabalí se giró gruñendo, como si fuera a embestirle, mostrándole los colmillos. Los chicos sintieron en sus rostros las salpicaduras de agua.

Elías tiró al suelo a Luis y le quitó la vara. Se puso a gritar: «¡Eeeeeee!». Con las venas del cuello hinchadas, parecía otro.

—¡Elías tiene razón! ¡Deja en paz al jabalí! —dijo Martín, amenazando a su hermano con el puño.

Luis corrió hacia la panadería. Elías fue tras él, pero se detuvo un poco más adelante, junto a la escalera de piedra, en el punto donde el canal enfilaba la recta. Martín se juntó con él enseguida.

—¡Tienes razón, Elías! ¡El jabalí podría subir por aquí!

Los dos chicos se pusieron a golpear el agua con las varas en el lado opuesto, tratando de que el jabalí se arrimara a las escaleras. Elías seguía gritando: «¡Eeeeeee!». Martín hablaba al animal:

—¡Ven a este lado! ¡Hacia la escalera! ¡Aquí tienes un buen sitio para salir!

El jabalí no se desvió. Cuando llegó a la altura de los chicos, la emprendió a manotazos contra la pared, logrando durante unos segundos sacar del agua una tercera parte del cuerpo y apoyar el hocico en el borde; pero resbaló y volvió a hundirse.

—¡Por este lado! ¡Por las escaleras! —repetía Martín.

El jabalí se quedó quieto, pegado a la pared. Tenía las pezuñas cubiertas de sangre.

—¡No entiende! —dijo Martín dejando caer la vara al suelo.

Elías la recogió y se la devolvió. Luego, corrió unos metros hacia arriba y saltó al agua.

Martín se asustó.

—¡Cuidado! ¡Te va a morder!

Elías salió del canal por el otro lado. Quiso gritar, pero jadeaba, y le faltó el aire. La cabeza del jabalí le quedaba ahora muy cerca: las orejas, la frente, los ojos, el hocico, los colmillos, la lengua, el paladar. El animal también jadeaba. Sangraba por las patas delanteras, y las pezuñas y el espacio entre los dedos los tenía completamente rojos. Elías le puso la vara en el cuello y lo empujó hacia la escalera de piedra. La tenía allí mismo, a unos tres metros en diagonal.

—¡Sube por aquí! —le gritó Martín.

Se apartó de la escalera, para dejar la salida libre. El jabalí se abalanzó hacia delante y recorrió a nado unos cinco metros.

—¡Es inútil! —dijo Martín dejando caer de nuevo su vara.

Estaba llorando. El jabalí seguía canal abajo, ahora sin detenerse, dejándose arrastrar por la corriente, cada vez más cerca de la panadería y de la cascada. No conseguiría salir.

Elías volvió a meterse en el canal y salió al camino por las escaleras.

—Lo hemos intentado —le dijo Martín.

Corrieron hasta ponerse a la altura del jabalí y aflojaron luego el paso para mantenerse a la par. Mientras caminaba, Elías se frotaba la ropa con la mano para quitarse el agua.

Llevaban muchos minutos gritando, fuera de sí, y cuando se callaron tomaron conciencia no solo del silencio sino de todo lo que los rodeaba. Estaban donde siempre, cerca de la gente de siempre. La panadería quedaba a un paso, y más abajo, junto al riachuelo, estaba la casa de Miguel, y enfrente de la casa, el cobertizo, y dentro del cobertizo, la mesa de carpintero con las herramientas, los serruchos, las gubias, los martillos.

—¿Los barcos? ¿Mi piragua? —preguntó Martín deteniéndose de golpe.

Elías siguió adelante sin hacerle caso. Caminaba por el borde del canal, vigilando al jabalí. La corriente arrastraba al animal como un saco. Pronto llegaría a la presa, y se precipitaría en el vacío.

Oyeron voces. La gente de la panadería venía corriendo por el camino. Luis y Donato en cabeza, justo detrás el Viejo y Eliseo con sus escopetas, seguidos a poca distancia por Miguel y Marta. Se detuvieron al llegar al punto donde el canal se dividía en dos.

—¡Ahí! ¡Ahí! —exclamó Luis.

—No lo veo —dijo el Viejo adelantándose y agarrando la escopeta con las dos manos.

—Ahí, donde están los chicos —dijo Eliseo con calma, señalando el lugar donde se encontraban Elías y Martín—. Dispara si quieres. Te lo dejo.

El jabalí advirtió la presencia del grupo y se puso a nadar furiosamente, de un lado a otro, sin dirección fija.

—¡Ahora lo veo! —dijo el Viejo soltando una blasfemia. Se llevó la escopeta al hombro y disparó al animal.

—No le has dado. ¿Quieres que dispare yo?

Eliseo reía tranquilamente, disfrutando del momento. La escopeta que llevaba era muy sofisticada. Entre la culata y los dos cañones tenía una incrustación de plata con el dibujo de una liebre.

—¡Déjamelo a mí, Eliseo! —gritó el Viejo redoblando sus blasfemias y volviendo a alzar la escopeta.

Elías fue corriendo y se lanzó contra él, tirándolo al suelo. La escopeta rebotó en el camino hasta parar un par de metros más abajo.

No se oyó ningún grito del Viejo, solo el de Elías: «¡Eeeeeee!». Se quedó sin respiración por un momento, y volvió a gritar: «¡Eeeeeeeeee! ¡Eeeeeee!». Finalmente, con todas las venas del cuello hinchadas, dijo: «¡No dispares!». Corrió a recoger la escopeta del suelo. Donato se le puso delante. Lo abrazó y se la quitó.

Se oían los gruñidos del jabalí. Iba de una pared a otra del canal, pero sin dejar de descender. Elías no paraba de gritar: «¡No! ¡No! ¡No!».

—Estate tranquilo —le dijo Donato.

El Viejo se levantó del suelo.

—¡Nos hemos vuelto locos o qué...!

Miguel le hizo un gesto para que se callara, y se dirigió a Donato:

—Rápido, trae las palas.

Luego le habló a Elías:

—¿Por qué quieres sacar al jabalí del canal?

—No lo sé.

—Eso no es una razón.

Elías se echó a llorar.

—¡Porque tiene las pezuñas llenas de sangre!

Marta se acercó a ellos.

—¡Está hablando! —le dijo Miguel.

Una red de alambre impedía que las hojas que arrastraba el agua acabaran en el ramal de la panadería. Miguel la sacó de sus enganches y el paso quedó libre. El Viejo se la cogió, y se quedó sentado con ella en las manos en una roca del camino, sin perder de vista al jabalí. El animal quería huir, y se esforzaba en nadar hacia arriba, pero no tenía fuerza suficiente para vencer la corriente.

Donato y Eliseo aparecieron al otro lado del canal, Donato con una pala para horno y Eliseo con su escopeta. El gemelo Luis venía tras ellos, con un cubo de metal en una mano y un martillo en la otra.

Primero Miguel y Marta, luego Martín y Elías, arrojaron piedras al jabalí, molestándole y obligándole a seguir hacia delante. Cuando estuvo a un metro del punto donde se desdoblaba el canal, Donato introdujo la pala de madera en el agua. El jabalí se revolvió al notar que le tocaban el vientre. Eliseo disparó al aire.

—¡Dale fuerte, Luis! —dijo Donato, y resonaron los golpes del martillo contra el cubo metálico.

Eliseo volvió a disparar al aire. Aterrorizado, el jabalí se giró hacia el otro lado y entró en el ramal. Se tranquilizó de pronto, como si el lugar le resultara familiar, y continuó hacia la panadería chapoteando. Parecía un cerdo peludo.

Marta se había situado en la puerta de la panadería.

—¡Ya la he abierto! —dijo.

—¡Ven aquí! ¡El animal saldrá por ahí! —gritó Miguel.

El estrépito era enorme. Luis seguía haciendo sonar el cubo metálico. Donato pegaba gritos. Eliseo hizo un tercer disparo.

El jabalí salió corriendo de la panadería, y por un instante marchó cuesta abajo, hacia la casa de Miguel. Enderezó luego el rumbo y se internó en el monte.

2

El colegio, Beau-Frêne, estaba en la periferia de Pau, en medio de un gran parque con cientos de árboles, sobre todo castaños de Indias y álamos. Contaba con zonas para practicar deporte, campos de fútbol y de rugby, canchas de baloncesto y de tenis, un frontón y varias pistas de atletismo.

El parque era público. Por las mañanas, ya antes de que empezaran las clases, siempre había algún equipo de atletismo entrenando en las instalaciones, y más tarde, a la hora en que los alumnos salían al recreo, aparecían las chicas de las colonias de verano, jóvenes procedentes de otros lugares de Francia que se movían en grupos bajo la vigilancia de las monitoras. Por las tardes, era el turno de los paseantes, la mayoría, de cierta edad.

Elías llegó a Beau-Frêne el 1 de agosto, con el fin de estudiar francés en un curso intensivo, y al día siguiente, miércoles, salió al recreo con todos sus compañeros y caminó con ellos hasta la zona del parque donde estaban la cancha de baloncesto y el campo de fútbol. Sin embargo, aquellos deportes le resultaban ajenos, el baloncesto en especial pero también el fútbol, y prefirió mantenerse al margen, observando el juego de los otros chicos. Ocurrió lo mismo al día siguiente. Luego, el tercer día, 4 de agosto, viernes, más acostumbrado ya al lugar, y liberado en parte del sentimiento de soledad que lo había invadido tras dejar la casa de su madre, decidió alejarse de la cancha de baloncesto y dar un paseo por el parque. Los recreos eran largos en Beau-Frêne, de una hora, y había tiempo para todo.

Solo había dado unos pasos cuando le llamó uno de los compañeros que estaban jugando al baloncesto:

—¡Bilash! ¡No te vayas! ¡Ven a jugar con nosotros!

La forma de llamarle, Bilash, le hizo dudar. En la presentación del primer día había dicho delante de la clase que era de un *village,* de un pequeño pueblo próximo a la frontera de Irún, y desde entonces algunos alumnos, especialmente los que provenían de Madrid y otras ciudades grandes, le llamaban así, Bilash, pronunciando la palabra como si fuera española y en tono de burla. Se sintió molesto, pero acabó acercándose a la cancha.

—Es lógico que se largue. No lo hemos invitado a tomar parte en el *match* con nosotros —dijo el jugador poniendo cara de chico bueno.

Elías sabía que no hablaba en serio. El que le había llamado era un tal José Carlos, un compañero de curso que no paraba de meterse con él. En cuanto pisó la cancha de baloncesto, se le puso delante haciendo botar el balón, desafiante:

—¡Intenta quitármelo, Bilash!

Lo hacía muy bien. De vez en cuando, cruzaba el balón por entre las piernas. Sus amigos aseguraban que formaba parte del equipo juvenil del Real Madrid, como él mismo había dejado claro en la presentación del primer día. Tenía el pelo ondulado, peinado hacia un lado, con raya.

Los intentos de Elías no sirvieron de nada. No pudo quitarle el balón.

—¿Qué pasa, Bilash? ¿En esas montañas vuestras no jugáis al baloncesto?

Se rio, y todos rieron con él. Algunas chicas de las colonias que observaban la escena aplaudieron. Elías empezó a alejarse de la cancha.

—¡Cógelo! —oyó.

Se volvió, pero no tuvo tiempo de extender las manos, y el balón le dio de lleno en la boca del estómago. El dolor le hizo encogerse sobre sí mismo.

José Carlos guiñó un ojo a sus compañeros y se inclinó de forma exagerada.

—Disculpa, *petite fleur*. Yo pensaba que los de los pueblos de montaña erais más fuertes.

Elías permaneció encogido hasta notar que el dolor remitía; luego, se enderezó y caminó hacia José Carlos, dispuesto a pelearse con él. Pero otro de los alumnos del curso, un chico flaco, se interpuso entre ellos, plantándose delante de José Carlos.

—*Le ruban!* —dijo tendiéndole una cinta roja.

En Beau-Frêne estaba prohibido hablar otra lengua que el francés, y eran los mismos alumnos quienes hacían la labor de policías. Quien llevara *le ruban* al final de la jornada se quedaba sin salir el fin de semana.

José Carlos no la cogió a la primera, y continuó hablando e insultando en castellano.

—*Le ruban!* —repitió el chico flaco.

—¡No me hagas esta putada! —protestó José Carlos, girando la cabeza hacia el grupo de las chicas de las colonias—. Tengo un *party*. ¡No puedo quedarme aquí mañana!

El chico flaco le metió la cinta en el bolsillo.

—Ya sabes dónde te la tienes que poner. ¡Aquí! —dijo en francés, tocándole el pecho. Hablaba con buen acento.

El sábado, 5 de agosto, veinte grados de temperatura, nubes y claros en el cielo, el parque de Beau-Frêne empezó a llenarse de viajeros ya antes de las diez de la mañana, muchos de ellos inválidos o enfermos que, a juzgar por las imágenes de la Virgen que llevaban cosidas a la ropa, hacían un alto en el camino antes de proseguir viaje hacia el santuario de Lourdes. Elías dio una vuelta por el parque y decidió retirarse a la biblioteca del colegio para repasar los apuntes de la semana y adelantar las traducciones que el director del coro les había asignado la víspera. Tenía casi una semana por delante, porque los ensayos eran los viernes; pero no era fácil entender las letras de las canciones y traducirlas de manera que sonaran bien.

El director del coro, Pascal, profesor de cultura francesa, era un hombre joven, ciego, que recorría los pasillos y las escaleras del edificio ayudándose de un bastón blanco. A Elías le gustaba, porque era un hombre amable, con sentido del humor, y deseaba portarse bien, actuar honestamente y hacer él mismo la tarea, sin seguir el plan de sus compañeros, que habían acordado que uno haría la traducción y los demás la copiarían, pues para un ciego todas las letras eran iguales.

Se trataba de dos canciones, una tradicional, «Il était un petit navire», y la otra moderna, muy popular en Francia: «Tous les garçons et les filles», de Françoise Hardy. Con la ayuda del diccionario, no le costaría mucho. Su nivel de francés no era como el del chico flaco que le había pasado *le ruban* a José Carlos, pero era bastante bueno.

«Il était un petit navire qui n'avait ja- ja- jamais navigué. Ohé! Ohé!» Se entendía bien, y además la conocía de antes, porque su tío Miguel la solía cantar en las celebraciones familiares. Escribió la traducción debajo de la primera línea: «Érase una vez un pequeño barco que no había navegado nunca. ¡Ohé! ¡Ohé!». La segunda línea decía: *«Ohé, ohé, matelot, matelot, navigue sur les flots»*. Buscó en el diccionario el significado exacto de *flots*. Podía indicar dos cosas: «gran cantidad» y «olas». No tuvo ninguna duda, y escribió enseguida la traducción: «Ohé, ohé, marinero, marinero, navega sobre las olas».

La biblioteca de Beau-Frêne era muy espaciosa, con unos cincuenta pupitres dobles y estanterías y armarios con puertas de cristal en ambos lados. Delante, una pizarra rectangular que casi cubría toda la pared, y sobre la tarima, junto a la ventana, un armonio. La frase que Pascal había copiado la víspera continuaba en la pizarra, escrita con una caligrafía sorprendente en un ciego: «*Le sort tomba sur le plus jeune*». Era otra línea de la canción. La letra hablaba de un pequeño barco que había emprendido un largo viaje a través del Mediterráneo y que, al cabo de unas semanas, se había quedado sin víveres. Muertos de hambre, los marineros decidieron comerse a un miembro de la tripulación. Lo echaron a suertes, y el «afortunado» fue el chico más joven. Pascal les dijo: «Seguro que los marineros hicieron trampa para que le tocara a él, pensando que su carne sería más tierna». Disfrutaba haciendo reír a los alumnos con ese tipo de comentarios.

El portero del colegio se asomó a la puerta. Era un hombre de unos sesenta años, con el pelo completamente blanco peinado hacia atrás con fijador. Recorrió con la mirada la biblioteca; luego, se dirigió a Elías:

—¿Qué haces aquí? Deberías estar en el parque haciendo deporte o paseando por la ciudad. Hoy es sábado.

Elías no se movió del pupitre. El portero se le acercó. Su pelo desprendía un olor ligeramente mentolado.

—¿Qué deporte te gusta? —le preguntó.

Sus ojos eran de un verde brillante, feos. No podía compararlos con los de Pascal, porque las gafas negras que solía llevar el profesor no dejaban ver su color, pero él los imaginaba de un castaño suave.

Elías se encogió de hombros.

—El frontón, pero aquí no he visto a nadie jugando a pelota.

El portero le cerró el cuaderno y le indicó que se levantara. Sus ropas olían a cera. En el colegio se celebraba misa a diario, y él era el encargado de ayudar al cura.

—Ven conmigo. Te dejaré una raqueta y una pelota.

Él protestó:

—¡Es que tengo que estudiar! Quiero sacar el diploma.

Era verdad. Sabía que un mes de estancia en aquel colegio costaba mucho dinero. Se lo había dicho el tío Miguel a su madre.

El portero le dio unas palmaditas en la mejilla.

—Seguro que sacas buena nota. Eres un niño bueno.

Volvió a indicarle que se levantara y se fue hasta la puerta de la biblioteca.

—Ven aquí, niño.

A las doce del mediodía, el parque de Beau-Frêne estaba desierto, salvo por un grupito de cinco monjas que parecían haber sido olvidadas por el autobús de Lourdes junto a un parterre de flores, y el vacío hacía que los dos sonidos de la pelota de tenis, el que producía Elías al darle con la raqueta y el golpe contra el frontis, se propagaran limpiamente por el aire. Obligado a jugar consigo mismo, golpeaba la pelota primero con la derecha y luego con la izquierda. Era aburrido, y decidió regresar a la biblioteca.

Vio entonces al chico flaco. Venía hacia el frontón, y traía una raqueta en la mano.

—¿Jugamos juntos? —preguntó entrando en la cancha.

Elías se fijó en su raqueta. No era como la que le había dejado el portero.

—Es una Dunlop. Me la regalaron mis padres —explicó el chico.

—Aquí todos parecéis muy ricos.

—¿Qué quieres decir? ¿Que parezco un pijo?

—No, pero sí.

Ambos se rieron.

—Tú eres Elías, ¿verdad? Lo dijiste el día de la presentación.

—Bilash desde luego no. Y tú ¿cómo te llamas? No me acuerdo.

—Normal que no te acuerdes. Me siento en la última fila. Es un derecho que tenemos los veteranos, porque es el segundo año que vengo. En fin, mi nombre es bastante feo. Más feo que el tuyo, al menos. Me llamo Mateo.

Le tendió la mano y se dieron un apretón.

No jugaron mucho tiempo. Antes de que transcurrieran diez minutos, los dos estaban sentados en una zona en sombra del frontón, Mateo fumando un cigarrillo.

—Gitanes —dijo mostrándole el paquete de tabaco. Era azul, con el dibujo de una gitana bailando—. ¿Te gusta este sitio? —añadió. Elías hizo un gesto de duda—. A mí me parece siniestro. ¿Te das cuenta? Un parque así de grande y solo cinco monjas.

—Y pronto no habrá ni monjas —dijo él, pues las cinco figuras vestidas de marrón se estaban alejando.

Volvieron a reírse.

Los sábados no se servían comidas en Beau-Frêne, y a los alumnos, tanto a los que se iban a la ciudad como a los que se quedaban en el centro, se les entregaba una bolsa de comida.

—¿Por qué no hacemos un pícnic? Si quieres podemos preguntar a Miky si se apunta a comer con nosotros.

Elías no se acordaba de quién era Miky.

—Se sienta en la última fila, como yo. Es tonto. Fuma hachís, y siempre está falto de dinero. Por eso ha cargado él con el muerto.

—¿Qué muerto?

—Con la cinta roja. ¿No lo sabes? *Le ruban* se compra y se vende. José Carlos le ha pagado cincuenta francos a Miky para que cargue con ella. Ese tío es pura escoria. Acuérdate de cómo te tiró el balón. Pero si le hubieras pegado, el castigo habría sido para ti.

No consiguieron dar con Miky, y finalmente se fueron los dos solos, con las bolsas de comida, a sentarse en la hierba del parque.

—Seguro que se ha largado a la ciudad. Se habrá quedado sin hachís.

—Pero... si lo pillan lo expulsarán.

—No creas. Les encanta hablar de castigos el día de la presentación, pero por lo general no expulsan a nadie.

Además, el padre de Miky es un político de alto rango en Madrid. Viceministro, creo.

—¡De qué familias tan raras sois los pijos! —dijo Elías.

Hubiera podido sumar todas las sorpresas que se había llevado durante años, y el nivel de asombro habría sido inferior al que le estaba causando su conversación con Mateo.

Comieron, se quedaron dormidos sobre la hierba, y hacia las cuatro de la tarde regresaron a la biblioteca para hacer las traducciones que les había pedido Pascal.

—A ti te gusta mucho cantar, ¿verdad? —preguntó Mateo—. Me he dado cuenta de que lo haces muy bien. No es mi caso. ¿Sabes qué me dijo Pascal el otro día? «Puesto que te sientas en la última fila, aprovecha y estate calladito.»

—Pascal es muy bromista.

Señaló la frase escrita en la pizarra, *«le sort tomba sur le plus jeune»*, y le recordó a Mateo el comentario del profesor, que seguramente los marineros habían hecho trampa para poder comerse al más tierno de la tripulación.

Se sentaron en el mismo sitio que habían ocupado durante el ensayo de la víspera, Elías en la primera fila y Mateo atrás, en la última. Levantaron la tapa del pupitre y sacaron el cuaderno y el bolígrafo.

Mateo se puso a cantar: *«Il était un petit navire qui n'avait ja- ja- jamais navigué. Ohé! Ohé! Ohé, ohé, matelot, matelot, navigue sur les flots»*. Lo hizo pésimamente, desafinando y soltando gallos a propósito.

—¿Cómo lo has traducido tú? —preguntó después, cuando Elías paró de reír.

—«Érase una vez un pequeño barco que no había navegado nunca. ¡Ohé! ¡Ohé! Ohé, ohé, marinero, marinero, navega sobre las olas.

—Bien, casi igual que yo: «Érase una vez un pequeño barco que no había navegado nunca. ¡Olé, olé! Olé, olé, marinero, marinero, navega sobre las olas» —lo leyó a voces, exagerando los olés—. Así queda más español, ¿no te parece?

Volvieron a reírse.

Continuaron traduciendo. La canción contaba que, después de que la suerte recayera en el más joven, los marineros no cumplieron la fatal sentencia de inmediato, sino que se entretuvieron discutiendo cómo se lo iban a comer, si frito o guisado, y con qué tipo de salsa. Mientras, el joven marinero rogaba a la Virgen para que le perdonara sus pecados y lo librara de convertirse en rancho para sus compañeros. La Virgen, entonces, hizo un milagro: miles de pececillos saltaron del mar al barco, y los marineros los hicieron freír y el muchacho se salvó.

Mateo se acercó a la pizarra y subrayó con tiza la frase que había escrito Pascal: «*Le sort tomba sur le plus jeune*».

—A ver qué te parece esta traducción —dijo.

«La monja cayó sobre el más joven», escribió con letras grandes. Pero el gesto de desaprobación de Elías hizo que lo borrara enseguida.

—Sí, tienes razón. Todos se echarían a reír, y esa escoria, José Carlos, más fuerte que nadie. Pascal se quedaría descolocado.

Mateo abrió la ventana que estaba al lado de la pizarra y encendió un cigarrillo.

—¿Has acabado la traducción? —preguntó Elías.

—Mi madre es francesa, no tengo problemas con el francés. Me mandan aquí para tenerme lejos de Madrid.

Se asomó a la ventana para expulsar el humo.

—Una cosa, Elías —añadió después de un silencio—. Ahora me alegro de que mis padres me hayan enviado a Beau-Frêne. Así he podido conocerte.

Tiró el cigarrillo por la ventana y se le acercó.

—Disculpa —dijo, y le dio un beso en la mejilla.

Se dirigió al fondo de la biblioteca, a su pupitre. Dio tres pasos, se giró y preguntó:

—¿Por qué no hacemos un poco de turismo mañana? Puedo enseñarte Pau, si quieres. Conozco bien la ciudad.

—Vale —dijo Elías, y siguió con su traducción.

Después de que el autobús los dejara en el centro de la ciudad, subieron hasta el castillo y se sentaron en un banco de piedra de la explanada. El cielo estaba cubierto, y la luz del día, no muy intensa, permitía que la vista desde el mirador abarcara muchos kilómetros de paisaje: justo debajo, el río Gave y uno de sus puentes; más allá, sembrados de color verde claro y pequeños bosques de color verde oscuro; más allá aún, las montañas pirenaicas. Destacaba entre todas ellas una mole rocosa cuya cima se torcía hacia un lado.

—*Le Pic d'Anie* —dijo Mateo—. Visto desde aquí parece un cuerno.

Sacó del bolsillo el paquete de Gitanes y encendió un cigarrillo.

—Yo siempre fumo negro. ¿Sabes por qué? Pues porque si fumara rubio acabaría aficionándome al hachís. Es lo que le pasó a Miky, y por eso anda siempre mendigando dinero. Lógicamente, no puede pedirlo en casa. Sospecharían enseguida para qué lo quiere. ¿Tú lo has probado alguna vez?

Elías respondió con una media sonrisa:

—En el *village* donde yo vivo no hay drogas. Y en el colegio al que voy creo que tampoco.

Mateo le habló de los efectos del hachís. La única vez que lo había probado le había entrado un hambre feroz, y unas ganas enormes de reír. También Miky se reía por cualquier tontería cuando fumaba. En cuanto a los otros compañeros del curso, no parecía que tuvieran el vicio. En su mayoría eran chicos normales, con la excepción del jugador de baloncesto, el chulo de José Carlos, y algún otro. Normales eran también los profesores que impartían el curso. Pascal, en cambio, no lo era, pero en el buen sentido. Era el mejor del colegio, en las clases de *culture française* y en general.

—A mí lo que más me gusta de Beau-Frêne es el ensayo del coro de los viernes —dijo Elías.

Mateo aplastó la colilla del cigarro contra el suelo.

—Cantas muy bien. ¿No has pensado nunca en hacerte cantante?

Elías se rio. Luego se quedaron callados.

Pau parecía una ciudad apacible aquel domingo, incluso somnolienta, con las carreteras casi desiertas y el Pic d'Anie irguiéndose allí delante como una estatua. Solo había movimiento en el río. Los remeros subían y bajaban por él haciendo deslizar sus kayaks suavemente, como si pasearan.

—¿Te apetece ver el castillo por dentro? —preguntó Mateo—. Hay una cuna hecha con el caparazón de una tortuga. Por lo visto la usó cuando era un bebé el rey que nació aquí. No sé, yo la vi el año pasado y me pareció una chorrada. El típico cuento para turistas.

Elías frunció los labios, no sentía especial interés.

—¿Por qué no bajamos al parque del castillo a dar un paseo? —propuso Mateo.

—Ya tenemos parque en Beau-Frêne, no necesitamos más.

—¡Tienes toda la razón! Vamos a pasear por la ciudad. ¿Te apetece un buen pastel?

—Sí. Es un buen plan.

Bajaron de la colina del castillo y siguieron por la calle dedicada al rey que, según «el típico cuento para turistas», había sido acunado en el caparazón de una tortuga, Enrique IV. Quince minutos más tarde caminaban por la parte vieja.

Mateo se detuvo ante una puerta de madera.

—Pâtisserie Artigarrède. El año pasado vine aquí un montón de veces. Gané dos kilos en un mes.

Iba a entrar en el establecimiento, pero la puerta no cedió.

—¡Está cerrado!

Se quedó indeciso, mirando a un lado y a otro de la calle. Solo fue un momento.

—Hay otra pastelería aquí cerca, Bouzon. Vamos a ver si está abierta.

No lo estaba, y al final acabaron en el puesto de helados de la terraza de una cafetería. Mateo sacó dinero para hacer ver que invitaba él, y leyó la lista de la pizarra: «*Vanille, fraise, chocolat, pistache, banane, café...*».

—*Vanille!* —dijo Elías.

Mateo lo abrazó.

—¡Qué *bilash* eres! Los de pueblo pedís siempre vainilla.

Descendieron hacia el río y estuvieron contemplando los kayaks desde el puente.

—¿Qué hacen tus padres? —preguntó Mateo.

—Tenemos un restaurante. Antes lo llevaban mi madre y mi padre, pero ahora solo mi madre. Mi padre murió.

—¿Hace mucho?

—Yo tenía ocho años.

—¿Recuerdas cómo era?

—Sí, un poco. Tenemos un retrato suyo en casa, en la sala. ¿Y tus padres, Mateo?

—Los dos son arquitectos. Trabajan mucho.

Aún había luz en el cielo, pero no en el río. Solo quedaban unos pocos remeros. Decidieron marcharse.

Caminaron de nuevo cuesta arriba, hacia la parte vieja. Al pasar por delante del ayuntamiento, Elías se fijó en el reloj de la fachada. Eran casi las siete.

—Es hora de volver —dijo—. Tenemos que estar en el colegio a las ocho.

—No te preocupes. Llegaremos a tiempo. Y si no, le damos diez francos al portero y todo arreglado.

Elías puso cara de no entender. Mateo le pasó el brazo por el hombro.

—Eres un *bilash* adorable, Elías. Entérate, es lo que hace José Carlos casi todos los días. Tiene un ligue en Pau, y no vuelve antes de las diez. ¿No te has fijado? Nunca está cuando hacemos la fila para ir a dormir.

Elías no se había dado cuenta.

—Pues... así es. Viene a las diez, le da diez francos al portero y adelante. —Mateo se rio—. Vamos a coger el autobús. Hay que ahorrar.

El 11 de agosto, nada más comenzar el ensayo de los viernes, Pascal hizo sonar en el armonio las notas iniciales de la canción, *Il-é-tait...*, y todos los alumnos rompieron a cantar con entusiasmo, casi a gritos: «... *un petit navire qui n'avait ja- ja- jamais navigué. Ohé! Ohé! Ohé, ohé, matelot, matelot, navigue sur les flots. Ohé, ohé...!*». Pascal les hizo callar levantando su bastón blanco, y se puso a mirar a un lado y a otro como si fuera capaz de ver.

—¿Quién va a empezar a leer la traducción? —preguntó.

—¡Yo! —se ofreció José Carlos, adelantándose a sus compañeros.

—¿José Carlos? —preguntó Pascal.

—Sí, soy yo. —Se puso en pie y empezó a leer—: «Érase una vez un pequeño barco que no había navegado nunca. ¡Ohé! ¡Ohé! Ohé, ohé, marinero, marinero, navega sobre los flotadores. Ohé, ohé...».

Se oyeron unas risas.

—Repítelo, por favor —pidió Pascal.

José Carlos miró alrededor desconcertado. Cinco o seis compañeros reían con disimulo.

—Adelante —le instó Pascal, sacudiendo el bastón. Su punta se movía como la de una caña.

José Carlos leyó más rápido que la primera vez:

—«Érase una vez un pequeño barco que no había navegado nunca. ¡Ohé! ¡Ohé! Ohé, ohé, marinero, marinero, navega sobre los flotadores. Ohé, ohé...»

—José Carlos, ¿cómo has traducido la línea que viene a continuación?: *«Regardant la mer entière, il vit des flots-flots-flots de tous côtés»*. ¿«Mirando el ancho mar, vio flotadores-flotadores-flotadores por todas partes»? ¿Lo has traducido así, José Carlos?

La mayoría de los alumnos reía ahora abiertamente. Alguien cuchicheó: «¡Ola!».

—Ya sé que *flot* quiere decir «ola». Pero no me he acordado.

—Vamos a pasar ahora a la canción de Françoise Hardy, José Carlos —dijo Pascal y leyó—: *«Tous les garçons et les filles de mon âge se promènent dans la rue deux par deux. Tous les garçons et les filles de mon âge savent bien ce que c'est d'être heureux...»*.

—Dice que los chicos y las chicas pasean juntos... —José Carlos se calló—. Lo siento, no he tenido tiempo de traducirla.

Pascal dio un golpe en el suelo con el bastón. Un alumno se levantó en su pupitre.

—«Todos los chicos y las chicas de mi edad se pasean por la calle de dos en dos. Todos los chicos y las chicas de mi edad saben que son felices».

—No está mal —dijo Pascal apuntando hacia el fondo del aula—. ¿Se te ocurre algo mejor, Mateo?

—Cambiaría el final y pondría «saben bien lo que es ser feliz».

Pascal movió la cabeza afirmativamente y repitió la frase recalcando las palabras finales:

—*Tous les garçons et les filles de mon âge savent bien ce que c'est d'être heureux.*

Mateo se dirigió a Pascal:

—Profesor, ¿puedo hacer una pregunta que no tiene nada que ver ni con la traducción ni con el francés?

Pascal agarró el bastón con las dos manos y lo estrechó contra su cuerpo.

—No encontrarás mejor momento para formular tu pregunta, Mateo.

—Profesor, ¿qué es para usted la felicidad?

Los alumnos se echaron a reír, pero se callaron enseguida al ver que Pascal había alzado su bastón.

—*«Heureux qui, comme Ulysse, a fait un beau voyage»* —recitó cuando el silencio fue total.

Algunos alumnos corearon el final. Era el comienzo de un poema que habían analizado en la clase de cultura francesa. Pascal giró la cabeza hacia el pupitre de Mateo.

—Como dice la canción, el secreto reside en hacer un largo viaje como el de Ulises. ¿Estás de acuerdo?

—Sí, señor.

—Pues no deberías estarlo. Yo te noto feliz este año, mucho más que el año pasado. Y no has tenido tiempo de realizar un largo viaje como el de Ulises. De lo cual se deduce que en este asunto de la felicidad interviene algún otro elemento.

—No está mal pensado —dijo Mateo.

El ensayo de la biblioteca debía durar hasta las cinco de la tarde, pero acabó media hora antes. El colegio había organizado una excursión a Lourdes para el domingo, y el director deseaba darles una pequeña charla preparatoria sobre la aparición de la Virgen María a la joven campesina Bernadette Soubirous.

El director, de unos cincuenta años de edad, era un hombre de una extrema delgadez, de nariz afilada y ojos hundidos en las cuencas. Su debilidad saltaba a la vista, y, después de saludar, se dejó caer en una butaca que le acercó Pascal. Cuando empezó a hablar, su voz sonó frágil:

—Un día de invierno del año 1858, una muchacha llamada Bernadette Soubirous salió a buscar leña por los alrededores de su pueblo acompañada de su hermana y de una amiga. Tenían que cruzar un río, pues la gruta donde guardaban la leña se encontraba en la otra orilla. Ella se quedó un poco atrás, quitándose las alpargatas, y en ese momento percibió un rumor. Miró en torno y vio la figura de una hermosa dama vestida con una túnica blanca y un ceñidor azul. Una rosa amarilla se posaba sobre cada uno de sus pies. La dama le reveló que era la Virgen, *«qué soï era immaculado councepcioŭ...»*.

Después de la sesión con Pascal, a los alumnos les costó concentrarse en la charla del director y apenas hicieron caso a sus primeras palabras. Sin embargo, al repetir la frase pronunciada por la Virgen, *«qué soï era immaculado councepcioŭ...»*, se le quebró la voz y todos se pusieron atentos. Con emoción contenida, el director se refirió a la sanación de los enfermos:

—Cerca de tres millones de fieles acuden anualmente a Lourdes, y algunos de ellos, solo algunos, pero en cualquier caso miles de personas, miles de enfermos, toman un baño en sus aguas. Y algunos de ellos, solo algunos, pero en cualquier caso docenas, tal vez cientos de personas, recobran la salud. Es un acontecimiento extraordinario, de una gran santidad. Pascal desearía entrar en la gruta y salir con los ojos llenos de luz. En cuanto a mí, desearía salir curado de mi cáncer. Pero no podemos pedírselo todo al Señor. No todos somos escogidos. Y pese a todo, en cualquier circunstancia, debemos seguir amando al Señor.

Los alumnos guardaban silencio. Pascal escuchaba con la cabeza levantada hacia el techo. Durante unos segundos, el director permaneció sin decir nada. Finalmente, concluyó:

—Os digo todo esto para que el domingo os comportéis con respeto. Vais a visitar un lugar santo. Me gustaría que lo que le ocurrió a Bernadette os ocurriera también a vosotros. Después de ver a la Dama aquel primer día, su único anhelo era regresar a la gruta. Confiaba en que le entregaría una rosa como aquellas que se posaban sobre sus pies. Y la Dama la escuchó. En otra de sus apariciones, le entregó una hermosa rosa amarilla.

El director cerró los ojos.

—Acordaos de lo que os he dicho. En Lourdes, debéis portaros con respeto y bondad.

Pascal le ayudó a levantarse de la butaca y los alumnos lo despidieron poniéndose en pie.

El domingo, 13 de agosto, Mateo y Elías se sentaron juntos en el autobús que los conduciría a Lourdes. Ambos llevaban gorras de visera, de color gris y amarillo, que imitaban las utilizadas por los soldados del Ejército Confederado en la guerra de Secesión americana, y durante todo el trayecto fue incesante el ir y venir de compañeros que se interesaban por ellas. Mateo respondía a todos lo mismo:

—Tengo un tío americano, y el abuelo de su abuelo luchó a las órdenes del general Lee en la guerra contra Lincoln. Me las envió él desde Cincinnati.

En realidad, las habían comprado la víspera en las Galeries Modernes de Pau. A Elías le habría gustado confesar la verdad y satisfacer la curiosidad de los que preguntaban, pero Mateo insistía, y el tránsito en el pasillo del autobús era cada vez mayor. Primero, por el deseo de conocer la procedencia de las gorras; luego, por escuchar la repetición de la broma de Mateo.

El portero del colegio, que viajaba en primera fila, se puso en pie. Era el responsable del grupo durante la excursión. Amenazó a los que estaban en el pasillo:

—Tomaré nota de los que no se sienten inmediatamente, y cuando volvamos le pasaré la lista al director.

Mateo se inclinó hacia Elías en el asiento.

—¿Te fijaste en el aspecto que tenía el director el otro día, cuando nos dio la charla? Llevaba la muerte dibujada en la cara.

Al otro lado de la ventanilla se sucedían los montes, agrestes, sin rastro de pueblos o granjas, y los diferentes verdes se alternaban bajo un cielo azulado y estrecho. A intervalos, en las orillas del río, se divisaban grupos de vacas o de ovejas. En el interior del autobús, el ruido del motor se mezclaba con el parloteo de los alumnos. Elías miraba el paisaje con los ojos humedecidos.

—¿Qué te pasa? —le preguntó Mateo.

Elías necesitó unos segundos para empezar a hablar:

—En parte estoy contento, porque cuando murió mi padre yo solo tenía ocho años y no recuerdo su cara. Sería como la del director. Él también tuvo cáncer.

Mateo le apretó el brazo.

—Te conté que estudio en un colegio de jesuitas de Madrid, ¿verdad? Pues, una vez, uno de mi clase le preguntó al profesor de religión sobre el aspecto que tendrán los familiares y amigos que murieron antes que nosotros cuando nos topemos con ellos en el cielo, si estarán como cuando eran jóvenes, o envejecidos, o tal como eran justo antes de morir, y el profesor le respondió que los veremos resplandecientes y hermosos, que no se preocupara por eso. Yo entonces le pregunté: «¿Y si vamos al infierno y nos topamos allí con algún familiar? Supongo que no tendrán nada de hermoso ni de resplandeciente. Siempre se dice que no hay cosa más fea que el diablo. Todos serán feos en el infierno».

Elías rio tímidamente.

—Tú también eres feo, Mateo.

El que hablaba era José Carlos, que se había cambiado de asiento para colocarse detrás de ellos.

—Además, te crees más listo que nadie. ¡Ándate con cuidado!

Mateo continuó su relato como si no hubiera oído nada:

—Y el profesor me respondió: «Tú pórtate bien y asegúrate de que vas al cielo. Así te evitarás problemas».

—¡Eres un cabrón! —exclamó José Carlos, quitándole la gorra de la cabeza.

Mateo se puso a gritar teatralmente: «*Le ruban! Le ru-ban pour José Carlos!*». Los domingos no se le pasaba la cinta a nadie por no hablar en francés, mucho menos en una excursión; pero, por puro reflejo, todos se pusieron a mirar alrededor. Con un movimiento rápido, Elías se giró en su asiento y recuperó la gorra de Mateo.

—¡Mirad, mirad qué genio tiene Bilash! ¡Y parecía una delicada flor! —se burló José Carlos.

El portero volvió a levantarse de su asiento.

—¡Haced el favor de callaros! Estamos llegando a Lourdes.

Al otro lado de la ventanilla desfilaban ahora pequeños edificios con tejados de pizarra, la mayoría de ellos hoteles. El portero sopló un par de veces para probar el volumen del micrófono y procedió a dar instrucciones:

—Iremos ahora al aparcamiento del santuario, y desde allí, andando, a la gruta donde se apareció la Virgen. Lue-go, a las doce, oiremos misa en la basílica. A la una, todos a comer a la orilla del río. No olvidéis las bolsas de comida. Después de comer, tendréis tiempo libre hasta las seis de la tarde. A las seis, todos en el aparcamiento. Que nadie se retrase. El que llegue tarde se queda sin salir el fin de sema-na que viene.

Su voz sonaba más enérgica que en la portería de Beau-Frêne. No iba de oscuro como de costumbre, sino vestido con una cierta elegancia, con pantalones de color crema y una fina chaqueta azul marino.

Unos cien peregrinos en actitud piadosa ocupaban los bancos de la entrada de la gruta. Elías y Mateo se coloca-ron detrás, al lado de la zona reservada para las sillas de rue-das de los enfermos. Un cura explicaba la historia de Lourdes en términos similares a los que había empleado el director del colegio en la biblioteca, aunque sin el sentimiento de aquel.

Elías le habló a Mateo al oído:

—Creo que ya sé por qué te ha insultado José Carlos...

Mateo se puso a cantar por lo bajo: *«Il était un petit navire qui n'avait ja- ja- jamais navigué. Ohé! Ohé! Ohé, ohé, matelot, matelot, navigue sur les flots. Ohé, ohé...!»*.

—En efecto, fui yo quien hizo el milagro de los flotadores, y sin ayuda de la Virgen —dijo.

El portero, que estaba al lado del cura, les hizo señas para que se descubrieran la cabeza y guardaran silencio. Ambos se quitaron la gorra.

Mateo habló con un hilo de voz:

—¿Te apetece ver la gruta? Si no, podemos ir de tiendas. En Lourdes hay más cosas que en las Galeries Modernes.

Irguiendo dos dedos, Elías respondió que podían hacer ambas cosas. Mateo retomó el asunto de los flotadores de José Carlos, pero la expresión de Elías le hizo callar. Tenía la mirada perdida.

Finalizada la alocución del cura, todos entraron en fila al interior de la gruta, y Mateo perdió de vista a Elías en la oscuridad. Cuando lo volvió a ver, cerca de la salida, se mojaba los dedos en el agua filtrada por entre las grietas de la pared y se tocaba la cara con ellos. Le llamó, pero Elías le hizo un gesto de que esperara, y se fue a un rincón donde había muchos cirios encendidos.

Mateo le esperó fuera. De pronto, alguien trató de quitarle la gorra tirándola al suelo de un manotazo, pero pudo agarrarla a tiempo. Tenía detrás a José Carlos y a Miky.

—Póntela si te da la gana, pero no tengas esperanzas. Estás igual de feo con gorra que sin ella —le dijo José Carlos, hablando muy alto.

Una peregrina, una mujer joven, se llevó un dedo a los labios y les pidió con la mano que se alejaran. Mateo siguió a José Carlos y a Miky.

—No vuelvas a quitarme la gorra, José Carlos. Sería la tercera vez, y no lo pienso consentir.

Miky se giró. Tenía la cara crispada.

—Te la he quitado yo, para que lo sepas. ¿Qué pasa, que eres intocable? Contigo no se puede bromear, pero tú nos puedes fastidiar todo lo que te dé la gana. Le has hecho una faena tremenda a José Carlos.

—Me la pagará, ya lo creo que me la pagará —dijo José Carlos, de nuevo en voz alta.

La joven peregrina les volvió a pedir que se alejaran, esta vez de forma ostensible: «*Allez! Allez!*».

José Carlos y Miky se dirigieron al grupo reunido en torno al portero del colegio. Mateo no se movió. Elías venía hacia él desde el rincón de los cirios.

—Qué devoción le tiene mi amigo a esta señora. ¡No lo sabía! —dijo mirando una imagen de la Virgen que estaba encima de la gruta, al abrigo de una cavidad de la roca. Se le veían la túnica blanca y el ceñidor azul, pero no los pies, por lo que no podía saberse si los llevaba adornados con rosas amarillas.

Elías agarró del brazo a Mateo y lo condujo hasta el grupo. Camino de la basílica, se cruzaron con un grupo de enfermos que eran trasladados en camillas hacia la gruta.

—Te voy a contar lo que pasó con la traducción del otro día —dijo Mateo—. Miky me dijo que no había tenido tiempo para hacerla y que le dejara la mía. Supuse que sería también para José Carlos, así que hice yo mismo la copia con un pequeño cambio: «*Matelot, matelot, navigue sur les flots*», «Marinero, marinero, navega sobre los flotadores».

Aguardó la risa de Elías, pero no hubo tal.

—¿Te parece mal?

Elías se encogió de hombros. Igual que en el autobús, tenía los ojos humedecidos.

—A mi padre lo trajeron aquí cuando se puso enfermo. Supongo que lo llevarían de aquí para allá en una camilla de esas.

Mateo le pasó el brazo por el hombro.

—¡Perdóname, Elías! Tú sufriendo y yo diciendo chorradas.

Elías se secó los ojos con la mano.

—Se acabó.

Mateo le dio una palmada en la espalda.

—Después de comer iremos a hacer compras. No me negarás que ayer te lo pasaste bien en las Galeries Modernes.

—Los *bilash* somos así.

En el interior de la tienda, Elías se detuvo a mirar una navaja de bolsillo. Era de color rojo oscuro, con una cruz blanca rodeada por un escudo igualmente blanco. Estaba abierta, con los accesorios a la vista: tijeras, sacacorchos, lima, abrelatas y dos cuchillas, una larga y otra corta.

—Las utilizan los soldados suizos —explicó Mateo, y le pidió permiso al vendedor para cogerla.

Elías se entretuvo metiendo y sacando las diferentes herramientas, y de vez en cuando pedía explicaciones. Finalmente, preguntó el precio. Sesenta y cinco francos nuevos.

—Es un artilugio increíble, ¿verdad? —dijo Mateo.

—Sí, pero es muy caro.

El vendedor captó el problema y les mostró una sencilla navaja adornada con la imagen de la Virgen. Era barata, costaba menos de diez francos. Elías le dijo que se lo pensaría.

Las tiendas de souvenirs ocupaban todos los bajos de la calle. Mateo se paró ante una de ellas y cogió de un expositor una bola de cristal que contenía una miniatura del santuario de Lourdes. Quiso mostrársela a Elías, pero este se volvió y continuó hacia la siguiente tienda.

Diminutos copos de nieve caían sobre el santuario al sacudir la bola de cristal. Como si aquel movimiento le hubiera hecho abrir los ojos, Mateo comprendió que Elías no necesitaba recuerdos de Lourdes; ni los necesitaba ni los deseaba, porque su padre había viajado hasta allí con la esperanza de curarse y había vuelto de vacío, o, aún peor, habiendo perdido su última esperanza. Igual que el director del colegio, quizás, o que el propio Pascal. Dejó la bola de cristal en su sitio y se reunió con Elías.

—No he cogido nada de la tienda —dijo—. Lo que sí haré será comprar un pañuelo de seda en las Galeries Modernes. Creo que a mi madre le gustará ese regalo.

Elías levantó el dedo pulgar.

—Buena idea. Yo haré lo mismo.

Había cada vez más gente en la calle. Mateo se paró delante de una tienda de jabones y sales de baño.

—Nos están espiando. Hace media hora que José Carlos y Miky nos siguen. Te diré lo que vamos a hacer, Elías.

Le explicó su plan. Entrarían juntos en la tienda; luego, se separarían nada más salir y cada uno se iría por su lado; transcurrido un cuarto de hora, se reunirían al final de la calle.

Elías no entendía por qué tenían que separarse.

—Si buscan pelea, mejor que estemos juntos, ¿no?

Mateo hizo una mueca de desprecio.

—¿Pelea, esos? Los conozco bien y me conocen bien. El verano pasado les di una buena lección a los dos.

Elías no acababa de entenderlo.

—Así nos burlamos de ellos. Que se cansen un poco buscándonos —dijo Mateo—. Y mejor si nos quitamos las gorras. Les será más difícil localizarnos entre la gente.

Elías miró el reloj. Eran casi las cinco.

—¿A qué hora tenemos que estar en el parking?

—A las seis. Por la orilla del río llegamos fácil.

Mateo se dirigió calle arriba; Elías, calle abajo.

A la vuelta, camino de Beau-Frêne, el ambiente del autobús se fue animando. Los chicos hablaban a gritos, intercambiaban asientos y se acercaban a Elías y Mateo para preguntarles, una vez más, de dónde habían sacado las gorras grises y amarillas. «Me las mandaron de Missouri», respondía Mateo. Y si alguien le seguía la broma y le recordaba que aquella mañana había hablado de Cincinnati, y no de Missouri, añadía:

—¿Tienes idea de cuántos antepasados míos lucharon con el general Lee? ¡Diecisiete! Unos eran de Cincinnati, otros, de Missouri y de Texas, algunos, de Virginia... Normal que los confunda.

Finalmente, después de repetir la broma tres o cuatro veces más, fue a la parte delantera del autobús y le pidió al portero que encendiera el micrófono.

—A ver lo que dices, que ya estamos aburridos de tus gansadas —le advirtió el portero.

Mateo probó el micrófono soplando una y otra vez.

—Ya está bien —dijo el portero cuando sopló por quinta vez. Todos los chicos se habían callado.

—Me complace comunicaros que podéis encontrar gorras grises y amarillas como estas en la segunda planta de las Galeries Modernes, concretamente en la sección de vaqueros.

Algunos compañeros aplaudieron.

—Sin embargo —prosiguió—, las Galeries Modernes no desean tomar partido, y en la misma sección donde están las gorras confederadas encontraréis también las de los soldados de Lincoln, de color azul, bastante más feas, para mi gusto. Pero, claro, es lógico que a mí no me gusten. Ochenta y cuatro de mis antepasados combatieron con el general Lee. Ochenta y cuatro, o más, no es nada fácil llevar la cuenta de todos.

Los aplausos arreciaron.

—Dadas las circunstancias, en recuerdo de mis antepasados, os invito a entonar conmigo el himno de la Confederación.

Se puso a cantar, sin letra.

—Haciendo el gamberro, como siempre —le reprochó el portero.

Todos conocían el himno por las películas, y llenaron el autobús con sus voces entusiastas.

—Os doy las gracias por este pequeño homenaje que habéis dedicado a mis antepasados. Pronto recibiréis en vuestros domicilios un diploma del Ku Klux Klan.

—Ya está bien. Vuelve a tu asiento —le ordenó el portero.

—Voy a sentarme, amigos —continuó Mateo—. Pero antes quiero haceros una última petición. Vamos a cantar todos la canción que nos ha enseñado nuestro querido profesor Pascal. Ya sabéis cuál, la de aquel marinero que navegaba sobre los flotadores.

Hubo risas en todos los asientos. El portero le arrebató el micrófono. Los que viajaban en las filas de atrás empezaron a berrear: «*Il était un petit navire...*».

Todo se fue calmando a medida que avanzaban por la carretera, como si el ambiente del interior del autobús se hubiese ido acompasando al paisaje del exterior, donde la corriente del río era cada vez más mansa, la aspereza de los montes cada vez menor, el brillo del cielo menos intenso, las nubes más suaves, rodeadas de un halo de color miel. Los alumnos pasaron de berrear «Il était un petit navire» a tararear la melodía de «Tous les garçons et les filles» de Françoise Hardy, y luego se callaron. Solo quedó el murmullo del motor. En muchos asientos, los alumnos dormían.

Elías se distraía mirando por la ventanilla. En la ribera del río se veían de vez en cuando cabañas de madera con una fila de kayaks delante. Se estaban aproximando a Pau.

—¿Nos intercambiamos las gorras? —dijo Mateo, quitándosela de la cabeza sin darle tiempo a responder. Tenía la suya en la mano, toda doblada—. La tuya para mí y la mía para ti.

—¿Qué hay aquí? —dijo Elías en cuanto cogió la gorra de Mateo. La desplegó y vio dentro una navaja suiza.

—Te la regalo —dijo Mateo.

Elías inspiró y espiró aire de forma audible. Sostenía la navaja en la palma de la mano, como en un platillo. Se abrazaron, y permanecieron con los cuerpos estrechados durante unos segundos.

Se divisaban ya los primeros barrios de Pau, las casas elegantes que miraban al río. Elías había sacado todos los accesorios del mango de la navaja. Era admirable que una cosa tan pequeña pudiera contener tantas herramientas.

—Ahora entiendo el asunto de los espías —dijo—. Querías quedarte solo para ir a comprar la navaja, por eso me has dicho que José Carlos y Miky nos seguían.

—No creas. No estoy seguro de que nos siguieran, pero los he visto merodeando por...

No pudo acabar la frase. El portero estaba de pie en el pasillo, con los ojos clavados en la navaja suiza.

—No la habréis robado, ¿verdad?

Mateo sacó un tique del bolsillo y se lo mostró.

—Más os vale.

El portero regresó a la parte delantera del autobús y agarró el micrófono.

—Estamos llegando a Beau-Frêne. No os dejéis nada al bajar.

Elías metió en el mango todas las herramientas de la navaja.

—La verdad, no me extrañaría que José Carlos y Miky nos hubieran estado siguiendo, y que luego hayan ido con el cuento del robo donde el portero —dijo Mateo—. Cuando la he comprado, le he echado un poco de teatro y he salido corriendo de la tienda.

Elías le dio un empujón con el hombro.

—Eres un demonio, Mateo.

Durante la cena, fueron probando las tijeras, las cuchillas, la lima y el abrelatas de la navaja; también el sacacorchos, después de ir a la cocina y pedir permiso al cocinero para abrir una botella de vino.

—¡Qué pena que se acabe el día de hoy! —dijo Elías cuando salieron del comedor.

Les dejaban media hora libre antes de acostarse, y fueron al frontón y se sentaron los dos en el suelo, apoyados en la pared. Había oscurecido, pero el cielo era de verano, claro y estrellado. Mateo encendió un cigarrillo.

—¿Quieres uno? —dijo ofreciéndole el paquete de Gitanes.

Elías dijo que no. Se arrimó a Mateo y permaneció inmóvil hasta que sonó la campanilla de Beau-Frêne. Era hora de retirarse.

—¡Pues yo tampoco quiero que acabe el día! —exclamó Mateo, y se quedaron dos o tres minutos más, hasta que la campanilla sonó por segunda vez.

Todos los alumnos del curso dormían en la última planta del colegio, en una habitación larga y estrecha que se asemejaba a un pasillo. Las camas formaban una sola línea, con un par de metros de espacio entre ellas. La de Elías era la primera de la fila, justo al lado de la puerta de entrada; la de Mateo, la duodécima.

La mayoría cayeron dormidos enseguida, cansados como estaban tras el largo día de excursión. Mateo aguardó hasta que el silencio fue total. Entonces, con paso tranquilo, fue hasta la cama de Elías y se metió en ella.

—Soy yo, Mateo.

Elías se puso tenso.

—¿Y el portero? —preguntó.

El portero era también el vigilante del dormitorio. Su habitación estaba junto a la puerta, a poca distancia de la cama de Elías. Solo un tabique los separaba.

—¿No oyes sus ronquidos?

Elías aguzó el oído.

—Sí, claramente.

No llevaban más ropa que los slips, y ambos sintieron el calor de sus cuerpos.

—Hueles a tabaco —dijo Elías medio riéndose.

Mateo le dio un beso en el cuello.

Los días siguientes a la excursión a Lourdes, Elías y Mateo soportaban difícilmente la vida cotidiana del colegio. Las horas de la mañana y de la tarde les resultaban largas; las clases, hasta la de Pascal sobre cultura francesa, ajenas; más ajenas aún las actividades deportivas y el empeño que en ellas ponían sus compañeros. Sin embargo, no se sentían tristes. Vivían encandilados, pendientes de la noche. Cuando se acostaban y, a oscuras, como por dentro de una cueva, Mateo buscaba la cama de Elías, la pesantez de todas las horas anteriores, de toda su vida anterior, incluso, desaparecía de sus mentes y de su ánimo. Se cumplía en ellos lo que el director del colegio había explicado en la biblioteca al referirse a Bernadette Soubirous: que la muchacha, después de admirar por primera vez a la dama vestida con la túnica blanca y el ceñidor azul, no había tenido otro deseo que el de volver a la gruta, y que soñaba con que le regalara una de aquellas rosas amarillas que adornaban sus pies; un deseo que alimentaba su espíritu y la elevaba por encima de todas las miserias. Las reuniones nocturnas eran la rosa amarilla de Elías y Mateo.

El 14 de agosto, lunes, estuvieron como la noche anterior, muy quietos uno al lado del otro, Mateo dando besos a Elías. El martes 15 de agosto, fue Elías quien empezó a besar a Mateo, y por primera vez se hicieron caricias en el pecho y en el vientre. Al día siguiente, miércoles 16 de agosto, se quitaron mutuamente los slips. El jueves 17 de agosto, nada más acostarse Mateo al lado de Elías, advirtieron un ruido en la puerta de entrada, y una figura de pie junto a la cama. Un instante después, la luz de una linterna en los ojos.

—Sal de ahí inmediatamente.

Era el portero. Sin gritos, sin brusquedad, solo una orden tajante. Mateo se incorporó en la cama.

—Toda la culpa es mía.

—Me lo creo —dijo el portero. Vestía un pijama de color blanquecino que resaltaba en la oscuridad. No podían verle la cara con precisión.

Se formó un alboroto alrededor.

—¡Maricas! —exclamaron dos voces casi a la vez—. ¡Ahí los tenéis! ¡Dos maricas!

Mateo gritó más fuerte que ellos:

—¡Y ahí tenéis a José Carlos y a Miky, dos chivatos!

—¡Silencio! —ordenó el portero.

Mateo se inclinó hacia Elías.

—Ya lo pillaré en Madrid. Sé dónde entrenan los del Real Madrid.

Alguien encendió las luces de la planta. Medio levantados en las camas o de pie en el pasillo, todos los alumnos tenían la mirada puesta en ellos.

El portero agarró del brazo a Mateo.

—Coge tus cosas y ven conmigo.

—¡Marica! —chilló José Carlos.

Mateo chilló aún más fuerte.

—¡Chivato!

El portero perdió la paciencia.

—¡Todo el mundo a la cama! ¡Apagad las luces!

Las apagaron, pero Mateo protestó. Necesitaba luz para meter sus cosas en la maleta. Con la linterna en la mano, el portero le acompañó hasta la cama y abrió la taquilla con su llave maestra.

El viernes 18 de agosto, Mateo no se presentó en clase por la mañana. Por la tarde, durante el ensayo del coro, Pascal se acercó a Elías.

—Mateo va camino de casa —dijo sentándose en el asiento libre del pupitre. No era corpulento, y se acomodó sin dificultad—. Lo han llevado a Biarritz en coche y allí cogerá el avión.

Pascal dejó una copia de la canción de aquel día en medio de la mesa y se puso a cantar en voz baja: *«Heureux qui comme Ulysse a fait un beau voyage...».*

—Es de Georges Brassens, una variación del soneto de Du Bellay que analizamos en clase. Mira, léela.

Elías estaba llorando.

Pascal siguió cantando en voz baja: *«Heureux qui comme Ulysse a fait un beau voyage. Heureux qui comme Ulysse a vu cent paysages. Et puis a retrouvé après maintes traversées le pays des vertes années...».*

Había mucho alboroto en la biblioteca. José Carlos levantó la voz:

—No puede cantar, *monsieur*. Está muy triste.

Pascal se levantó del pupitre y alzó el bastón blanco.

—*Voilà la porte!*

José Carlos se puso en pie con los brazos en alto.

—¡Qué pasa! ¿No es verdad? ¿He mentido?

Pascal señaló la puerta con el bastón.

—*La porte!*

José Carlos abandonó la biblioteca con las manos en los bolsillos. Pascal se acercó al armonio e hizo sonar varias veces las primeras notas de la canción.

Les ocupó casi toda la hora hacerse con la melodía.

—La traducción, para el viernes que viene —dijo finalmente Pascal. Luego añadió—: ¿Podrías traducir la primera línea ahora mismo, Elías? *«Heureux qui comme Ulysse a fait un beau voyage.»*

Elías respondió secándose las lágrimas con el brazo.

—Feliz aquel que, como Ulises, ha hecho un largo viaje.

Pascal levantó la cabeza hacia el techo.

—*«*Afortunado» sería más exacto que «feliz», pero no está mal. —Señaló la puerta de la biblioteca—. Ya sabes que mi despacho está ahí mismo, en la siguiente puerta. Si necesitas hablar conmigo, ven. Siempre estoy ahí.

El 19 de agosto, sábado, nada más comer, Elías subió a la biblioteca a hacer la traducción que les había mandado Pascal. Terminó la segunda frase, «*Heureux qui comme Ulysse a vu cent paysages*», «Afortunado aquel que, como Ulises, ha visto cien paisajes», y afrontó la siguiente, «*et puis a retrouvé après maintes traversées le pays des vertes années*». Era más difícil, y tuvo que valerse del diccionario. Tras confirmar que *traversée* significaba «travesía», consultó la palabra *maintes,* que no conocía. Entre los ejemplos figuraba en primer lugar *maintes fois,* con el significado de «a menudo», «con frecuencia»; pero consideró que «numerosos» encajaba mejor en la frase. Escribió en el cuaderno: «Y que luego, tras numerosas travesías, ha regresado al país de su juventud». Lo leyó de nuevo y le pareció demasiado largo, y no muy preciso. Pensó que a Pascal no le gustaría. El comienzo de la segunda estrofa de la canción tampoco parecía fácil: «*Par un petit matin d'été, quand le soleil vous chante au coeur*». Entendía cada palabra por separado, pero no el sentido de la frase. No tuvo ánimo para seguir discurriendo y decidió dejarlo para otro momento. Faltaba casi una semana para el siguiente ensayo.

Se oyeron unos pasos al otro lado de la puerta, tan leves que una tarde normal hubiesen sido imperceptibles; pero era sábado, todos los alumnos se habían marchado al centro de Pau, la mayoría de los responsables y de los empleados del colegio descansaban en sus habitaciones, y no se oía el menor ruido. Elías miró hacia la puerta. Se estaba abriendo lentamente. De pronto fue como si cobrara vida, se abrió y se cerró. El portero estaba dentro de la biblioteca. Caminó hacia Elías lentamente, midiendo cada paso.

—Sí, tú eres un niño bueno. Todos los demás van a bares y a discotecas, pero tú prefieres quedarte aquí, estudiando.

Tenía la cara enrojecida, como si le hubiera dado el sol. Se detuvo frente a Elías.

—¿Qué estás haciendo?

Se inclinó hacia él y le cogió el cuaderno. Vio entonces la navaja suiza que Elías tenía encima del pupitre, en el surco para los lápices y los bolígrafos.

—¡Ah, la navaja de Lourdes!

No se apartaba. Su cabeza tocaba la de Elías.

—El que te regaló la navaja era un chico malo, no se merece que estés triste por él.

Empezó a jadear, como si estuviera sofocado.

—Además, te enseñó cosas feas. Pero, tal vez, a ti te gustaron. ¿Es así? ¿Te gustaron?

Alargó la mano para coger la navaja, pero Elías se le adelantó. El portero dejó escapar una risita.

—Tranquilo, no te la voy a quitar. Yo no quiero nada de ese malvado Mateo. Yo te quiero a ti.

Le pasó el brazo por la cintura y le metió la mano dentro del pantalón. Elías se zafó del abrazo saliendo del pupitre. Intentó sacar la cuchilla larga del mango de la navaja, pero no pudo, y acabó esgrimiendo la espiral del sacacorchos. Un segundo después se la clavó al portero, primero en el brazo y luego junto a la clavícula, cerca del cuello.

Un día normal, los alaridos se hubiesen oído en todo el colegio; en el silencio del sábado por la tarde, sonaron como si, por su efecto, las paredes se fueran a agrietar. El portero trató de huir precipitadamente hacia la puerta, pero tropezó y cayó de bruces. Elías se alejó en dirección contraria, hacia la pared del fondo de la biblioteca.

Apareció Pascal en la puerta tanteando el suelo con su bastón.

—¿Qué pasa aquí? —preguntó.

El portero, entre gimoteos, hacía esfuerzos para levantarse del suelo.

—¡Necesito un médico! ¡Ese chico ha intentado matarme!

—¿Puede usted andar?

—Creo que sí.

—Entonces, baje al despacho del director y llame desde allí.

Pascal palpó el cuaderno de Elías, abierto encima del pupitre.

—Elías, ¿dónde estás?

No hubo respuesta.

—¡Elías, dime dónde estás antes de que venga nadie! ¡Yo soy tu amigo!

Se oyó un gemido, un llanto seco, que guio a Pascal hasta el ángulo del fondo del aula donde el muchacho estaba acurrucado.

—Elías, ¿qué ha ocurrido?

No hubo más respuesta que el gemido. Pascal lo intentó dos veces más, sin resultado.

—Ahora no puedes hablar, pero estate tranquilo. Ya me lo dirás.

El gemido se hizo más agudo.

—Escúchame, Elías. Imagino lo que ha pasado. No con todos los detalles, pero lo sé. Estate tranquilo.

Elías escondió la cabeza en el pecho de Pascal y rompió a llorar.

El despacho del director de Beau-Frêne se encontraba en la planta baja, no muy lejos de la portería, en el pasillo que conducía a la sala de juegos de los alumnos. Era muy sobrio: una mesa de madera, tres sillas y dos archivadores metálicos. El único ornamento era una figura de la Virgen de Lourdes que, erguida sobre un pedestal, recibía la luz de la ventana.

La mesa estaba abarrotada de papeles y carpetas, y el director abrió una de ellas después de indicar a Pascal y a Elías que se sentaran. Fijó la mirada en Elías.

—Me ha dicho Pascal que eres inteligente. Él mismo es un hombre inteligente. Y yo también soy inteligente. Por tanto, arreglaremos este asunto entre los tres.

Su voz sonaba tan débil como el día de la charla de la biblioteca. Pero era domingo, 20 de agosto, el colegio estaba aún más vacío que el sábado y todo se oía bien, hasta el zumbido de las moscas en el cristal de la ventana.

—Claro que podremos arreglarlo —aseguró Pascal.

Dejó el bastón blanco contra la mesa. El director volvió a dirigirse a Elías:

—Me ha dicho Pascal que no puedes hablar, o que no quieres, pero agradecería mucho que me respondieras moviendo la cabeza afirmativa o negativamente. ¿De acuerdo? ¿Me responderás de esa manera?

Elías movió la cabeza afirmativamente.

—A comienzos de mi juventud pasé un año en un monasterio benedictino —prosiguió el director—. Deseaba medir la fuerza de mi vocación sometiéndome al voto de silencio. Éramos unos cincuenta hombres, y solo podíamos hablarnos el día de Navidad y el Domingo de Resurrección. Pero era muy duro estar siempre callado. Después de un mes, el dolor era casi físico, y una vez transcurrido el año decidí abandonar el monasterio.

Se calló, y volvió a oírse el zumbido de las moscas. Más allá de la ventana, en el patio trasero del colegio, un hombre vestido con ropa de faena revisaba el motor de un cortacésped.

El director miraba la figura de la Virgen de Lourdes. El blanco de la túnica era más blanco que el de la estatua de la gruta. El azul del ceñidor, más azul. El amarillo de las rosas de los pies, casi dorado.

—Lo que te ha ocurrido en Beau-Frêne es desolador. Nos gustaría que la Virgen aplastara a la serpiente, a todas las serpientes, pero a veces no es posible. Las dos que te acometieron estaban muy vivas. No supiste hacer frente a la joven, pero sí a la vieja. Estoy en lo cierto, ¿verdad?

Elías bajó los ojos al suelo.

El empleado del patio encendió y apagó varias veces el cortacésped, como si lo estuviera probando. Cuando cesó el ruido, se oyeron voces en el pasillo. Eran los alumnos que, castigados sin salir del colegio durante el fin de semana por *le ruban,* se dirigían a la sala de juegos.

—Te diré lo que hemos pensado —dijo el director entrelazando las manos. Eran piel y huesos.

—Dígale primero lo que hemos hecho ya —propuso Pascal.

—Tiene razón.

Tuvo que interrumpir su explicación nada más empezar a hablar. El empleado del patio había puesto de nuevo el cortacésped en marcha y estaba probando el acelerador.

—La serpiente vieja se encuentra ahora en el monasterio benedictino. Permanecerá allí sin salir, dedicado al huerto y a otras labores —resumió.

—Nosotros solemos ir a ese monasterio para hacer nuestros ejercicios espirituales. Es un lugar duro para las serpientes —ayudó Pascal.

—Estoy cansado y quisiera retirarme —dijo el director. Cerró la carpeta que tenía delante—. En cuanto a ti, mañana te marcharás a casa. No puedes quedarte aquí. No tendrías paz, y acabarías peleándote con todos tus compañeros. Pascal ha hablado esta mañana con tu madre.

—Le he dicho que no se trata de una expulsión, y que se le devolverá la mitad del dinero pagado —dijo Pascal—. En cuanto al motivo, que te peleaste con un profesor y que sufriste un shock que te ha dejado sin habla. Un trastorno transitorio, así lo ha definido mi hermano. Me ha asegurado que no tardarás en recobrar el habla.

—El hermano de Pascal es psiquiatra en París. Un psiquiatra muy bueno —informó el director.

Pascal volvió la cabeza hacia Elías.

—Queríamos que lo supieras. Nosotros, por el momento, vamos a dejarlo así. Más adelante iré a visitarte, se lo he prometido a tu madre, y si hay que dar más explicaciones, las daré entonces.

—Lo entiendes, ¿verdad, muchacho? —dijo el director. Elías asintió con la cabeza. El director se puso en pie.

—Rezaré mucho por ti.

—Me dará una gran alegría conocer tu pueblo. Serán mis vacaciones de este año —añadió Pascal. Agarró el bastón y se puso en pie él también.

Salieron en fila del despacho: primero Elías, tras él Pascal y en último lugar el director.

3

Era 10 de septiembre, noche de domingo. Las rachas de viento sur sacudían de vez en cuando las tres prendas que colgaban de la cuerda para tender la ropa, la blusa de color vainilla, el sujetador blanco y la gorra gris y amarilla de Elías. Sentada en la terraza, Marta seguía sus movimientos mientras su marido le hablaba de Múnich. Una vez más, la jornada, la última de las Olimpiadas, había resultado aciaga.

—Cuéntame lo que ha pasado, Julián, pero que no sea una historia triste. Hoy estoy contenta y quiero seguir igual.

El marido se llevó el Monterrey a la boca y le dio una calada.

—Lo de Frank Shorter ha sido triste, no cabe duda.

—Cuéntamelo de todas formas, Julián. ¡Venga!

A Marta se le escapó una risita. No apartaba la mirada de las prendas que el viento movía en la cuerda, la blusa, el sujetador, la gorra.

—Es una de esas historias ejemplares que enseñan mucho sobre la condición humana —dijo Julián—. El americano Shorter iba por delante en la maratón, y la cámara mostraba una y otra vez su imagen. Los locutores no paraban de anunciar que, después de tantos años, un corredor americano iba a ganar la gran prueba. De pronto, vemos en pantalla el estadio, todo el mundo esperando a que entrara el corredor en cabeza, Shorter, quién si no, el americano, y resulta que en su lugar aparece un atleta con los colores del equipo alemán. Los espectadores han pensado que había logrado adelantar a Shorter, y que un compatriota estaba a punto de ganar la medalla de oro. El clamor ha sido impresionante. Y ¿sabes? Era un impostor, un tipo que estaba escondido en la entrada del estadio y que ha saltado a la pista en el último momento. ¡Un payaso! ¡Nos ha fastidiado la maratón!

Julián expulsó con un bufido el humo del Monterrey. Marta apartó la mirada de las prendas que colgaban de la cuerda y se recostó en la butaca de mimbre.

—¡Dom Pérignon! —exclamó riendo.

Julián dudó si seguir o no con su relato. Pero estaba excitado.

—Ese payaso le ha hecho una faena impresionante a Frank Shorter. Ponte en su lugar: vas el primero, sabes que vas el primero, y de pronto, el clamor del estadio. Shorter se ha puesto nervioso, eso han dicho en la tele, y ha corrido el último kilómetro angustiado, temiendo llevar algún corredor por delante. Él pensaba que no, pero no podía estar seguro después de oír el clamor. Y cuando ha entrado en el estadio, pues una pena, porque muchos espectadores estaban desconcertados y no le han aplaudido.

Exhaló el humo con un suspiro. El viento había dejado de soplar por un momento y se dispersó lentamente.

—¡Ese payaso le ha fastidiado a Shorter la carrera de su vida!

Marta no podía compartir el enfado de su marido. Para ella, todo estaba en su sitio: los niños, Luis, Martín, Elías y sus amigos, jugaban en la plaza con sus chillidos y sus silbidos de costumbre; las luces de las cocinas o de las salas estaban encendidas en las casas del pueblo; en el cielo, la luna era una moneda grande; la noche, una extensión interminable. Todo la atraía, pero especialmente el movimiento que animaba la cuerda para tender la ropa. La blusa se hinchaba de aire; el sujetador, ligero, de encaje, brincaba de un lado a otro; la gorra gris y amarilla, todavía mojada, casi quieta, parecía una prenda más modesta que la blusa y el sujetador.

—¡Dom Pérignon! —exclamó de nuevo—. ¡Dom Pérignon!

Aquel nombre se le escapaba de la boca como un pájaro, y luego volaba hacia la inmensidad del espacio, hacia la lejanía, hasta la esquina del cielo donde alumbraba la luna.

—Estás un poco borracha, ¿no? —dijo Julián en tono burlón.

—Estoy muy a gusto oyendo las historias de las Olimpiadas, Julián —respondió ella. La frase salió de su boca como un pájaro de trapo, y apenas si llegó hasta la cuerda para tender la ropa.

Julián expulsó el humo. Hizo una mueca de fastidio. No le gustaba el viento a la hora de fumar.

—Después del asalto del comando palestino, las Olimpiadas merecían acabar bien —dijo—. Hoy parecía que iba a ser así. La final de los cinco mil ha sido increíble.

—¿Quién ha ganado? —preguntó Marta. Otro pájaro de trapo.

—Lasse Virén, Finlandia —respondió rápidamente Julián.

—¿Y quién ha quedado segundo?

—Mohamed Gammoudi, Túnez.

—¿Tercero?

—Ian Stewart, Gran Bretaña.

—¿Cuántos murieron en el asalto del comando?

—Catorce: ocho atletas israelíes, cinco palestinos y un policía.

—Y la maratón ¿quién la ha ganado?

Las preguntas de Marta eran ahora como huesos de aceituna proyectados a toda velocidad.

—¿La maratón? Ya te lo he dicho. ¡Shorter!

Apagó el puro, aunque no lo había acabado todavía. El viento soplaba cada vez con más fuerza. En la cuerda para tender la ropa, el sujetador daba a veces la vuelta entera y parecía a punto de soltarse de las pinzas. La blusa se tensaba. Solo la gorra gris y amarilla permanecía segura en su sitio.

—Me refiero al segundo, quién ha sido segundo —se corrigió Marta.

—Karel Lismont. Tercero, Mamo Wolde, el etíope que ha ganado varias veces el *cross* de Lasarte.

Los chillidos y silbidos de los niños de la plaza llegaban ahora acompañados de una música de acordeón.

—¡El Gitano Rubio! —exclamó Marta. Una vez más, el nombre le salió de la boca como un pájaro, rumbo a la noche inmensa, a la luna—. Es el Gitano Rubio, seguro. Después del Dom Pérignon le han entrado ganas de tocar, y ha dicho que luego vendría a animar los bares del pueblo. ¿Tú sabías que Dom Pérignon es el mejor champán del mundo?

—¡Y el más caro! —dijo Julián.

Se quedó esperando, observando a su mujer de reojo. Marta alzó la mano con la palma extendida.

—¡Cinco! Ese profesor ciego de Francia ha traído cinco botellas de Dom Pérignon —dijo—. Ha querido hacer ese regalo a la familia de Elías. Nos hemos bebido tres en la comida, o cuatro. No me acuerdo bien.

Se rio. Una breve carcajada.

La música del acordeón se oía ahora mejor. Era un pasacalles, y Marta tuvo ganas de dejar la terraza y apresurarse a la parte delantera de la casa para ver si Martín, Luis y Elías iban en la comitiva que seguía al Gitano Rubio; pero no se movió, porque se sentía bien, estupendamente bien, comodísima en la butaca de mimbre. El viento le revolvía el pelo, y las prendas que colgaban de la cuerda, sobre todo el sujetador, parecían tener vida propia y estar bailando; se movía, incluso, la gorra gris y amarilla de Elías, que ya se estaba secando. En cuanto a la luna, seguía allí, lejos, a miles y miles de kilómetros, con su color amarillo oscuro, un poco rojizo... La única pena era que no había estrellas, que faltaban los puntitos plateados en la inmensidad del espacio; pero, aun sin estrellas, todo era maravilloso, también el poder escuchar el sonido del acordeón del Gitano Rubio desde la terraza, como si llegara por encima del tejado, o del callejón que separaba su casa de la de al lado.

Julián miró el cenicero y alargó la mano para coger el puro. Pero tenía la punta rota y se fue a la cocina a por otro.

—Tráeme un L&M —dijo Marta.

—¿Y una copa de ron?

—¿Qué quieres, emborracharme?

A Marta le costaba refrenar sus pensamientos, y tenía la impresión de que en cualquier momento empezaría a hablar y le saldrían de la boca en bandada, incluso los que no convenía que salieran.

Julián regresó a la terraza.

—¿Quién ha ganado más medallas en estas Olimpiadas, los rusos o los americanos? —le preguntó ella, agarrando con torpeza la copa de ron y derramando un poco de líquido. Se lamió la mano mojada.

—Los rusos —dijo Julián sentándose.

Le puso un L&M en los labios y se lo encendió con el mechero. Luego hizo lo mismo con su Monterrey.

—Parecía que esta vez los americanos iban a superarlos, sobre todo por Mark Spitz y sus medallas en natación; pero al final se han impuesto los rusos, gracias a los gimnastas.

—¿Y Kato? ¿Qué ha hecho Kato?

—Ha ganado. Japón también ha quedado en muy buena posición.

—Por lo visto, en estas Olimpiadas todos han ganado algo. Como en la tómbola. ¡Premio para la señorita!

—Y la fiesta de hoy en la panadería, ¿qué tal? —preguntó Julián.

—¡Ron Negrita! —gritó Marta alzando la copa como para brindar—. Está bueno este ron, pero ese champán... Ahora no me viene el nombre.

—Dom Pérignon.

—¡Eso! Jamás había probado una cosa tan rica. Ese profesor ciego…, Pascal, sí, se llama Pascal, me figuro que será Pascual en francés, pero la cosa es que se llama Pascal. Pues Pascal ha traído el champán en el coche, un coche precioso, de color crema, con asientos de cuero… Miguel me ha dicho que era un Peugeot 504. Y como el tal Pascal es ciego lo ha traído un chófer, un hombre muy serio, y ese chófer viene con una caja forrada en la mano y me dice: «*Frigorifik? Frigorifik? Frigorifik?…*».

Le entró la risa y estuvo un rato sin poder dejar de reír.

—Al final he conseguido entenderle, y cuando lo he llevado a la cocina ha sacado de la caja forrada las botellas de Dom…

—Dom Pérignon.

—… las cinco botellas de ese champán. Yo he hecho sitio en el frigorífico, y él, muy despacio, con mucho mimo, las ha dejado en la bandeja, y luego me dice: «*Temperatir? Temperatir?*».Como yo no le entendía, él mismo ha cambiado la temperatura del frigorífico y la ha puesto a ocho grados. Y Pascal…, sí, Pascal, seguro que es Pascual… Pues cuando ha salido Pascal del coche dando golpecitos al suelo con un bastón blanco, va Elías corriendo y le da un abrazo tan fuerte tan fuerte que se le ha caído la gorra que se ha puesto hoy en plan moderno, esa que se está secando ahí. Luego los dos se han echado a llorar. ¿Te he dicho que Pascal es ciego?

Julián arqueó las cejas. El viento se había calmado, y el humo de su pequeño puro se disipaba en el aire de la terraza. El del cigarro de Marta, tal vez por ser más ligero, desaparecía rápidamente.

—Pues a Pascal le caían lágrimas por debajo de las gafas negras, y sollozaba. De alegría, sé que eran lágrimas de alegría, por haberse curado Elías de esa cosa que le impedía hablar. Porque Pascal estaba al corriente, por eso ha venido. Pero, no sé, cuando he visto a ese hombre ciego allí, con un coche tan elegante, y él mismo igual de elegante, con una chaqueta verdecita, llorando de esa manera, y la gorra de Elías en el suelo…, algo se me ha removido por dentro, y aunque sabía que eran lágrimas de alegría a mí me ha dado tristeza. E incluso ahora, con este ron…

Echó la cabeza hacia atrás y se quedó mirando al cielo. La luna iluminaba con fuerza. Un estremecimiento le recorrió el cuerpo, poniéndole la carne de gallina.

—No, no, no… —dijo respirando profundamente.

Se llevó el cigarrillo a los labios y le dio dos caladas seguidas. Le había venido una imagen de aquella mañana. Miguel y ella en el trastero de la cocina, ella buscando un jarrón para las rosas que acababa de cortar en la huerta, Miguel llamándola en un susurro, «Marta, Marta…». Al volverse ella Miguel la agarraba de la cintura y la apretaba contra su cuerpo, y cuando se inclinaba para besarla ella le decía «No, no, no…».

—No entiendo bien lo que dices, Marta —dijo Julián.

—Y si sigo bebiendo ron me vas a entender menos todavía. Las palabras se me escapan de la boca y digo cualquier cosa.

Se oyó otra vez el acordeón del Gitano Rubio en la calle. Julián apagó el puro en el cenicero. El viento sur volvía a incordiarle.

—Luis y Martín se van a quedar a dormir en casa de Miguel —dijo a Marta—. Para hacer compañía a ese amigo, Elías. Me han pedido permiso y se lo he dado. ¿Te parece bien?

Ella movió la cabeza afirmativamente.

—No, no, no… —dijo.

No se le iba de la cabeza la imagen de lo ocurrido aquella mañana. Ella había pensado que Miguel solo pretendía darle un beso, pero luego la abrazó muy fuerte, y ella tuvo que dejar el jarrón para las flores en un estante para que no se cayera al suelo.

—¿En qué quedamos? ¿Qué te parece que los chicos se queden en casa de Miguel? —insistió Julián.

Marta se incorporó de golpe en la butaca de mimbre, como una persona que acaba de despertarse.

—¡Pues bien, qué me va a parecer! ¿Qué te crees, que van a ir de noche al canal y se van a encontrar con el jabalí? Además, ¿qué tiene de malo el jabalí? ¿No te das cuenta de que Elías se ha curado gracias a él? Si no llega a ser por ese animal, seguramente seguiría mudo. ¡Y no lo está! ¡Habla mucho, por si no te has enterado!

Sentía que se le iba la cabeza. Tenía el cigarrillo apagado entre los dedos. Julián se lo quitó y lo dejó en el cenicero.

—Ha sido un hermoso día —resumió Marta cerrando los ojos—. Primero han subido todos a la panadería, luego de allí al canal, y por lo visto Pascal y ese chófer suyo tan serio se han quedado muy impresionados cuando los chicos les han contado la historia de lo que les pasó con el jabalí. El paraje les ha gustado mucho. A la vuelta, el chófer no hacía más que repetir *se-bó, se-bó,* o sea, qué bonito, qué bonito. *Se-bó* es «qué bonito» en francés.

Miguel volvió a hacerse presente en su memoria. Los dos solos en la cocina, después de comer, Miguel abrazándola, pero no como en el trastero, sino metiéndole las manos por debajo de la blusa y lamiéndole el sujetador como un perro grande.

—Luis me ha vuelto a hacer una de las suyas —dijo—. Estaba recogiendo la mesa, después de que se marcharan los franceses, y justo cuando tenía levantada la fuente de las natillas viene por detrás y me da un empujón. Tenía la fuente así...

Se mantuvo con los brazos en alto durante unos segundos, antes de continuar:

—Me ha caído un chorro por el escote, y otro chorro ha ido a parar a la cabeza de Elías. ¡Si vieras qué disgusto se ha llevado el chico al ver que se le había manchado la gorra! Pero ha quedado muy bien. Primero la he lavado allí, y luego otra vez aquí. La blusa también ha quedado bien.

El sujetador no sé, porque la mancha era más grande. ¡Se me han metido las natillas entre las tetas!

Quiso reírse, pero aquel pájaro no logró salir de su garganta.

La luna estaba cada vez más amarilla, parecía un foco. Y el viento seguía soplando sin desmayo. La gorra, ahora casi seca, se movía más. La blusa también. El sujetador se había enroscado en la cuerda. Pero no había estrellas, o al menos no se veían, y no podía repetir el juego que Lucía y ella tantas veces habían probado en la época de los bailes, cuando contaban nueve estrellas y pedían que les fuera concedido el chico que querían, porque las estrellas tenían el poder de que se cumplieran los deseos si se les pedía de esa manera, contando una a una nueve estrellas, nueve estrellas diferentes...

—¡Una, dos, tres, cuatro, cinco, seis, siete, ocho, nueve!

Examinó el cielo según iba contando, y pudo ver algunas estrellas, pero pocas y difuminadas por la luz de la luna.

La imagen de Lucía se superpuso a las otras que se movían en su cabeza, y empezó a hablar para sus adentros, moviendo apenas los labios: «Cuántas cosas te has perdido, Lucía, por morir con treinta y seis años. Aquí me tienes a mí, bebiendo el mejor champán del mundo, Dom Pérignon. Y fíjate lo que ha pasado. Miguel y yo nos hemos acostado, y qué bien. Qué tonta fuiste, Lucía, y perdona que te llame tonta estando muerta, pero todavía me duele lo que hiciste. No tenías que haberte suicidado, Lucía. ¡Por Dios!, ¡por Dios! ¡Cómo pudiste hacer eso, Lucía!...».

—Necesito otro cigarro —dijo en voz alta.

Julián le pasó el paquete de L&M.

—¿En qué estás pensando? Te tiembla la boca. ¿Vas a ponerte a llorar?

A Marta le costó sacar el cigarrillo del paquete y encenderlo.

—No pienso llorar. ¿Por qué iba a llorar? No tengo motivo. La fiesta de hoy en casa de Miguel ha sido estupenda. Como tenía que ser. No es tan normal que un niño se cure como se ha curado Elías, las cosas de la cabeza no se curan así como así. Claro que el jabalí también ayudó. Eso es innegable. Pensándolo mejor, todo se arregló con el jabalí.

Julián se cruzó de brazos.

—Eso ya lo has dicho antes. Te estás repitiendo, Marta.

—¿Y qué más da? Hay cosas que hay que repetir una y otra vez porque son muy importantes. Y lo de Elías lo es. Hasta ese Pascal o Pascual o como se llame ha reconocido que le parece un milagro, y que algo habrá influido todo lo que han rezado por Elías en Francia.

No podía parar. Era como si tuviera un motor en marcha en la cabeza.

—Mientras tomábamos el café, Pascal ha cogido el acordeón del Gitano Rubio y ha tocado unas piezas muy bonitas. Al final ha hecho que Elías se sentara a su lado y se han puesto a cantar esa canción, *«peti-navi, peti-navi»*, primero los dos solos, y luego todos a la vez. Cuánto estoy hablando, ¿verdad?

Julián se rio y le pasó el brazo por el hombro.

—Yo creo que es por el Dom Pérignon.

En un primer momento, mientras todos cantaban *«peti-navi, peti-navi»* en la cocina, Marta se había sentido desplazada, aislada, la música en un lado y ella en el otro, ella y el chófer, porque el chófer tampoco abría la boca; pero enseguida empezó a sentirse bien, porque Miguel cantaba mirándola a ella, para ella, y lo hacía muy bien. Seguramente fue entonces cuando se decidió todo y no con el abrazo del trastero, fue entonces cuando llegaron a un acuerdo, mientras cantaban *«peti-navi, peti-navi»*, y fue por eso que, después de poner fin a la sobremesa, y de que ella recogiera la cocina con la ayuda de la madre de Elías, y de que cada uno se dirigiera a su destino, Pascal a Francia con su chófer, la madre de Elías a su restaurante, los niños a jugar al pueblo...; fue por eso, sí, que ocurrió lo que ocurrió. Miguel había vuelto a la cocina después de despedirse de todo el mundo y le había dicho: «¿Puedo cerrar la puerta?», y ella había respondido: «Si te parece bien», y se hacía raro pensar que al cabo de unos minutos los dos estaban desnudos en la habitación de encima de la cocina.

La luna seguía alumbrando en una esquina del cielo. Los chillidos y los silbidos de los niños que jugaban en la plaza habían dejado de oírse.

—¿Qué hora es? —preguntó Marta.

Julián le mostró el reloj de la muñeca.

—Las once y veinte.

—Pensaba que era más tarde.

Se le humedecieron los ojos.

—¿Qué te pasa ahora, Marta?

—Me he acordado de Lucía y eso me ha puesto triste.

Julián la cogió de las manos y la ayudó a levantarse.

—¿Adónde me llevas?

—A la cama.

—Muy bien.

Marta quiso reír, pero no tenía fuerzas.

Cuatro amigos

1970

1

Era ya noche cerrada cuando Eliseo echó a andar hacia las cabañas del páramo de Valdesalce, después de que el camionero que lo había traído desde Madrid lo dejara a la entrada de su pueblo natal, Santa María. Enseguida, en la primera cuesta, oyó ruidos casi imperceptibles y estuvo a punto de detenerse, pues sabía, por su conocimiento del campo de Castilla, que se trataba de las liebres alocadas de finales de verano que corrían y alborotaban entre los zarzales, fáciles de abatir, incluso de dos en dos, sin más arma que una piedra; pero refrenó sus ganas de cazar y siguió adelante.

Llevaba al hombro su petate de soldado, y de haberlo visto alguien de aquella guisa, el saco y el cuerpo formando una sola figura en la oscuridad, lo habría tomado quizás por un animal, o por un jorobado contrahecho; pero Santa María era un pueblo pequeño, el páramo, un lugar muy solitario, y no había peligro de encontrarse con nadie. Con todo, no iba tranquilo. Las liebres alocadas atraían a los furtivos, y los furtivos, a los guardias. Si se topaba con ellos, en aquel lugar y a esas horas, le harían preguntas, y eso le retrasaría.

Al llegar a Valdesalce dejó el camino y prosiguió campo a través. No había luna, y la oscuridad era tan prieta como la de una habitación estanca; pero había recorrido el terreno cientos de veces y no necesitaba ver para orientarse. Después del tramo donde solo crecían el romero y la salvia aparecerían los fresnos y los sauces, al principio espaciados, más adelante, en las proximidades de un arroyo de montaña, formando un pequeño bosque; al lado del bosque, diseminadas, las cabañas de los pastores y las majadas, los rediles para las ovejas.

Tropezó con la raíz de un árbol, y al tratar de recuperar el equilibrio el petate se le fue de la mano y cayó al suelo. Maldijo sus botas militares. Tenían la suela tan gruesa que no le permitían sentir el terreno. Se incorporó a medias y extrajo del petate la caja metálica donde llevaba el pájaro.

—¿Estás bien? —preguntó.

Sus ojos, acostumbrados ya a la oscuridad, distinguían bien el contorno de la caja. Dentro, el pájaro se movía como si trastabillara, arañando la superficie metálica con sus garras. Todo parecía estar en orden.

—¡Para, que ya llegamos! —dijo dándole un golpe a la tapa de la caja.

Al igual que los ojos, también su mente se iba adaptando al lugar, tan distinto del cuartel que había dejado horas antes. Oyó el balido de una oveja, y enseguida otros cuatro o cinco balidos más, lánguidos, de ovejas adormiladas. Efectivamente, estaba en su sitio, en Valdesalce. Miró el reloj que llevaba en la muñeca, pero no pudo ver la hora exacta. Calculó que serían cerca de las once. *Carrusel deportivo* empezaba a las diez, y el camionero que lo había traído había sintonizado aquel programa cuando ya estaban cerca de Santa María.

—Pero ¿qué clase de soldado eres tú?

Eliseo recordó el rostro del chófer, su ceño fruncido en la cabina del camión. Al hombre le había sorprendido que no supiese de fútbol, que ni siquiera se hubiera enterado de que ese fin de semana se había iniciado la Liga.

—¿No sabes nada? ¿Ni lo que ha hecho el Real Madrid? Pues le ha ganado al Valencia. Real Madrid 2, Valencia 0.

—En el cuartel no tenemos aparato de televisión. Lo único que sé es que Eddy Merckx ganó el Tour de Francia.

—Tenía que haber ganado Zoetemelk.

El camionero pasó a hablar de ciclismo, pero él no le pudo seguir. Tampoco sabía mucho de aquel deporte. Quien de verdad sabía era Donato, su compañero en la panadería del cuartel. De él había aprendido el nombre de Eddy Merckx.

Eliseo pensó que su indiferencia hacia el deporte había fastidiado al camionero, y que por eso lo había dejado en la entrada del pueblo, sin subirlo a Valdesalce. Para él, ir y volver no habría supuesto mucho más de cinco minutos.

—¡Cabrón! —exclamó entre dientes.

Oyó un canto que muchos, los que sabían de deporte pero no de las cosas del campo, habrían confundido con el toque de un silbato. Pero él lo conocía bien. Era el sonido que hacía al cantar un pájaro nocturno de los que vivían en el páramo, el autillo.

Eliseo se echó al hombro el petate y reanudó su camino con paso rápido, y al cabo de unos minutos, al encontrarse con el arroyo, se sintió definitivamente en casa, situado en el terreno como si fuera de día. El camino bordeado de sauces que conducía a Santa María quedaba a su izquierda. La cabaña de Basilio, el compañero que cuidaba de su rebaño mientras él estaba en el cuartel, en línea recta, cien metros más adelante. La suya, un poco más allá. La tercera, de Paca y Tono, más a la izquierda, entre los fresnos. Las majadas, con espacio para unas trescientas cabezas, se encontraban detrás de las cabañas.

Volvió a oír el silbido del autillo, y el balido de las ovejas. Despacio, se acercó a la cabaña de Basilio. No se percibía ninguna luz. Solo un leve olor a humo. Su socio debía de estar dormido.

Se oyó un ladrido.

—¡Calla, Lay! ¿Dónde estás? —Los ladridos se hicieron más fuertes—. ¡Ven aquí, Lay!

La perra, una collie de color marrón y blanco, fue hacia él arrastrando el vientre contra el suelo. Titubeaba.

—¡Soy yo, Eliseo! ¡Vestido de soldado, pero soy yo!

Más tranquila, la perra empezó a lamerle la oreja, pero dirigió enseguida su atención al petate.

—Espera un momento.

Sacó primero la caja metálica, y la perra arrimó el hocico a uno de los agujeros de la tapa. Él la apartó.

—¡Fuera, Lay! Tu cena no está aquí.

Los sábados y los días festivos preparaban choripanes en la panadería del cuartel, panecillos blancos rellenos de chorizo. Le había sobrado uno del viaje y se lo acercó a la boca.

—¿Está bueno?

La perra meneó el rabo.

—Quédate aquí, Lay. No despiertes a la gente.

Al cruzar el arroyo por un puente de madera, distinguió en la oscuridad una silueta aún más oscura, su cabaña. Buscó la llave en un hueco de la pared, entró y encendió el candil que colgaba de un travesaño. Tras quitarse el uniforme, se puso a sacar las cosas que llevaba en el petate: una caja de galletas que había comprado en la gasolinera mientras esperaba a que pasara algún camión, la caja metálica donde estaba el pájaro, un tapete de hilo de seda que un compañero del cuartel le había dado a cambio de un bizcocho, una pluma de faisán, unas chirucas, varias mudas, calcetines, un pasamontañas militar y un neceser. Sacó también una toalla y una carpeta que había puesto en el fondo para asentar la base del petate.

Dejó en un rincón de la cabaña la caja de galletas, la caja metálica, el tapete, la pluma de faisán y la carpeta. Después, colocó en una repisa el contenido del neceser: el jabón, la pasta de dientes, los utensilios de afeitar, un paquete de Winston, un mechero rojo y una caja de condones.

Salió afuera desnudo, con la toalla y el jabón en la mano, y se tumbó en una poza del arroyo. El agua estaba fría, sin rastro de los calores de julio y agosto, y empezó a revolverse y a frotarse el cuerpo dando resoplidos. Su pene, erecto desde que se quitara el uniforme en la cabaña, encogió y se retrajo hasta parecerse al de un niño.

Se dio jabón en el cuerpo y volvió a tumbarse en el agua. El frío no lo cogió esta vez por sorpresa, y se quedó inmóvil durante un rato, con los ojos cerrados. Cuando los abrió vio a Lay, o más bien su silueta, en el puente de madera. La perra emitió un ladrido ahogado y echó a correr en dirección a la tercera cabaña.

Se puso en pie de un salto. A lo lejos, en la oscuridad, había entrevisto una forma blanquecina. Salió del agua y se secó apresuradamente con la toalla. A unos veinte metros de él, a quince, la forma blanquecina se fue definiendo hasta convertirse en una figura. Bastó que se acercara unos metros más para que su pene volviera a estar erecto.

—¿Qué tal estás, Paca? —dijo.

Era una mujer muy grande. Mediría cerca de un metro ochenta y cinco, diez centímetros más que él, y pesaría unos ciento veinte kilos, cincuenta más que él. Vestía un camisón blanco de franela que le caía por debajo de las rodillas. Se acercó de puntillas, como si temiera lastimarse con las piedras, y de pronto, arrancando de golpe, se abalanzó sobre él y lo tiró al agua de un empujón. Luego, al verlo chapotear, soltó una carcajada.

—¡Te lo merecías, por llegar tarde!

La perra estaba otra vez en el puente. No acababa de entender la situación y les ladraba enérgicamente. No se oía nada más. Las ovejas de la majada guardaban silencio.

—¿A qué hora te dijo Basilio que iba a llegar? —preguntó él saliendo a la orilla. Pese al nuevo remojón en el arroyo, su pene seguía erecto.

—¿Qué más da eso? Ven aquí, yo te secaré.

—No me fío de ti, Paca.

Se detuvo a un metro de ella. Cogió la toalla y empezó a secarse.

—Voy adentro —dijo la mujer—. A ver si tienes agallas para meterte en la cama.

—Te voy a tumbar como a una ternera.

—Ya te costará. Estás raquítico.

Se dirigió a la cabaña, con la perra interponiéndose en su camino.

—¡Al rincón, Lay!

La perra dudó y se quedó a la espera, meneando despacio el rabo.

—¡Al rincón! —repitió la mujer.

A la luz del candil, en penumbra, el interior de la cabaña recordaba a una capilla como las de los laterales de la iglesia de Santa María, pero sin imágenes. La oscuridad se concentraba en el techo y en los ángulos del suelo; la claridad, en una de las paredes y sobre el colchón. La mujer, desnuda, el cabello cayéndole por encima de los pechos, se había colocado en el punto de mayor claridad. En cuanto vio entrar a Eliseo, se puso en jarras e inclinó el cuerpo hacia delante.

Eliseo corrió hacia el colchón y se abalanzó sobre la mujer de un salto; pero ella lo empujó en el aire al estilo de los luchadores de *catch,* haciéndole retroceder hacia la puerta de la cabaña. Intentó entonces agarrarla del tobillo para hacerle caer; pero ella lo volvió a rechazar, esta vez con la pierna. Sin tomar descanso, Eliseo se desplazó a cuatro patas hasta el otro lado de la cama, consiguiendo meterse por allí y agarrarla del pecho derecho. Al momento, al tratar ella de apartar su mano, le pasó el otro brazo por detrás de la rodilla. La mujer, viendo que iba a perder el equilibrio, se tiró al colchón.

Continuaron luchando tumbados. Eliseo intentó abrazarla, percibiendo por un instante la calidez de su cuerpo; ella respondió con un nuevo empujón. Sin embargo, aunque pesara cincuenta kilos más que él y le sacara diez centímetros de altura, no tenía su fuerza, y fue cediendo en la lucha. En un momento dado, Eliseo la agarró de los brazos y se los separó del cuerpo: sus pechos quedaron expuestos y él se los lamió. La mujer trató de escabullirse y se colocó boca abajo, pero Eliseo volteó los ciento veinte kilos de su cuerpo y le puso la mano en la entrepierna.

—Ya te he dicho que te iba a tumbar como a una ternera.

Su respiración era jadeante. A ella le faltaba el aliento.

Cuando el silencio volvió a la cabaña, la mujer se cubrió con una sábana y se quedó sentada en el colchón con las piernas cruzadas. Eliseo le llevó el paquete de Winston y el mechero que había dejado en la repisa.

—¡Qué hombre tan bueno eres! —dijo ella.

Encendió el mechero una y otra vez. Con la llama, pudieron verse la cara. Los dos reían.

—Es muy bonito.

Había visto mecheros como aquel, de plástico, pero no de color rojo. Encendió un cigarrillo. Al expulsar el humo, lo dirigió suavemente a la cara de Eliseo.

—¡Qué bueno, este tabaco! —dijo—. ¿Tú sigues sin fumar? ¿Cómo puedes aguantar sin fumar en el cuartel?

Eliseo no le respondió. Fue hasta el otro extremo de la cabaña y regresó con la carpeta que había traído en el fondo del petate.

—También esto es para ti.

Dentro de la carpeta había tres revistas del corazón. La mujer acercó una de ellas al candil.

—Se me está olvidando leer. Nunca aprendí bien, y cada vez me cuesta más.

En la portada de la revista se veía una boda, el novio vestido de frac y la novia con un emperifollado vestido blanco. Se quitó el cigarrillo de la boca y leyó torpemente: «La fas-tu-o-sa bo-da del hi-jo del pe-lu-que-ro A-le-xan-dre en Sa-int-Tro-pez». Cogió la segunda revista: «Ca-ro-li-na de-ja de ser ni-ña». En la portada de la tercera, en un salón todo revestido de oro y con alfombras de color granate, dos hombres y dos mujeres posaban sonrientes: «Los prín-ci-pes Ju-an Car-los y So-fí-a re-ci-bi-dos por el sah de Per-si-a y Fa-rah Di-ba».

Devolvió las tres revistas a la carpeta y lanzó otra vez el humo del cigarrillo a Eliseo.

—De verdad, eres muy bueno. Ya tengo lectura para un par de meses.

—Todavía no ha acabado el asunto. He traído más cosas para ti —dijo Eliseo. Regresó al rincón de la cabaña y volvió con la pluma de faisán y la caja de galletas.

La mujer se echó a reír y le dio un beso en la mejilla.

Los dos se sentían en calma. Los alrededores, Valdesalce, estaban también en calma. Comieron un par de galletas. Luego, Eliseo cogió la pluma y le hizo cosquillas a la mujer.

—Es de un faisán que andaba por el bosque de El Pardo —dijo.

—¿Quién cazó el faisán? ¿Tú?

Eliseo soltó una risa amarga.

—Seguramente lo cazaría ese al que acabas de ver en la revista, el príncipe de España. Él y el general Franco son los únicos que pueden cazar en El Pardo. A todos los demás cazadores de España no se nos permite entrar. Ni siquiera a los que estamos haciendo el servicio militar allí. Da asco.

La cabeza de la mujer era grande; su rostro, ovalado. El cabello claro y las mejillas salpicadas de pecas le daban un aire noreuropeo. Le quitó la pluma de faisán a Eliseo y se la puso entre los pechos, como una flor.

—De modo que te la ha dado el príncipe para mí —dijo probando a ponérsela detrás de la oreja—. ¡Qué gran honor!

Eliseo volvió a reírse, esta vez sin amargura.

—La encontró Donato al lado del búnker donde nos juntamos para cenar. Donato es mi compañero en la panadería del cuartel. Nos llevamos muy bien.

—Tú y yo tampoco nos llevamos mal.

Eliseo le retiró la sábana con la que se cubría y la tumbó en el colchón. Le acarició los pechos.

—¿Qué piensas hacer, Paca? ¿Vas a volver ahora a tu cabaña, o al amanecer?

—No pienso moverme de aquí por nada del mundo.

—¿Y Tono? ¿No se enfadará?

—¡Que se enfade! Le daré un tortazo y lo mandaré a vivir con las ovejas.

Estaban a punto de caer dormidos. Los dos tenían los ojos cerrados.

—Te he traído una cosa más.

—Dime qué.

—Lo sabrás cuando se haga de día.

Los soldados destinados a la panadería del cuartel entraban a trabajar a las cinco de la mañana. Donato y él, responsables del horno y de las máquinas para amasar, eran los encargados de dar inicio a la jornada.

El cuerpo se le había acostumbrado a ese horario, y se despertaba quince o veinte minutos antes de las cinco incluso cuando no tenía que trabajar. Aquella mañana, en la cabaña, era todavía noche cerrada cuando abrió los ojos, y en un primer momento creyó que seguía en la habitación de la panadería del cuartel donde descansaban Donato y él; pero sintió el calor del cuerpo de Paca y su respiración tranquila y supo que se encontraba en Valdesalce, en el monte de los pastores de Santa María.

Las ovejas, Lay, los otros perros, todos callaban. Callaban también los pájaros del monte y el que había traído él en la caja metálica. Se acordó de Basilio, y pensó que lo mejor sería llevarle esa misma mañana el pasamontañas militar, y que era una pena no haber traído dos, el otro para Tono. Se le apareció entonces, como un pensamiento más, la imagen de su padre. Su rostro era una máscara; su figura, una sombra que se hubiera materializado en la puerta de la cabaña.

—¡Vete de aquí! —exclamó.

Su padre agonizaba en su casa de Santa María, moriría de un momento a otro, tal vez se estaba muriendo en aquel mismo instante, y por eso estaba él allí, porque en el cuartel le habían concedido un permiso especial para acompañar a su progenitor en sus últimas horas. Pero él no pensaba hacerlo. No quería.

Se estaba quedando dormido, y las imágenes empezaron a sucederse en su mente con la falta de ilación propia de los sueños. A la del rostro fantasmal de su padre la siguió la de las liebres alocadas que corrían entre los zarzales de la cuesta de Valdesalce, y a esta la del camionero —«¡Real Madrid 2, Valencia 0!»—; luego vio a Lay en el puente de madera del arroyo, y a Basilio, y a Tono, y a Paca, los tres rodeados de ovejas, y a los príncipes de España en Teherán, en el salón revestido de oro, acompañados por el sah de Persia y por Farah Diba, y la pluma de faisán, los faisanes volando en el bosque de El Pardo, y de nuevo a Paca.

La abrazó suavemente, sin despertarla. Los maledicentes la llamaban la Virgen de Valdesalce porque decían que hacía milagros, acostándose con todos los pastores de la zona y no quedándose nunca embarazada. Pero con él no era como con los demás. A él no le pedía dinero. Y los combates de la cama los reservaba para él, eso se lo había asegurado muchas veces.

El sueño estaba a punto de vencerle, y tuvo la impresión de que se precipitaba en una sima abierta en la oscuridad. Angustiado, intentó frenar la caída tensando el cuerpo, y el esfuerzo lo devolvió a la realidad. Sentado en la cama, se apoderó de su mente un único pensamiento, una verdad que hasta ese momento había esquivado: no estaba siendo sincero con Paca, no le había dicho ni media palabra sobre su intención de marcharse para siempre de Valdesalce. Pero ya estaba decidido. Lo estaba desde hacía meses. Esa misma mañana hablaría con Basilio para que siguiera cuidando su rebaño, y en cuanto muriera su padre pondría en venta la casa de Santa María. Luego, tres o cuatro meses después, una vez terminado el servicio militar, iría a Ugarte y se emplearía en la misma panadería donde trabajaba Donato. Los regalos que había traído aquella vez eran de despedida, y por eso eran tantos. Eliseo sacudió la cabeza. No quería pensar en ello.

Por el ventanuco de la cabaña entraba un rayo de luz. La mujer se despertó y, girándose, se echó sobre él con todo su peso. Eliseo quiso retirarse al borde del colchón, pero ella le agarró del muslo y lo atrajo hacia sí.

La segunda vez, a pocas horas de la primera, el acto sexual fue breve, y antes de que acabara de aclarar el día Eliseo ya estaba fuera de la cabaña. Caminó hasta el arroyo y volvió a echarse en la poza. El agua le pareció más fría que la víspera, y no paró de resoplar mientras se lavaba.

—¿Y ese otro regalo que me has traído? —le preguntó Paca cuando regresó a la cabaña.

—Levántate y sal fuera, Paca. Quiero que lo veas a la luz del día.

Se secó con la toalla y se vistió, tras escoger unos pantalones vaqueros y un niqui rojo entre la ropa que guardaba en un arcón de la cabaña, pero siguió descalzo, sin ponerse las chirucas, porque todavía tenía los pies húmedos, y nunca olvidaba el consejo que el capitán médico del cuartel les había dado en una de sus primeras charlas: «Secaos bien los dedos de los pies. De lo contrario, os saldrán hongos. Son contagiosos y acaban causando lesiones dolorosas». Al oír aquello, él había levantado la mano: «He entendido lo de los hongos y lo fácil que se contagian. Permítame ahora una pregunta, señor. ¿Se nos puede contagiar a nosotros esa enfermedad que hincha los ojos de los conejos?». El capitán había respondido: «Se refiere usted a la mixomatosis, una enfermedad infecciosa que está afectando al bosque de El Pardo, como todos hemos podido comprobar. No es un virus que se transmita a las personas, pero, en cualquier caso, yo no me llevaría uno de esos conejos al plato». Los soldados se rieron. Uno que estaba detrás de él le habló al oído: «Tú y tus preguntas, Eliseo. Siempre dando coba a los mandos». Intervino entonces, defendiéndole, un soldado de ojos azules que estaba sentado a su lado: «El que hace preguntas aprende, y el que no, acaba siendo como tú». Fue la primera vez que oyó hablar a Donato. Más adelante, ambos serían destinados a la panadería, en el caso de Donato con toda justicia, pues realmente conocía el oficio, pero en el suyo mediante un engaño, afirmando que había trabajado de aprendiz en un obrador de pan.

Iba a coger la caja metálica, en el rincón de la cabaña, cuando vio el tapete de hilo de seda que aún no le había dado a Paca. Decidió que sería para Basilio, y el pasamontañas militar, para Tono. Cada vez que su marido se emborrachaba, Paca lo echaba de la cabaña, incluso en pleno invierno, y se veía obligado a pasar la noche en algún cobertizo de la majada. Le vendría bien para protegerse la cabeza. Además, Basilio bajaba al pueblo con cualquier excusa, y si le hacía falta, solo tenía que pedirle al conductor del autobús que le trajera uno de la capital.

—Ahora me toca a mí lavarme. Voy al arroyo —dijo Paca, y salió afuera, el camisón en una mano, la sábana en la otra. Sus nalgas no eran, como cabría esperar en un cuerpo de ciento veinte kilos, una prolongación informe de los muslos, sino redondeadas y salientes. A cada paso que daba se movían de forma acompasada, arriba y abajo.

Eliseo se sentó en un tronco, al lado de la cabaña, con la caja metálica sobre las rodillas. Al sacudirla ligeramente oyó un pequeño ruido. Luego, un chillido nervioso.

—Pórtate bien —dijo.

La mujer regresó secándose con la sábana. El agua fría le había amoratado los pezones. Se metió el camisón por la cabeza y se llevó las manos a la cintura.

—¿El regalo lo tienes ahí, en esa caja vieja? —preguntó.

Eliseo levantó la tapa y cogió el pájaro con una mano, luego lo pasó a la otra. A primera vista era blanco y negro, de un blanco muy blanco en el pecho y de un negro muy negro en la cabeza, el pescuezo, el lomo, las alas y la cola; observándolo mejor, se percibían irisaciones azuladas o verdosas en su plumaje. En proporción al cuerpo, la cola era larga, de unos seis u ocho centímetros, y no paraba de agitarla, dejando caer de vez en cuando un excremento.

—¿Una urraca? —dijo la mujer.

Eliseo acarició el lomo del pájaro.

—¿Cómo se llama? ¡El nombre! —le ordenó.

Como si hubiera estado esperando aquel momento, el pájaro graznó:

—*¡Paca! ¡Paca! ¡Paca!*

La mujer quiso decir algo, pero no fue capaz. Probó a arreglarse el pelo. Luego se frotó el camisón para secarse mejor las manos.

—¿Es para mí?

Eliseo le pasó el pájaro.

—Tenlo en la mano, verás cómo te agarra el dedo.

El pájaro cambió de mano con un leve aleteo.

—*¡Paca! ¡Paca! ¡Paca!*

—¡Qué cosa tan pequeña y tan bonita! ¡Y me conoce!

La mujer se estremeció. Tenía la piel de los brazos erizada.

—Es una urraca muy joven. Con el tiempo se pondrá más bonita —dijo Eliseo.

—Ahora también es muy bonita. ¿Cómo le has enseñado?

2

Era 2 de agosto, domingo, y no había casi nadie en el cuartel, porque los fines de semana la mayoría de los oficiales, suboficiales y soldados se marchaban a Madrid de permiso. Eliseo, junto con Donato y otros compañeros encargados de los servicios o de las guardias, era una de las excepciones. Tampoco aquel día salió, y a las tres de la tarde, nada más acabar la comida, dirigió sus pasos al pinar que había al lado de la panadería. Hacía mucho calor. El sonido de las cigarras saturaba el aire.

Al llegar a una zona sombría del pinar, se quitó las botas y se tumbó en un lecho que había improvisado ahuecando la tierra. Enseguida, alargó el brazo izquierdo y sacó un plátano de uno de los bolsillos del pantalón de faena; alargó luego el derecho y, de otro bolsillo, sacó el libro que le había prestado el brigada Santos: *Problemas mecánicos del motor.*

Peló el plátano hasta la mitad, le dio un mordisco y lo dejó a su lado, sobre un montoncito de agujas de pino. Con las dos manos libres, abrió el libro en el capítulo titulado «Tirones del motor. Causas y soluciones». Apareció una hormiga en la página, recorriéndola arriba y abajo. Eliseo la mandó al suelo de un soplido y se puso a leer.

El texto venía acompañado de un dibujo que mostraba las diferentes partes y piezas de un motor con un número y el nombre correspondiente, y Eliseo volvía una y otra vez a él mientras estudiaba el apartado dedicado al cable del acelerador, esforzándose en imaginar el ruido que, en cada caso, con cada problema, haría el motor, porque los motores —«igual que el alma de una persona», aseguraba el brigada Santos— sonaban diferente según las circunstancias; pero no alcanzó a oír ningún motor, solo los sonidos del entorno. Los miles de cigarras del pinar agitaban las alas con energía, como si estuvieran compitiendo entre ellas, y tuvo la impresión de que su chirrido se iba acercando más y más, hasta situarse a un metro de sus oídos o incluso más cerca. En breve, todos los demás estímulos desaparecieron. No hubo libro, ni plátano, ni siquiera calor. Nada.

Diluido también el tiempo en la nada, los minutos transcurridos mientras dormía se le antojaron un instante. Soñó que estaba arreglando un camión en el taller del cuartel y que se le clavaba una arandela en el dedo índice de la mano derecha. La arandela se movía, y debía de tener muescas, o bordes afilados, porque le producía cortes en la piel. Tenía que sacársela, y buscó unas pinzas en la caja de herramientas; pero no había tal. No estaba en el taller, sino en el pinar, acostado en el suelo. El sonido de las chicharras seguía saturando el aire, pero no tanto como antes, como si los insectos se hubiesen retirado a otra posición. Tenía a su izquierda el plátano a medio comer, cubierto de hormigas. A su derecha, el libro, *Problemas mecánicos del motor.*

Una cría de pájaro se agarraba a su dedo índice con las garras. Era una bola negra, con rayas blancas en los lados, la cabeza grande, desproporcionada, y el pico negro. Las garras eran también grandes. Los ojos, azulados. Lo estaba observando con uno de ellos, puesta de costado, la cabeza ladeada.

Muy despacio, Eliseo alargó la mano libre y la atrapó. El pájaro no tuvo otra reacción que la de abrir exageradamente el pico. Tras un breve titubeo, Eliseo le hizo posarse sobre su rodilla derecha, aunque no lo logró a la primera porque se resistía a soltar su dedo índice. Empezó a aplaudir, para espantarlo. En vano. El pájaro saltó hasta la hebilla de su cinturón y volvió a abrir el pico. Emitió un quejido.

Cogió el libro del suelo y se puso a analizar un esquema del acelerador, pero le fue imposible concentrarse. El pájaro no callaba. Eliseo, por ese entendimiento mutuo que se da entre las personas que han crecido en el campo y los animales, adivinó al fin qué era lo que deseaba, y le acercó el plátano. El pájaro adelantó su pico negro y se tragó una hormiga que recorría la piel de la fruta.

Una urraca grande vino dando saltos hasta muy cerca de donde estaba él. Entendió de pronto una cosa más. La cría que en ese momento picoteaba la pulpa del plátano era, también ella, una urraca, y cuando creciera se haría tan grande como la que acababa de acercarse.

Cogió unas cuantas hormigas del plátano y se las puso en el pico. Luego le dio trocitos de pulpa. El pajarillo lo devoró todo.

La urraca grande se acercó aún más. Tenía la larga cola levantada, y no paraba de sacudirla. Con cada movimiento, las plumas negras adquirían irisaciones azules y verdes. Su rasgo de mayor belleza era, no obstante, la blancura del pecho. Le echó un trozo de plátano. La urraca lo cogió sin vacilar y voló verticalmente hacia la copa de un pino. Eran pájaros de vuelo desgarbado, pero muy fuertes.

Eliseo se incorporó y empezó a caminar hacia la panadería por la senda que a lo largo de los años habían abierto los soldados con sus idas y venidas. La cría de urraca le siguió con dificultad, cayéndose y volviéndose a levantar. Después de unos metros, tropezó con la rama caída de un pino y se puso a chillar.

Eliseo no le hizo caso, y continuó adelante hasta entrar en la habitación de la panadería. Encontró a su compañero Donato sentado al borde de la cama y ensayando con el acordeón. En el casete que había sobre una taquilla sonaba un éxito de Luis Aguilé, «Juanita Banana».

—¿Ya la vas sacando? —preguntó Eliseo.

Los ojos azules de Donato resaltaban en su rostro. Llevaba el pelo muy corto, casi al cero.

111

—A ver qué te parece —dijo poniéndose a tocar. Con alguna interrupción, logró reproducir la melodía, tarareándola en voz baja y pronunciando únicamente el estribillo, «Juanita Banana...».

Dejó de tocar y se le quedó mirando. La canción siguió sonando en el casete unos segundos más, hasta que acabó.

—Mucho mejor que la semana pasada, Donato.

Llegaron a sus oídos los quejidos de la cría de urraca, y Eliseo salió corriendo de la panadería al tiempo que en su cabeza tomaba forma la imagen de un gato grande que jugaba cruelmente con ella, dándole pequeños zarpazos para no matarla enseguida y así disfrutar más del momento. Él odiaba a los gatos y les lanzaba cualquier cosa si entraban en la panadería, aquel mismo invierno había matado uno grande golpeándole en la cabeza con la pala del horno; pero lo único que vio al salir fue la cría de urraca. Seguía allí, en la senda, sin poder cruzar la rama que se había interpuesto en su camino. Se le había enredado una garra en una pequeña raíz del suelo y de nada le servía agitarse. En cuanto vio a Eliseo, empezó a quejarse más fuerte.

Eliseo quiso dejarla sobre una piedra, pero se le escapó de la mano. Voló apuradamente hacia la panadería y se posó en el banco de piedra que había junto a la puerta. Dejó caer un excremento. Chillaba sin descanso.

Eliseo marchó al interior de la panadería y volvió con un chusco. Le sacó unas migas y se las puso delante. La cría las engulló una a una. Cuando acabó, dejó caer otro excremento y se le quedó mirando. Las alas y la cola eran aún cortas, sin brillo. Necesitarían un mes para coger tamaño.

Eliseo se alejó en dirección al pinar, en busca de un hormiguero, y la cría de urraca marchó tras él dando saltitos y volando a ras del suelo. Eliseo vio en ello algo raro, y dio cinco pasos rápidos a la izquierda. Alterada, agitando las alitas, la cría se apresuró tras él. Eliseo corrió hacia delante. Más agitada que antes, la cría se elevó tres veces seguidas en el aire para alcanzarlo.

Cogió dos cigarras del suelo, las desmenuzó y se las puso en la palma de la mano. La cría devoró en un instante los fragmentos de los insectos.

—¿Qué pasa? —preguntó Donato desde la puerta de la panadería. Llevaba el acordeón sujetado con correas en los hombros.

—Que me he comprado un perro nuevo —respondió Eliseo dando unos pasos largos hacia su amigo. El pájaro le siguió a saltitos.

—Podríamos montar un circo con este pájaro.

—Pero un circo secreto, que no se entere nadie. Solo los amigos de verdad.

Estuvieron de acuerdo. Dejarse ver con una cría de pájaro contravenía la primera regla de un soldado, no llamar jamás la atención, y además se tomaría por una falta de disciplina. Los sargentos habían dejado bien claro desde el primer día que un soldado solo podía llevar dos cosas consigo: el cetme y el macuto. Nada más.

Les faltaban unos cuatro meses para licenciarse. Lo último que necesitaban era un castigo.

El sábado siguiente, Eliseo y Donato pesaron la cría de urraca en una pequeña balanza de la panadería y comprobaron que había ganado veinte gramos en los seis días que llevaba con ellos. No les sorprendió. Tenía el cuerpo más formado y chillaba más fuerte. Su progresión se notaba también en los excrementos: aunque pasaba la mayor parte del tiempo en una caja de zapatos, las manchas blanquecinas eran cada vez más numerosas en el suelo de la habitación y sobre las mantas de las camas.

Los chillidos y los excrementos eran un problema. Los chillidos, porque podían llegar hasta los oídos de los soldados que trabajaban con ellos en la panadería, poniendo en peligro su secreto; los excrementos, porque eran difíciles de limpiar incluso con estropajo, y Donato no soportaba la suciedad. El pájaro era un verdadero fastidio para él. No quería tenerlo en la habitación.

Eliseo propuso dejarlo fuera del cuartel, en pleno campo, pero Donato lo descartó. La cría no podría sobrevivir sola, y la culpa era de ellos, por haberla malcriado con migas de pan y trocitos de plátano y de huevo duro en vez de obligarla a buscar comida por su cuenta. Las hormigas y las chicharras solo las comía de sus manos, de lo contrario las ignoraba, como si no las reconociera.

Después de la comida, se fueron al pinar y acordaron que lo mejor sería dejarla en el Centro de Transmisiones. Se hallaba fuera de los muros del cuartel, en la primera colina del bosque de El Pardo, una zona apropiada para un pájaro, y además los radiotelegrafistas, Celso y Raúl, dos de sus mejores amigos, eran muy aficionados a los animales, especialmente Celso. Su secreto no correría peligro allí, porque el Centro de Transmisiones era su búnker, un espacio aparte, vedado a los demás soldados.

—Está bien —dijo Eliseo—. Pero dudo de que quiera quedarse allí. Este pájaro se ha encaprichado conmigo. Me sigue a todas partes.

Le contó a Donato lo que le había ocurrido unos días antes. Después de hornear los chuscos para la tropa, había entrado un momento en la habitación para coger el mono que se ponía para ir al taller mecánico, y al cabo de unos minutos, mientras saludaba al brigada Santos, vio el pájaro en el parachoques de un camión. Se había escapado y lo había seguido. Se lo tuvo que meter en un bolsillo del mono y guardarlo allí mientras trabajaba.

—Celso lo cuidará bien, ya verás —dijo Donato—. Le dará lo que necesite.

Mientras ellos hablaban, la cría de urraca estuvo todo el tiempo sobre una piedra, atenta, vigilando sus movimientos como si efectivamente fuera un perro. Alrededor, en el aire, el canto de las cigarras era más intenso que los días anteriores, como si aquel mismo mediodía hubiesen nacido mil ejemplares más. Hacía mucho calor incluso dentro del pinar, la zona más sombría del cuartel.

Se dirigieron a la panadería en cuanto oyeron el toque de corneta. La cría los siguió con desparpajo, superando sin especial esfuerzo las ramas que le obstaculizaban el paso. Eliseo la cogió y la dejó sobre el banco de piedra, junto a la puerta de entrada.

—No, mejor en el suelo. Si no, lo va a llenar todo de mierda —dijo Donato, bajándola.

La cría chilló, y sus protestas se redoblaron al ver que le cerraban la puerta de la panadería.

Donato llenó el macuto: dos botellas de vino, seis choripanes, cuatro huevos hervidos y dos plátanos. El vino y los choripanes, para los amigos del búnker; los huevos y los plátanos, para el pájaro, aunque probablemente no harían falta. Celso se encargaría de alimentarlo. Se había ganado la confianza de los soldados que trabajaban en la cocina y no le negaban nada.

Eliseo cogió un bote de plástico de levadura y le hizo un agujero. Luego, salió a por el pájaro y lo introdujo allí.

De la panadería al búnker, al Centro de Transmisiones, había que andar primero cien metros por el interior del cuartel, y luego otros doscientos en dirección al bosque de El Pardo, colina arriba. Al ponerse en camino, nada más dejar atrás el pinar, sintieron el calor en todo el cuerpo, especialmente en los pies, por las botas de cuero, y más aún al cruzar el patio del cuartel, por el suelo de cemento y porque el sol les daba allí de lleno. La temperatura era muy alta.

El calor y el sol reforzaban el silencio propio de los sábados por la tarde. No se oía un ruido. Y el silencio, a su vez, alteraba la percepción del tiempo. El toque de corneta que poco antes había anunciado el paseo se antojaba ya algo remoto.

Se oyeron cerca unas detonaciones de escopeta. Había cazadores en el bosque de El Pardo. También para ellos era sábado, día festivo. Efectuaban casi siempre dos disparos seguidos.

—¡Gente asquerosa! —Eliseo agachó la cabeza para escupir al suelo de cemento.

—No se asusta —dijo Donato cogiendo el bote de plástico que llevaba en el macuto. Aparentemente, la cría de urraca no era capaz de identificar las detonaciones. Estaba con los ojos abiertos, pero sin alterarse.

Se oyeron ladridos de perros y nuevos disparos de escopeta, esta vez más cerca, primero en andanada, luego tiros aislados, como si uno de los cazadores estuviera rematando las piezas abatidas por la partida. Daba la impresión de que los cazadores se encontraban allí mismo, entre los barracones, en alguna de las calles paralelas a la que ellos estaban atravesando.

—¿Qué cazan? ¿Jabalíes? —preguntó Donato.

—O faisanes, o gamos, vete tú a saber. Para nosotros solo dejan los conejos, sobre todo los que están enfermos de mixomatosis.

Volvió a escupir al suelo.

Al principio, cuando empezaron a compartir trabajo y habitación en la panadería, Eliseo y Donato solo se hablaban lo justo, sin entrar en detalles sobre cuestiones de familia o sobre sus ideas, y sin opinar acerca de lo que veían en torno suyo, dentro y fuera del cuartel. El trato, sin embargo, había ido estrechando el vínculo entre ellos: se compenetraban perfectamente a la hora de trabajar, y por las tardes, durante el descanso, marchaban juntos al Centro de Transmisiones a reunirse y comer algo con los soldados con los que habían trabado amistad. Luego, el sexto mes de cuartel, aprovechando un permiso con motivo de la festividad de San Juan, Donato invitó a Eliseo a las fiestas de su pueblo, y lo llevó a la panadería de Ugarte. Ocurrió entonces un imprevisto. Esa misma mañana se había estropeado la furgoneta que hacía el reparto y el propietario buscaba un mecánico, aunque sin resultado, por ser festivo. «No nos hace falta nadie, Miguel. Tenemos aquí a Eliseo», dijo Donato. Una hora más tarde, la furgoneta estaba arreglada. «¿Sabe hacer pan?», preguntó Miguel. «Tan bien como yo. Y es muy serio. Algunas veces, demasiado. No tiene otro defecto.» «Si a usted le parece bien, podemos hacer una prueba mañana en la panadería», le dijo Eliseo a Miguel. «Ni hablar. Estamos en fiestas. Si al terminar el servicio militar quieres empezar a trabajar aquí, por mí de acuerdo.»

A partir de ese momento, sabiendo los dos que les tocaría compartir muchas cosas en el futuro, sus conversaciones se hicieron más largas, y, aunque el palacio de Franco solo distaba un par de kilómetros del cuartel y el del príncipe Juan Carlos no mucho más, lograban zafarse de la sombra que, debido a aquella proximidad, flotaba en el aire, y hablar también de ellos, de las autoridades, de los mandos, de todos los mandos de España. El que más los despreciaba era Eliseo. No soportaba que tuvieran tanto privilegio, y que un bosque con tanta caza como el de El Pardo lo quisieran enteramente para ellos y para sus colaboradores y socios. ¿Cómo podían ser tan codiciosos, tan inhumanos? Eran quince kilómetros cuadrados de terreno con animales de toda clase, un paraíso para los cazadores. Pero para él, y para otros como él, el lugar era peligroso. Si alguien osaba adentrarse allí como furtivo enseguida tenía detrás a los guardas de monte o a la Guardia Civil.

Se oyeron disparos de escopeta, una nueva andanada.

—Los perros ya han localizado al jabalí. Qué fácil, ¿verdad? Hasta un niño podría cazarlos así —dijo Eliseo.

Donato le dio un codazo.

—No te enfades, Eliseo. ¿Para qué queremos nosotros un jabalí? ¿Cómo íbamos a asarlo? No cabría ni en el horno más grande de la cocina. Y la gracia está ahí, en asar el jabalí entero.

Eliseo se rio. Así era Donato. Cuando conversaban en la habitación de la panadería, daba la impresión de que el motor de su compañero sonaba ligero y suave, como el de un coche que marchara en llano o cuesta abajo. Él, en cambio, avanzaba con más dificultad. En ocasiones, justo antes de caer dormido, lograba oír el ruido del motor que llevaba dentro. Era como el de un camión que estuviera subiendo un puerto.

Dejaron atrás los barracones y continuaron hacia el edificio de la Sala de Guardia. Estaba en un alto al que se accedía por unas escaleras de piedra o por un camino para vehículos. Escogieron las escaleras. La cría de urraca se puso a chillar desde el interior del bote de plástico.

—Dos escaleras, un chillido —observó Donato—. Los pájaros tienen su ritmo. Todos los animales, seguramente.

—Esos de las escopetas no —replicó Eliseo. Los cazadores disparaban ahora de forma irregular.

En lo alto de la escalera se abría una explanada, un espacio diáfano de unos quinientos metros cuadrados. Una puerta de hierro y el edificio de la Sala de Guardia interrumpían allí el muro de tres metros de altura que rodeaba el recinto militar. Entre ambos se levantaban dos monolitos, uno adornado con los símbolos del cuartel y el otro, con un enorme termómetro. En aquel momento, cinco y media de la tarde, marcaba treinta y un grados.

Desde la explanada, Eliseo y Donato levantaron la mirada hacia las primeras colinas del bosque, pero los cazadores parecían haberse retirado. Solo se veían árboles, y por encima de ellos la capa del cielo, del mismo color que el cemento del cuartel, pero resplandeciente, como si tuviera en el envés una plancha de hierro al rojo vivo.

Un soldado al que apodaban Caloco, otro de los amigos del búnker, se asomó a la puerta de la Sala de Guardia. Estaba listo para el turno de garita, con el cetme en la mano y el casco metálico en el cinto. Adelantó el arma en posición de tiro y se les acercó dando voces:

—¡Adónde van ustedes! ¿Qué llevan ahí?

Luego, tocando el macuto de Donato con el cañón del fusil:

—¡Enséñemelo inmediatamente si no quiere ir al calabozo!

Caloco hacía unas diez guardias al mes, las que le correspondían a él, una o dos, y las de los soldados que le pagaban para que los sustituyera, a razón de quinientas pesetas los días de labor y ochocientas los fines de semana; un dinero que, tras licenciarse, pensaba invertir en la compra de tres o cuatro vacas. No quería verse en el futuro trabajando de criado, cuidando del ganado ajeno por las montañas de Santander, como había hecho hasta su incorporación a filas. Pero el sobresfuerzo, las muchas guardias, los cientos de horas que debía pasarse de pie en una garita o maldurmiendo en un catre empezaban a afectar a su ánimo. Con frecuencia, hablaba exaltadamente, como si su motor, así se lo decía Eliseo, tuviera el ralentí subido. El trastorno se le notaba también en los ojos. Eran azules, pero, a diferencia de los de Donato, tenían un mirar inquieto, vidrioso.

Riéndose y haciéndole señas para que se uniera a ellos, Eliseo y Donato salieron a la carretera pasando por debajo de la barrera de entrada del cuartel.

—¡Si es una trampa os vais a arrepentir! —gritó Caloco, pasando también él por debajo de la barrera.

Eliseo y Donato cruzaron la carretera y continuaron por el sendero que llevaba al Centro de Transmisiones hasta llegar a un banco de piedra. Caloco los siguió y, antes de sentarse entre sus dos amigos, levantó una mano y estiró los dedos. Disponía de cinco minutos hasta su turno de guardia. Dejó el cetme sobre el banco.

Donato abrió el macuto y le dio un choripán, y luego la botella de vino con el corcho a medio sacar. Caloco agarró del cuello a sus dos amigos y les dio un fuerte apretón. Luego, arrancó de un mordisco una tercera parte del choripán y tomó un trago de vino.

—No es el príncipe —dijo de pronto. Se oía el ruido de una moto que se aproximaba desde el pueblo de El Pardo—. La del príncipe casi no hace ruido. Tiene un motor de seda.

Reconocía a la primera todos los vehículos que pasaban por aquella carretera, tanto los que iban de El Pardo a Mingorrubio como los que circulaban en sentido contrario. Las muchas horas de guardia también servían para eso.

—Es una Sanglas 500. Solo pasa los sábados. Debe de tener una novia en Mingorrubio —dijo cuando la moto pasó por delante de ellos.

Cambió de tono.

—Sabéis que han vuelto a castigar a Celso, ¿verdad? Otros tres meses sin salir del cuartel. Así le va a nuestro amigo.

Celso tenía derecho a ir a Madrid los fines de semana, a casa de sus padres, ya que a lo largo de la semana hacía jornada completa, mañana y tarde, en el Centro de Transmisiones, y no solo media como su compañero Raúl; pero en los casi ocho meses que llevaba en el cuartel no llegarían a diez las veces que se había beneficiado de esa ventaja. Le caían castigos continuamente. El último, aquel mismo mediodía. Había intentado salir a un descampado sin esperar al toque de paseo, utilizando un hueco que el muro del cuartel tenía en la parte trasera. Un error, porque el soldado encargado de la vigilancia de aquella zona no era, como él pensaba, un veterano de los que le conocían y hacían la vista gorda, sino un recluta recién llegado.

—Una putada —concluyó Caloco—. Nada más verle le ha dado el alto y se ha puesto a chillar como un verraco.

Eliseo y Donato respondieron con un gesto de resignación. No les costaba imaginarse lo ocurrido. Llevaban tiempo en el cuartel, y sabían cómo se comportaban los novatos. Solían estar acobardados, y si los ponían en las garitas, con los cetmes, resultaban peligrosos, sobre todo de noche. Eran capaces de disparar a un borracho que se hubiera parado a mear contra el muro, o a un perro, o a un gato, o a cualquier cosa que se moviera.

En el caso de Celso no había sido para tanto, porque el intento de salir del cuartel lo había hecho de día; pero el novato —contó Caloco— había dado parte, con la mala fortuna de que ese día el oficial de guardia era un teniente nuevo, un tal Garmendia, que había estado destinado en el Sahara.

—Uno de esos que tienen el rollo africano en la cabeza. Disciplina legionaria, que se dice.

—En resumidas cuentas, tres meses sin pase —dijo Eliseo. Estaba cabizbajo, igual que Donato.

—¡Ahí tenéis al recluta! —exclamó Caloco, señalando al soldado que ocupaba la garita de la entrada del cuartel. Cogió una piedra del suelo y se la arrojó con fuerza—. ¡Chivato!

La piedra dio contra el techo de la garita.

—¡Vamos a apuntar mejor! —dijo Eliseo.

Cogió otra piedra. La lanzó con fuerza y se oyó un ruido metálico. Le había dado al soldado en el casco.

Se quedaron mirando, esperando a que dijera algo, Caloco mordisqueando su choripán, Eliseo con otra piedra en la mano. El soldado se limitó a desaparecer en el interior de la garita.

—Mira esto, Caloco —dijo Donato.

Sostenía la cría de urraca en la mano. Con delicadeza, moviendo la mano de abajo arriba, la lanzó hacia delante. Tras recorrer cinco o seis metros volando a trompicones, la cría se posó en medio del sendero. Enseguida, regresó corriendo hasta ellos.

Eliseo dio unos pasos cambiando bruscamente de dirección. La cría marchó tras él a la carrera, como si el estar encerrada en el bote de levadura le hubiera dado coraje, y el coraje, una energía especial.

—Sabéis por qué os sigue como un perro, ¿no? —dijo Caloco.

Eliseo y Donato no lo sabían.

—Porque es una demente —explicó Caloco—. Se figura que es un perro. Pasa a veces. Estuve de criado en una granja, y había allí una oca que andaba siempre siguiendo a una vaca. Hasta dormía con ella. Ella misma se consideraba una vaca.

Miró el reloj de su muñeca. Eran las seis menos cuarto, no faltaba nada para el turno de guardia. Se puso el casco que llevaba colgado del cinto.

Oyeron voces. Era el soldado de guardia, que les hablaba a gritos. Repetía algo una y otra vez, y entendieron al fin que amenazaba con denunciarlos: iba a informar al teniente Garmendia de que escondían un pájaro en el cuartel.

Eliseo tenía aún la piedra en la mano, y se la lanzó. También esta vez entró en la garita, pero sin alcanzar al soldado.

—Tranquilo, Eliseo —dijo Donato—. Qué más nos da. Si nos preguntan, tenemos una buena excusa. Diremos que encontramos la cría en el cuartel y que la soltamos en el bosque.

Había movimiento en el exterior de la Sala de Guardia. Los soldados del turno siguiente estaban ya formados, listos para salir al relevo. Caloco silbó para que vieran que estaba allí. Bebió otro trago de vino y devolvió la botella a sus amigos.

—Llevadla al búnker y brindad por mí. —Señaló la cría—. Y este bicho regaládselo a Celso. Le gustan mucho los perros, le servirá de consuelo.

Desde encima de una roca, el pájaro los observaba con la cabeza ladeada.

Eliseo y Donato emprendieron la subida al Centro de Transmisiones. Poco a poco, a medida que iban ganando metros, el bosque de El Pardo se agrandaba ante sus ojos. No se oían ya ni disparos de escopeta ni ladridos de perros. Los árboles, hasta donde alcanzaba la vista, parecían dormitar. A lo lejos, el cielo perdía su color de cemento y no parecía tener en su envés una plancha de hierro candente, sino una capa de miel; más lejos aún, hacia los montes de Guadarrama, se volvía azul.

El Centro de Transmisiones, el búnker, era una construcción de unos cuarenta metros cuadrados de superficie, de techo abovedado, a la que se accedía por una estrecha puerta y que solo contaba con dos ventanucos. A la izquierda, contra la pared, había dos aparatos de radiotelegrafía fijos que conectaban el cuartel con toda la red militar española. La segunda pared y la tercera estaban ocupadas, de un extremo a otro, por mesas de trabajo y estanterías en las que se amontonaban herramientas, piezas de repuesto y los aparatos que necesitaban arreglo, sobre todo los URC-77 que se empleaban en los jeeps, los que con más frecuencia se estropeaban; había también un tocadiscos conectado a dos pequeños altavoces y algunos discos. Completaban el mobiliario una litera arrimada a la cuarta pared con una taquilla a cada lado, una mesa baja, dos butacas de mimbre, un banco de madera y dos taburetes que Raúl y Celso utilizaban cuando estaban trabajando. La impresión general era de desorden.

—Tenéis que ver esto —dijo Raúl.

Pulsó el botón del proyector de diapositivas que estaba sobre la mesa, y en la pantalla que colgaba del armazón de la litera apareció una imagen insólita: una pared adornada con seis cabezas disecadas del mismo tipo de animal, tres en la fila de arriba y tres en la de abajo.

—Lo he consultado en una enciclopedia, y son antílopes. Pero no sé de qué tipo. Gacelas desde luego no, y ñus tampoco. Los ñus tienen un cabezón enorme y aspecto de toro.

Además de Raúl, estaban en el búnker Eliseo, Donato y Celso. Caloco volvía a tener guardia ese día. Era 11 de agosto, martes.

Raúl pulsó otra vez el botón del proyector. Apareció en la pantalla un primer plano de una de las cabezas disecadas.

—Mirad qué cuernos. No creo que midan menos de un metro —observó.

Eran, efectivamente, muy largos, y ascendían en espiral como espadas flamígeras.

—Quitando los cuernos, son como los gamos que andan por aquí. La cabeza, al menos, es muy parecida —opinó Eliseo. Donato le dio la razón.

—Hablad más bajo, por favor. Poki se ha quedado dormida dentro de mi gorra —pidió Celso.

Había aceptado cuidar del pájaro, pero Eliseo debía pensar cuanto antes un nombre. Mientras, él lo llamaría Poki.

Era un muchacho grandullón con gafas de pasta negra y con el cuerpo flácido de las personas que han sido gordas y han adelgazado de golpe. Repantigado en una de las butacas de mimbre con las piernas apoyadas en un taburete, sostenía la gorra con el pájaro sobre el vientre.

La siguiente diapositiva mostró la imagen de unos taburetes marrones de forma cilíndrica.

—¿Qué son? —preguntó Raúl. También él llevaba gafas, pero redondas y de montura dorada. Se las ponía y se las quitaba, dependiendo de la distancia. En ese momento, mientras examinaba la pantalla, las tenía puestas.

Siguió otra imagen. Los mismos taburetes de antes, pero esta vez en posición invertida. En la base tenían unas manchas blanquecinas con forma de uña.

—¿Qué son? —repitió Raúl. Eliseo y Donato no supieron responder.

—Patas de elefante —dijo Celso—. O, mejor dicho, patas de cría de elefante. Mirad el tamaño. ¡Espero que el asesino que mató al pequeño elefante esté muerto y enterrado!

Hacía muecas de asco, como si le hubiera llegado un olor pestilente.

—Lo abatió un empresario aficionado a los safaris —informó Raúl—. Y no te preocupes, Celso. Murió hace años.

Examinó a la luz que entraba por el ventanuco una de las cinco o seis diapositivas que estaban sobre la mesa y la puso en la rueda del proyector. La fachada de un edificio ocupó toda la pantalla. Las puertas, las ventanas, las pequeñas torres almenadas evidenciaban el deseo de imitar el estilo de un castillo medieval. Se trataba de la casa de campo del empresario de los safaris, explicó Raúl, situada en la sierra de Guadarrama. Los días siguientes tendría que quedarse allí para instalar el hilo musical, porque así se lo había ordenado un teniente que acababa de incorporarse al cuartel.

—Su novia ha recibido la casa en herencia, y al parecer no puede vivir sin música. Por eso me ha dado el teniente estas diapositivas, para que me haga una idea de cómo es la casa. El teniente se llama Garmendia, y su novia, Vicky.

La forma de hablar de Raúl era opuesta a la de Celso. Tenía la voz monótona y no hacía ningún esfuerzo por darle expresividad.

—Ya sabéis ahora por qué me castigó el sábado el beduino ese, Garmendia —dijo Celso mirando a Eliseo y a Donato—. Teniéndome aquí sujeto, Raúl se puede quedar tranquilamente en la casa del asesino de Guadarrama hasta que acabe de montar la instalación. Está claro, ¿no? Yo aquí de guardia y Raúl haciendo de criado para él y su novia, la tal Vicky.

Se levantó de la butaca de mimbre, sacó la cría de urraca de la gorra y dio unos pasos hacia la puerta del búnker sosteniéndola con las dos manos.

—La culpa es tuya, Celso —dijo Raúl. Se le notaba molesto—. Siempre andas entrando y saliendo del cuartel a deshoras. En el tiempo que llevas aquí, has pasado más días castigado que libre.

—Esta vez no me importa. Ahora soy el tío de esta urraquita. Eliseo, el padre, y yo, el tío. Le daré unas hormigas y luego la llevaré a pasear por la colina. Tiene que hacer ejercicio para crecer sana.

Le dio un beso al pájaro.

—Ven con tu tío, Poki —dijo. Se volvió hacia sus amigos—. Eliseo, mientras no le pongas nombre yo seguiré llamándola Poki. No Vicky, Poki.

—¡Llámala Paca! —dijo Eliseo.

—¡Mejor! ¡Mucho mejor! Precioso nombre. —Celso volvió a besar al pájaro—. ¡Vámonos, Paca!

El Centro de Transmisiones se quedó en penumbra cuando Celso cerró la puerta. Eliseo y Donato se colocaron a ambos lados de Raúl. Querían seguir viendo imágenes de la casa de Guadarrama. Del interior, de los animales disecados.

Raúl proyectó otra diapositiva. En la pantalla apareció un león.

—El rey de la selva —dijo Raúl.

Estaba en la misma sala que los taburetes hechos con patas de elefante, delante de un sofá. Donato se rio. Era la primera vez que veía la foto de un león de verdad. Hasta entonces solo los había visto en los dibujos de la enciclopedia de la escuela. Lo que más le sorprendió fueron los ojos. Parecían de oro.

La siguiente diapositiva mostraba el mismo león, pero en primer plano.

—Creo que los leones tienen los ojos de color ámbar —explicó Raúl—. Lo que pasa es que este lleva mucho tiempo disecado. La piel la tiene también raída y más bien marrón, pero de por sí es rojiza.

—Es un animal soberbio, desde luego —sentenció Eliseo.

Permanecieron un rato callados. Luego, en la siguiente diapositiva, vieron dos fusiles colgados de una pared, ambos con visor telescópico.

—No son cetmes, eso está claro —dijo Raúl.

Eliseo hizo una mueca de desprecio.

—Esas armas son para señoritos. A mí me gusta más el cetme. Es un buen fusil. La pena es que solo se utiliza durante las prácticas en el campamento.

Raúl proyectó otras tres diapositivas. La primera mostraba un pasillo en el que se alzaban, puestas en fila, tres armaduras, cada una de ellas con su casco, su cota y su espada; la segunda, una habitación, una especie de almacén, repleta de armas de hierro medievales, espadas y saetas, lanzas y mazas, arcos y hachas. La tercera, un plano más cercano de algunas de aquellas armas.

—¿Qué es eso que se ve a la izquierda, Raúl? —preguntó Donato.

Era similar a un arco, pero con una base perpendicular que acababa en una culata no muy diferente a la de los fusiles cetme.

—Una ballesta —respondió Raúl.

—Nunca había visto algo así.

Eliseo se arrimó a la pantalla para verlo mejor.

—Me pregunto si tendrá precisión.

—Seguro que sí —opinó Raúl—. La saeta, colocada en el carril acanalado de la base, sale derecha y a gran velocidad.

La pantalla fue mostrando animales más comunes: un águila, un búho, un faisán, un jabalí.

—Ese jabalí no lo cazó en África —dijo Eliseo.

Raúl apagó el proyector.

—Seguramente lo mató aquí mismo. Me contó el teniente Garmendia que el padre de Vicky venía mucho a este bosque de El Pardo. A veces con el mismísimo general Franco.

Donato se acercó a Raúl y le ayudó a recoger las diapositivas.

—¿Cuánto tiempo te va a llevar la instalación del castillo de Guadarrama? Lo digo por Celso.

—No lo sé, me figuro que bastante. En cualquier caso, eso no cambia nada para Celso. Le han caído tres meses de castigo. Deberá estar aquí todo el tiempo.

Eliseo y Donato no estuvieron de acuerdo. Sí que cambiaba algo. Estando en el cuartel, Raúl podía encargarse de las transmisiones por las mañanas y algunas tardes, permitiendo que Celso pudiera darse un paseo por el interior del cuartel, o irse a charlar un rato con Caloco, o con ellos en la panadería, o a la cocina para almorzar. Nada de eso era posible si se quedaba solo en el búnker, siempre de guardia, pendiente del siguiente telegrama.

Raúl no tenía ganas de discutir y fue a sentarse delante de uno de los aparatos de radio sin decir nada.

A Eliseo se le quedaron grabadas en la memoria las imágenes de los animales que les había mostrado Raúl, y pensaba, sentía, que sería maravilloso ver en África, en vivo, un león como el de la diapositiva, con su melena y sus ojos dorados, y encararlo no con un fusil provisto de visor telescópico, sino sin ventajas, con un cetme, o con menos ventajas aún, con una ballesta, a poca distancia. De noche, en la habitación de la panadería, apagada ya la luz, acostado en la cama, se sumía en esos pensamientos hasta que la imagen cobraba vida, como si el león hubiera saltado de la diapositiva al cine. Se veía entonces agazapado entre la maleza, armado con la ballesta, a cincuenta metros del león, hasta que de pronto la fiera, que no pesaría menos de doscientos kilos pero estaba dotada de una agilidad prodigiosa, se lanzaba a correr en su dirección. Él se estremecía y se le ponía la carne de gallina al ver sus ojos dorados clavados en él, pero aguantaba hasta tener a la fiera a diez o quince metros, y entonces le disparaba la saeta a la mitad del pecho sin que le fallara el pulso. Con el león herido de muerte, se echaba a temblar, como si el miedo que hasta ese momento había podido dominar se le hubiera diseminado por todo el cuerpo, y sentía entonces, como si estuviera allí mismo, en la cama, la presencia de Paca, su amiga de Valdesalce. La abrazaba, y tenía sexo con ella hasta que eyaculaba.

Al principio, la fantasía solo le duraba los diez o quince minutos que se mantenía despierto tras su charla nocturna con Donato; pero si hallaba dificultades para completarla, si el león a abatir se presentaba en grupo en lugar de hacerlo en solitario y él vacilaba sobre cómo actuar, cómo atraer a la fiera, cómo conseguir que las demás no se revolvieran cuando él disparara contra ella, en aquel caso su cabeza seguía dándole vueltas a la escena durante el día, mientras hacía el pan o arreglaba algún motor en el taller. La rutina del cuartel, más regular que la de ningún otro sitio, no requería su atención, y le resultaba fácil tener ocupada la cabeza con imágenes de África mientras sus ojos, sus oídos, sus manos y sus piernas actuaban de forma automática.

Conforme pasaban los días, le resultaba cada vez más placentero el estar en dos sitios a la vez, dentro y fuera del cuartel, y solo lamentaba el hecho de no poder dedicar a su fantasía, a las imágenes de África y a la actividad sexual ligada a ellas, un tiempo más sosegado. Le molestaban las interrupciones y, en especial, las visitas de los soldados que venían a interesarse por la cría de urraca. El recluta que los había visto con el pájaro desde la garita de la entrada del cuartel había difundido la noticia, y eran muchos los que se acercaban a la panadería pidiéndole que les mostrara «ese bicho que has amaestrado», y a preguntarle de paso si era verdad que, terminado el servicio militar, Donato y él iban a trabajar en un circo, Donato tocando el acordeón y él con el bicho. «Es verdad, sí, por eso está Donato aprendiendo a tocar "Juanita Banana". Es una pieza que se adapta muy bien al estilo de Paca», respondía él en broma y para acabar pronto. Un error, sin duda, sobre todo la mención del nombre, Paca. En adelante, de una punta a otra del cuartel, de una compañía a otra, a la hora de comer o entre quienes aguardaban el recuento nocturno, Paca se convirtió en tema de conversación. El rumor transformó la naturaleza del pájaro: no era ya un bicho, sino un loro.

Tratando de arreglar la situación, Eliseo colgó un aviso en la puerta de la panadería: el pájaro, una urraca y no un loro, volaba libre en el bosque de El Pardo, porque ellos lo habían soltado allí. Pero el viento —el vientecillo que nunca falta en las cabezas— reforzó la idea de la existencia de Paca, recomponiéndola y añadiéndole detalles.

Una semana después de que el rumor empezara a cobrar fuerza —el 20 de agosto, jueves, treinta grados de temperatura en el termómetro de la Sala de Guardia—, subieron Eliseo, Donato y Caloco al Centro de Transmisiones para la cena, y Celso les informó de las últimas noticias de Radio Macuto: el loro que andaba por el cuartel, Paca, había nacido efectivamente en El Pardo, pero no en el bosque, sino en el palacio del general Franco. Se había escapado de allí y había ido a parar a manos de Eliseo, que lo tenía escondido. En el palacio estaban desesperados porque el loro era el regalo de cumpleaños para una de las nietas de Franco.

—Radio Macuto da la noticia continuamente —dijo Celso dejando la tortilla de patata que le habían regalado en la cocina sobre la mesa baja del búnker, junto a la mitad de un queso, dos latas de atún, dos botellas de vino y el termo de café. No habían empezado a comer, pero una de las botellas estaba casi vacía.

—Ayer estuvieron hablando del asunto en la Sala de Guardia —dijo Caloco—. Parece ser que la policía militar está investigando. Pronto darán con el rastro de Eliseo, ya lo veréis. Es muy probable que lo fusilen.

—Me temo que la policía militar va a tener que buscar otras fuentes de información —dijo Celso—. Eliseo no sabe dónde se encuentra Paca. ¿Dónde está tu pequeña, Eliseo?

De pie junto a una de las taquillas, la gorra se le movía sin parar en la cabeza. Caloco y Donato rieron la broma. Celso ocultaba allí el pájaro.

—No lo sé, amigo —respondió Eliseo.

—Eres un padre muy poco responsable. Ya verás, cuando Paca se haga mayor. Te pedirá cuentas.

—No te hace caso, Celso. Tiene la cabeza en otra cosa —dijo Caloco.

Donato le dio la razón:

—Últimamente, siempre tiene la cabeza en otra cosa.

Estaban en lo cierto. Eliseo no prestaba atención a nada. Hacía el pan, reparaba motores de camiones, pero, por lo demás, vivía encerrado en sí mismo, obsesionado con una única idea. No tenía que ver con los rumores sobre la cría de urraca; invenciones como aquella, incluso mucho más disparatadas, eran habituales en el cuartel. Lo que le preocupaba era la evolución de sus fantasías nocturnas. Su efecto se había ido debilitando. Cuando apagaba las luces de la habitación y se dejaba llevar por el ensueño, el león ya no echaba a correr para abalanzarse sobre él, poniéndole la carne de gallina y excitándole sexualmente. En lugar de ello, mostraba una actitud indiferente: lo miraba con desgana y se ponía a bostezar, o le enseñaba el trasero. Eso hundía su ánimo, así como su apetito sexual, y, a falta de estímulos, se quedaba dormido. Luego, de día, en la panadería, o en el taller con el brigada Santos, o en el Centro de Transmisiones con sus amigos, su abatimiento continuaba, como si la flaqueza de su fantasía hubiera afectado a todos los órganos de su cuerpo. Antes, siempre, aun yendo cuesta arriba, tenía la impresión de ser un camión de gran potencia, y de que nada le impediría llevar una carga de muchas toneladas; ahora, en cambio, avanzaba a duras penas, como si a su motor no le funcionaran bien las válvulas.

—¡Paca! —llamó Celso quitándose la gorra y dejando el pájaro a la vista. Pese a que aún era pequeña, la forma de su cuerpo era ya la de una urraca. Tenía el pecho blanquísimo—. ¡Paca! —volvió a llamar Celso, más alto que antes.

La cría emitió un graznido que sonó como «Paca».

—Pronto aprenderá a hablar. Le pongo la grabación todos los días.

El magnetofón estaba sobre una de las taquillas, conectado a los altavoces del tocadiscos. Pulsó el botón, y el nombre «Paca» empezó a sonar machaconamente. Después de unos segundos todos empezaron a protestar. Celso apagó el aparato.

—Con vuestro permiso, voy a darle unas sopas de vino —dijo Caloco—. En nuestras montañas, a las vacas se les da vino. Lo que es bueno para las vacas no puede ser malo para este perro.

Miró el reloj y vio que eran las ocho.

—¿Por qué no lo cogemos todo y cenamos fuera? Fuera hará más fresco. Yo me encargo de las botellas de vino.

El Centro de Transmisiones, el búnker, tenía bastante luz gracias a los ventanucos y a los dos tubos fluorescentes; pero traspasaron la puerta metálica y se sintieron como si emergieran de la oscuridad de una cueva. El sol, muy bajo en ese momento, les llegaba casi en horizontal. Al principio los deslumbró, y se encaminaron hacia lo alto de la colina con los ojos entrecerrados.

El cielo estaba lleno de rayas. Eran las estelas de unos reactores que acababan de pasar, algunas de ellas todavía perfectamente definidas, otras ya emborronadas, rayas naranjas, rayas rojas, rayas amarillas, dibujadas sobre nubes de tonos más suaves, medio rosas, medio grises, verdosas. En la tierra, asomaban ya las primeras luces, las del cuartel, las de las urbanizaciones y, al fondo, las de los edificios de Madrid, desvaídas, blancuzcas.

En comparación con el cielo, la tierra parecía un lugar anodino. El bosque de El Pardo perdía consistencia hacia la sierra de Guadarrama, hasta empastarse con ella; más cerca, a pocos kilómetros del Centro de Transmisiones, los árboles formaban una franja oscura, entre negra y verde. La paz era total. Los animales del bosque, los soldados del cuartel, los vecinos de las urbanizaciones, los habitantes de la ciudad, todos tendrían seguramente alguna inquietud, una pizca de angustia o de preocupación por algo; pero no había rastro de ello ni en la tierra ni en el aire.

Pasó una cigüeña, muy alto, volando ella sola por debajo del cielo de colores. Uno de los cuatro amigos, cualquiera de los que estaban sentados en las rocas del alto de la colina, habría podido dirigirse a los demás y decir: «Reparad en la belleza de este instante, la dulce noche se acerca»; pero, aunque recibieron la impresión, no fueron capaces de expresarla, y los cuatro se quedaron callados.

El silencio, el suyo y el de alrededor, se vio truncado por los ladridos de tres o cuatro perros.

—Son esos cabezones, los mastines de la cuadrilla de guardas. Por ahí andarán los amigos del príncipe —dijo Eliseo. Tenía la cría de urraca sobre la rodilla.

Continuó hablando sobre perros. Los cazadores que frecuentaban el bosque de El Pardo solían llevar podencos y mastines, un montón de ellos, cuarenta o más por montería, y también el príncipe tenía perros de ese tipo, aunque más finos, de una raza especial cien por cien española, unos perros grandes blanquísimos. Lo sabía porque lo había leído en las revistas del corazón. De vez en cuando, el brigada Santos le traía números de *¡Hola!* que su mujer ya había leído para su amiga Paca.

—Qué envidia, ¿verdad, Eliseo? Perros blancos, cien por cien españoles —dijo Caloco. Los demás se rieron.

Eliseo hizo un gesto de desprecio. A él no le gustaban ni aquellos perros ni, menos aún, aquel tipo de caza. No era decente azuzar a cuarenta perros contra un solo jabalí. Eso era como derribar un león a un kilómetro de distancia con un fusil dotado de visor telescópico. Solo la gente cobarde practicaba ese tipo de caza.

Pronto no hubo ladridos, y el bosque, el cuartel, todo el entorno fue recobrando el sosiego. Celso encendió un cigarrillo. Unos segundos después, Caloco hizo lo mismo. Donato abrió el termo y sirvió café en los vasos de plástico.

Sobre la rodilla de Eliseo, la cría de urraca escondió la cabeza entre las plumas y se durmió.

En el cielo dominaban ahora el violeta y el granate; al fondo, donde acababa de ponerse el sol, las nubes eran de un rojo intenso. En el bosque de El Pardo, por el contrario, todo era sombra, los árboles y la tierra no se distinguían. La sierra de Guadarrama había desaparecido de la vista.

Eliseo se tumbó en el pinar, sobre el lecho que había improvisado ahuecando la tierra, y abrió el libro prestado por el brigada Santos, *Problemas mecánicos del motor,* en el capítulo dedicado a los cilindros hidráulicos. Eran las cuatro y media de la tarde del 27 de agosto, jueves. Como siempre que hacía calor, el chirrido de las cigarras era incesante.

Procuraba poner todo su empeño en el estudio, concentrándose en cada esquema, en cada explicación, tratando de llenar así el vacío que había seguido al debilitamiento de sus fantasías nocturnas. Le había ocurrido otras veces, en otros momentos de su vida, que los sueños, ciertos pensamientos, ciertos deseos, acabaran ocupando en su mente un lugar excesivo; pero jamás había experimentado en su ánimo un contraste tan agudo como el de las últimas semanas: el bienestar, el vigor, la plenitud inicial; el desfallecimiento posterior, la desgana.

Al alzar la cabeza para cambiar de postura vio a Celso saliendo de la panadería. Caminaba con torpeza, dando pequeños traspiés. Le llamó con un silbido.

—La he cogido de la taquilla. Qué menos, después del apuro que he pasado.

Celso traía una botella de vino en la mano.

—Ha venido el beduino ese del desierto, Omar Sharif, a visitarme al búnker.

Se refería al teniente Garmendia. Se había presentado en el Centro de Transmisiones con la excusa de recoger un disco que le había recomendado Raúl, *No Milk Today*, de los Herman's Hermits; pero él se había percatado enseguida de que aquel hombre no había ido solo a por música, porque, ya con el disco en la mano, había continuado fisgoneando entre los URC-77 amontonados en las estanterías.

—¡Buscaba el pájaro, Eliseo! ¡Buscaba a Paca!

Estaba excitado. Bebió un trago de vino de la botella.

Se les acercó Donato, y Celso repitió lo que acababa de contar añadiendo los detalles. Al final de la visita, el teniente le había preguntado abiertamente si era verdad lo que se comentaba, que tenían allí un pequeño loro que sabía hablar. Él le había respondido que no, que de aquello hacía tiempo. Los disparos de los cazadores de El Pardo lo asustaban y había acabado escapándose.

—El beduino se ha tenido que marchar sin su regalito especial para Vicky. Menos mal que no ha visto a Paca. Me habrían caído otros tres meses de castigo.

Donato se rio.

—No sé dónde la tenías escondida durante la visita del teniente Garmendia —dijo—. Pero sé dónde la tienes ahora. Me gusta tu gorra nueva.

Las gorras de los veteranos, o las de los más reacios a la disciplina, solían tener la visera rota, o el aro de baquelita quitado, y la que normalmente usaba Celso era famosa en todo el cuartel por lo destrozada que estaba. En aquel momento, sin embargo, llevaba una gorra tan tiesa y pulcra como la de un novato, aunque muy grande para él. Se la quitó, y la cría de urraca —ya casi una urraca adulta— voló desde su cabeza hasta la rama de un árbol; desde allí, sin detenerse, hasta el libro de Eliseo, *Problemas mecánicos del motor;* luego, con andar desmañado, caminó hacia el interior del pinar, como explorando el terreno. A cada paso, sus alas y su cola desprendían destellos azulados.

—¿De dónde la has sacado? O mejor dicho, ¿en qué compañía la has robado? —preguntó Donato.

—La he robado, en efecto. No lo puedo negar. El furriel andará como loco contando y recontando las gorras sin encontrar la que le falta. Pero ha sido por necesidad. La cola de Paca es cada vez más grande. Con mi gorra vieja sobresalía mucho, y parecía un indio. Y yo no soy indio. Soy celta, oriundo de Galicia.

—¿Y tenías ahí a Paca mientras el teniente la buscaba?

Donato no se lo podía creer. Pero pensó que Celso era capaz de eso y más.

—Sí, pero no tengo ningún mérito. Ese beduino no ve nada. Es un beduino enamorado.

Habían decidido que ese día no se juntarían en el Centro de Transmisiones, ya que Raúl continuaba en el castillo de Guadarrama, renovando el sistema eléctrico después de haber instalado el hilo musical, y Caloco, por enésima vez, tenía guardia. Cenarían en el comedor del cuartel, con los demás soldados.

Se sentaron en la zona con más sombra del pinar, en torno a la botella de vino. El pájaro estaba posado sobre una rama que yacía en el suelo. Celso encendió un cigarrillo con un mechero rojo.

—Ojalá pudiera hacer un trueque con el teniente Garmendia —dijo Eliseo—. Había pensado guardar el pájaro para mi amiga Paca, pero el otro día, al ver las diapositivas de esa casa de Guadarrama, me llamaron la atención las ballestas. Nos entretendríamos mucho con esa arma. Pondríamos una diana en el búnker, en un lugar oculto a la vista, y haríamos campeonatos.

—A mí me parece bien. Como en las prácticas de tiro, pero con ballesta —dijo Donato.

—¡Callad de una vez!

Celso se había puesto en pie. Dio una calada al cigarrillo y, volviéndoles la espalda, recorrió unos pasos en dirección a la urraca; pero, al contrario de lo que esperaban, no se detuvo, y siguió caminando en línea recta hacia el otro extremo del pinar. Conforme se alejaba, el chirrido de las cigarras pareció ganar intensidad.

Eliseo y Donato lo encontraron sentado al pie de un pino, con la mirada fija en el muro de tres metros de altura del cuartel, fumando.

—¿Veis esto? —les preguntó mostrándoles el mechero rojo—. Pertenecía al beduino. Lo ha dejado por descuido encima del tocadiscos, y yo me lo he metido debajo de la gorra. Yo lo meto todo debajo de la gorra.

—No te enfades, Celso —dijo Donato sentándose a su lado.

Eliseo se puso en cuclillas junto a ellos.

—Lo único que quiero yo es esa ballesta, Celso. Me hace más ilusión que el pájaro.

Había llevado la botella de vino. Celso se la cogió y le dio un trago.

—Me has hecho llorar, Eliseo. Creía que querías más a Paca —dijo quitándose las gafas y limpiándoselas con el bajo de la camisa.

Durante los minutos siguientes hablaron con calma, en confianza, como si estuvieran en la habitación de la panadería con la puerta cerrada. Eliseo y Donato pidieron sentido común a Celso. Cuidar de los animales estaba bien, pero no había que exagerar, porque de lo contrario uno acababa entendiendo la vida al revés y se volvía loco. Donato le refirió el caso del ingeniero francés que dirigía la mina de Ugarte, Antoine. Era un hombre con estudios, rico, que vivía en el mejor lugar del pueblo con una criada y un criado a su servicio. Sin embargo, sus días y sus noches eran pura desdicha. No se relacionaba con nadie más que con sus perros, y siempre andaba enfadado con la gente a cuenta de ellos. Por su parte, Eliseo le habló de Basilio, su socio en Valdesalce. Era un buen hombre, que cuidaba como es debido de su perra Lay; pero al llegar marzo no le quedaba otro remedio que degollar a sus corderos, una cosa bien triste. Al principio, en la época en que, con catorce años, su padre lo dejó solo en Valdesalce, él no podía soportarlo; luego lo fue aceptando, y ahora manejaba el cuchillo con la misma destreza que Basilio.

—Todo eso es verdad —dijo Celso—. Pero en el caso de Paca, dársela al beduino sería una cosa muy fea. Que siga Raúl regalándole discos y haciéndole la pelota. Pero nosotros no.

Donato meneó la cabeza. No aprobaba aquel tono.

—A Raúl no le queda otro remedio que hacer lo que le manda el teniente —dijo.

—Raúl es un chivato, por eso le ha concedido el beduino el permiso más largo de la historia de este cuartel. Para un celta como yo esa clase de gente es insufrible.

—Tranquilo, no sigas con eso —le pidió Donato.

Celso se puso en pie, mirando a un lado y a otro.

—¿Dónde está Paca?

Eliseo y Donato también se levantaron. En el pinar, en ese momento, había tres urracas. Dos en el suelo y la tercera en la rama de un árbol. Las tres eran muy parecidas.

—¡Paca! —llamó Celso.

—¡Paca! ¡Paca! ¡Paca! —cantó la que estaba en la rama, y descendió volando hasta ellos. Se quedó mirándolos con su postura habitual, con la cabeza ladeada.

Celso la cogió en la mano y le dio un beso en la cabeza.

—¡Paca! —exclamó de nuevo.

—¡Paca! ¡Paca! —respondió el pájaro.

—Ya lo ves, Eliseo. Ni aun queriendo podrías darle el pájaro al beduino. Ha aprendido a decir «Paca», no «Vicky».

—¡Un pájaro muy listo! —dijo Donato, aplaudiendo.

Eliseo sonrió a Celso y le dio una palmada en la espalda.

—Ha tenido un buen maestro.

Echaron a andar hacia la panadería cabizbajos, sin decirse nada, como si de pronto hubieran tomado conciencia de sus circunstancias, y de lo penosas que eran. Llevaban casi ocho meses encerrados entre los muros del cuartel, a los que había que sumar tres más, los que habían pasado en el campamento de reclutas, once meses en total. Y tendrían que aguantar otros tres meses, o tres y medio, hasta diciembre. Atravesaron el pinar de ese modo. De vez en cuando, se pasaban la botella de vino.

La urraca, Paca, voló hasta la panadería y se posó en el banco de piedra. Celso miró el reloj.

—Las seis y cinco. Tendré que ir a enviar el telegrama de las seis. Les diré que me he retrasado un poco, pero que no ha ocurrido nada grave. Los comunistas siguen sin asaltar El Pardo.

Sacó un cigarrillo y lo encendió con el mechero rojo.

—Por cierto, Eliseo. Se me ha olvidado preguntarte. ¿Cuántas ballestas quieres? —añadió.

Eliseo y Donato se le quedaron mirando. Por un momento, Celso les sostuvo la mirada. Luego se puso a expulsar el humo del cigarrillo dibujando aros en el aire. Tardaban bastantes segundos en perder la forma y deshacerse.

Les explicó la situación como si la estuviera leyendo en el humo de los aros. Había un problema con la instalación eléctrica en el castillo de Guadarrama, y Raúl no era capaz de solucionarlo porque, por mucho que estudiara en la universidad, no daba en la práctica el nivel de un electricista de segunda o de tercera. Él, en cambio, era un oficial de primera. Por eso se había atrevido a decirle al beduino que lo que necesitaban en el castillo era un celta. Y al beduino le había parecido bien. Al salir del Centro de Transmisiones, mientras se abanicaba con el disco de los Herman's Hermits, le había anunciado: «Mañana un soldado lo trasladará a usted a la casa de Guadarrama. Un novato se encargará de enviar los telegramas durante su ausencia».

—El beduino me ha dicho todo eso y más, pero, de reducirme el castigo, ni media palabra. De manera que... ¿cuántas ballestas dices que quieres, amigo?

—Con una me basta —dijo Eliseo. Enseguida, dudó—. Pero no sé si debes correr ese riesgo. Será un hurto.

Celso tiró al suelo el cigarrillo a medio fumar y lo aplastó con el pie.

—El único riesgo es que me vea Raúl. No me fío de él. Es más que posible que sea del SIM. O de la CIA.

Se sentó en el banco de piedra y le dio un beso a la urraca.

—Supongo que mañana por la noche estaré de vuelta. Hasta entonces, tenedla en vuestra recámara. —Le dio el mechero rojo a Eliseo—. Y guardadme también esto, el botín que he arrebatado al enemigo.

Resultaba difícil, cuando hablaba Celso, no hacerle caso, y el eco de su excitación resonaba durante largo tiempo en la mente de los que le habían escuchado. Aquel día, con más razón. Eliseo y Donato repasaron en silencio cada palabra, cada frase de su amigo; temían que, de no hacerlo, no podrían poner orden en sus pensamientos.

Seguía haciendo calor. El sonido de las chicharras no cedía. Donato señaló la superficie del banco de piedra a Eliseo. La urraca había dejado caer dos excrementos.

—Ha aprendido a hablar, pero no a cagar donde debe.

Era 29 de agosto, y Eliseo y Donato se habían retirado a la habitación de la panadería después de reunirse con los amigos en el búnker. La cena había consistido, como otras veces, en tortilla de patata y queso, pero acompañados ese día de una bebida especial, el zurracapote que Celso había traído de la cocina del cuartel. Un caldero entero, cuatro litros aproximadamente.

Con la luz encendida, Eliseo explicaba a Donato los dibujos humorísticos de la revista del corazón que tenía entre las manos. En el primero, dos hipopótamos se hallaban junto a una ciénaga, y uno de ellos declaraba, mirando a unas cebras que pasaban por allí: «Me dan envidia. Las rayas les estilizan la figura»; en el segundo, una araña observaba su red, torpemente extendida, y le decía a su compañera: «Por mucho que lo intento, se me enmaraña»; en el tercero, dos tortugas iban juntas, una de ellas con un periscopio que le sobresalía del caparazón, y decía la otra, la que llevaba la cabeza fuera: «Sal, no seas miedosa».

Dejó la revista encima de la mesilla y se descalzó, quitándose con el pie derecho la bota izquierda y con el izquierdo la derecha. Echándose hacia atrás, se quedó tendido en la cama con los ojos abiertos.

—Esos chistes me divierten tanto como estar mirando al techo.

—Pues yo estoy muy entretenido con mi nuevo juguete.

Donato tenía una armónica en la mano, grande, de unos quince centímetros, con las láminas protectoras de color plateado y el interior de madera rojiza. Era uno de los objetos que Celso había sustraído la víspera de la casa de Guadarrama, junto con dos ballestas, tres saetas y una linterna. Los había traído en el petate, ocultos bajo un mono de electricista y sin que nadie los viera, ni el teniente Garmendia, ni Raúl, ni la policía militar, ni el grupo de soldados de la Sala de Guardia.

Mientras lo iba sacando todo del petate en el Centro de Transmisiones, Eliseo le había dicho:

—Solo falta el león.

—No me cabía —había respondido Celso—, pero lo he cambiado de sitio. Ahora está detrás del piano, con el cabezón asomando por una esquina del teclado. Espero que Vicky se lleve un buen susto cuando empiece a tocar «Para Elisa».

Agarrando la armónica con ambas manos, Donato intentaba reproducir la melodía del toque de silencio. Sonaba a cualquier hora en los altavoces del cuartel, pero no en su versión militar, sino en la del trompetista Rudy Ventura.

—Nunca he conocido a nadie como Celso. Tan loco y a la vez tan generoso —dijo Donato examinando la armónica minuciosamente, como si se la hubieran regalado en ese mismo momento.

Eliseo, con la mirada en el techo, se esforzaba en repasar los sucesos de los últimos días. Pero el techo le rebotaba una y otra vez los dibujos humorísticos de la revista: «Me dan envidia. Las rayas les estilizan la figura»; «Por mucho que lo intento, se me enmaraña»; «Sal, no seas miedosa».

Se llevó la mano a la frente. Estaba fría, no tenía fiebre. Quiso librarse de los estúpidos chistes de la revista, y trató de concentrarse en la melodía que tocaba Donato. Su amigo también era generoso, pensó. Se ocupaba del prójimo. Gracias a él, se colocaría como panadero y como chófer en el pueblo de Ugarte nada más licenciarse, y su modo de vida cambiaría a mejor; aunque, por otra parte, aquel avance tendría su contra, su retroceso, como la escopeta después de un disparo. Se vería obligado a decir adiós a su amiga Paca y a su compañero de siempre, Basilio.

Reapareció en su cabeza uno de los dibujos humorísticos de la revista, el de las arañas: «Por mucho que lo intento, se me enmaraña». Miró a Donato. Había metido la armónica en un estuche blanco y la estaba guardando debajo de la almohada. Era hora de ponerse a dormir. Casi eran las once.

—Caloco no dispara mal con la ballesta, pero no es tan bueno como nosotros —dijo—. Y es normal. Una persona que hace diez guardias al mes no puede tener buen pulso.

Donato se estaba poniendo el pijama. Le dio la razón.

—Pasa lo mismo con los ojos —continuó Eliseo tratando de desprenderse de la tela que la araña parecía estar tejiendo en su cerebro—. Una persona que duerme poco no puede tener buena vista.

Se concentró en el asunto de las ballestas y le habló a Donato de su preocupación. El juego que montaban con ellas, que era tan bonito y que tanto les gustaba a todos, también podía tener su lado negativo. Ya lo había visto,

Caloco pretendía apostar dinero. Y no era una buena idea. La probabilidad de que ganara era nula, y no estaba bien arrebatarle dinero a una persona que, como aquel amigo suyo, se lo había ganado a base de guardias. Pero ¿qué podían hacer? No podían fingir que perdían.

Metido en la cama, Donato se reía. Se cubría con una manta, a pesar de que hacía bastante calor.

—Si se diera cuenta de que le dejamos ganar, Caloco nos mataría —respondió a Eliseo—. Y si no también. No le va a hacer ninguna gracia perder el dinero que está guardando para sus vacas.

El problema no era solo Caloco, explicó Eliseo. Estaba también lo de Celso. Su puntería era malísima, no tenía ninguna dote de cazador. Él lo sentía de corazón, porque Celso era un verdadero amigo y los trataba muy bien, llevándoles de la cocina zurracapote o cualquier otra cosa y haciéndoles regalos en cualquier momento, gorras, mecheros, armónicas. Además, sabía hacer favores sin pedir nada a cambio, como cuando se comprometió a cuidar de la urraca. Pero era difícil ayudar a Celso. Iba por el mundo como un auto de choque, y probablemente seguiría siempre así.

Estaba medio mareado. Le costaba hablar.

—Puedes decir lo que quieras, Eliseo. No te servirá de nada —dijo Donato. Tenía los ojos cerrados—. Os voy a ganar a todos.

Eliseo apagó la luz de la habitación. Se desvistió y se metió en la cama en ropa interior.

Era sábado por la noche, y les llegaban los ruidos de motor y las bocinas de los vehículos que circulaban por la carretera de Mingorrubio. Camino de las discotecas, los jóvenes que iban a divertirse hacían bulla a propósito al pasar por delante del cuartel. Era su forma de burlarse de los soldados que estaban al otro lado del muro de tres metros de altura. La función se repetía todos los fines de semana.

Eliseo suspiró. Permanecía con los ojos abiertos en la oscuridad.

—¿Te acuerdas de lo que dijo Caloco una vez? Que si uno de esos impresentables tocaba la bocina al pasar por delante de su garita le dispararía con el cetme. No tenía que haberlo dicho. Si un día pasara algo, le echarían la culpa a él.

—Caloco nunca haría algo así —dijo Donato ajustando la voz a la oscuridad. Se estaba quedando dormido—. No es un loco de verdad, como Celso. Volverá a casa con dinero y se hará ganadero. Será dueño de cien vacas antes de llegar a los cuarenta. Ya lo verás.

—Sí, es un coche seguro —dijo Eliseo—. Su único problema es que tiene el ralentí algo pasado de revoluciones.

Cerró los ojos y sintió de inmediato un balanceo. La cama se le movía como un columpio. Abrió los ojos y el balanceo cesó de golpe. Un ligero dolor de estómago le hizo cambiar de postura.

—El brigada Santos me contó una cosa que me dio pena —dijo.

—¿Qué?

Donato también cambió de postura. Quería dormir.

—Él estaba arreglando el motor de un camión Dodge, yo le ayudaba, y, sin venir a cuento, se me puso a hablar de su hija. Yo no sabía ni que tuviera una hija. Ya me entiendes, Donato, yo no sabía nada, y empecé a hacerle preguntas, que cuántos años tenía, que cómo se llamaba, que qué hacía, y él me dice que se llama Maribel y que tiene diecinueve años y que va a una escuela especial. Entonces voy yo y le pregunto: «¿Pues, qué estudia?, ¿alguna cosa rara?». Y él me dice: «No, qué va, mi hija tiene diecinueve años pero su edad mental es la de una niña de siete u ocho». Me enseñó una foto, y allí no se veía la edad mental de Maribel, sino su cuerpo, y saltaba a la vista que tenía diecinueve años...

—¿Qué estás farfullando, Eliseo? ¡No se te entiende nada! —dijo Donato. No podía contener la risa—. ¿Sabes qué te ocurre? ¡Has chupado todas las frutas del zurracapote y te has emborrachado!

144

El zurracapote lo preparaba la gente de la cocina. Mezclaban el vino con el coñac, le añadían trozos de melocotón, limón, naranja, ciruela o cualquier otra fruta que tuvieran a mano, y lo cocían todo, con azúcar y canela, en un caldero. Los trozos de fruta se impregnaban de alcohol y acababan emborrachando tanto o más que la bebida.

—Es verdad que los melocotones tenían mucho sabor a coñac —dijo Eliseo.

Se le presentó de nuevo uno de los dibujos humorísticos de la revista, no el de las arañas, esta vez, sino el de los hipopótamos que vigilaban a las cebras: «Me dan envidia. Las rayas les estilizan la figura». Se enfadó consigo mismo por no haberse dado cuenta antes. Era verdad, estaba borracho. De ahí que no pudiera librarse de aquellos chistes imbéciles, y que su cama se meciera como un columpio. De ahí también su ánimo quejumbroso. Y el dolor de estómago.

—Duerme, Eliseo. Mañana te dolerá un poco la cabeza, pero se te pasará enseguida —dijo Donato.

Se quedó dormido, y al momento oyó el alboroto de una jauría, los ladridos cada vez más excitados de un centenar de perros que se iban desplegando por el terreno como soldados. Un grupo de unos treinta, treinta perros cabezones por cuyas venas corría sangre de bulldog, de mastín y de dóberman, avanzaba en formación por la parte izquierda; en línea con ellos, pero por la derecha, otro grupo, otros treinta perros cabezones; el tercer grupo, el más numeroso, formado por cuarenta perros o más, marchaba por el centro dirigido por los perreros. Él iba entre los perros, a cuatro patas, y le resultaba profundamente desagradable su respiración, su aliento en la cara, sus babas en el cuello, su repugnante olor, tan distinto al de las ovejas de Valdesalce, y sus ladridos, sus aullidos, todos aquellos asquerosos perros cabezones cerrándole el paso, y los perreros, que no paraban de gritar. De pronto, tres jabalíes salieron de entre los matorrales en dirección a una vaguada, y todos los perros, por la izquierda, por la derecha, por el centro, se echaron a correr tras ellos. Él quiso quedarse donde estaba, pero no pudo: los perros cabezones tiraban de él con enorme fuerza y lo llevaban a rastras. El roce del vientre contra el suelo le causaba un dolor insoportable.

Se incorporó en la cama de golpe. Estaba empapado, gruesas gotas de sudor le bajaban por las mejillas y por el cuello. Le vino a la cabeza, nada más despertar, la imagen del caldero de zurracapote, con un trozo de melocotón dentro, y el regusto de la fruta en la boca le produjo náuseas. Corrió hasta las letrinas situadas entre la panadería y el taller mecánico, y vomitó una masa parduzca. Tiró de la cadena, salió y se enjuagó la boca en un grifo colocado en la pared.

Una calle iluminada por focos de baja intensidad separaba la panadería del taller mecánico. Se puso a recorrerla arriba y abajo, descalzo, en ropa interior, deteniéndose a ratos para extender los brazos y respirar profundamente. Los insectos nocturnos se arremolinaban en torno a los focos formando nubecillas y manchando la luz; los murciélagos volaban haciendo quiebros en el espacio iluminado, y a veces le pasaban por encima de la cabeza sin hacer el menor ruido, como propulsados por un motor silencioso y no por sus alas.

Oyó algo que le hizo levantar la cabeza. Se acercaba una patrulla de soldados. Se quedó esperando.

Una orden, y los soldados se detuvieron en seco, manteniendo la fila. A falta de luz suficiente, Eliseo no podía distinguir las caras. Pensó que el sargento que encabezaba el grupo le pediría explicaciones. «He salido corriendo para vomitar, por eso voy medio desnudo», le diría.

—¿Qué andas, Eliseo? —oyó. Era Caloco quien le hablaba. Abandonó la fila para acercarse a él y le agarró del brazo—. No te habrá pasado nada, ¿verdad?

El sargento dio unos pasos hacia ellos, pero se mantuvo a distancia.

—Me he puesto malo, pero ya se me ha pasado —respondió Eliseo. Luego se dirigió al sargento—: Por eso estoy en ropa interior, porque he tenido que salir corriendo para llegar a las letrinas.

El sargento le ordenó que volviera al dormitorio.

—Un abrazo, amigo —dijo Caloco estrechándolo.

—Mañana nos vemos. A ver qué tal nuestro campeonato —dijo Eliseo.

—Ganaré yo, seguro.

—Vamos —dijo el sargento—. Los de las garitas estarán impacientes.

Eliseo fue a sentarse en el banco de piedra de delante de la panadería y, por primera vez en mucho tiempo, sintió ganas de fumar un cigarrillo. No circulaban coches por la carretera de Mingorrubio. El cuartel estaba en silencio. Miró el reloj. Eran las dos menos diez de la madrugada. Se acordó de los jabalíes del bosque de El Pardo. Por fin tranquilos, se dedicarían a buscar comida o agua sin preocuparse por los perros cabezones de las monterías. También él se sentía tranquilo, aliviado, como si en las letrinas hubiera vomitado, junto con los restos del zurracapote, toda la porquería que llevaba en la cabeza, los chistes de las revistas del corazón y sus preocupaciones sobre Celso, sobre la urraca, sobre el momento de despedirse de Valdesalce y marchar a Ugarte. Volvía a tener la mente despejada, y ya no sudaba.

Se acordó de la hija del brigada Santos. Maribel. Su cuerpo, el de una chica de diecinueve años, le había causado tal impresión que, al verla en la foto, había estado a punto de hacer un comentario inoportuno. Vestía una falda muy corta, y se parecía mucho a una *starlette* cuya foto había visto en una revista del corazón, una joven de Las Vegas que, según se comentaba, era la hija secreta de Marilyn Monroe. Maribel era más corpulenta y de muslos más robustos, pero el parecido era grande. Después de que el brigada Santos le comentara lo de su edad mental, él esperaba encontrarse con una muchacha de ojos achinados y cuerpo desgarbado. Se había llevado una sorpresa al ver cómo era en realidad.

Regresó a la habitación. Donato dormía plácidamente. También su amigo tenía algo de infantil, pero era muy listo. Maribel, en cambio, no comprendería casi nada. Cuando sintiera ganas de estar con un chico querría comportarse como una niña de siete u ocho años. Nada que ver con Paca, su amiga de Valdesalce. Porque en lo referente al sexo, Paca era punto y aparte. Le gustaba pegar, y arreaba unos golpes tremendos. Se contaba en Santa María que un día le rompió el brazo a su marido con un palo, y que en otra ocasión le aplastó la nariz a un pastor; pero con él las cosas eran diferentes. Él le plantaba cara, obligándola a luchar hasta que empezaba a dar señales de cansancio, y entonces la derribaba sobre la cama. Aun tumbada, Paca continuaba resistiéndose, o más bien fingía resistirse, porque en realidad le gustaba hacerlo con él. Por eso no le pedía dinero.

Le vino a la cabeza, por tercera o cuarta vez, el chiste del hipopótamo que envidiaba a las cebras porque sus rayas les estilizaban la figura. Esta vez le hizo reír. Paca era un hipopótamo, pero no sentía envidia por ninguna cebra.

Se metió en la cama y, con la mirada fija en la oscuridad de la habitación, hizo un nuevo esfuerzo para verse a sí mismo tendido en la maleza africana, armado con su ballesta, aguardando a que uno de los leones se separara de la manada para atraerlo; pero el león no se ponía en movimiento ni tan siquiera para enseñarle el trasero, y decidió intentar dormir. Poco después, sin embargo, en el entresueño, empezó a tomar forma en su mente una nueva fantasía derivada de la anterior: estaba al acecho, armado con la ballesta, pero no en África, sino en el bosque de El Pardo.

Sintió una descarga en el cuerpo. Un jabalí herido, mordido por un perro cabezón, venía hacia él enloquecido de dolor. Vio los colmillos de la bestia a corta distancia, a menos de diez metros, y se le cortó la respiración. Tenía la ballesta sin tensar. Al final, en el último instante, logró preparar el arma y apretar el gatillo. La saeta atravesó el pescuezo del jabalí tiñéndolo de rojo.

Toda la tensión se le concentró en el pene, y al girarse en la cama sintió primero a Paca, luego a Maribel y finalmente eyaculó, sin que en la fantasía quedara claro si lo hacía sobre Paca o sobre Maribel.

La tarde del 2 de septiembre, miércoles, Eliseo marchó solo hacia el bosque de El Pardo. Caminando de espaldas al cuartel, colina abajo, tardó un cuarto de hora en llegar al río. Había hecho sus cálculos. Después de un mes de agosto sin apenas lluvia, los jabalíes se acercarían a menudo a la orilla. Las ovejas no necesitaban beber agua, porque les bastaba con el líquido contenido en la hierba; los cerdos, en cambio, bebían una media de cinco litros diarios. En aquel aspecto, como en los demás, los jabalíes debían de parecerse más a los cerdos que a las ovejas.

Se encontró con un puente de piedra y cruzó al otro lado del río. El bosque se tornaba allí más tupido, con abundantes zarzas y multitud de arbustos y árboles que se estorbaban mutuamente; pero nada más ponerse en marcha vio enfrente un conejo con bultos blancos en los ojos que se movía con torpeza, y decidió retroceder. El capitán médico había asegurado que la mixomatosis no se transmitía a los humanos, pero la visión de los animales enfermos le resultaba repugnante.

De nuevo en el puente de piedra, oyó disparos de escopeta río adelante, a unos dos o tres kilómetros, y echó a andar en aquella dirección apartándose de vez en cuando de la orilla y adentrándose en el bosque. El suelo, arenoso, era idóneo para que los animales dejaran huellas, pero no vio ninguna. Además, aunque las hubiera, no le sería fácil identificarlas. Él era capaz de reconocer las del jabalí, porque las había visto en los alrededores de Valdesalce; pero había oído decir a Caloco que las de los gamos eran muy parecidas.

Llegó a una hondonada, y vio una cabaña hecha de troncos en cuyo tejado ondeaban dos pequeñas banderas, la española y otra blanquecina. Se acercó más para examinarlas. La española estaba deshilachada; la otra, que en realidad era amarilla, tenía una flor de lis y una pequeña cruz, y, a juzgar por las letras que quedaban legibles, pertenecía a un colegio católico. Miró en el interior. Olía a cerrado, una señal más de que se hallaba abandonada. Al parecer, los cazadores preferían las zonas interiores del bosque, más propicias para las batidas. Pero a él no le convenía alejarse. No le estaba permitido salir del cuartel hasta las cinco de la tarde y tenía que regresar para las diez, antes de que la corneta llamara a silencio; pero esas cinco horas no eran reales, porque los jabalíes no abandonaban su escondrijo a pleno sol. Lo más probable era que empezaran a asomar al declinar el día, hacia las ocho.

Se sentó fuera de la cabaña, con la espalda apoyada en la pared de troncos. Aguzó el oído: nada. Continuó atento: le llegó el canto penetrante de una gallineta que andaba en el río. Luego, otra vez, nada. En los minutos siguientes, a intervalos, el trino de un pajarillo. Eran extraños los animales. Tanta cautela, tanto secreto. El día que él y los de su reemplazo llegaron al cuartel, el coronel se había referido en su discurso de bienvenida a la fauna que habitaba en el bosque de El Pardo, «cerca de nosotros»: tres mil gamos, quinientos gatos monteses, cientos de zorros, cientos de tejones, no menos de treinta mil conejos, unas diez mil liebres y más de mil jabalíes. Tantos pobladores, y sin embargo el bosque parecía desierto. No había manera de saber dónde se escondían. Únicamente los perros lo sabían, por el olor. Pero él tendría que arreglárselas sin perro. Le asaltó una preocupación: si no hallaba rastros, tendría que abandonar su plan. Pero a los jabalíes les gustaba la proximidad de lugares habitados. Esa era su esperanza. Caloco le había contado que desde la garita, a principios de verano, había visto una manada entera cruzando la carretera de Mingorrubio.

Los pájaros volaban una y otra vez a un recoveco situado a unos diez metros de la cabaña. Al acercarse, vio que había allí un manantial, un mero hilo de agua que caía a una oquedad rodeada de piedras y musgo. Eliseo la probó tras llenarse el cuenco de las manos. Estaba fresca.

Miró el reloj, pronto serían las siete. Sus amigos estarían ya en el Centro de Transmisiones, listos para la cena. A paso rápido, emprendió el camino de regreso, bajando a la orilla del río y pasando por delante del puente de piedra. Se detuvo de golpe. Se aproximaban a toda velocidad dos motos, quizás tres. Las identificó enseguida por la viveza del motor. Se trataba de Montesas, las motos de montaña que utilizaban los guardas para hacer sus patrullas.

Buscó refugio en el interior del bosque, pero, con las prisas, cayó al fondo de un hoyo que no había visto y que no pudo saltar. Su cuerpo, delgado, de setenta kilos, se levantó como un resorte, acurrucándose de inmediato para no quedar a la vista. Las motos pasaron a toda velocidad muy cerca del hoyo. Pensó que serían guardas jóvenes divirtiéndose, haciendo una carrera, o quizás guardias civiles de los que patrullaban las inmediaciones de los palacios de El Pardo.

El hoyo tenía una profundidad de metro y medio aproximadamente. Levantó la cabeza y vio que se encontraba en el lecho de un arroyo seco. Justo delante de él el suelo estaba cubierto con una piedra llana, una losa grande de unos dos metros de largo, rematado por una barra de sedimentos, un escalón natural de medio metro de altura; a partir de aquel tramo, el cauce continuaba en línea recta hacia el interior del bosque, estrechándose más y más entre paredes arenosas. En algunos puntos, bajo el techo formado por ramas caídas y zarzas entrelazadas, se asemejaba a la galería de una mina.

Se estremeció. Había una fila de postes en la pared derecha, como si alguien hubiera empezado a construir un contrafuerte. En la parte de abajo tenían marcas que parecían hechas con una lija. La señal valía más que cualquier huella. No tuvo duda. Los jabalíes se rascaban en aquellos postes. Aguzó el oído, como antes en la cabaña de troncos. No se oía nada. Pero quizás el jabalí estuviera allí mismo, a unos pasos, aguzando el oído igual que él, con una concentración grande, enorme, porque así era la concentración de los animales, diez veces mayor que la de los humanos. El jabalí, pese a su torpe cuerpo, se escondía tan bien como un ratón. Luego, si un perro o un cazador se le acercaban demasiado, se daba a la fuga y destrozaba con los colmillos cualquier obstáculo que le cerrara el paso. Sintió otro estremecimiento. Si el jabalí y él se topaban cara a cara en aquel arroyo seco, la peligrosidad sería tanta como la de enfrentarse a un león.

Siguió su camino. La alegría le aligeraba el paso. La barra de sedimentos era una auténtica trinchera natural; una protección inmejorable en el caso de que alguien, tendido allí con una ballesta, tratara de enfrentarse a un jabalí.

Al salir de entre los árboles del bosque se encontró con el cielo doble del atardecer, azul pálido en la parte superior —primer cielo— y debajo, más cerca de la tierra —segundo cielo—, una sucesión de nubes amarillentas y rosáceas. El sol ya se había ocultado, y la luz del día era muy suave. La colina donde se encontraba el Centro de Transmisiones parecía cubierta de un barniz dorado.

Echó a correr cuesta arriba, como si aquella atmósfera le hubiera infundido aún más ánimo. No sentía molestia o traba alguna en ninguna parte del cuerpo. No había parado desde las cinco de la mañana, primero en la panadería y luego en el taller mecánico, pero le sobraban las fuerzas.

Al llegar a lo alto de la colina, vio en un lado del búnker el parapeto que habían levantado apilando cajas de madera para fruta. Allí estaba colgada, secretamente, la diana a la que disparaban con la ballesta. También ellos, como los jabalíes, debían actuar con cautela.

Miró el reloj. Las ocho y media pasadas. Muy tarde para reunirse con los amigos. Cuando, al fin, abrió la puerta del búnker, Caloco le lanzó una aceituna para que la cogiera con la mano, como una pelota.

—Ahí tienes tu cena de hoy. Todo lo demás ya nos lo hemos comido —dijo.

Celso se acercó a una caja que descansaba sobre una de las taquillas. Era de madera, como las del parapeto. La urraca estaba allí.

—Dile, dile a este padre malo, a este padre que te tiene abandonada, dile tu nombre, tu nombre.

—*¡Paca!* —respondió la urraca claramente.

—Ahora empezará con las repeticiones —dijo Caloco.

—*¡Paca! ¡Paca! ¡Paca! ¡Paca!* —cantó el pájaro, dándole la razón.

Celso le llevó un huevo duro en una tacita.

Dentro de la caja, el pájaro lucía mejor que en ningún otro sitio. Por efecto de la luz que entraba por los ventanucos, muy débil, su cuerpo parecía tener dos partes, una muy blanca y la otra muy negra. Los ojos los tenía también muy negros. Con uno de ellos, ladeando la cabeza, vigilaba lo que sucedía en el Centro de Transmisiones.

Había impresos de telegramas desparramados alrededor de los dos aparatos de radiotelegrafía fijos; en las estanterías, en desorden, emisoras AN/PRC-77, cables y herramientas; en el suelo, más emisoras, la mayoría del tipo URC-77. En las butacas de mimbre, tirados de cualquier manera, dos gorras y unos pantalones de soldado. En el plato del tocadiscos, el disco de la película *Lawrence de Arabia* y, al lado, la carátula con la imagen de Peter O'Toole y Omar Sharif.

La mesa baja estaba llena de comida: anchoas de lata, atún de lata con cebolla, un cuenco con aceitunas, otro con tacos de queso, lonchas de jamón sobre un trozo de papel de estraza y pan. Para beber, en una jarra, sangría.

—No lo mereces, pero te hemos esperado. ¿Dónde has andado, si se puede saber? —Caloco se señaló a sí mismo—: Díselo a este miembro del SIM.

Eliseo se sentó en el banco de madera, junto a Donato.

—Aquí el único del SIM es el criado del beduino —dijo Celso. Se puso a mirar la imagen de Peter O'Toole y Omar Sharif en la portada del disco—. No me mires así, Omar. Esto no tiene que ver con vuestra guerra.

—Raúl ha estado hoy en el cuartel —informó Caloco a Eliseo—. Le han dado permiso para un mes más. Lo de la casa de Guadarrama le está costando mucho, según parece.

—Pero no ha visto a Paca —dijo Celso—. No hay de qué preocuparse.

Donato intentaba tocar una canción con la armónica.

—*Lawrence de Arabia*. El comienzo es bastante fácil —dijo, interrumpiéndose. Luego siguió con la melodía.

Celso se acercó a la mesa y se puso a llenar los vasos, animando a Eliseo a que bebiera sin cuidado. La sangría era una bebida suave, no le revolvería el estómago como el zurracapote. Luego, sin parar de hablar, le explicó de dónde había sacado el disco de *Lawrence de Arabia*. Había ido a pedir consejo al páter del cuartel, y resultó, quién lo iba a decir, que lo tenía en su despacho. Los consejos del páter le entraron por una oreja y le salieron por la otra, pero volvió con el disco. No lo había robado, el páter se lo había prestado, obligado como estaba a practicar la caridad cristiana.

Levantó el vaso lleno de sangría y le dio un trago.

Eliseo no prestaba atención. Lo que acababa de ver en el bosque seguía ocupándole la mente: el lecho del arroyo; la losa de piedra y la barra de sedimentos, ideales para un tirador; los postes que parecían lijados. Sintió un pequeño golpe, el impacto de un hueso de aceituna.

—Muy bien, ya veo que estás despierto —le dijo Caloco antes de lanzarle otro hueso.

—¡Para! —pidió Eliseo protegiéndose la cara con las manos.

—Espabila, o no acertarás una con la ballesta y perderás la apuesta.

—No quiero apostar dinero contigo.

Caloco le lanzó otro hueso de aceituna.

—Las apuestas sin dinero no valen nada.

—Quiere apostar una peseta, Eliseo, nada más que eso —medió Donato.

—Si es así, me parece bien.

La mente de Eliseo seguía en el arroyo seco. Acertar con la ballesta le resultaría tan fácil como acertar con el cetme. Si el jabalí iba hasta los postes a rascarse, desde allí hasta la barra de sedimentos no había más de diez metros, y a esa distancia lo difícil sería fallar. Las imágenes comenzaron a enhebrarse en su imaginación como fotogramas de una película. El jabalí bajaba por el lecho del río, no para rascarse, sino fuera de sí, tratando de librarse del dolor que sentía por las heridas infligidas por los perros. De pronto, lo veía allí con la ballesta, parapetado tras la barra, y se lanzaba hacia él con el ímpetu furioso de las bestias. Él esperaba tres segundos, vacilante, temiendo que la cuerda del arma se rompiera al tensarla. Pero no, no se rompía, y un segundo después la saeta penetraba en el pecho del animal, y primero nada, luego un hilo de sangre manando de la herida, y un gruñido. Finalmente, el jabalí se desplomaba, y al impactar contra el suelo levantaba una nube de guijarros, uno de los cuales le daba a él en la cara.

No era un guijarro, sino otro hueso de aceituna.

—Hoy me estás cabreando, Eliseo —dijo Caloco—. Ya sabemos que los panaderos madrugáis mucho, pero el otro panadero se merece un poco de respeto. Mientras él nos deleita con su *Lawrence de Arabia,* vas tú y te quedas dormido.

—Desde el zurracapote del otro día estoy baldado —se excusó Eliseo.

Encima de la mesa había una caja metálica bastante grande con dos orificios en la tapa. Celso metió la urraca dentro y la cerró.

—Nos vamos fuera. Por si acaso la transporto siempre en esta caja, no aquí debajo. —Celso señaló la gorra que llevaba en la cabeza. Era la nueva, pero ya le había roto el aro de baquelita.

Cogió la caja bajo el brazo y se dirigió afuera seguido de Caloco, que llevaba la jarra de sangría y los vasos de plástico, y de Donato, que insistía en tocar la melodía de *Lawrence de Arabia*. Eliseo fue el último en salir.

—¡Panavision! ¡Pantalla gigante! —exclamó Celso.

Se refería al cielo. Era todavía doble, dos cielos en uno. El de más arriba, una sábana lila; el de cerca, rojo, con nubes que parecían hechas con la lana rizada de los corderos. En uno de los extremos, hacia el oeste, se había formado una cueva, y dentro de ella estaba el último sol del día, un tocho de hierro incandescente.

Celso abrió la caja para que saliera la urraca.

—Date una vuelta por ahí, Paca.

—*¡Paca! ¡Paca! ¡Paca!* —cantó el pájaro, y correteó cuesta abajo dando saltitos, como si practicara ejercicios de gimnasia.

Eliseo metió la mano debajo de una roca y sacó una ballesta. Luego, las tres saetas y la segunda ballesta. Miró a Caloco.

—Ajusta la diana, por favor. Voy a enseñarte qué es tener puntería.

Con un gesto, Caloco le indicó que no tenía fuerzas para levantarse. Estaba sentado sobre una roca y parecía cansado.

—Ya la pongo yo —se ofreció Donato cogiendo la diana de un metro de diámetro oculta detrás del parapeto y colocándola delante.

Eliseo obtuvo cuatro puntos en el primer disparo, y cinco en cada uno de los dos siguientes. Luego disparó Celso: un nulo y cinco puntos en total. Vino a continuación el turno de Donato: doce puntos. Caloco no quiso participar.

—Has dicho que la sangría no es fuerte, ¿verdad, Celso? —dijo—. Pues está claro. No eres del SIM. Si lo fueras, estarías mejor informado. Me ha dejado como a un sapo.

Se sirvió más sangría.

—Quiero convertirme en un verdadero sapo —añadió—. No quiero ser menos que los príncipes.

—Yo tampoco —se sumó Eliseo.

—La verdad, Eliseo, te veo un poco raro —dijo Caloco, y se le quedó mirando fijamente, como queriendo descubrir un indicio de aquella rareza.

El cielo se iba transformando con rapidez. El lila de poco antes era ahora gris oscuro; el rojo de las nubes que parecían hechas de rizos de lana, morado intenso. El lado donde se había puesto el sol estaba lleno de luz, como si la pieza de hierro incandescente hubiera estallado en cientos de virutas.

Aislado con una pared de ladrillo, el horno de la panadería del cuartel tenía un carro giratorio de cinco metros de diámetro, sobre el que Eliseo y Donato colocaban las piezas de masa en forma de bollos que sus compañeros habían preparado la víspera. Bastaban unas pocas vueltas en el carro para que los chuscos estuvieran listos, y ellos los iban extrayendo con la pala, tres o cuatro unidades cada vez, para apilarlos en unos grandes cestos. Antes de las siete y media de la mañana, hora del desayuno en el cuartel, solían tener ya unos trescientos; los suficientes, porque los que salían con pernocta venían desayunados. Se tomaban entonces un descanso para comer algo, y luego volvían a la faena tras calcular el pan que haría falta para la comida y para la cena. Hacia las once, con todo el trabajo hecho,

Eliseo iba al taller mecánico a ayudar al brigada Santos con los motores de los camiones; Donato, en cambio, siendo como era, en la práctica, el jefe de la panadería, se quedaba a supervisar la preparación de la masa para el día siguiente. Prestaba especial atención a la limpieza, porque seguía las enseñanzas de Miguel en Ugarte y pensaba que la higiene era, en una panadería, «más importante que la sal». A última hora de la mañana, como colofón, echaba a la basura las tiras adhesivas llenas de moscas muertas y colgaba unas nuevas del techo.

Después de terminar sus respectivos trabajos, volvían a juntarse a la hora de comer.

—Eliseo, ¿adónde vas por las tardes? Siempre llegas tarde al búnker —le preguntó Donato cuando se sentaron a la mesa, uno frente al otro, cada cual con su bandeja de comida.

Era el 9 de septiembre, y se refería a un retraso que venía repitiéndose todos los días.

—Nos tienes un poco sorprendidos. A Caloco más que a nadie. Llegas tarde y apenas abres la boca.

La comida era la misma en las dos bandejas: paella, tres salchichas con puré de patata y una manzana.

Eliseo dejó de comer y adoptó la postura de quien estudia, apoyando los codos en la mesa y sosteniéndose la cabeza con las dos manos.

—Tengo un capricho. El capricho de un pastor de Valdesalce —dijo finalmente—. Quiero cazar un jabalí con la ballesta.

Los ojos azules de Donato se clavaron en él. Eliseo recuperó la postura normal.

—Donato, te conozco, y sé que no te interesa mucho la caza. No voy a pedirte que me acompañes.

Había mucho bullicio en el comedor. Unos doscientos soldados comían sentados a las mesas, y otros cien estaban de pie, esperando en la fila o con las bandejas ya llenas, buscando un lugar para sentarse. Algunos, al pasar, les lanzaban una pulla, muchas veces la misma, dirigida sobre todo a Donato: «Hoy me he encontrado una mosca en el chusco». Durante un rato, les costó seguir con la conversación.

—Pero, Eliseo, ¿dónde te metes por las tardes?

—Encontré huellas de jabalí en el bosque, bastante cerca del búnker, y me he acostumbrado a dar un paseo por allí, a ver qué tal esas huellas. Y muy bien, Donato, muy bien. He visto excrementos, y también unas marcas que han dejado en unos postes.

Animado, le habló de la cabaña de troncos, de las dos banderas de su tejado y de la pequeña fuente que había al lado; luego, de los conejos afectados de mixomatosis, de los guardias a los que oyó pasar en sus Montesas, de los perros cabezones que los acompañaban en las monterías. Y otra vez de los jabalíes.

Donato no prestó mucha atención a las explicaciones. Le preocupaba el comportamiento de Eliseo. Había sido idea del dueño de la panadería, del mismo Miguel, contratarlo para trabajar con ellos en Ugarte cuando ambos visitaron el pueblo; pero él había hecho de intermediario. A Miguel le gustaba repetir que para sacar adelante una empresa solo hacían falta buenos operarios, y en lo que a eso respectaba no había duda, Eliseo trabajaba con esmero en la panadería, y como mecánico era tan habilidoso que el brigada Santos había intentado convencerlo para que se quedara en el Ejército, donde podría estudiar para ser cabo especialista. Sin embargo, los silencios de su amigo le hacían dudar y preguntarse si tras su afición a la caza no se ocultarían otros impulsos.

—De todas formas, no me importa ir solo a por el jabalí —dijo Eliseo poniendo fin a sus explicaciones sobre las huellas del arroyo seco.

Donato no decía nada. Había terminado las salchichas y comía ahora la manzana. Eliseo continuó hablando:

—Celso tiene una puntería espantosa, y yo preferiría que no fuera, pero le avisaré, por respeto. Y a Caloco también. Se lo contaré hoy mismo, cuando hagamos el campeonato de ballesta.

Donato estaba muy serio.

—Tal vez deberías abandonar tu plan, Eliseo. No me parece buena idea —dijo.

—Para mí es algo muy profundo, Donato.

Se sintieron de pronto muy lejos uno del otro, como si el ancho de la mesa que los separaba se hubiera agrandado, y ambos comprendieron que si no cambiaban de tema iban a acabar mal. Se levantaron de la mesa, dejaron las bandejas en su sitio y, camino de la panadería, comentaron medio en broma lo bien que le vendría a Celso uno de aquellos perros que se dedicaban a buscar sobras de comida en las inmediaciones del cuartel; un perro bonito, joven, que Celso cuidaría como cuidaba la urraca, y que le haría compañía durante sus largas horas de castigo. Pero no era fácil esconder un perro en el búnker. Además, hasta el perro más pequeño necesitaba más comida que la urraca, y el escándalo que armaría sería también mayor.

Por la tarde se formaron nubes abultadas, redondeadas, que poco a poco fueron cubriendo el cielo. Para cuando subieron al parapeto de detrás del búnker y empezaron el campeonato de ballesta, los rayos de luz eran tan intensos que tuvieron que cambiar dos veces la orientación de la diana, así como la posición de tiro. No hacía calor, sin embargo. Diecisiete grados, según acababan de ver en el termómetro de la Sala de Guardia.

Enfrascados en la competición, dejaron de lado las explicaciones que mientras merendaban había dado Eliseo sobre sus planes para cazar el jabalí, parecidas a las dadas a Donato al mediodía; pero volvieron al búnker, abrieron unas cervezas que había traído Celso, y retomaron el asunto. La luz de los fluorescentes y la que entraba por los ventanucos, de un amarillo oscuro, daban un aire tristón a la estancia.

Donato mostró enseguida su desacuerdo:

—Yo no voy a ese arroyo seco. Por mí, que se paseen los jabalíes.

—Opino lo mismo —dijo Caloco.

—Por mi parte, voy a consultarlo con Paca —dijo Celso con un botellín de cerveza en la mano. El pájaro se posaba en su hombro como un verdadero loro—. ¡Paca! ¿Qué opinas tú?

—*¡Paca!* —cantó la urraca.

—Dice que sí, que está deseando enfrentarse al jabalí. De modo que yo voy, Eliseo.

Donato trató de disuadirlo. No era buena idea. Por su miopía, y por su mala puntería. Si aparecía el jabalí en el arroyo, sería un estorbo para Eliseo.

—Quiero ir. Llevo un montón de tiempo sin salir de este búnker y me vendrá bien una excursión.

—No puedes ir, Celso. En este momento eres el único radiotelegrafista del cuartel.

—Una jugarreta que me han hecho los del SIM. Pero no hay problema, Donato. Tú mismo te encargarás de enviar los telegramas en mi lugar. Es muy fácil. Pulsas diez o doce veces un botón, y ya está. El mensaje siempre es el mismo: «Los comunistas no han asaltado todavía El Pardo».

Eliseo miró a Celso.

—Estamos a miércoles. ¿Y si vamos el sábado? Suele ser un día tranquilo en el cuartel.

Celso movió la cabeza afirmativamente.

—Por mí, perfecto.

Caloco se había puesto en pie, y empezó a moverse por el búnker. Se detuvo ante los aparatos de radiotelegrafía como si buscara algo entre los telegramas amontonados alrededor. Los amigos observaban sus movimientos.

—El sábado no vais a ir a ninguna parte —dijo—. Celso, ¿no has recibido un telegrama especial? Igual sí, y no te has enterado. No me extrañaría, con este desorden.

—Estás hablando como los del SIM, Caloco. ¿No es así, Paca?

—*¡Paca!* —exclamó la urraca.

Caloco les contó que la víspera, en la Sala de Guardia, había oído una interesante conversación telefónica. Un sargento había llamado a su novia para decirle que el fin de semana no podrían verse, porque el general Franco y el príncipe Juan Carlos iban a participar en una montería en el bosque de El Pardo, y con tal motivo no habría pase de pernocta para nadie a partir del viernes, ni tampoco paseo. Lo que sí habría sería zafarrancho, añadió Caloco, porque se rumoreaba que el general o el príncipe acudirían al cuartel para tomar un refrigerio, y había que dejarlo todo como una patena. Se reforzaría la guardia y se organizarían patrullas para vigilar el muro de El Pardo. Harían falta muchos soldados, incluso de otros cuarteles.

—Puede que sea un bulo de Radio Macuto —dijo Eliseo.

—Seguro que no —respondió Caloco—. El sargento estaba muy apenado. No hacía más que pedirle perdón a la novia por dejarla colgada el fin de semana.

—Si quieres lo podemos intentar, Eliseo —propuso Celso—. Vamos al arroyo y esperamos al jabalí mientras nos tomamos un refrigerio.

—No te entiendo, Celso —dijo Caloco—. Parece que quieres que te peguen un tiro.

Donato se llevó la armónica a los labios e hizo sonar el toque de silencio. Faltaban pocos minutos para las diez. Era hora de regresar a sus respectivas compañías para el recuento.

Había unas cuarenta moscas pegadas en la tira adhesiva que colgaba del techo, algunas de ellas todavía con vida, tratando de liberar las alas pero sin lograr otra cosa que retorcerse. El teniente Garmendia permaneció ante el colgajo durante un buen rato, como si estuviera contando las moscas.

—No me habrían venido mal en el Sahara —dijo.

Era tal como lo había descrito Celso, moreno, con bigote negro y pelo ondulado, y un cierto parecido a Omar Sharif. Eliseo se lo imaginó mostrándole a Vicky una foto del actor en una revista del corazón y diciéndole en broma: «Aquí tenemos a mi hermano mayor».

Eliseo, Donato y los otros soldados que trabajaban en la panadería estaban formados delante del horno, en posición de descanso, siguiendo desde allí los movimientos del teniente. Lo estaba inspeccionando todo, poniendo especial atención en los recipientes de acero. En el más grande, una mezcladora eléctrica, un gran paño blanco cubría la masa.

—¿Quién es aquí el soldado responsable? —preguntó.

—Yo, mi teniente. —Donato se puso en posición de firmes.

—Le felicito. La panadería está muy limpia.

En total eran tres las tiras adhesivas que colgaban del techo, y el teniente estuvo un buen rato mirando las dos que le faltaba ver. Habían atrapado menos moscas que la primera, unas veinte cada una, pero también alguna avispa. Eliseo tuvo la sensación de que podía oír lo que pasaba por la cabeza de aquel hombre. Estaba pensando en la casa de Guadarrama. En lo furiosa que se ponía Vicky por culpa de las moscas, y en lo bien que les vendrían unas tiras como aquellas. Sin embargo, eran asquerosas. Aunque parecían impregnadas de miel, las tocabas con el dedo y era otra cosa, una cola muy fuerte que no se quitaba ni con agua y jabón.

—Pongan unas cuantas también mañana. Pero retírenlas de la vista a eso de las diez o las once. Puede que a mediodía tengan ustedes una visita muy importante —dijo.

«Radio Macuto», pensó Eliseo.

El vuelo de los rumores que continuamente surgían en el cuartel solía ser de corto alcance, no más largo que el de una mosca. Sin embargo, esta vez parecía ir más allá. Tanto los soldados como los oficiales estaban convencidos de que el general Franco o el príncipe Juan Carlos iban a visitar el cuartel. Pero lo más probable era que se entretuvieran en la montería y se les pasara el tiempo sin darse cuenta. No habría refrigerio. Tampoco comida, a pesar de que una de las versiones del rumor aseguraba que las autoridades compartirían el rancho de los soldados en el comedor del cuartel. Tonterías.

«¡Radio Macuto!», repitió para sí.

El teléfono de la panadería empezó a sonar. Ignorando la llamada, el teniente hizo un gesto a Donato para que se acercara.

—Deme unas tiras de estas sin usar. Con cinco será suficiente —dijo.

«¡Vicky!», pensó Eliseo. No pudo evitar una sonrisa. Había adivinado los pensamientos del teniente.

El teléfono paró durante unos segundos. Luego, empezó a sonar otra vez.

Era viernes, 11 de septiembre, poco más de las siete de la mañana, y los chuscos para el desayuno estaban ya en las cestas en número muy superior al habitual, unos ochocientos, ya que los soldados que normalmente salían con la pernocta habían dormido esa noche en el cuartel. Nadie se libraba de participar en el zafarrancho de limpieza.

El olor a pan recién hecho había abierto el apetito de los soldados, también el de Eliseo y Donato, pero el teniente no parecía tener intención de marcharse. Hacía saltar en la mano los cartuchos que le había entregado Donato como queriendo calcular su peso. Cada cartucho contenía una tira adhesiva enrollada.

—Por ahora no me las voy a llevar —dijo al fin, devolviéndoselas a Donato—. Si las necesito más adelante, ya se las pediré.

Se llevó la mano a la sien. Era la despedida.

—Vuelvan a sus obligaciones —dijo.

En cuanto se fue el teniente, los soldados cogieron cada cual un chusco de la cesta, y jamón, chorizo y queso de una taquilla. Salieron, y se sentaron en el banco de piedra, bromeando, empujándose como si quisieran quitarse el sitio. Eliseo y Donato continuaron hasta el pinar.

Vieron al brigada Santos caminar deprisa hacia ellos, vestido todavía con el uniforme de calle. Eliseo se percató de que le miraba a él, y en un primer momento sintió vergüenza. Pensó que el brigada había descubierto que, desde que viera la foto de su hija, consumaba con ella sus fantasías nocturnas, sobre todo los dos últimos días, después de acordar con Celso el plan para cazar el jabalí. Pero aquello no era posible. Él sí era capaz de adivinar los pensamientos del prójimo, porque llevaba de pastor desde los catorce años, y los pastores, obligados a pasar las horas en sitios tan solitarios como Valdesalce, adquirían la costumbre de dar muchas vueltas a las cosas, y se volvían susceptibles y desconfiados, atentos como espías a lo que podía esconder la charla de tal o cual forastero; pero el brigada Santos no era un hombre así. Era bueno y confiado. Le pasó entonces por la cabeza el taller, que tal vez no estaba lo suficientemente limpio, y que el brigada habría sido amonestado por ello. Pero aquello tampoco era posible. Un taller mecánico en activo no podía presentar el nivel de limpieza de una panadería.

—Celso le ha estado llamando, y al final me ha dado a mí la noticia —dijo el brigada—. Eliseo, le esperan a usted en su casa. El cura de su pueblo ha mandado un telegrama. Su padre está agonizando.

El brigada debía de tener unos cincuenta años, pero aparentaba más. No era muy alto, y aun así tenía la espalda encorvada, por culpa, sin duda, de todas las horas que pasaba agachado ante los motores de los camiones. Las arrugas que surcaban sus mejillas parecían trazadas a navaja. Eran excepción, en su cuerpo, las manos y los dedos, pequeños y ágiles. Había que ver aquellas manos soltando un motor. No era una máquina, como decían algunos soldados. Era un artista.

Eliseo estaba maldiciendo.

—Lo siento, Eliseo —dijo el brigada quitándose la gorra de plato—. Vaya al Centro de Transmisiones a recoger el telegrama y llévelo a la comandancia. Le darán el permiso de inmediato.

Miró a Donato.

—Y usted, ayúdele a hacer el petate.

—Me gustaría traerle a su hija algo del pueblo —dijo Eliseo—, pero no sé qué. Si fuera primavera le traería un cordero. Pero ahora mismo, no sé.

—Maribel no necesita nada —dijo el brigada—. Es feliz viendo la televisión. Lo que más le gusta es *Bonanza*. Dice que quiere vivir en un rancho, y no en un piso.

Sonrió. Las arrugas se multiplicaron en su cara.

Se notaba mucho movimiento en el cuartel, más de lo habitual a esa hora de la mañana. Motores que se encendían, aceleraban y se apagaban. De vez en cuando, llegaban las voces de mando de los suboficiales desde el patio del cuartel.

—Este fin de semana no nos podemos permitir ningún fallo —dijo el brigada. Se puso la gorra de plato y se despidió—. Voy a ver si trabajo un poco. Que todo vaya lo mejor posible en el pueblo, Eliseo.

Repitió la orden a Donato:

—Usted, ayúdele.

Camino del taller, el brigada pasó por delante de la panadería, y los soldados que estaban allí sentados, comiendo pan con jamón, o con chorizo, o con queso, se pusieron en pie y le saludaron.

—¿Ha ocurrido algo? —preguntó uno de ellos cuando se acercaron Donato y Eliseo.

—Sí, que ha aumentado el trabajo —respondió Donato. Eliseo le había pedido que no mencionara el asunto de su padre—. Hay que hacer otros ochocientos chuscos para el mediodía. Empezaremos dentro de diez minutos.

Una vez en la habitación, Eliseo fue metiendo cosas en el petate: una toalla, las tres revistas del corazón que el brigada Santos había guardado para él, varias mudas, calcetines, el tapete de hilo de seda que le había dado un soldado a cambio de un bizcocho, un pasamontañas militar, una pluma de faisán, el neceser y las chirucas que usaba en Valdesalce. De camino, en alguna gasolinera, compraría un paquete de Winston para Paca. También unas galletas.

—Trae las botas. Ya te las limpio yo —dijo Donato.

Eliseo se las quitó y se las dio. Luego, sacó de la taquilla el uniforme de paseo.

—¿Quieres que te deje un poco de dinero? —preguntó Donato.

No iba a hacerle falta. Pensaba ir completando etapas de una gasolinera a otra. Los camioneros cogían fácilmente a los soldados que hacían autostop, y tenía suficiente para otros gastos.

—No soy tan rico como Caloco, pero vendí unos corderos antes de venir aquí.

Se rieron. En sus conversaciones, habían hablado de muchos temas, pero nunca de dinero. Solo cuando, después de la visita a Ugarte, se refirieron a la cantidad que le pagaría Miguel por trabajar allí. Casi el doble de lo que ganaba como pastor.

Llamaron a la puerta, y un instante después Celso había irrumpido en la habitación. Llevaba puesta la gorra nueva, que ahora parecía muy grande, como si se hubiera dado de sí. Bajo el brazo traía la caja metálica. En la mano, una tarjeta blanca. Empezó a hablar deprisa, como ante un trámite que quisiera dar por acabado cuanto antes.

—Es tu permiso, Eliseo. He ido a la comandancia a llevar un telegrama y les he dicho que yo mismo te lo traería, que tú llorabas desconsoladamente y que no estabas para ocuparte de estas cosas. No me han puesto pegas. Los he impresionado con mi gorra súper y con estas gafas tan finas.

Llevaba, en vez de las gafas de pasta negra de siempre, unas redondas de montura dorada. Donato continuó cepillando las botas y Eliseo cerrando el petate, pero era imposible no prestar atención a los aspavientos de Celso.

—Son de Raúl. Han aparecido en el búnker. No tengo ni idea de cómo se va a arreglar sin ellas.

Le entregó la tarjeta blanca a Eliseo. Luego, rechazando con un gesto sus palabras de agradecimiento, levantó la tapa de la caja metálica. La cabeza de la urraca asomó por el borde. Celso le había puesto comida para el viaje, un huevo duro partido por la mitad y un plátano entero sin piel.

—Con esto tendrá más que suficiente. —Se agachó para darle un beso al pájaro—. Adiós, Paca. Te vas con tu padre. Te espera una vida feliz en el reino de las ovejas.

Eliseo protestó.

—No discutas, Eliseo. Nunca discutas con un celta. Mucho menos si lleva una gorra súper.

Al inclinar la cabeza a modo de reverencia, la gorra nueva se le cayó al suelo. La vieja, un guiñapo, permaneció en su cabeza.

—Estás loco, Celso —dijo Donato riendo.

—¿Cuál es tu nombre? ¡Nombre! —exclamó Celso.

—¡*Paca! ¡Paca! ¡Paca!* —repitió el pájaro.

Celso cerró la caja y la dejó al lado del petate. Se había vuelto a poner la gorra nueva. Sostenía entre los labios un cigarrillo sin encender.

—Lo fumaré dentro de un rato, cuando regrese al búnker —dijo. Miró las botas que Donato acababa de limpiar—. Las has dejado relucientes. Vas a estar muy elegante, Eliseo. Las ovejas se van a quedar impresionadas. ¿Cómo dijiste que se llamaba el perro de tu amigo pastor?

—¿El de Basilio? Lay.

—Igual no te conoce. Más que un pastor, pareces un príncipe.

—Claro que me va a conocer. Es una perra muy lista.

Se había vestido con los pantalones y la camisa del uniforme de paseo, y se estaba poniendo las botas.

—¿Cuándo piensas darle la urraca a tu amiga, antes o después? —preguntó Celso. Donato se rio.

—No vamos a poder ir a cazar el jabalí —dijo Eliseo—. Eso es lo que más rabia me da.

Celso metió el cigarrillo en el paquete. Debía marcharse.

—Tranquilo, Eliseo. Ya iremos. No me parece a mí que en la montería de mañana vayan a acabar con todos los jabalíes de El Pardo. Lo que es seguro es que Franco matará unos diez. Y el príncipe, dos o tres menos.

—Dicen que hay más de mil —dijo Eliseo.

Celso le dio dos abrazos.

—De mi parte y de parte de Caloco.

Abrió la puerta.

—Que todo vaya bien en tu pueblo.

3

La perra, Lay, iba tras los pasos de Basilio y Eliseo por el camino de Valdesalce a Santa María, meneando el rabo cada vez que Eliseo decía algo.

—No creas que te quiere más que a mí —dijo Basilio—. Lo que pasa es que se acuerda del choripán que le diste ayer y tiene la esperanza de que le des otro. Estos animales nunca dejan de tener hambre.

El socio de Eliseo, Basilio, rondaba los treinta años. De aspecto, era como Caloco, bajo y fuerte, pero su forma de hablar sosegada y sus gestos le hacían parecerse a Donato.

—¿Y tú cómo sabes que le di un choripán? —preguntó Eliseo.

—Porque Lay solo se comió el chorizo.

Marchaban entre sauces, tranquilamente. Basilio con pantalones de pana fina y camisa de mahón, y Eliseo con los pantalones vaqueros y el niqui rojo de la víspera. Habían cerrado ya, mientras desayunaban, el trato económico. Por deseo de Basilio, continuarían como hasta entonces: él cuidaría del rebaño, de la cabaña y de la majada de Eliseo, yendo en todo a medias. Al fin y al cabo, para él era igual que Eliseo estuviera en el cuartel o en Ugarte. Habían establecido también los plazos. Harían cuentas dos veces al año, el día de San Juan y la víspera de Navidad.

Lay se había alejado de ellos y husmeaba el terreno. De vez en cuando, se metía entre las zarzas y daba un ladrido.

—Ayer por la noche oí ruido de liebres —dijo Eliseo.

Cada vez más excitada, Lay ladraba con fuerza. Basilio le silbó y la perra regresó de inmediato.

—En El Pardo, allí sí que habrá liebres. Y conejos, no digamos —dijo Basilio.

—Los conejos están enfermos, con mixomatosis.

—Y Franco ¿qué tal? Tono dice que se oyen rumores de que no anda bien.

—No lo sé. Hoy iba a participar en una montería. Estos últimos días ha habido mucho movimiento en el cuartel.

Los sauces se fueron espaciando y aparecieron en su lugar hileras de fresnos que, por su disposición ordenada, a izquierda y derecha, hacían que el camino recordará la avenida de un parque. Poco después, al llegar a un claro donde crecían el romero y la salvia, vieron enfrente uno de los cuerpos de la torre de la iglesia de Santa María, el más elevado. En la distancia, con la bruma de la mañana, parecía un farol suspendido en el aire.

—¿Qué vas a decirle a tu padre? —preguntó Basilio, sin dejar de caminar.

—¿Qué quieres que le diga a ese mal hombre? ¡Bah!

Eliseo pegó una patada a una piedra. Lay, que iba a su lado, se alejó un par de metros.

—¡Ojalá se hubiera muerto en Suiza! ¡Y ojalá no me hubiera visto obligado a venir!

Lay se le quedó mirando. No sabía qué hacer, si alejarse más o acercarse. Optó por acercarse.

—Sabes que estoy de acuerdo contigo —dijo Basilio—. De todas formas, antes o después habrías tenido que presentarte. Te espera todo el papeleo. A mí me llevó semanas cuando falleció mi padre.

Eliseo solo tenía catorce años cuando su padre, ya viudo, lo dejó en Valdesalce al cuidado de cuarenta ovejas y emigró a Suiza para trabajar en la construcción de refugios antiatómicos. Al cabo de un año, los tres vecinos de Santa María que se habían marchado con él regresaron al pueblo, pero no así su padre. Tampoco lo hizo al año siguiente, ni al otro. Además, sus visitas se fueron espaciando. Primero fueron cuatro al año; luego, dos, durante las vacaciones de agosto y en Navidad; al final, solo una visita en agosto. Se presentaba en el pueblo vestido con trajes caros de color crema y zapatos de punta fina, y subía de esa guisa a Valdesalce, como un señorito que sale a pasear. «¿Qué tal todo por aquí?», preguntaba como si nada. Eliseo no lo podía aguantar. La primera vez lo recibió a pedradas y le hizo una herida en la mano. Otra vez, arrojó al río el reloj Certina que le había traído de Suiza. En la última visita, si bien aceptó el regalo, una escopeta de lujo, le ordenó que no volviera a acercarse a él jamás.

Basilio estaba al tanto de todo y compartía los sentimientos de Eliseo. Nada le obligaba a venir a despedirse de su padre. Pero el cura no pensaba igual. Había sido idea suya enviarle un telegrama al cuartel.

—Que no te coja desprevenido, Eliseo —le advirtió Basilio—. He oído que quiere hacerse con la herencia de tu padre, y que por eso se ha ocupado tanto de él estos últimos meses. Pero tú eres su único heredero y sin tu firma no puede hacer nada. No le des la casa por nada del mundo. A mí me vendría bien arrendarla, si a ti te conviene.

El padre de Eliseo había comprado la casa un par de años antes de regresar definitivamente de Suiza, cuando empezó a sentirse enfermo. Estaba enfrente de la escalinata que daba a la entrada de la iglesia, al comienzo de la calle principal.

—Está bien saberlo, Basilio.

Siguieron caminando al paso. La bruma era muy fina y dejaba ver muchos kilómetros de la meseta castellana: un ensamblado de piezas rojizas, verdes o negras entre las que se alzaban, aquí y allá, hileras amarillentas de árboles. El pueblo mismo, Santa María, no se veía aún. Sí en cambio la torre de la iglesia, ahora los dos cuerpos superiores: el de abajo tenía forma de mesa; el de arriba, con forma de farol, terminaba en un pararrayos. Las tormentas eran frecuentes en Santa María.

Lay se había vuelto a alejar del camino y hacía carreras en zigzag, sorteando los matojos de romero y de salvia como los obstáculos de una yincana.

—Todavía está fuerte la perra —dijo Eliseo.

—Igual que tú —respondió Basilio, y se rio—. ¿Le has contado tu plan a Paca? Me da que no le va a gustar mucho que te hagas panadero.

—Al menos ahora está contenta. No imaginaba que le fuera a gustar tanto el pájaro. Tampoco aquí faltan las urracas.

—Pero las de aquí no la llaman por su nombre.

Basilio volvió a reír. Eliseo le dio un puñetazo en el brazo.

—Tú también estás contento. Menudo negocio estás haciendo a cuenta de mi rebaño.

—Trabajando duro, amigo, mientras tú te dedicas a hacer el vago en El Pardo. Aunque me figuro que no serás el único vago de por allí...

Hasta en la risa se parecía Basilio a Donato.

Llegaron a la carretera, al punto donde empezaba la cuesta abajo. Desde allí se divisaba casi la torre entera de la iglesia, los tres cuerpos, cada cual con sus vanos y sus arcos, y en lo más alto el remate con forma de farol y el pararrayos. Las casas de Santa María no eran visibles todavía. El pueblo estaba en una hondonada.

—Mira, ayer las liebres andaban ahí —dijo Eliseo señalando la carretera, a la izquierda del camino.

Lay corrió en aquella dirección, volviendo la cabeza atrás una y otra vez, esperando órdenes. Basilio le gritó que tenían que regresar a Valdesalce. Luego se dirigió a Eliseo:

—¿Cuántos días te han dado de permiso?

—Una semana.

—¿Te vas a quedar a dormir en casa de tu padre?

Eliseo se encogió de hombros.

—Si de verdad está agonizando, tendré que quedarme. Pero si no, ni hablar. Tiene una cuidadora, ¿no? Eso me ha dicho Paca.

—Se la puso el cura. Pilar, la que hace de enfermera en Santa María. Ya la conoces.

—Poco. No me importa.

Cuando se separaron, Lay no supo a quién seguir, y corrió arriba y abajo hasta que Basilio silbó y la sacó de dudas.

Caminando cuesta abajo, Eliseo aceleró el paso. El pueblo no tardó en aparecer ante sus ojos: casas de color ocre al fondo de la hondonada y, sobresaliendo entre todas ellas, como si lo hubieran colocado sobre los tejados, el edificio de la iglesia, enorme, dos o tres veces más grande de lo que cabía esperar en una población de mil habitantes. Se acordó de una historia que había contado su padre en el bar durante una de sus visitas de agosto: que la iglesia era en realidad la catedral de una ciudad italiana que unas brujas habían robado para traerla volando, toda entera, hasta Santa María. «Lo que quiero decir es que es de estilo italiano.»

A su padre le gustaba presumir de los conocimientos que estaba adquiriendo en Suiza. «Aquí la sociedad está muy atrasada. En cambio en Suiza hay universidades obreras que proporcionan una formación excelente. Creedme, están avanzadísimos en todo. Por orden del gobierno, todos los edificios tienen ahora en el subsuelo lo que allí llaman *abris antiatomiques*. Si ocurre una explosión nuclear, los que vivimos en aquella nación nos salvaremos, mientras que vosotros, *c'est fini*.» Los clientes del bar no se lo tomaban muy en serio. «¿Y no nos servirá refugiarnos en las bodegas? Además, en las bodegas no nos faltará el vino». «No, para defenderse de un ataque de ese tipo se necesitan filtros contra la radiación, *des filtres contre la radiation.* Y encima, ¿qué os creéis, que los suizos no meten vino en sus *abris*? Vino y todo lo que haga falta para sobrevivir durante un año. ¡Hacedme caso! Sé de lo que hablo. En este momento soy inspector de más de cien *abris.*»

Que si esto, que si aquello, su padre nunca se cansaba de cantar las alabanzas de Suiza. También en Valdesalce, delante de Basilio, de Tono y de Paca. Miraba el interior de las cabañas o las majadas, con sus aires de inspector, y les decía: «Esto en Suiza lo organizarían mucho mejor». Pero a Paca no la engañaba. En una de las visitas, ella no se había mordido la lengua: «Puedes decir lo que quieras de la organización de los suizos o de esos *abris* o como se llamen, pero yo estoy convencida de que tú tienes una mujer allí, y de que cuando hablas de Suiza lo que tienes en la cabeza es su cara y su cuerpo». Su padre pudo disimular gracias a la carcajada de Basilio. Pero para él fue esclarecedor. Muchas cosas cobraban sentido con esa pieza. El hecho de que viniera tan poco a Santa María, o el de que nunca le hubiese propuesto ir a Suiza. También a él le pasaba: pensar en Valdesalce era pensar en Paca. Valdesalce le agradaba porque le agradaba Paca.

La iglesia no descansaba sobre los tejados del pueblo, pero sí sobre una plataforma natural cuya altura superaba la de las casas de alrededor. Parecía realmente una catedral. Una escalinata de cuarenta o cincuenta peldaños, adornada con columnas, conducía a la entrada. En los primeros muros de la torre había arcos y figuras de santos. En los superiores, perros y leones con la boca abierta, como si vomitaran.

Al acercarse a la casa de su padre, todavía en la calle, le llegó el olor a medicinas. Se quedó en la puerta, esperando oír algún ruido. Tenía en mente lo que le había dicho Basilio a la salida del funeral de su propio padre: «Ha muerto pidiendo morfina a gritos. Pero el médico se negó a dársela. Decía que no podía, que en España está prohibido. A mí no me va a ocurrir. Me pegaré un tiro. O si no me lo pegas tú, Eliseo, con tu Verney-Carron».

El pensamiento de Eliseo saltó a la Verney-Carron. Era la marca de la escopeta que su padre le había traído de Suiza, un arma caprichosa, con incrustaciones en plata. El tipo de regalo que compra un hombre al que le gustan los trajes caros de color crema y los zapatos de punta fina. ¿Y si la llevaba al cuartel? La ocultaría en la panadería e iría con ella a cazar el jabalí, en lugar de con la ballesta. Desechó la idea de inmediato. Solo a Celso se le podía ocurrir algo así.

El olor a medicinas, eso era todo. Nada de gritos. Su padre era más afortunado que el de Basilio.

El cura lo recibió en el portal estrechándole la mano.

—Qué bien que hayas venido, Eliseo. Soy el nuevo cura, Juan.

Era joven, más o menos de la edad de Basilio. Llevaba unas gafas redondas con una fina montura de color dorado, y parecía amable. Tal vez no fuera verdad que pretendía apropiarse de la casa de su padre.

—Son las diez —dijo mirando el reloj—. A Cristino le acaban de dar la pastilla. Dormirá durante un par de horas. La señora que lo cuida está con él, así que, si no es mucho pedir, ¿podrías acompañarme a la iglesia? Necesito ayuda para cambiar de sitio el armonio.

Era la primera vez que oía el nombre de su padre desde que había llegado al pueblo. Cristino. Ni Basilio ni Paca lo mencionaban en su presencia.

Subieron la escalinata sin detenerse a tomar aire hasta llegar a la balaustrada del mirador. La bruma se había esfumado, y el cielo era más azul que el de El Pardo. El sol iluminaba los campos de amapolas próximos al pueblo; más allá, las parameras, con sus pequeños bosques dispersos, y también Valdesalce. Los vencejos volaban muy alto.

Entraron en la iglesia y avanzaron lentamente hacia el altar mientras sus ojos se acostumbraban a la oscuridad. Era como adentrarse en un palacio, y a Eliseo se le ocurrió, asombrado de pronto ante aquel lujo, que a los mandamases que cazaban en El Pardo no les importaría celebrar allí su boda, y tampoco al teniente Garmendia. A Vicky, en cambio, tal vez le pareciera demasiado poco. Debía de ser una chica exigente, y quizás no se conformara con menos que una catedral. Pero también podía ser que prefiriera un lugar así. Al cabo, su casa-castillo de la sierra de Guadarrama y la iglesia tenían mucho en común. Las paredes de la casa estaban llenas de cosas, igual que las de la iglesia; las de la casa, de animales disecados; las de la iglesia, de estatuas de santos y de tapices. Para mayor coincidencia, acababa de ver una cabeza de león, que adornaba un sepulcro. Quizás hubiera también taburetes de pata de elefante. Aunque eso era más difícil. Los artistas antiguos, al no haber visto nunca un elefante, no podrían imitarlo. En cualquier caso, lo más extraño era que no hubiera jabalíes. El jabalí abundaba en los bosques de los alrededores de Santa María, los artistas debían de conocerlo forzosamente.

El cura, que seguía su lado, le habló como a quien duerme, en un susurro:

—Eliseo, ¿ves eso?

Señalaba el retablo. Era todo de color dorado, de arriba abajo, con una gran profusión de ornamentos. Las columnas, de tan talladas, parecían hechas de una materia enferma, llena de protuberancias. Sobre el altar, dentro de una capilla en miniatura, un Niño Jesús vestido con una túnica blanca otorgaba la bendición. Más arriba, la Virgen, con los faldones de su manto azul desplegados en el aire, era llevada al cielo por un coro de ángeles; más arriba aún, San Cristóbal, con el Niño al hombro, cruzaba un río apoyándose en un báculo; en lo más alto, Jesús padecía en la cruz.

—Tu padre te nombra sin cesar —dijo el cura.

—Es bueno saberlo —respondió Eliseo.

El cura no insistió. Como un guía turístico, trazó un semicírculo en el aire con el brazo, queriendo abarcar la iglesia entera.

—Todo lo que hay aquí es hermoso —dijo—. Pero son muchas cosas, demasiadas. Los artistas tenían horror al vacío. ¿Ves esto?

Se refería a los escalones que delimitaban el presbiterio. Sendas cabezas de león adornaban los dos puntos en que se unían con la reja.

—Ya he visto otro león antes, y me he preguntado si habría también jabalíes en esta iglesia. Por estos lugares, el jabalí es más abundante que el león.

Pasando por alto el comentario, el cura le agarró del brazo y lo condujo a una de las naves laterales de la iglesia. El armonio estaba detrás de una columna. Con un gesto, le indicó que había que acercarlo al altar.

—Yo preferiría un funeral con órgano —dijo. Trasladaban el armonio sin ninguna dificultad—. El órgano es otra de nuestras joyas, aunque ahora esté dañado. Habría que repararlo, pero ¿quién paga el arreglo? Esta iglesia soporta ya demasiados gastos.

La voz de Basilio resonó en la cabeza de Eliseo: «Ya empieza a hablar de dinero. ¡No bajes la guardia!».

Depositaron el armonio junto al presbiterio, al lado de una de las cabezas de león, y el cura desapareció en dirección a la sacristía. Regresó con una silla. Volvió a desaparecer y regresó con una carpeta. Las partituras. Colocó una de ellas en el atril y se puso a tocar. Las gafas doradas le bajaban hasta la mitad de la nariz y, tras ellas, sus ojos se movían arriba y abajo, del pentagrama al teclado.

Eliseo leyó la letra debajo del pentagrama: *Mi-se-re-re me-i, De-us.* Puesto a ello, Donato hubiese podido tocar aquella música perfectamente, no parecía nada difícil. Pero a Donato no le gustaban las cosas tristes, prefería algo del estilo de «Juanita Banana».

El cura dejó de tocar y se levantó.

—Está un poco desafinado, pero ya nos arreglaremos.

Se fue hacia los bancos, se sentó en la primera fila y le hizo señas a Eliseo para que se sentara a su lado.

—Cuando vengo a rezar siempre me pongo aquí, delante del Niño Jesús —dijo—. Es la figura más sencilla del retablo, pero a mí es la que más me gusta.

A Eliseo le llegó el olor a cera de la sotana, mezclado con una pizca del olor a medicina de la casa de su padre.

—Tenemos que hablar, Eliseo.

«Hablando se entiende la gente», pensó, pero no pronunció la frase. Era como si Donato se le hubiera metido dentro y quisiera hablar por él.

—Mira, Eliseo. Estas últimas semanas he visitado diariamente a Cristino. Ha confesado todos sus pecados, y yo se los he perdonado en el nombre del Señor. Pero solo podrá morir en paz si también tú le concedes tu perdón. Está muy arrepentido.

«¡Hace falta ser caradura!», pensó Eliseo. «Cómo puede alguien tener la desfachatez de abandonar a un hijo y luego, al cabo de un montón de años, pedirle perdón. ¡Cómo se puede ser tan falso y cobarde!» Pero no abrió la boca. Se le habían metido en la cabeza las voces de sus amigos del cuartel, antes la de Donato, ahora la de Caloco. Se sintió confundido, y su confusión aumentó cuando sus amigos se pusieron a hablarle todos a la vez, como a veces hacían en el Centro de Transmisiones. Celso decía: «Mi padre se portó bien conmigo. Me traía radios viejas para que les sacara las tripas y aprendiera electromecánica. Mi madre, en cambio, fatal. En lugar de un perro, como yo quería, me trajo dos tortugas. Y sin embargo se lo perdoné, porque los celtas somos muy dados a perdonar. En cualquier caso, lo que debes hacer tú ante tu padre, eso no te lo puedo decir, Eliseo». No oía bien lo que le decía Donato, pero sonaba como si fuera partidario del perdón. Caloco, por el contrario, no lo era. De las voces que le hablaban dentro de la cabeza, la suya era la más áspera.

El cura sacó una pequeña Biblia de debajo de su sotana y empezó a contarle la parábola del hijo pródigo. Un joven había abandonado la casa paterna para marchar a un

180

país lejano y vivir allí como un libertino, malgastando la herencia de su padre. Pero un buen día, al verse en una penuria extrema, había decidido regresar a casa.

—Te la voy a leer, Eliseo —dijo el cura acercándose las gafas a los ojos. No se le ajustaban bien.

«Y así, se levantó y regresó con su padre. Todavía estaba lejos cuando su padre lo vio y tuvo compasión de él. Corrió entonces, se echó sobre su cuello, y lo besó. Y el hijo le dijo: "Padre, he pecado contra el cielo y contra ti, y no soy digno ya de ser llamado tu hijo". Pero el padre les dijo a sus siervos: "Traigan la mejor ropa, y vístanlo. Pónganle también un anillo en su mano, y calzado en sus pies. Vayan luego a buscar el becerro gordo, y mátenlo; y comamos y hagamos fiesta".»

La carcajada de Caloco retumbó en la cabeza de Eliseo. Así que las cosas funcionaban de ese modo para el cura. ¡Cuando el hijo canalla regresaba a casa, su padre mandaba matar un becerro gordo y celebraba una fiesta en su honor! ¡No una gallina, no un conejo, sino un becerro de trescientos kilos! Una de dos: o el padre era tonto de remate, o el autor del cuento narraba algo que nunca había sucedido.

—¡Eliseo! —le llamó el cura sacudiéndole levemente—. ¿Escuchas con los ojos cerrados, o estás dormido?

Le sonreía con una cara como las que asoman en sueños. El dorado del retablo se reflejaba en los cristales de sus gafas, dándoles un aspecto extraño.

—Ayer hice un viaje muy largo. Vine desde El Pardo. Me puede el cansancio.

El cura tenía aún la Biblia abierta. La cerró despacio.

—Es una parábola muy sencilla, ya lo sé. Como esa figura del Niño Jesús que tenemos delante. Pero las grandes verdades son sencillas. Y el deber de perdonar es una de ellas. Debemos perdonar al prójimo de la misma manera que el padre de la parábola perdonó al hijo pródigo.

—Pero aquí la historia es al revés —razonó Eliseo—. Fue el padre quien se marchó a un país lejano para vivir como un libertino, no el hijo. El final debería también ser al revés.

—Y entonces ¿qué, Eliseo? ¿No hay perdón?

El cura se volvió hacia él. Había desaparecido el reflejo dorado de los cristales de sus gafas y se le veían los ojos. Eran negros. Su mirada, firme.

Caloco, Celso y los demás se habían callado y oyó su propia voz nítidamente:

—Primero tengo que estar con él. Cada cosa a su tiempo.

—No pasará de hoy. Tendrás que decidirlo pronto —dijo el cura.

Se pusieron en pie.

—La señora que le cuida se encargará de las flores. Cristino ha dejado dinero más que suficiente para el funeral. No te preocupes por los gastos.

«No pensaba hacerlo», pensó Eliseo.

Salieron al exterior. El cielo azul había empezado a nublarse, y los vencejos volaban bajo, entre las casas o a ras de los tejados. Iba a cambiar el tiempo.

—Deberás tener un poco de paciencia con tu padre —dijo el cura—. La mayor parte del tiempo está delirando. A decir verdad, solo se le entiende cuando pregunta por ti.

—Eso que flota en el aire no son polillas, Pilar. Son ondas radiactivas —dijo Cristino desde su lecho. La debilidad confería una cierta dulzura a su voz—. Este *abri* no está bien acabado. Le faltan los filtros. ¿Es que nadie los va a poner? Mi leucemia va a empeorar si no se ponen.

Eliseo estaba de pie, a un metro de la cama. Cristino, pese a tener los ojos abiertos, parecía no verlo.

—Ha venido tu hijo —dijo la mujer inclinándose hacia la almohada. Era de mediana edad, de rostro severo. Se volvió hacia Eliseo—: Desvaría, se le va la cabeza.

182

Habían tapado el hueco de la ventana abierta con una manta, y la habitación estaba en penumbra.

—No cerramos la ventana ni de día ni de noche, por el olor. Y la manta no se puede quitar. La luz le hace daño —explicó la mujer. Se dirigió hacia la puerta—. Te traeré una limonada.

Eliseo permanecía de pie, en la posición de descanso a la que su cuerpo se había acostumbrado en el cuartel. Cristino había cerrado los ojos y no decía nada. Se oía, de vez en cuando, a los vencejos. El sonido que emitían al volar era mucho más fino que el de las urracas, parecido a un silbido.

Eliseo intentaba calcular cuánto tiempo llevaba sin dirigirle la palabra a su padre. La Verney-Carron se la había traído de Suiza el verano de su mayoría de edad, así que iba ya para cuatro años. Él no le había vuelto a hablar desde entonces. Ni tan siquiera cuando regresó del extranjero y se instaló en la casa de enfrente de la iglesia, unos meses antes de marchar él al servicio militar. Todos los intentos de Cristino por reconciliarse habían sido inútiles.

«¡Cuando te traje la Verney-Carron, bien que la aceptaste!» El reproche de Cristino resonó en la cabeza de Eliseo. Tuvo razón. No pudo rechazar la escopeta. Era preciosa. Se la mostró a Paca el mismo día que la recibió como regalo. «¡Jamás se ha visto aquí cosa más bonita!», exclamó ella palpando la liebre grabada en la incrustación de plata. Los cañones relucían, relucía la culata. Tampoco él había visto en su vida una cosa tan bonita, y comprendió que nunca sería capaz de desprenderse de aquella Verney-Carron, como había hecho con el reloj Certina. Esa misma tarde, dejó en la cabaña el bramante para las trampas y salió de caza con ella. Mató tres liebres antes de que anocheciera y se las entregó a Paca para que las preparara. Después de cenar, ella lo llevó a la cama, y esa fue la primera vez que se acostó con una mujer.

Cristino permanecía con los ojos cerrados, pero ahora decía algo. No se le entendía, y Eliseo pensó que sería por el delirio, porque no podía pronunciar bien. Pero oyó de pronto «*antiatomique*», y lo comprendió: conversaba con alguien en francés, riéndose de vez en cuando. Prestó atención. Algunas palabras las repetía una y otra vez, «*mamuasel*», «*estefani*». Estaba claro, no hacía falta saber francés para entenderlo. «Estefani» era «Estefanía», el nombre de la hermana de Carolina de Mónaco. Lo sabía por las revistas que le traía el brigada Santos. De modo que Cristino estaba hablando con una mujer, y lo hacía con cariño, disfrutando de la conversación.

Apareció en la puerta la cuidadora. Traía una jarra en una mano y un vaso en la otra.

—Aquí tienes limonada —dijo. Se inclinó hacia la cama—. ¡Cristino, está aquí tu hijo, Eliseo!

Hubo una reacción por parte del enfermo. Con algo más de voz, tratando de extender los brazos, exclamó: «¡Estefani! ¡Estefani! ¡Estefani!».

—El cura no puede contarte según qué cosas, pero yo sí —dijo la mujer—. En Suiza estuvo viviendo con una mujer que se llamaba Estefanía. Es normal. Se había quedado viudo. Y además era un hombre apuesto, como tú.

Eliseo bebió un poco de limonada. Guardó silencio.

—En cambio, lo de dejarte solo en Valdesalce con catorce años, eso no fue tan normal —continuó la mujer—. Ahora está arrepentido, y no quiere morir sin recibir tu perdón. No sabes cuántas veces se lo ha repetido al cura. Pero no sé si volverá a la realidad. Una de las medicinas que le estamos dando tiene efectos hipnóticos.

Las medicinas estaban sobre la mesilla de noche, y señaló una de ellas, una caja gris. Al lado había un calendario. Algunos días estaban marcados con un círculo.

«*Mon, ma, mamuasel, bon, fam, bon, ma, mon...*» La charla de Cristino se había tornado monótona, un murmullo solo interrumpido por los chirridos de los vencejos, y Eliseo fue perdiendo interés. Se fijó en el calendario de la mesilla. Era 12 de septiembre. Según lo acordado con el dueño de la panadería de Ugarte, debía incorporarse a su nuevo trabajo una semana antes de Navidad, por ser una época de mucho ajetreo. Eso quería decir que, una vez terminado el servicio militar, dispondría más o menos de una semana para recoger las cosas de Valdesalce y mudarse. A él, en Ugarte, le había gustado todo. El hecho de que Donato trabajara allí, el carácter de Miguel, la cocinera Marta, muy guapa, y también el hombre al que llamaban el Viejo, cazador como él, quien le había informado de que en los montes próximos a Ugarte abundaban los jabalíes... Tenía mucho sueño, y cerró los ojos.

La campana de la iglesia anunció el mediodía y lo sacó de su sopor. Se esfumaron de su cabeza la panadería y la gente de Ugarte, Donato, Miguel, Marta, el Viejo, y se vio delante de Cristino, que seguía hablando en francés, *«mon, ma, mamuasel, bon, fam, bon, ma, mon...»*, ahora muy débilmente. De pronto, pronunció un nombre nuevo: «Erika». Para cuando Eliseo quiso prestar atención, ya había pronunciado el tercero: «Yovana». Poco después, «Maricler». A continuación, «Shantal». Parecía estar completando una lista.

—¡A Estefani la tendrías contenta! —le espetó, haciendo suya la forma de reaccionar de Caloco. La razón de haberlo abandonado en Valdesalce estaba más clara que el agua. Paca lo había adivinado desde el principio.

Se puso a pensar en Caloco. Tenía que convencerlo para que lo acompañara a cazar el jabalí con la ballesta. Estaba bien que Celso formara parte del grupo, porque no conocía el miedo, pero su mala puntería era un gran inconveniente. En cambio, Caloco no se defendía mal. Podría rematar al jabalí si él fallaba o, en el peor de los casos, si lo alcanzaba la saeta y lo dejaba herido. Pero el problema era que Caloco tenía sus vacas en la cabeza, y se resistiría a ir al arroyo seco con ellos. Tuvo una idea. Le ofrecería dinero. Cada vez que lo acompañara le daría lo que le pagaban por guardia. Se lo pensó mejor: le daría lo que le pagaban por guardia siempre y cuando apareciera el jabalí y lograran matarlo. Si iban al lecho del arroyo y no ocurría nada, solo le daría una cuarta parte.

Se sirvió más limonada. Estaba templada. Bebió poco.

Cristino seguía con su cantinela: «*Mon, ma, mamuasel, bon, fam, bon, ma, mon...*».

—¡Ya me tienes harto con tu francés! —le gritó—. ¡Cállate de una vez!

Cristino abrió los ojos.

—¡Eliseo! —llamó. Fue un susurro—. Eliseo, necesito tu perdón.

—Pues no lo vas a tener, Cristino —respondió él, y le arrojó a la cara la limonada del vaso.

De la boca de Cristino salió un chillido. No fue como el de los vencejos, ni tampoco el quejido de una persona que padece dolor, sino el estertor de un moribundo.

4

Antes de salir del bosque de El Pardo dejaron las dos ballestas y las tres saetas en la cabaña de troncos, tal como les había pedido Celso la primera vez que bajaron al lecho del arroyo seco. Raúl regresaría al cuartel en cualquier momento, a menos que su permiso se prolongara eternamente, y lo tendrían en el Centro de Transmisiones vigilando sus pasos igual que vigilaban ellos los del jabalí. Un pequeño fallo, un descuido tonto, y descubriría las armas ocultas bajo la roca de la colina, y se daría cuenta de que eran las mismas que habían desaparecido de la casa de Guadarrama.

—Es mejor que no las vea ese sicario del SIM. Si nos descubre se lo contará al beduino, que se lo contará a Vicky, que se lo contará a su padre que está en los cielos, que se lo contará al general, que se lo contará al coronel, que se lo contará al capitán, que irá con la noticia al beduino, y el beduino mandará fusilarme.

Sostenía en una mano la banderita española y en la otra la de la flor de lis y la cruz que había cogido de la cabaña, y las subía y bajaba para subrayar sus palabras, como haciendo señales. Luego, se puso a dar saltos con ellas, ejecutando «un baile celta para atraer jabalíes».

—Ahora entiendo por qué no hemos visto jabalíes hoy —dijo Caloco—. Tenías que haber hecho magia cuando estábamos en el lecho del arroyo. Ahora es inútil.

—Te equivocas, Caloco. La magia celta no es instantánea, como el Nescafé. Pero una vez completado el ritual surtirá efecto durante toda la temporada de caza.

Se dirigían al Centro de Transmisiones por el camino que bordeaba el río. Celso continuaba bailando, haciendo ondear las banderitas. A ratos rompía a cantar a pleno pulmón.

—Si sigues así, a quien vas a atraer es a los guardas —dijo Eliseo. Estaba preocupado. Veía a Celso cada vez más alterado, como si tuviera el ralentí más pasado de revoluciones que Caloco.

Esa misma noche, 20 de septiembre, domingo, sacó el tema en la habitación de la panadería. Para Donato, el comportamiento de Celso era comprensible, habida cuenta de la vida que llevaba, tantos meses encerrado en el cuartel, y la mitad del tiempo prestando el servicio a solas, sin poder apartarse un momento del aparato de radiotelegrafía. Era comprensible, sí, pero también preocupante. Cuanto más se alargaba el permiso de Raúl, más resentido se le veía, y podía meterse en un buen lío si le daba por echarle en cara sus sospechas el día que por fin se encontrara con él. Mal asunto si Raúl no era del SIM, y, si lo era, peor todavía.

—El otro día rompió un cristal de las gafas que se dejó aquí Raúl. Las arrojó contra la pared. Ya sabes cuáles, las redondas, las doradas.

Eliseo asintió; pero en la imagen que se formó en su mente no aparecieron las gafas de Raúl, sino las del cura de Santa María, también redondas y de montura dorada.

En el cuartel reinaba el silencio, como todas las noches de domingo. Nada se movía. Apenas había tráfico entre El Pardo y Mingorrubio. De vez en cuando, Donato tocaba la armónica.

—¿Qué canción estás aprendiendo ahora? —preguntó Eliseo. Estaban sentados cada cual en su cama, uno frente a otro, sin las botas.

Donato señaló un casete que estaba encima de la taquilla: «Tombe la neige», de Salvatore Adamo.

—Creo que quiere decir «Cae la nieve». Tengo que encontrar a alguien que sepa francés para enterarme de lo que dice la letra.

—¡Pregúntame a mí, Donato! *Mon, ma, mamuasel...* Eso también es francés. ¡He vuelto de Santa María sabiendo francés!

Cerró los ojos nada más decirlo, y vio emerger en la oscuridad la imagen de Cristino en su habitación de la casa de Santa María: «Estefani, Erika, Yovana...». La escena se reprodujo ante él tal como había sucedido. Cristino despierto, mirándole: «Eliseo, necesito tu perdón». Y él: «¡Pues no lo vas a tener!». Entonces le arrojaba la limonada a la cara y su padre emitía su último estertor.

Donato seguía tocando «Tombe la neige» con la armónica. Eliseo hizo un esfuerzo por prestar atención. Quería quitarse de la cabeza a Cristino.

—La estoy aprendiendo también con el acordeón. Me vendrá bien para los bailes. Es muy lenta —dijo Donato.

Dejó la armónica sobre la taquilla y empezó a ponerse el pijama. Eliseo se había metido ya en la cama, sin más ropa que los calzoncillos. Tenía la sensación de que hacía más calor que nunca, como si el horno de la panadería se hubiera quedado encendido.

—¿Suele nevar en Ugarte? —preguntó.

—Dos o tres veces al año, como mucho. No es un lugar muy frío.

—¿Con cuántos pijamas duermes entonces? —Eliseo sentía la necesidad de seguir hablando para evitar oír a Cristino.

Donato se rio y apagó la luz.

—Con un solo pijama pero con tres mantas. —Cambió de tema—: Dices que Celso no anda bien, pero tampoco tú has vuelto muy contento del pueblo. Esa impresión me da. ¿Qué, no fue mucha gente al funeral de tu padre?

—No hubo nada de particular. —Eliseo mantenía los ojos abiertos. Soltó una risa hueca—. En el sermón, el cura habló del perdón. Que Dios nos ama mucho y que nos lo perdona todo.

—Lo típico de los funerales.

Eliseo vio la cabeza del cura en la oscuridad, con sus gafas redondas de montura dorada. Basilio había tenido razón, el cura pretendía hacerse con la casa; pero no necesitaba su firma, todo estaba bien atado en el testamento. Cristino había legado a la parroquia un tercio de sus bienes, la parte que, según la ley, era de libre disposición. El local de cien metros cuadrados de la planta baja de la casa pasaría a ser una escuela de catequesis, y un tercio del dinero que tenía en el banco se emplearía en la reparación del órgano de la iglesia. Tampoco era mucho, porque Cristino se había dedicado a despilfarrarlo con Estefani, Erika, Yovana y las demás, y porque, desde que regresó a Santa María, no había tenido más ingresos que la pensión que le pasaba la empresa de construcción de *abris antiatomiques*. En cualquier caso, el cura quería más: «Eliseo, voy a pedirte que consideres una cosa. Sé que no vas a quedarte a vivir en Santa María, y que no vas a usar la casa, o que lo harás solo de forma esporádica. Si nos cedieras la otra parte de la planta baja podríamos ofrecer a los jóvenes del pueblo un lugar donde reunirse, con sus mesas de ping pong y sus futbolines. Sabes que hago todo esto por el bien del pueblo. ¿Qué me dices, Eliseo?».

—¡Déjeme en paz!

Donato se había incorporado en la cama.

—¿Con quién hablas, Eliseo?

—Con el cura de Santa María. Estaba soñando.

—Ya me había parecido que el funeral no fue de tu gusto.

—Han pasado cosas peores.

Eliseo oyó que Donato se giraba en la cama.

—La urraca se murió.

—¡Ni se te ocurra contárselo a Celso! —Donato hizo una pausa de unos segundos antes de seguir—: Después de que tú te la llevaras estuvo apenadísimo y quiso traer un perro al búnker, pero no se lo permitimos.

Eliseo no quería contar la verdad de lo sucedido. Que el marido de Paca, el cornudo Tono, le había cogido rabia a aquel pájaro que no paraba de repetir *¡Paca!, ¡Paca!, ¡Paca!,* y que aprovechando el momento en que todos estaban en el funeral le había destrozado la cabeza de un mazazo. Luego, cuando Paca volvió a Valdesalce y vio el pájaro muerto, intentó hacerle lo mismo a él, pero Tono consiguió zafarse sin más daño que una clavícula rota. A Eliseo le daba vergüenza lo que había pasado. En Ugarte querrían saber de él, de dónde era, de qué familia, de qué entorno. Bastante tenía con la historia de Cristino el suizo como para andar aireando las brutalidades de Valdesalce.

—Fue mala suerte —dijo Eliseo—. Al día siguiente de mi llegada, Basilio, mi socio, salió a cazar liebres muy de mañana y vio la urraca en la parte de atrás de su cabaña, justo en el cobertizo donde guarda los quesos. Pensó que se los iba a echar a perder a picotazos y le pegó un tiro.

Donato suspiró. Los muelles de su cama chirriaron cuando se volvió a girar.

—No se lo cuentes a Celso —insistió.

Los muelles chirriaron de nuevo. Buscaba una postura para ponerse a dormir.

—En la cena de hoy no ha preguntado por la urraca. Parecía más interesado en las ballestas —dijo Eliseo.

—Ha estado preparándolas y está muy orgulloso. Las saetas las ha dejado tan afiladas que parece que tienen un alfiler en la punta.

Donato se estaba quedando dormido. Le costaba despegar los labios.

Eliseo miraba a la oscuridad de la habitación. Basilio le perdonaría, sin duda, el haberle atribuido a él la muerte de la urraca. No cabía esperar otra cosa de su carácter, tan parecido al de Donato. En casa de Cristino, cuando fueron a verla, él no había querido entrar en la habitación de su padre, y Basilio le había dicho: «Eliseo, ¿a qué tienes miedo? Cuando desaparece el cuerpo, todo lo demás desapa-

191

rece con él. En mi opinión, es la habitación más fresca de la casa. Si llegamos a un acuerdo y te la alquilo, dormiré aquí».

Sin más ruido alrededor que la respiración de Donato, Eliseo quedó a la espera. Ocurrió lo que temía. Brotó de la oscuridad el último estertor de Cristino. Desgraciadamente, él no era como Basilio o Donato. Tampoco como Caloco. Aquellos amigos suyos disponían de un buen motor. En cambio el suyo iba a menudo forzado, y se atascaba. Pasarían los días y seguiría oyendo una y otra vez el estertor de su padre. El mismo Celso, un camión con el freno en malas condiciones, siempre a punto de chocar o de salirse de la calzada, tenía un motor más engrasado que el suyo.

Eliseo se puso a respirar profundamente, como le habían enseñado en las sesiones de gimnasia del cuartel, hasta que le llegó el olor a pan, que llevaba días sin sentir, y se quedó dormido.

En lo que quedaba de septiembre solo fueron una vez más a esperar al jabalí, el lunes 28. Eliseo no deseaba una frecuencia mayor, y cuando veía nervioso a Celso, con ganas de adentrarse en el bosque de El Pardo, se sentaba a su lado y procuraba quitarle la idea de la cabeza: no convenía hacer salidas en balde, corriendo riesgos innecesarios con los guardas. Era mejor esperar a que los días fueran más cortos. Los jabalíes solo dejaban su guarida al atardecer, cuando el sol estaba bajo. Lo contrario era raro.

Su razonamiento era algo endeble, ya que el primer plan para ir al arroyo seco lo había propuesto él mismo a principios de mes, aunque al final no pudo materializarse por culpa de la montería del general Franco y del príncipe Juan Carlos y por haber tenido que marchar él a Santa María; pero en aquella ocasión, su único propósito había sido familiarizarse con el lugar. Debían tener paciencia.

Anochecería cada vez antes, los cielos serían cada vez más grises. El tiempo jugaba a su favor.

Eliseo tenía otro motivo para espaciar las salidas. Quería evitar que Celso fuera su único acompañante; un empeño difícil, porque Caloco, por sus guardias, casi nunca estaba disponible. Hubiese podido ir solo, pero tampoco eso era viable. No podía excluir a Celso, por muy mal tirador que fuera. Caloco y Donato no se lo hubiesen permitido. Y él tampoco quería.

En las dos primeras salidas quedó establecida la pauta que seguirían en adelante. Primero, corrían a trote ligero hasta el bosque, a fin de reducir al máximo la probabilidad de un encuentro con los guardas de El Pardo; luego, permanecían un rato en la cabaña, descansando y cargando las ballestas; a continuación, hacia las siete y media de la tarde, bajaban al lecho del arroyo y tomaban posiciones: Eliseo, tendido en la losa de piedra y al abrigo de la barra de sedimentos, con una de las ballestas; junto a él, también tumbado, y a manera de ayudante, Celso, con la saeta de repuesto; fuera del lecho, algo más atrás, sentado contra un árbol con su ballesta y su saeta, Caloco.

La tercera vez que se reunieron en la cabaña, el 4 de octubre, pudieron comunicarse con Donato gracias a la radio AN/PRC-77 portátil que había llevado Celso con el fin de «transmitir fielmente los incidentes de la jornada». Pero Eliseo y Caloco le pidieron que no volviera a sacarla del búnker. El riesgo era demasiado grande. Para unos simples soldados rasos como ellos, el sacar una AN/PRC-77 del cuartel suponía un delito más grave que el hecho de adentrarse en el bosque de El Pardo.

La siguiente vez, el 8 de octubre, Celso no llevó el aparato, pero, metido en el papel de radiotelegrafista, continuó haciendo teatro mientras permanecían tendidos en el lecho del arroyo.

«Un pájaro acaba de posarse en una piedra que está a cinco metros y, atención, porque no deja de mirarnos.»

«Han sido avistados unos excrementos en el arroyo seco. Eliseo asegura que son de jabalí, pero Caloco parece no estar seguro. Quedamos a la espera de más datos que confirmen su procedencia.»

«El viento mueve las hojas de los arbustos que están frente a nuestra posición, pero no las de los árboles.»

«Corto, corto. Eliseo me pide que me calle. Se está poniendo nervioso, y es normal. Él se lo pasa bien esperando al jabalí. En cambio yo, aun siendo celta, me aburro. Corto y cambio.»

Eliseo necesitaba silencio. Si había silencio, tomaba conciencia del lugar y sentía la presencia de los árboles de El Pardo, y la de los gamos, zorros y gatos monteses, la de los conejos, liebres y jabalíes que poblaban el bosque. Permanecía así veinte minutos, o treinta, o cuarenta, y de pronto, como si todos aquellos seres se hubieran concentrado en uno solo, presentía la cercanía de un enorme jabalí que, oculto tras un matorral de la orilla, lo vigilaba con sus ojillos. Entonces, al igual que por las noches en la cama de su habitación, el jabalí echaba a correr directo hacia él, acercándose tanto que podía verle los colmillos. Veía toda la secuencia como si de verdad estuviera ocurriendo. Cuando tenía ya a la bestia encima, un escalofrío le recorría el cuerpo, pero lograba controlarse, y retiraba el dedo del gatillo de la ballesta antes de lanzar la saeta contra el aire.

Normalmente no iban de caza dos días seguidos, pero la tarde del día siguiente, 9 de octubre, viernes, le pareció a Eliseo muy apropiada, y repitieron la salida. El cielo estaba encapotado, cubierto de nubes grises desde Madrid hasta Guadarrama. Además, había habido monterías durante la semana. Monterías pequeñas, si se las comparaba con la que, al parecer, habían organizado para el general Franco y el príncipe Juan Carlos, en cuyo desarrollo intervinieron más de doscientos perros, según contaron los guardas y perreros que ese día comieron en el cuartel; pero lo suficientemente ruidosas como para espantar a los jabalíes y hacer que se desplazaran a otras zonas del bosque, quizás al arroyo seco.

A las siete de la tarde, cuando llegaron a la cabaña, constataron que, en efecto, las condiciones eran buenas. A una distancia de cien metros, el bosque se oscurecía, y, más allá, los troncos y las hojas de los árboles parecían de color negro; en el interior de la cabaña las ballestas eran meras sombras; las saetas ni siquiera se distinguían. Un pájaro se acercaba de vez en cuando a la fuente cercana. No había otro movimiento.

—Este ambiente les gustará mucho a los jabalíes —dijo Eliseo. Estaban los tres, Celso, Caloco y él, sentados en el suelo, delante de la cabaña, preparándose para bajar al lecho del arroyo—. Hoy tenemos que andar muy atentos.

Trataba de animar a sus amigos. Después del fracaso de los cuatro intentos anteriores, los veía sin ilusión ni ganas. Caloco no deseaba renunciar al dinero que le pagaba, pero saltaba a la vista que hubiese preferido quedarse en el Centro de Transmisiones a cenar tranquilamente con Donato. En cuanto a Celso, no se concentraba, se olvidaba del jabalí y se distraía con cualquier cosa. En aquel instante, colocaba unos trocitos de galleta en las inmediaciones de la fuente para que los pájaros que se acercaban a beber tuvieran algo de comer.

Eliseo se levantó y sacó las dos ballestas de la cabaña. Luego, las tres saetas. Caloco se levantó también. Suspiró.

—Eliseo, habrá que rendirse —dijo—. En el lecho del arroyo no hay ningún rastro nuevo. Ahora van a otro sitio a rascarse.

Un pájaro voló hasta la fuente y se puso a comer los trocitos de galleta. Tenía las alas y el dorso azules, el pecho amarillo y una banda negra en los ojos, un pequeño antifaz. Celso empezó a llamarlo, echándole más migajas para atraerlo. El pájaro las cogía con el pico, pero daba un salto y se alejaba enseguida.

—Es un herrerillo —dijo Caloco—. Quiere vivir a su aire.

Celso continuó depositando migajas, aunque el pájaro ya no estaba a la vista.

—A un perro le das un trozo de pan y te sigue a todas partes meneando el rabo. Pero los pájaros son más antipáticos. Quitando a Paca, por supuesto.

—Celso, ahora te contaré la verdad sobre Paca —dijo Caloco.

—¿Qué sabes tú de Paca? —preguntó Eliseo.

—Que estaba loca, igual que nosotros tres. —Alargó la mano con los tres dedos del medio estirados—. ¡Igual que nosotros tres! Antes pensaba que solo Celso y yo estábamos locos. Pero, a raíz de todo este asunto del jabalí, he caído en la cuenta de que tú también lo estás, Eliseo. Más loco que ninguno.

—¿De qué va esa verdad sobre Paca? —preguntó Eliseo. Estaba impaciente. La luz era cada vez más débil. Tenían que bajar al lecho del arroyo antes de que oscureciera.

—Lo consulté con el capitán médico, por eso lo sé —explicó Caloco—. Un pájaro recién nacido sigue el primer objeto que ve en movimiento, tomándolo por su madre. Si lo que ve es una bicicleta, la bicicleta; si es una vaca, lo mismo; si es Eliseo, pues Eliseo. Es un tema que ha sido estudiado.

Los tres se rieron.

—Temía que os llevarais una desilusión. Pero ya veo que no. Mejor así —dijo Caloco.

Enfilaron hacia el lecho del arroyo. De camino, Caloco les dio otra información que el capitán médico había mencionado de pasada, pero que para ellos era de mucha importancia. Todavía no era oficial, pero al parecer les iban a dar «la blanca» el 6 de diciembre. Apenas dos meses más y podrían despedirse del servicio militar.

Bajaban en ese momento una pendiente, abriéndose paso entre los matorrales. Eliseo les hizo señas para que hablaran más bajo.

—Cuéntanos ahora, Eliseo, a qué te vas a dedicar cuando acabes la mili —le dijo Caloco dándole un empujón.

Eliseo tuvo que dar dos grandes zancadas para recobrar el equilibrio.

—Veo que has estado hablando con Donato.

—Es que Donato no es un pastor insociable, y cuenta cosas a sus amigos.

Caloco intentó darle otro empujón, pero Eliseo estaba atento y se apartó a tiempo.

—A mí también me lo ha contado, Eliseo —dijo Celso—. Ya sé que vas a abandonar a tus ovejas para trabajar en la panadería de su pueblo. Yo os haré una visita en Navidades y os pondré un pino envuelto en luces de arriba abajo. A los electricistas se nos dan bien esos trabajillos.

—Yo tendré que hablarlo con las vacas —dijo Caloco—. Si me dan permiso, os haré una visita.

Eliseo y Caloco examinaron unos excrementos recientes en el lecho del arroyo, pero no fueron capaces de dictaminar si eran de gamo o de jabalí. Sus dudas quedaron despejadas al ojear los postes que sujetaban la pared a manera de contrafuerte. Presentaban, además de las rozaduras, marcas de colmillos. Cuando fueron a tomar posiciones, hallaron a Celso soltando blasfemias.

—¡Cómo puedo ser tan tonto! Yo las afilé, y yo mismo me he pinchado.

Estaba sentado en la barra de sedimentos, chupándose el dedo gordo. Al cargar la ballesta se había clavado la punta de la saeta, y estaba sangrando.

—No es nada —dijo.

Caloco le cogió la mano.

—No. No es nada. Sigue chupando.

Agarró una de las ballestas y se situó junto a un árbol. Eliseo se tendió sobre la losa de piedra.

—No te quedes ahí, Celso. Ponte arriba con Caloco —dijo.

Celso seguía sentado en la barra, chupándose el dedo.

Se oyó un ruido en la orilla, veinte metros más adelante, a la izquierda. Primero lo oyó Caloco, luego Eliseo.

—¡Celso, atrás! ¡Túmbate! —exclamó Caloco.

Eliseo repitió la orden haciendo un gesto con la mano. Celso obedeció, pero sin retroceder para buscar la protección de la barra.

Los tres guardaron silencio. Veían enfrente unos árboles desmochados cuyo volumen era difícil de discernir en el claroscuro del atardecer, y tras ellos una mezcla de matorrales, algunos de ellos con flores que parecían blancas; a la izquierda, a la derecha, el bosque estaba tan oscuro como el interior de una cueva; sobre sus cabezas, el cielo era un techo de pizarra. Se produjo otro ruido, un aleteo, como si detrás de los árboles un pájaro hubiera levantado el vuelo. El tercer ruido fue distinto: un chasquido, un crujir de ramas, muy cerca de donde se encontraban ellos, a unos quince metros. Algo se movía en el lecho del arroyo, una sombra.

—¡Ahí! —gritó Caloco alzando la ballesta.

—¡Quieto, Caloco! —ordenó Eliseo.

Un conejo avanzaba torpemente. Estaba enfermo de mixomatosis. Tenía los ojos abultados.

—¡Ahí! —repitió Caloco.

Fue solo un eco del susto que se había llevado. Bajó la ballesta al suelo. Eliseo se echó a reír. Celso reptó hacia delante, como si quisiera acercarse al conejo.

—No lo toques, Celso. Es asqueroso —le advirtió Eliseo.

Entonces apareció el perro. Bajó al lecho por el mismo sitio que el conejo. Era uno de aquellos mastines que utilizaban los perreros, un ejemplar de cincuenta o sesenta kilos. Tenía la cabeza grande y los colmillos hacia fuera, como algunos bulldogs.

—Este se perdió en la montería de ayer —dijo Eliseo.

El perro los miraba. Dio unos pasos cautamente y se detuvo a unos diez metros. Empezó a gruñir. Continuó avanzando, cada vez más despacio, como si evitara hacer ruido.

—Guapo, ven aquí —dijo Celso chasqueando los dedos.

El perro volvió a gruñir, esta vez más fuerte.

—¡Voy a tirar! —gritó Eliseo.

—¡Tira! —le pidió Caloco.

—¡No!

Celso se había levantado y dio un paso hacia el perro.

—Ven, guapo, ven. Somos tus amigos.

El perro lo arrojó al suelo. Celso levantó las piernas intentando defenderse y lanzó un grito de dolor. Eliseo disparó al perro, atravesándole el cuello con la saeta. Un ladrido ahogado, y el animal se desplomó.

Caloco bajó corriendo y empezó a hacer un torniquete en el muslo de Celso con el cinturón. Pero la sangre seguía saliendo. Se echó a llorar. Eliseo había recuperado la saeta y se la clavaba una y otra vez al perro. También él lloraba.

—Tranquilos, no os preocupéis. Soy celta, y podré con esto —dijo Celso. Se llevó la mano a la cara. La tenía empapada en sangre—. Traedme las gafas. Las he perdido.

Su voz se iba debilitando.

—Tengo sed —dijo.

—Voy enseguida a por agua —dijo Caloco. Lloraba abiertamente.

Eliseo estaba agachado al lado de Celso.

—Te vamos a llevar a la enfermería del cuartel, estate tranquilo.

Caloco subió por la pendiente del bosque en busca de ramas con las que improvisar una camilla, pero estaba muy oscuro, no se veía nada. Volvió al lecho del arroyo, y en la confusión tropezó con algo y se cayó de bruces. Se levantó y le dio una patada al estorbo: era el conejo enfermo. Empezó a gritar.

—Caloco, ven aquí —le dijo Eliseo—. Celso acaba de morir.

Antoine

1985-1986

1

Estaban sentados en butacas de cuero a unos dos metros de distancia el uno del otro. Una alfombra y una lámpara de pie ocupaban el espacio que quedaba entre ellos.

—¿Qué tal, Antoine? —preguntó la mujer.

Él respondió que estaba bien, y agachó la cabeza. La luz eléctrica de la lámpara de pie proyectaba una circunferencia en la alfombra, tiñendo de rojo sus tonos arenosos e iluminando a medias los objetos que adornaban la consulta: los diplomas de las paredes, la orla universitaria, las fotografías. Destacaba entre todos ellos un reloj digital con números de color verde que descansaba en la balda destinada a las obras de Sigmund Freud. En aquel momento marcaba las cinco y tres minutos, 17:03.

Volvió la cabeza hacia la gran ventana de tres hojas. Los estores que la cubrían tamizaban la luz del exterior haciendo que el escritorio situado en aquel lado pareciera de madera negra. El día, 18 de octubre de 1985, era lluvioso.

Farfulló algo sobre lo mucho que le costaba empezar a hablar. Luego, enderezó la espalda y se acomodó en la butaca con los movimientos de quien se dispone a arrancar un coche. Dirigió una sonrisa a la mujer.

—Hoy me he equivocado al tomar la salida de la autopista y he tenido problemas para situarme. Preguntaba en todos los semáforos que me han tocado en rojo, pero nada, no me ha ayudado nadie. En cuanto bajaba la ventanilla, la gente se escapaba. No me sorprende, la verdad. La gente de Bayona siempre ha sido desagradable y, por lo que se ve, lo sigue siendo. Al final me he encontrado enfrente de la estación. Desde allí ha sido fácil: Place de la République,

Pont Saint-Esprit, Pont Mayou, Place du Théâtre y luego desde la avenida Maréchal Leclerc hasta el jardín botánico. He dejado el coche en el aparcamiento de Paulmy y desde allí he venido andando. Me he tomado un té en el bistró de la esquina, y aquí me tiene ahora, en su consulta.

Guardó silencio. Tenía en los pulmones aire suficiente para continuar, incluso para lanzarse a un largo monólogo, pero se contuvo.

—De niño venía en tren con mi madre desde Dax —dijo a continuación—. Recuerdo bien los alrededores de la estación. Pero la ciudad ha cambiado mucho. Los semáforos no están donde antes. Y los trenes ya no hacen sonar la bocina. Eché de menos ese sonido el otro día y lo he vuelto a echar de menos hoy.

La lluvia amortiguaba los rumores de la ciudad, y el único ruido que se oía en la consulta era el que hacía la mujer con la libreta que tenía entre las manos. Pasaba las hojas hacia delante y hacia atrás, muy despacio.

—La semana pasada me estuvo hablando del tiempo, Antoine. ¿Podemos retomar el tema? Hizo también referencia a una piel de serpiente.

Él asintió, pero no abrió la boca.

—Si no quiere hablar de ello, escoja otro tema.

Se recostó en la butaca mientras observaba a la mujer. Nadia. Su pelo era completamente blanco, aunque no tendría más de cuarenta años. Se le ocurrió que podría ser interesante preguntarle por el nombre, por qué se hacía llamar Nadia pudiendo utilizar la forma francesa Nadine. Estaba pensando en ello cuando reparó en un detalle que había pasado por alto en la sesión anterior: la mujer tenía rasgos eslavos, y cierto parecido con Raísa Gorbachova, la esposa de Mijaíl Gorbachov, el dirigente comunista ruso. Consideró, sin embargo, que no eran pensamientos oportunos, y se mantuvo callado hasta advertir un cambio en el reloj digital. Los números verdes marcaron las cinco y siete minutos, 17:07.

Repitió para sí las palabras de la mujer, serpiente, piel, tiempo. Suspiró de forma notoria, y siguió hablando:

—Todo vino de una asociación involuntaria. Estaba mirando esos números verdes del reloj digital y se me ocurrió preguntarme por qué motivo duran las sesiones media hora y no cuarenta y cinco minutos o una hora, y si de ser más largas la tarifa aumentaría en la misma proporción, es decir, trescientos francos por una sesión de cuarenta y cinco minutos y cuatrocientos por la de una hora. Inesperadamente, me vino a la cabeza la piel de una serpiente tal como la vi un kilómetro más abajo de la mina de Ugarte, junto a un arroyo, sobre una piedra plana de un metro cuadrado. Seguí dándole vueltas al asunto mientras volvía a casa por la A-63. ¿Quiere que continúe con eso?

—Adelante. Hábleme de esa piel de serpiente.

Sin duda, Nadia se parecía bastante a Raísa Gorbachova. Al sonreír, las dos paletas de la dentadura le quedaban a la vista, y su rostro se iluminaba con una alegría que parecía sincera.

Él espero unos segundos antes de proseguir. Cuando al fin habló, lo hizo en voz baja, con los ojos entrecerrados.

—Era a principios de otoño, y la piedra plana del arroyo tenía musgo y líquenes, también algunas hojas muertas de los árboles del bosque. En medio, una calva, un círculo de unos sesenta centímetros de diámetro con el tono rojizo que el carbonato de hierro da a las rocas de Ugarte. Pues bien, la piel de serpiente, blanquecina, enroscada como una cinta métrica usada, estaba justamente allí, como en un plato de barro.

Se calló. Hablaba en francés con la mujer, y al referirse a las hojas muertas le había venido a la memoria el final de un poema de Verlaine, *«je m'en vais au vent mauvais qui m'emporte deçà, delà, pareil à la feuille morte»*, «me voy con el viento malvado que me lleva de acá para allá, igual que a la hoja muerta», y se vio a sí mismo en el salón de actos del liceo de Dax, con dieciséis o diecisiete años, recitando el poema. Guardó el recuerdo para sí, y siguió callado.

El reloj digital indicaba que habían pasado tres minutos más. Eran las cinco y diez, 17:10.

—La piel de serpiente y el tiempo —apuntó la mujer.

Se situó de nuevo en el arroyo de Ugarte, junto a la piedra plana donde descansaba la piel blanquecina que tenía el aspecto de una cinta métrica enroscada. Decidió dar una explicación.

—Al acordarme de la escena me sobrevino una idea desagradable. Pensé que yo mismo era como aquella piel de serpiente, un residuo, una materia orgánica separada de la corriente de la sociedad, sin un solo amigo, ni en la mina, ni en el pueblo de Ugarte, ni en Dax, ni en París. En Dax tenía uno, Pierre, Pierre Irissou, un amigo de la infancia, pero vive retirado en una pequeña aldea de las Landas. En París también tenía, no exactamente amigos, pero sí compañeros de la escuela de Ingeniería Química donde estudié, y al principio aprovechaba las reuniones de empresa para pasar los fines de semana con ellos; pero se me hacía duro permanecer lejos de Louise y de Troy, y acabé acortando los viajes. Iba por la mañana en el TGV, participaba por la tarde en la reunión de directivos y regresaba a la mañana siguiente en el primer tren.

La información no era del todo cierta. Pierre Irissou vivía, en efecto, en una aldea de las Landas, pero ambos seguían en contacto y él lo visitaba con frecuencia en su *ostau*. Tampoco los viajes a París eran tan rápidos, porque a la vuelta se detenía siempre en Biarritz para ir a La Petite Pagode, un burdel distinguido de las afueras de la ciudad. Pero prefirió no dar detalles.

—Louise y Troy. Mis dos perros —añadió en voz muy baja. Una lágrima se deslizó por su mejilla derecha.

La mujer cambió de postura en la butaca. Tenía en la mano una pluma Montblanc, y anotó algo en la libreta.

—Ya me habló de sus perros en la sesión anterior —dijo—. Continúe, por favor, con el tema del tiempo y de la piel de serpiente.

—No hay mucho que contar, la verdad. Era una delicia estar sentado junto a la piedra plana del arroyo. Es un lugar muy bello. La corriente se hace allí más fuerte, y baja luego por el bosque, entre helechos y hayas, hasta llegar al punto donde el arroyo se incorpora al canal. El agua es clara y cristalina, aunque un análisis mostraría que contiene más hierro, magnesio y calcio que la de Bayona. Al final del canal hay una panadería bastante buena. Cuando la empresa me puso al frente de las prospecciones de Ugarte, paraba allí a comprar pan al salir de trabajar. Pero últimamente se encarga mi criada.

La mujer subrayó algo en la libreta. No hizo ningún comentario. Los números verdes del reloj digital marcaban las cinco y catorce, 17:14.

—Las pastas son también muy buenas en esa panadería. Tan buenas como las de cualquier pastelería de Bayona. Me sentí afortunado al encontrarlas allí. A mí me gustan las que llevan trocitos de piel de naranja.

Eran unas pastas redondas, de color anaranjado, y acordarse de ellas volvió a transportarle a la calva formada en medio del musgo, los líquenes y las hojas muertas de la piedra plana. Pensó añadir un detalle sobre la piel abandonada allí. Al cogerla en las manos y estirarla, había advertido en ella unas manchas grises y unas rayas amarillentas, únicas señales de la vida anterior del reptil. Pero acabó pronunciando una frase que no tenía nada que ver:

—La cabeza de Juan Bautista habría encajado perfectamente en la calva de la piedra.

Tenía en mente un cuadro, un pequeño retrato en tonos ocres de una joven que caminaba junto a un muro de ladrillo llevando en una fuente la cabeza de un hombre barbudo.

—Eso me recuerda la historia de Salomé —dijo la mujer. Volvió a anotar algo en la libreta.

Él no quería hablar de Salomé, y permaneció en silencio. Agachó la cabeza y se quedó mirando la alfombra. Su color también era rojizo.

—¿Cómo es su relación con el servicio doméstico? —preguntó la mujer. Le miraba de soslayo con la expresión, una vez más, de Raísa Gorbachova.

—Cuando me instalé en Ugarte contraté los servicios de un matrimonio de emigrantes andaluces. Pero ahora solo queda la mujer. Tuve un problema con el marido, por los perros. Louise y Troy eran todavía cachorros, y aquel individuo les daba cualquier cosa para comer, lo que hubiera sobrado en la mesa, y solo una vez al día, toda la comida de golpe. Eso es muy peligroso. A un dóberman cachorro hay que darle tres raciones diarias de doscientos gramos de un pienso muy fino humedecido con leche, situando siempre el cuenco al nivel de sus hombros. Le repetí dos o tres veces que estaba desatendiendo a los cachorros, pero no sirvió de nada. Una tarde, bajé de la mina antes que de costumbre y me encontré a Louise y a Troy muertos de hambre. No habían probado bocado desde la ración que les puse yo a primera hora de la mañana. «En adelante no voy a pagarte un céntimo por cuidar a los cachorros, los gemelos de Julián se encargarán de ellos», le dije. Julián es el administrador de la empresa, y me había comentado que sus gemelos estarían dispuestos a hacer el trabajo por un poco de dinero. No nos costó ponernos de acuerdo. Los dos chicos pasaron a ocuparse de Louise y Troy, también cuando yo iba a París a las reuniones de empresa.

—¿El hombre aceptó sin más que usted lo sustituyera por los chicos?

—No, se enfadó conmigo, y al poco tiempo regresó al sur de España. En cambio, la mujer, Rosalía, prefirió continuar trabajando para mí. Salí ganando, porque Rosalía es una mujer limpia y muy buena cocinera. Vive a unos cincuenta metros de mi chalé, en la entrada del pueblo. Su único defecto es que no ha querido saber nada de Louise y Troy desde que crecieron. Dice que le dan miedo.

Respiró hondo y bajó la cabeza.

—Ahora me gustaría hablar de lo que me importa.

La mujer respondió con un gesto. *Ça va de soi.* Cómo no. Si acudía a su consulta era para hablar de los asuntos que le afectaban.

—Louise está muerta, eso es lo importante. Y Troy anda desquiciado. No puede superar la ausencia de Louise. Me vuelve loco, ya se lo dije en la sesión anterior. La situación es triste, realmente.

Sacó un pañuelo blanco del bolsillo de la chaqueta para enjugarse las lágrimas que le empañaban los ojos.

Le vino a la memoria otra imagen del arroyo. Apenas llegado el otoño, el bosque por el que descendía se cubría de hojarasca. En algunas zonas el manto llegaba a alcanzar los veinte o treinta centímetros de espesor.

—Le explicaré cómo ocurrió lo de Louise. Fue hace menos de un mes, el 22 de septiembre, a las seis y media de la tarde. Como muchos domingos, me di una vuelta por el laboratorio de la mina y luego fui a caminar por el bosque en compañía de Louise y Troy. Me sentía contento, pues en todas las muestras analizadas esa semana habían aparecido partículas de sulfuro de plata, uno de los minerales que más interesa a nuestra empresa.

Recordó a Louise, una dóberman de ocho años, sus orejas y sus ojos, su cabeza. Le cayó otra lágrima por la mejilla. Se la secó con el pañuelo.

Permaneció en silencio hasta que los números del reloj digital cambiaron a las cinco y veinticuatro, 17:24. Luego prosiguió casi en un susurro:

—Tuvimos un encuentro con dos empleados de la panadería, y uno de ellos, un tal Eliseo, le disparó con la escopeta y la alcanzó de lleno en la cabeza. Un disparo, y Louise yacía muerta entre la hojarasca. Y habría matado también a Troy si no me hubiera puesto yo en medio. Es un hombre muy peligroso.

Inspiró de forma ostensible. Decidió explicar los hechos con más detalle.

—Íbamos los tres tranquilamente, como siempre. Louise a mi izquierda, a metro y medio, Troy a mi derecha, también a metro y medio. Dos perros bien adiestrados. Si les ordenaba parar, paraban de inmediato. Si les ordenaba ponerse en marcha, lo mismo. Además, lo más importante, solo atacaban si me veían en peligro. Fue lo que ocurrió ese día, por desgracia. Me creyeron en peligro. No interpretaron bien la información proporcionada por sus sentidos, el crujido de unos pasos en la hojarasca, la visión de los dos hombres caminando por la orilla del arroyo acompañados de sus dos setters de caza. Louise tenía mejor oído que Troy, y se puso alerta al instante. «¿Qué pasa, Louise?», le pregunté. Yo no veía nada, pues los dos hombres se encontraban todavía a unos cien metros, entre las hayas, ambos vestidos con ropas de colores apagados, el tal Eliseo con un uniforme de camuflaje. Tampoco oía nada. Pero Louise y Troy sí, y siguieron adelante. De pronto, vi a Louise salir corriendo, y enseguida a los dos hombres con sus setters. Oí sus botas, hundiéndose en la hojarasca. Los setters, al ver a Louise, se dieron a la fuga. Pero Eliseo no. Llevaba una escopeta, y fue un instante. Louise continuó avanzando, él hincó una rodilla en el suelo. Oí un disparo. Louise cayó abatida. Reaccioné enseguida y ordené a Troy que se estuviera quieto. Se quedó donde estaba. Y aun así ese Eliseo no bajó la escopeta hasta que le hube puesto la correa.

Dejó escapar un sollozo y se tapó la cara con las dos manos.

—Continuaremos la semana que viene, Antoine —dijo la mujer.

Los números verdes del reloj digital marcaban las cinco y veintinueve, 17:29.

2

Apenas se hubo sentado en la butaca de cuero, Antoine dirigió a la mujer una sonrisa amplia y exclamó: «¡Buenas tardes, Nadia!». Una forma de presentarse que, de haberse producido inmediatamente después de la llorosa despedida de la sesión anterior, habría indicado un cambio raro de humor; pero había transcurrido una semana. Era el 25 de octubre de 1985, último viernes del mes. Un día claro en Bayona, con nubes dispersas y un agradable sol otoñal.

—Hoy he entrado en la ciudad como un sonámbulo, y no he reaccionado hasta que el coche de atrás se ha puesto a tocar la bocina. Resulta que estaba parado delante de la entrada del aparcamiento como ante un semáforo en rojo, y no le dejaba pasar. Durante el viaje, lo mismo, como un sonámbulo. No me pregunte qué tráfico había en la A-63, porque no sabría contestarle.

La mujer le escuchó con semblante serio, sin devolverle la sonrisa. Parecía, a primera vista, una persona bondadosa, a causa sobre todo de su pelo blanco y de su dentadura algo prominente; pero sus ojos, más rasgados que los de Raísa Gorbachova, sin arrugas, gatunos, desbarataban esa primera impresión.

La luz que entraba por la ventana, más intensa que la semana anterior, transformaba la consulta. Los estores tenían el color blanco mate del alabastro; la lámpara de pie, un tono ámbar; la alfombra parecía teñida de rosa. Las fotos de las paredes, los diplomas, la orla universitaria y todos los demás objetos se perfilaban con nitidez. En la balda donde se alineaban los libros de Sigmund Freud, los números verdes del reloj digital señalaban las cinco y dos minutos, 17:02.

Abrió el maletín que sostenía sobre las rodillas y extrajo de él una fotografía de tamaño grande. Se la tendió a la mujer.

—Es Louise. Se la hice el día que cumplió dos meses, el 23 de mayo de 1977.

La mujer acercó la fotografía a la luz de la lámpara de pie. Mostraba un cachorro de raza dóberman descansando en el césped de un jardín. Su pelo, liso, negro en la mayor parte del cuerpo, presentaba unas manchas de color marrón claro en el hocico, en el pecho y en los pies. La cabeza y las patas eran grandes, un tanto desproporcionadas. Su mirada era vaga, somnolienta, y tenía las orejas caídas.

Le pasó otra fotografía a la mujer.

—Y este es Troy. Algo más hosco que Louise. Y algo menos inteligente. Pero un perro muy leal. Louise también era leal, claro, pero como un capitán ante el general. Troy, como un soldado.

El segundo cachorro era casi idéntico al primero, solo que su hocico era algo más corto.

—Louise y Troy eran hermanos, los dos de la misma camada.

Extrajo del maletín una fotografía más.

—Aquí los vemos juntos.

En la imagen, los dos cachorros jugaban a derribarse, apoyando las patas delanteras en el lomo de su rival. Había dos árboles en flor al lado, dos cerezos, y al fondo, la fachada blanca de un chalé iluminado por el sol.

—Troy sigue deprimido. Le está costando superar la muerte de Louise. Ocurrió delante de sus ojos, no hay que olvidarlo.

Vio la piel de serpiente sobre la piedra plana, y a continuación el agua del arroyo cayendo en pequeñas cascadas a través del bosque y abriéndose paso entre la hojarasca. Igual que la semana anterior, asoció la imagen de las hojas muertas con el poema de Verlaine: «*je m'en vais au vent mauvais qui m'emporte deçà, delà, pareil à la feuille morte*»; pero le siguió el recuerdo de una observación de Goethe, otro de sus autores favoritos. Después de caminar por un bosque, Goethe había dicho a su amigo Eckermann: «Era tal la calma, la paz, que hasta el mismo Pan parecía dormir». Él había tenido esa misma impresión muchas veces, mientras paseaba por el bosque de Ugarte con Louise y Troy. Llegó, sin embargo, la tarde del 22 de septiembre, y se encontraron con el monstruo. No estaba dormido. Y su nombre era Eliseo, no Pan. Lo volvió a ver con su uniforme de camuflaje, la rodilla hincada en el suelo, disparando con la escopeta.

La mayoría de las hojas que cubrían el suelo del bosque presentaban una coloración rojiza, como si también ellas estuvieran impregnadas de carbonato de hierro. Pero la sangre de Louise era mucho más roja, y distinguió enseguida las salpicaduras de la herida en las hojas y en el agua del arroyo. La herida, producida por un cartucho de postas, iba desde el hombro hasta el cuello, dejándole el hueso a la vista.

Empezó a mover las manos en torno a la cabeza, como si los pensamientos fueran moscas y los quisiera ahuyentar. Inspiró hasta llenar los pulmones y apretó los labios. Luego, su rostro se fue relajando poco a poco. Guardó las fotografías y esbozó una sonrisa.

—¿Pensamientos agradables? —preguntó la mujer. Sostenía la libreta abierta sobre las rodillas, la Montblanc en la mano.

—De cachorros, Louise y Troy eran un encanto, yo los quería con locura. Cuando volvía de la mina por la tarde me los encontraba esperándome en la puerta del jardín. Se emocionaban tanto al verme que se les escapaba la orina.

Puso cara de felicidad y cerró los ojos antes de proseguir, como si ello le permitiera concentrarse mejor en sus recuerdos.

—Nadie me ha querido nunca como Louise y Troy, y tampoco yo he querido nunca a nadie como a ellos. La gente piensa que el amor es algo que ocurre entre un hombre y una mujer, o entre dos hombres, o entre dos mujeres, o entre padres e hijos, es decir, un sentimiento que se establece entre seres humanos; pero, qué quiere que le diga, la gente usa la cabeza menos que los loros. Por eso piensan como piensan. Confunden el sentimiento y el envoltorio, la serpiente y la piel. Míreme a mí. Tengo cuarenta años, y permítame que insista: la criatura que yo más he querido, y la que más me ha querido a mí, ha sido Louise. En segundo lugar, Troy. Louise no tenía figura humana, caminaba a cuatro patas, pero sabía hablar. Mejor que muchos loros. Yo oía su voz con toda claridad. Igual que ahora la de Troy.

La mujer anotó algo apresuradamente y pareció ponerse alerta. Nunca perdía su parecido con Raísa Gorbachova, pero en su rostro dominaban ahora los ojos. Le miraban con severidad.

—¿Cuándo empezó a oír las voces de sus perros? ¿Se acuerda?

—Hace tres años y medio. El 10 de abril de 1982.

—Tiene buena memoria. —Nadia consultó la libreta—. Me contó el viernes pasado que la muerte de Louise ocurrió el 22 de septiembre. Ahora, que escuchó las voces por primera vez el 10 de abril de 1982. Me asombra la exactitud con que recuerda una fecha tan lejana.

—Fue entonces cuando enfermé. ¿Cómo quiere que lo olvide?

—De acuerdo, Antoine. Hábleme de ese día.

—Empezó mal. Los empleados de la mina llevaban una semana en huelga, y por la mañana tuve fuertes discusiones con los representantes sindicales. Luego, en una reunión que mantuvimos al mediodía, los técnicos me comunicaron que estaban preocupados. Un grupo ecologista desconocido había repartido en Ugarte unas octavillas llenas de amenazas. No leí lo que decían hasta que volví a casa por la tarde. El mensaje era desagradable. Una amenaza para la empresa y para todos los que trabajábamos en ella. Hablaba de las prospecciones que se estaban llevando a cabo en los montes de Ugarte y del desastre medioambiental que supondría la explotación de una mina en la zona. Se ensuciarían las aguas del arroyo, el aire se contaminaría, los caminos se estropearían, cosas por el estilo. Tonterías de loros. Pero con la particularidad de que eran loros agresivos. Al referirse a mí no ponían «el ingeniero» o «el representante de la empresa», sino «el Gabacho» o «el Cojo». En un momento dado, me dio por maldecir contra los autores de la hoja clandestina, porque se da la circunstancia de que yo no tengo hielo en el corazón, como ese monstruo de Eliseo. Entonces se me acercó Louise, seguida de Troy. Yo les dije: «¿Lo oís? El viento esparce los insultos que están lanzando contra mí. No me llaman Antoine. Me llaman "el Gabacho", "el Cojo"». Louise y Troy se acercaron unos pasos más. «¿A vosotros os importa que yo sea francés o que una de mis piernas sea más corta que la otra?» Entonces oí decir a Louise: «No, Antoine. Nosotros te queremos de verdad. Troy y yo daríamos la vida por ti. Indícanos quiénes son esos que te ofenden y les arrancaremos un trozo del cuello». Aquello me emocionó y me dio ánimo. Me puse de pie y les hice una promesa: «Ellos quieren que abandone el puesto y que me vaya de aquí. Pero no lo haré. ¡El que deja Roma pierde Roma!».

La mujer siguió tomando notas después de que él terminara de hablar, dibujando gruesos trazos con la Montblanc en el papel de la libreta. Cuando por fin acabó, le miró fijamente.

—El primer día que vino a mi consulta le pedí que me explicara el motivo que le traía aquí. Lo recordará, supongo. Usted me dijo que oía voces, y que eso le producía una gran angustia. Sin embargo, le oigo exclamar ahora eso de que quien deja Roma pierde Roma, y no me da la impresión de que el fenómeno le preocupe en exceso.

215

Trató de pensar rápido. Titubeó antes de responder.

—Pues claro que sí, claro que me preocupa. Es más, me produce una angustia enorme. Sobre todo por Troy. Como le he venido diciendo, lo que le ocurrió a Louise lo ha trastornado. Cada vez está peor, con más ganas de vengarse. Además, a diferencia de Louise, me habla a cualquier hora, incluso de noche. Va a hacer que me vuelva loco. Ni siquiera mientras sueño me deja en paz. Por eso acudí a usted.

Respiró profundamente con la vista puesta en el reloj digital. Los números verdes marcaban las cinco y veintidós, 17:22.

Con la voz justa, como si de los pulmones solo le llegara un hilo de aire, expuso a la mujer un sueño reciente. Veía a Louise a lo lejos, en el bosque, y la llamaba con un silbido, algo bien raro, porque él nunca reclamaba su presencia de esa manera, sino llamándola por su nombre, como a las personas, igual que llamaba «Rosalía» a su criada, «Julián» al administrador de la empresa y «Luis» y «Martín» a los gemelos. Él silbaba de nuevo, pero Louise no acudía a su llamada, sino que se adentraba en el bosque, alejándose más y más de él. Así eran las cosas. Pronto, Louise desaparecería también de sus sueños.

Se le empañaron los ojos.

—Fue un sueño premonitorio. Dentro de poco Louise desaparecerá de mi vida. Será una imagen en las fotografías, nada más.

Se quedó callado un momento. Eran las 17:25.

—Por el contrario, sueño con Troy cada vez más a menudo. La última vez anteayer. Iba a la caseta del jardín con la cena, y me vino una pregunta: ¿por qué un solo plato en lugar de dos? Me dije a mí mismo: porque Louise está muerta. Luego caí en la cuenta de que el plato pesaba demasiado. Miré y allí no había un guiso de verduras, arroz y carne, sino una cabeza, la cabeza de Eliseo, con greñas y barba, como la de Juan Bautista.

—Lo cual nos lleva otra vez a la historia de Salomé —dijo la mujer.

Él obvió el comentario y siguió con el sueño:

—Me había parado a contemplar la luna, y oí de pronto un ruido, un crujir de huesos. Troy daba mordiscos a la cabeza del plato. Le ordené que lo dejara, pero, por primera vez, no me obedeció. Repetí la orden y se me rebeló: «¿Me estás diciendo que perdone al que mató a Louise?». Me desperté sobresaltado. Troy estaba junto a mi cama. Me habló en voz muy baja, como si temiera ser oído por la policía. «Estás soñando, por desgracia. La cabeza de Eliseo sigue todavía en su sitio. Pero mucho mejor si no siguiera. No seas cobarde, Antoine.» Así que, ya lo ve, a veces tengo la impresión de que pretende ponerse por encima de mí.

Se levantó precipitadamente de la butaca y se dirigió cojeando hacia la ventana, pero tropezó con la alfombra y tuvo que apoyarse en el escritorio para no caer. Suspiró, y se quedó mirando a los estores de la ventana.

—Siéntese, por favor —dijo la mujer.

Los números verdes del reloj digital marcaban las cinco y veintinueve, 17:29.

—Es la hora —dijo.

—De acuerdo, seguiremos la semana que viene —dijo la mujer—. Le voy a pedir una cosa para entonces, Antoine. Me gustaría saber algo acerca de sus padres. Hasta ahora no me ha hablado de ellos.

Por un momento, la voz de la mujer se endureció y su rostro perdió la expresión afable de Raísa Gorbachova. Pero lo acompañó hasta la puerta, y allí estaba su sonrisa.

3

El día era lluvioso, los estores de la ventana difuminaban la poca luz que entraba del exterior. A pesar de ello los objetos de las paredes, la orla universitaria, los diplomas, las fotografías, se veían con mayor precisión que otras veces. La lámpara de pie tenía una bombilla nueva, de mayor intensidad. Dibujaba un óvalo casi blanco en la alfombra.

—La semana pasada me pidió que le hablara de mis padres. No me va a resultar difícil. Últimamente me acuerdo de ellos todas las semanas, sobre todo los viernes.

Dejó escapar una risita. Se había propuesto empezar la sesión con un toque de humor.

—Ya sabe, Nadia, que suelo venir por la A-63, y siempre que paso por Biarritz veo los anuncios de los campos de golf. Mis padres trabajaban en uno de ellos, en el Golf Le Phare. Mi padre como instructor y mi madre en tareas administrativas.

La mujer tenía la libreta y la pluma Montblanc sobre las rodillas, bajo sus manos. Los números verdes del reloj digital marcaban las cinco y tres, 17:03.

—Mi padre conoció a una joven en Le Phare y se marchó con ella a París cuando yo tenía cinco años. Entonces mi madre regresó a Dax y se colocó de gerente en un gran hotel de la ciudad, el Hôtel Le Splendid, no sé si lo conoce. Es un edificio muy hermoso, construido a comienzos de siglo según el estilo *art déco,* con una fuente termal en su interior. Pierre Irissou y yo jugábamos a menudo alrededor de esa fuente. Allí nos hicimos amigos. Su padre era el cocinero del hotel. Los dos estábamos bastante solos. Él no tenía madre. Yo no tenía padre. Vivíamos allí mismo, en unos apartamentos de la última planta. Muy bonitos. Se veía el río desde las ventanas.

Hablaba de forma entrecortada, como si el aire de los pulmones le llegara a la garganta irregularmente.

—Hábleme primero de su madre, Antoine —dijo la mujer. Sostenía ahora la libreta en una mano y la pluma Montblanc en la otra.

—¿Usted es madre, Nadia?

De los ojos de la mujer salió un destello como el de un gato que vigila en la oscuridad. Asintió con un leve movimiento de cabeza.

—Entonces comprenderá lo que le voy a contar.

Se adelantó en la butaca de cuero, y fijó la mirada en el óvalo claro de la alfombra.

—Yo nunca he sido testigo de ello, pero, según tengo entendido, lo primero que hace una madre cuando le entregan a su hijo recién nacido es asegurarse de que a la criatura no le falta ningún dedo en las manos o en los pies, de que no tiene ninguna mancha en la piel... Por eso, el disgusto de mi madre tuvo que ser enorme. ¡Pobre Chantal!

Suspiró con tono resignado.

—En ese primer momento, ella no se dio cuenta de nada, le pareció que todo estaba en orden, y se quedó dormida, feliz. Sin embargo, al cabo de pocas horas, el médico le dio la noticia. El pequeño cuerpo tenía un defecto, la pierna izquierda era algo más corta que la derecha. El niño sería cojo. Seguro que a Chantal le costó conciliar el sueño de nuevo, seguro que sí.

Le vino a la mente otro poema de Verlaine: «*Un grand sommeil noir tombe sur ma vie: dormez, tout espoir, dormez, tout envie!*». «Un gran sueño negro cae sobre mi vida: ¡duerma toda esperanza, duerma todo deseo!» Era otro de los poemas que Pierre Irissou y él recitaban en la época en que formaban parte del grupo teatral amateur de Dax. Reprimió el recuerdo.

—¡Pobre Chantal!

Redobló el suspiro, incorporándose en la butaca. Se preguntó si no se estaría moviendo demasiado.

—Chantal estaba dotada para los números, y siempre he oído que tanto en Le Phare como en Le Splendid fue una administradora impecable. Pero no fue capaz de comprender el número fundamental de nuestra existencia. La cifra, quiero decir. La clave. Dicho brevemente, que el amor ha de ser radical. Los perros lo saben bien. Como le dije la semana pasada, un día pregunté a Louise y a Troy si a ellos les importaba que una de mis piernas fuera más corta que la otra, o que yo fuera gabacho, y que su negativa había sido rotunda. Los rasgos accidentales no indican nada. ¿Por qué fijarse en la hojarasca cuando debajo hay tierra, minerales, metales preciosos, incluso?

Se puso a gesticular de nuevo, sacudiendo las manos. Siguieron dos inspiraciones profundas. Se sintió incómodo. Se estaba moviendo demasiado. Tenía que controlarse.

—Hablábamos de su madre. Me decía que no supo quererle como saben querer los perros.

Nadia le dedicó la primera sonrisa de la tarde. No fue como la de Raísa Gorbachova, alegre. A él le pareció burlona, el rictus del Gato de Cheshire. Pero no podía ser. Y si lo era, Nadia no estaba siendo profesional. No le pagaba doscientos francos por sesión para eso.

Enderezó la espalda en la butaca.

—Al lado de mi madre, nunca podía olvidar mi condición de cojo. Ir a comprar ropa con ella era una tortura. Se mostraba excesivamente amable y solícita: «Sus piernas no son del todo iguales y por eso cojea un poco. La izquierda es algo más corta y delgada, tendrá que tenerlo en cuenta». Y con el zapatero era aún peor. Se pasaba un cuarto de hora examinando los diferentes tipos de suelas para el zapato del pie izquierdo. De modo que para mí fue un gran alivio ir a estudiar a París y alejarme de ella. Pero, claro, en París estaba mi padre.

—Hábleme de su padre.

Se sintió tentado de retomar la imagen de la piel de serpiente como metáfora del comportamiento de su padre, un hombre que había seguido adelante con su vida dejándolo atrás como quien deja un residuo orgánico. Pero el cambio de actitud que creía adivinar en la mujer no le inspiraba confianza, y decidió añadir algo sobre su madre.

—Quiero dejar una cosa clara. Aunque mi madre me hizo sufrir, nunca sentí odio hacia ella. Al contrario. Cuando la empresa me destinó a Ugarte, ella acababa de fallecer, y llamé a mi chalé Villa Chantal en recuerdo suyo. A Rosalía le gusta mucho el nombre. Se siente importante por servir en una casa que se llama Villa Chantal.

Los números verdes del reloj digital señalaban las cinco y dieciocho, 17:18.

—Sobre mi padre ¿qué más le puedo decir? Tal vez, que le debo el haberme convertido en un buen ingeniero químico. Me empujó a centrarme en mis estudios. Pero no sé si merece la pena hablar de ello, Nadia. Es una historia muy corriente.

La mujer no hizo ningún comentario. Repitiendo la postura del comienzo de la sesión, posó la libreta y la pluma Montblanc sobre las rodillas y las dos manos encima.

—Troy se aburre cuando empiezo con estas historias. No solo se aburre, sino que se enfada. Dice que él no conoció a sus padres, pero que no le importa nada.

El rostro de la mujer permanecía impasible. Volvía a mostrar la sonrisa del Gato de Cheshire. «¡No te burles de mí, Nadia!» Sintió ganas de lanzar ese grito y marcharse de la consulta. Pero no. Necesitaba a aquella mujer. No podía abandonar las sesiones.

Inspiró y adoptó en la butaca una postura más relajada. La luz que atravesaba los estores de la ventana, crepuscular, débil, resaltaba la blancura de la lámpara de pie.

—Mi padre era un hombre guapo. Uno de esos jugadores de golf bronceados, vestidos con polos Lacoste de manga corta. Con ojos azules, para colmo. ¿Ha leído las

222

novelas de Agatha Christie? Yo muchas, sobre todo en la época de la universidad. Pues siempre he imaginado a mi padre en los ambientes sofisticados de esas novelas, rodeado de *ladies* de buena familia y disertando sobre los secretos del golf. Parece ser que tenía éxito en el ámbito femenino.

—Ha dicho antes que debe a su padre el haberse convertido en un buen ingeniero químico.

—Así es, Nadia.

Le vino a la memoria la broma de un profesor de la universidad aficionado a la literatura de suspense. Proponía a los alumnos que analizaran en el laboratorio los venenos que Agatha Christie citaba en sus novelas: «Aprendeos bien este tema, porque en cualquier momento podéis tener al alcance de la mano la copa de champán del enemigo». Pero la broma, muy popular entre los alumnos de Ingeniería Química, podía resultar desafortunada en aquella consulta, y se la guardó para sí. No le convenía representar ante Nadia un papel que no había ensayado.

—No hay ningún misterio. Aspiraba a ser más que mi padre en la escala social, una persona importante. Por eso me esmeré tanto en los estudios.

La mujer subrayó algo en la libreta.

—Me dijo en la sesión anterior que oyó por primera vez las voces de los perros hace tres años y medio, en la época en que tuvo problemas con los técnicos y los trabajadores de la mina. Tengo anotada la fecha: el 10 de abril de 1982. ¿Podríamos hablar de esa etapa?

—Fueron problemas distintos. Lo de los técnicos fue una cosa y lo de los trabajadores, otra bien diferente.

—Si le parece, en la próxima cita empezaremos por ahí —dijo la mujer.

Los números verdes del reloj digital marcaban las cinco y treinta y dos, 17:32.

4

Salía de Ugarte hacia Bayona tres horas y media antes de la consulta. Le bastaba la mitad del tiempo para hacer el trayecto, pero el amplio margen le permitía ir repasando mentalmente lo que le convenía contarle a Nadia, mientras conducía con calma por la A-63 o se tomaba un té en el bistró cercano al aparcamiento de Paulmy.

El ejercicio no le resultaba difícil. Al igual que en los tiempos del grupo de teatro amateur de Dax, preparaba el guion a lo largo de la semana ordenándolo por escenas. Algunos fragmentos se los aprendía por encima; las frases clave, literalmente. Antes de salir de Ugarte, dejaba el guion a mano, en el asiento del copiloto.

El viaje del 8 de noviembre de 1985 comenzó de forma agradable: fuera del coche, una jornada gélida, con precipitaciones de aguanieve; dentro, una temperatura de veintiún grados. El contraste le proporcionaba una sensación de bienestar que se sumaba a la alegría de estrenar coche nuevo, un Volvo 760, el vehículo con el mejor sistema de aire acondicionado del mundo, según los anuncios. El vendedor había insistido en ello mientras lo probaban: «¡Cómo no va a ser el mejor del mundo! Tenga en cuenta que fue inventado por los suecos. La eficacia del sistema de calefacción es para ellos una cuestión de vida o muerte». La típica cháchara de los loros. Tópicos y más tópicos.

Desde Ugarte hasta la frontera la carretera era de dos direcciones, con muchas curvas y cambios de rasante, y el mal tiempo no le dejó pensar en otra cosa que no fuera la conducción. Luego, una vez franqueado el peaje de Biriatou, puso el coche en velocidad moderada y se concentró en el guion. Tomaría como punto de partida el día que empezó a oír las voces de Louise y Troy, el 10 de abril de 1982, cuando las huelgas de la mina de Ugarte. Ese pasaje, la pieza clave del relato que estaba desplegando en la consulta de Bayona, lo había escrito y memorizado palabra por palabra:

«¿A vosotros os importa que yo sea francés o que una de mis piernas sea más corta que la otra?» Entonces oí decir a Louise: *«No, Antoine. Nosotros te queremos de verdad. Troy y yo daríamos la vida por ti. Indícanos quiénes son esos que te ofenden y les arrancaremos un trozo del cuello».*

Era difícil saber si Nadia se había creído aquella mentira. Tenía la impresión de que sí; pero no sería el primer paciente que acudía a su consulta con una confesión de ese tipo, y debía añadir detalles que le dieran verosimilitud, explicar el contexto en el que ocurrieron los hechos y, sobre todo, las tensiones que afectaron a su trabajo en la mina, causa principal de su supuesta locura. ¿Qué eran las voces que oía en su cabeza, sino un síntoma de esquizofrenia, una reacción anormal de su psique?

De pronto, me vi a mí mismo en riesgo de ser asesinado. Debía pronunciar la frase con firmeza y cierto dramatismo, porque era el núcleo de su exposición. Después, unos cinco segundos de silencio, y la coda: *Los terroristas de ese otro lado de la frontera se lanzaron a la caza del ingeniero so pretexto de la ecología. Pretendían detener la construcción de una central nuclear.*

Expondría luego el ambiente que a principios de los ochenta se vivía en el País Vasco, pero brevemente. Las televisiones, y también la prensa, *Le Monde, Libération, Sud Ouest,* prestaban cobertura al tema, de modo que la sociedad francesa estaba informada. El caso de José María Ryan, en especial, permanecía en la memoria de mucha gente por el sadismo con el que habían actuado los terroristas.

Creo que se acordará, Nadia. El crimen tuvo lugar en febrero de 1981. Los terroristas enviaron a la prensa la fotografía del ingeniero junto con el ultimátum: si no se paralizaban las obras de la central nuclear en el plazo de una semana, lo matarían, y la culpa recaería en la empresa eléctrica. Y lo mataron, cómo no, a pesar de que su mujer apareció en la televisión con sus cinco hijos pequeños pidiendo que se apiadaran de él. La foto del cadáver se publicó en todos los periódicos. Un hombre tirado en el bosque.

Ensayar mentalmente lo que iba a decir ante Nadia le producía nerviosismo, y encendió la radio en busca de música. Tuvo suerte. El locutor de Radio Classique presentaba «Passepied», una pieza de Claude Debussy, el compositor que más le gustaba. Subió el volumen. La lluvia golpeaba con fuerza contra el cristal del parabrisas, pisando las notas del piano. Miró el reloj del salpicadero del Volvo 760. Era grande y redondo, de fondo negro. Los números eran blancos, y las manecillas, de color naranja. Señalaban las dos y cuarto.

Le diré la verdad, Nadia. El asesinato del ingeniero me resulta ahora más duro que en su momento. Me produce una gran angustia. No lo olvide: vi ante mis ojos el cadáver de Louise en el bosque después de que Eliseo le disparara con el cartucho de postas. Ya se lo conté el otro día.

Consiguió que le brotara una lágrima del ojo izquierdo. No había perdido esa habilidad adquirida en su época de actor amateur. En eso era el mejor del grupo. Lo contrario de Pierre Irissou, que nunca aprendió a llorar en escena. O que no quiso aprender. No le gustaba fingir el llanto. Decía que las lágrimas eran algo sagrado para él. El director no podía entenderlo: «Pierre, con tantos escrúpulos nunca llegarás a ser un buen actor. Sabes moverte en el escenario, pero con eso no basta». Él, en cambio, aparte de tener buena memoria para los textos, podía activar el lagrimal a su antojo; pero no era hábil con los gestos. Tampoco con los movimientos, a no ser, claro está, que le tocara interpretar a un cojo.

No lo olvide: vi ante mis ojos el cadáver de Louise en el bosque después de que Eliseo le disparara con el cartucho de postas.

Negó con la cabeza. No, no iba a pronunciar esa frase en la consulta de Nadia. Ni tampoco iba a derramar lágrimas. Tales efusiones podían engañar a una psiquiatra una vez, dos veces, pero no convenía abusar. Al fin y al cabo, lo que pensaba contar era cierto, algo que de verdad había ocurrido, y no necesitaba de ningún énfasis. Se limitaría a relatar llanamente los hechos que siguieron al asesinato de Ryan.

El locutor anunció otra pieza de Claude Debussy, «Rêverie». Miró el reloj. Las manecillas de color naranja marcaban las dos y veinticinco.

Yo no pensé, Nadia, que el caso del ingeniero Ryan tuviera que ver conmigo. Al menos, no al principio. Sin embargo, fui a París a la junta general de la empresa al poco tiempo del crimen, concretamente a principios de marzo, y me llevé una sorpresa. Apenas nos sentamos en la sala de reuniones, las miradas de los demás directores se volvieron hacia mí. «¿Qué piensas hacer, Antoine? Los terroristas deben de estar envalentonados tras la publicidad obtenida con la central nuclear. Es probable que pretendan sabotear las prospecciones de Ugarte. Y siendo tú el ingeniero jefe... ¿Quieres que te busquemos un apartamento en la ciudad? Allí no estarías tan expuesto. Además, contarías con guardaespaldas.»

La propuesta de mis compañeros de empresa me cogió de improviso. Como le he dicho, Nadia, yo no me sentía preocupado, no situaba la mina de Ugarte en la misma categoría que una central nuclear. Me acordé entonces de Louise y de Troy. Si yo me iba a la ciudad, se quedarían solos en Villa Chantal. Rosalía no querría hacerse cargo de ellos. Como le dije, ella les tenía miedo. Tampoco podía dejarlos con los gemelos. Luis y Martín estudiaban para entonces en la universidad y no disponían de mucho tiempo libre. Por otro lado, no quería llevármelos a la ciudad. Un perro que ha nacido en la ciudad puede vivir allí, pero, si no, es muy difícil. Me negué a aceptar el consejo de mis compañeros. No me movería de Ugarte. «El que deja Roma pierde Roma», les dije. «Y tampoco necesito guardaespaldas. Ya tengo dos: Louise y Troy. Han estado siempre conmigo, y darían la vida por mí. No os preocupéis: son de raza dóberman, y están adiestrados. Si los azuzo contra un terrorista, el terrorista es hombre muerto.»

Concentrado en el guion, no se dio cuenta de que estaba en el peaje de La Négresse, parado junto a la red para las monedas. Los coches que tenía detrás hacían sonar las bocinas. Los insultó entre dientes. En otros aspectos dejaban mucho que desear, pero, había que reconocerlo, los loros eran diestros incordiando al prójimo.

Siguió adelante por la A-63, y necesitó tres o cuatro kilómetros para retomar el hilo de sus pensamientos y situarse de nuevo en la consulta de Nadia. *Mise-en-scène*. En las últimas sesiones, la mujer había estado vigilante, escrutándolo como una Raísa Gorbachova desconfiada, o sonriendo burlonamente como el Gato de Cheshire. Decidió que ese día le hablaría sin apenas moverse, como los presentadores de los informativos de televisión, pero intercalando alguna sonrisa de vez en cuando.

Sintió una punzada de preocupación, y volvió a preguntarse si no habría gesticulado excesivamente en alguna de las sesiones, sobre todo al contar la muerte de Louise. Quizás fuera eso lo que había puesto a Nadia *en garde*.

Tuvo que reducir la velocidad. En un panel luminoso colgado sobre la carretera parpadeaba un mensaje: *bouchon*. Atasco. Un kilómetro más y estaba parado. Ante él, la fila de vehículos se extendía hasta donde alcanzaba la vista. No dejaba de llover, las gotas golpeaban con fuerza contra los cristales del Volvo 760. Se oían truenos, y la lluvia formaba gruesas burbujas en los charcos de los bordes de la carretera. Miró el reloj redondo del salpicadero: las tres menos veinticinco. Tenía tiempo de sobra.

Aspiró el olor del coche nuevo. Era agradable. Subió otra vez el volumen de la radio y las notas del piano parecieron evolucionar al impulso de las corrientes de viento, por rachas, como la lluvia. Detuvo las escobillas limpiaparabrisas, y el cristal se puso borroso de agua casi al instante.

Cogió el guion que llevaba en el asiento del copiloto. Le echó un vistazo y se percató de que tenía que eliminar una frase: *Si los azuzo contra un terrorista, el terrorista es hombre muerto.* Podía ser utilizada contra él en el futuro. Si su intención era vengarse de Eliseo, y atribuirle el ataque a Troy, debía mostrarse como un hombre de paz. Se vio a sí mismo sentado junto a la lámpara de la consulta, explicando lo ocurrido en la mina de Ugarte con la mansedumbre de un monje del monasterio de Belloc.

Durante el año que siguió al asesinato del ingeniero Ryan no noté nada especial en la mina de Ugarte. Era como si los trabajadores no se hubieran enterado de lo ocurrido. El administrador, Julián, sí que me hablaba de los problemas de la central nuclear, porque leía la prensa; más que nada la sección de deportes, pero la leía. Sin embargo, el grisú iba viciando el aire. No sé si sabe qué es el grisú, Nadia. Es un gas que se produce en las minas de carbón. Su componente principal es el metano. Se va acumulando poco a poco, y cuando su concentración en el aire supera el cinco por ciento resulta muy peligroso. Provoca explosiones que pueden acabar con la vida de toda la gente que está en la mina. En los tiempos heroicos, como no había otro medio de detectar el peligro, se valían de un canario. Lo encerraban en una jaula y lo dejaban en el interior de una galería. Curiosamente, los canarios cantan de forma especial cuando han respirado metano, y es así como dan la alarma. En cuanto oían ese canto, los mineros salían en desbandada.

Notó movimiento al otro lado del cristal borroso, y puso en marcha las escobillas. La fila de coches avanzaba, pero con gran lentitud, a la velocidad de un peatón. Se echó a reír.

No, Nadia, no. Los canarios no se ponen a cantar de manera especial al respirar el gas grisú. Lo que hacen es morirse. Esa era la señal para los mineros. Disculpe la broma.

Negó con la cabeza. No podía permitirse una broma de ese tipo delante de Nadia.

El locutor de la radio anunció otra pieza de Debussy, «Clair de lune». Pasó junto a una señal. Faltaban ocho kilómetros para Bayona. Su pensamiento regresó a la consulta de Nadia.

En Ugarte se estaba acumulando el grisú, pero yo no me daba cuenta. En cierto sentido, también yo tenía un pájaro para dar la alarma, Julián, el administrador, pero no me avisó de nada. Y de pronto, las explosiones. Primero, los paros de los trabajadores. Paraban dos o tres veces a la semana. Luego, se declararon en huelga. Los representantes sindicales insistían en pedirme una reunión. Yo les decía: «Hablad con Julián». No era lo que ellos querían, y empezaron a molestarme. Se juntaban a la puerta de mi despacho esperando a que entrara o a que saliera. Pero encontré la manera de pararles los pies: Louise y Troy se encargaron de ello.

Más adelante, vino la segunda explosión. Aparecieron unas octavillas, del tamaño de una postal, esparcidas por todo el recinto de la mina. Enseguida me dieron mala espina. Cuando me presenté en la oficina con una de ellas, Julián me estaba esperando. Él mismo tenía otra en la mano. Me miró con cara seria. Yo le pregunté, en broma: «¿Qué pasa, Julián? ¿Ha perdido el Athletic de Bilbao?». Él me contestó: «No lleva firma, pero puede ser gente peligrosa». Tenía razón. En la octavilla señalaban a nuestra empresa como uno de sus objetivos «por los daños que la mina causará en el entorno». Pero preferí seguir en tono de broma: «Tranquilo, Julián. Dicen que Ugarte es uno de sus objetivos, no que sea su objetivo principal». Él me preguntó: «¿Ha leído la última línea?». Aquella última línea iba dirigida a los técnicos de la empresa: «Más vale que los responsables de la mina tengan en mente lo que le ocurrió a Ryan».

Reuní al grupo de técnicos, cinco hombres en total, y les di instrucciones: debían moverse todos juntos, subir en grupo a la mina y salir en grupo al acabar la jornada. Uno de ellos me preguntó: «¿No va a poner vigilancia nocturna en el laboratorio y en las oficinas?». Tenía a mi lado a Louise y a Troy. Señalando a Troy, respondí: «Este amigo mío se encargará de la guardia nocturna. Con un vigilante así, nadie se atreverá a acercarse. Ya sabéis que es un luchador nato». Lo sabían perfectamente. Lo habían visto espantar a unos cuantos miembros del sindicato y arremeter contra uno que le había tirado una piedra. «En cuanto a Louise, será mi fiel compañera. No se separará de mí en mis idas y venidas. Además, me moveré a través del bosque, evitando los caminos. El terrorista que me quiera abatir deberá tener buena puntería.» Julián estaba presente en la reunión. La orden que le di fue bien clara: «Consiga un Land Rover en el pueblo para traer y llevar a estos hombres. Pondremos en marcha el protocolo mañana mismo». Miré a Troy: «Y tú, Troy, empezarás con tus guardias esta noche. No te preocupes. Tengo comida para ti en la nevera del laboratorio».

Abandonó la A-63 y se detuvo en un cruce. Había llegado a Bayona. Por un momento, concentrado como estaba, no supo en qué dirección continuar; pero se orientó pronto, después de ver, tras la cortina de lluvia, las aguas del río Adour y, un poco más allá, a la izquierda, los edificios del centro hospitalario de Camp de Prats. Se encontraba en la avenida Capitaine Resplandy, en el acceso sur a la ciudad.

La pieza que sonaba en la radio no era de Claude Debussy. Prestó atención, esperando a que el locutor dijera algo; pero no precisó de ayuda para identificarla. Era uno de los «Nocturnos» de Chopin. No sabía cuál, pero sí que formaba parte de la serie.

Un semáforo estaba provocando largas filas de vehículos. No importaba, las manecillas del reloj del coche indicaban que solo eran las tres y cuarto. Tomaría un té en el bistró cercano al aparcamiento de Paulmy, y le daría un último repaso al guion.

Se puso a calcular cuánto tiempo le llevaría lo que había estado ensayando. Tal vez un cuarto de hora, la mitad de la sesión. Le quedaría otro cuarto de hora para hablar del fracaso del protocolo que había ordenado poner en marcha tras las amenazas, y de las consecuencias que ello tuvo para él. La imagen de Eliseo se cruzó en sus pensamientos. Él había sido el conductor encargado de transportar a los técnicos. Entonces él no sabía, no podía saber, que aquel monstruo acabaría matando a Louise. Para él, era un empleado más de la panadería. Pero, visto retrospectivamente, le hacía sentirse furioso. Soltó una blasfemia, agarrándose la cabeza entre las manos y mirando hacia arriba. Malinterpretando el gesto, el conductor del Peugeot 504 que avanzaba a la par que su Volvo 760 le dirigió una sonrisa. Estaba de acuerdo, la lentitud de los semáforos de la entrada de Bayona era desesperante.

Seguía lloviendo, y el día era muy oscuro, parecía casi de noche. En la consulta de Nadia no bastaría con la luz de la lámpara de pie, y habría que encender el flexo del escritorio.

Volvió a coger el guion del asiento del copiloto. *De pronto, me vi a mí mismo en riesgo de ser asesinado.* Tomaría esa frase como pie para la segunda parte de la sesión. Cuanto mejor explicara las tensiones que sacudieron la mina en la época de las huelgas, más creíble le resultaría a Nadia su esquizofrenia.

Podría decirse que las amenazas de las octavillas jugaron a mi favor. Los sindicatos condenaron la intromisión del grupo terrorista y desconvocaron la huelga a cambio de nada, renunciando a sus reivindicaciones. Cuando me presenté en la siguiente reunión en París, mis colegas me recibieron con aplausos. «El que deja Roma pierde Roma. No es tu caso, Antoine», dijo el director general al saludarme. Fue un momento glorioso.

Sin embargo, al regresar de París recibí una mala noticia. Julián me esperaba a la puerta de casa. Un domingo, a las nueve de la noche. Una cosa rara. El farol de la entrada del jardín le iluminaba el rostro. Estaba abatido. «Julián, ya sé que mataron al ingeniero que sustituyó a Ryan, Ángel Pascual Múgica. Lo supe antes de ir a París. Por lo que se ve, esos terroristas no descansan.» Él seguía cabizbajo, encogido. Con las primeras sombras de la noche, parecía una figura de Rodin. Abrió la boca y dijo algo más, pero no le oí bien porque Louise gimoteaba al otro lado de la verja del jardín, deseando abrazarme. Le ordené que se callara, y se quedó sentada en posición rígida, como otra figura de Rodin. «Ha pasado otra cosa, Antoine», dijo Julián. «Hemos sufrido un sabotaje. Han entrado en el laboratorio y lo han destrozado.» Me quedé sin habla. Me alarmé. «¿Qué han hecho? ¿Han matado a Troy?» «Troy está bien. Lo he dejado cenando», dijo Julián. «No lo entiendo. Troy está adiestrado. Si hubiera advertido la presencia de alguien le habría saltado al cuello.» Julián no añadió nada. Le dije: «Vamos a echar un vistazo al laboratorio». «Llamaré a Eliseo para que se pase por aquí con el Land Rover», dijo él. Rosalía salió a la puerta de su casa. Gritó: «¿Qué ocurre?». Yo respondí: «Nada, que el Athletic de Bilbao ha vuelto a perder».

Abrí la puerta del jardín y abracé a Louise. Sin duda, había intuido que algo pasaba, porque, igual que cuando era un cachorro, se emocionó y dejó escapar un poco de orina. Luego, tampoco eso era normal, se puso a husmear alrededor de Julián. «Huele algún producto del laboratorio», dijo Julián. Yo le pregunté: «No habrá tocado nada, ¿verdad?». Negó con un gesto y se señaló los zapatos. Efectivamente, era lo que más interesaba a Louise. «¿Qué han hecho? ¿Tirarlo todo al suelo?», le pregunté. «Tirarlo todo y destrozarlo.» «¿Ha llamado a la policía?» Él volvió a negar: «Ha sido esta mañana, y yo me he dado cuenta al mediodía, cuando he subido a darle la comida a Troy. Pero me ha parecido mejor esperar a que usted regresara de París». Se lo veía incómodo, su expresión era cada

vez más sombría. «Ha hecho lo que debía, Julián. Me corres-
ponde a mí ponerme en contacto con la policía. Usted llame a
Eliseo para que venga con el Land Rover.»

El conductor del Peugeot 504 le estaba haciendo gestos desde el carril de al lado, tratando de decirle algo, y él
bajó la ventanilla. Los coches no paraban de tocar la bocina, todos a la vez, destempladamente. Un *bouchon* en la
ciudad, peor que el de la autopista.

El conductor del Peugeot 504 era un joven con mele-
nas hasta el hombro y un aire de *beatnik*. Le mostró un
paquete de Gitanes vacío. Él respondió con un gesto: *desolé.*
No era fumador, no tenía tabaco.

—¿Dónde estamos, en Resplandy o en Boufflers? —preguntó el *beatnik.*

—En Boufflers. Ese puente de ahí es el Mayou.

La gente que cruzaba el puente en ambos sentidos caminaba agachada, apresuradamente. En la distancia, la
mayoría de los paraguas parecían negros.

El reloj del salpicadero del Volvo marcaba las cuatro
menos veinte. No había problema. Una vez superado el
semáforo, el tramo hasta el aparcamiento de Paulmy le llevaría poco tiempo.

El ruido de las bocinas se metía en el coche incluso
con las ventanillas cerradas. Subió el volumen de la radio.
El locutor presentaba otro «Nocturno» de Chopin. Suavemente, las notas de piano lo transportaron a Ugarte, alejando de su mente no solo el paisaje que le rodeaba, el
puente Mayou, el semáforo, las hileras de coches, sino,
igualmente, el guion que descansaba en el asiento del copiloto y su propósito de seguir ensayando la representación
que aquel día iba a realizar ante Nadia. El recuerdo del sabotaje lo absorbió por completo.

El destrozo era grande en el interior del laboratorio:
líquidos derramados por el suelo, cristales de tubos y pro-

betas por todas partes. Acabada la inspección, dentro del Land Rover, preguntó a Troy: «¿Dónde estabas? ¿Qué clase de guardián eres tú?». Pero lo hizo por mostrarse sereno ante Julián y Eliseo. El que dejaba Roma perdía Roma. Y el emperador de Roma no debía dar señales de debilidad.

Llamó a Charlie nada más llegar a casa.

—¿Qué le pasa a mi amigo Antoine para llamar a un policía un domingo a las once y media de la noche?

Tenía una hermosa voz de fumador. Y era un hombre guapo. Las chicas de La Petite Pagode sonreían al verle y corrían a agarrarle del brazo. Tres o cuatro de ellas le ofrecían gratis sus servicios.

Se habían hecho amigos por una casualidad. Llevaban unos cuantos meses coincidiendo en aquella *maison* cuando un día, un sábado por la noche, Charlie se acercó a pedirle ayuda. No acertaba a contar un chiste verde en francés. Se encontraban los dos en un reservado de La Petite Pagode, cada cual con su amiga. «¿Cómo se dice flauta en francés?» «*Flûte*. Pero no sé si tu damisela te va a entender. Si no me equivoco es filipina.» La chica vestía un kimono. Se lo soltó, dejando los pechos a la vista. *«Je suis ouverte à toutes les langues»*, «estoy abierta a todas las lenguas». Ambos rieron la ocurrencia; Charlie exageradamente, por la cocaína. Contó el chiste como pudo, y todos rieron de nuevo. Luego le preguntó a él: «Y tú ¿no le vas a contar un chiste a Van-Van?». «Si no os importa, voy a hacer un comentario intelectual», respondió él. «Dice Montaigne, y es una información en la que estoy muy interesado, que quien no ha follado con un cojo no sabe lo que es follar. Ciertas personas de La Petite Pagode deberían tenerlo en cuenta y no exigir tanto dinero a un cliente tan especial.» En realidad, Montaigne se refería a las mujeres cojas, pero no era momento de entrar en detalles. Charlie estalló en risas. Luego, recobrada la calma, se dirigió a Van-Van apuntándole con el dedo índice: «Hoy este no paga, *d'accord?*». Ella protestó, y Charlie mostró otro talante: «No

236

quiero enfadarme, Van-Van. He dicho que hoy este no paga, *d'accord?*».

Desde aquel día, siempre que coincidían los sábados por la noche en La Petite Pagode, conversaban relajadamente mientras se tomaban un par de whiskies. A él le interesaba aquella relación. Una empresa extranjera con sede en España necesitaba contactos de ese tipo, y Charlie era de fiar, un policía muy profesional.

—Charlie, hemos tenido un sabotaje en la mina. No he puesto la denuncia todavía. He preferido llamarte antes de dar ningún paso.

—Mi amigo Antoine está actuando como es debido. ¿Qué ha pasado? Dímelo. Con detalles, igual que cuando me hablas de mujeres.

Se echó a reír. Su humor era el de siempre. Él empezó a contar lo ocurrido.

—Espera un momento —dijo Charlie—. No encuentro el mechero.

Se oyeron unos pasos al otro lado del teléfono, el ruido de algo que cae al suelo. Luego, el chasquido del mechero.

—Sin ahorrar detalles, Antoine.

Charlie escuchó en silencio las explicaciones sobre el sabotaje. Sus bocanadas de aire al expulsar el humo eran el único indicio de que se mantenía a la escucha.

—No necesito oír más —dijo al cabo de un minuto—. Los que andan por esa mina tuya no son los terroristas que han matado a los ingenieros de Bilbao. De haber sido ellos, ya no habría laboratorio. Lo habrían hecho saltar por los aires con Goma-2. Y, puestos a ello, habrían colocado otro petardo en las oficinas. Así que no te preocupes por eso.

—Quizás haya sido un aviso.

Charlie se rio al otro lado del teléfono. No como cuando le contaban un chiste, sino con sequedad.

—Parece mentira que seas cojo. Yo pensaba que los cojos erais listos. No solo en asuntos de mujeres.

—Un día de estos empezaré a fumar. Es lo que me falta para ser del todo listo, según tú.

—Efectivamente. No hay nada mejor para el cerebro que la nicotina.

—O que el alcohol, eso también sueles decir.

Nunca le nombraba, ni en broma, la cocaína, el verdadero problema de Charlie.

—¿Qué me dices, entonces? ¿No crees que haya sido un aviso?

—¡A ver si te enteras, Antoine! El método de aviso de los terroristas son las bombas. Las bombas y el tiro en la nuca. Pero dejémoslo. Hablaremos mañana con más calma. ¿Es fácil encontrar tu casa en Ugarte?

—Está en un alto, a la entrada del pueblo. Un chalé grande con un jardín cercado. La gente de aquí lo llama Villa Dóberman. Pero supongo que vosotros preferís no andar preguntando en el pueblo.

—Nosotros hacemos muchas preguntas, pero no al aire libre. —Charlie carraspeó para aclararse la voz—. Al mediodía me acercaré a tu casa con un amigo. Antes, enviaré a unos hombres a la mina. Conviene que los acompañe alguien.

—Que pregunten por el administrador. Se llama Julián.

El primer paso para el análisis químico de una sustancia o de un material consistía en aislar sus componentes y elaborar una lista con ellos, A, B, C, D, E y F, para estudiar a continuación cómo actuaban entre sí. Era el mismo procedimiento que utilizaba Agatha Christie en sus novelas. Situaba a sus personajes principales en un mismo escenario, y de esa reunión surgía el nombre del asesino.

Sentado en la sala de su casa, esperando a que llegara Charlie, él trataba de analizar los detalles del sabotaje de la misma manera. ¿Por qué no había cumplido Troy con su labor de vigilancia? Era raro en un perro de sus características. El adiestrador que se había ocupado de Troy y Louise educaba a los perros de élite de la policía francesa, y era muy estricto. Si le llevaban un cachorro sin aptitudes, lo rechazaba sin contemplaciones. Por eso, era imposible que los que habían destrozado el laboratorio engañaran a Troy con comida, haciéndole tragar un trozo de carne con narcótico o algo parecido. Si lo hubieran intentado, Troy los habría agredido. Solo cabía el engaño sexual. Que los saboteadores hubieran llevado una perra en celo que le hiciera perder la cabeza y abandonar su puesto para correr tras ella. En ese asunto, los perros se parecían mucho a los hombres. Había visto a muchos cabezas de familia llegar a La Petite Pagode medio locos, sin paciencia para aparcar bien el coche. Pero tampoco eso era probable. Estaban a principios de mayo, no era temporada.

Llamaron a la puerta de la sala.

—Adelante —dijo.

Entró Rosalía, la criada. Traía café y pastas de naranja. Dejó la bandeja sobre la mesa de cristal, delante de su butaca.

No se iba. Le estaba mirando.

—¿Qué pasa, Rosalía?

Iban a tener dos invitados, y a Rosalía le preocupaba el menú. Pensaba poner primero unos entremeses, espárragos, alcachofas naturales, sopa de tomate y foie extra.

—¿Y jamón, Rosalía? El jamón es lo mejor que tiene España.

—De eso se trata, Antoine. Quiero poner truchas de segundo, y lo normal es prepararlas con jamón. Pero no sé yo. Jamón de primero y jamón de segundo, igual es demasiado. ¿Le parece a usted que tengo que poner jamón con los entremeses?

—Sí, póngalo.

Rosalía no se movía. Él se sirvió café. Quería seguir pensando, tener las ideas ordenadas antes de que se presentaran Charlie y su amigo.

—¿Qué pasa ahora, Rosalía?

—¿Les doy yo la comida a los perros o prefiere dársela usted? Igual es mejor que se la dé yo para que usted pueda atender a las visitas. ¡Espero que no me muerdan!

Rara vez se ocupaba Rosalía de los perros, pero no había nada que lo impidiera. Louise y Troy estaban acostumbrados a verla entrar o salir de casa o cuidando las flores del jardín, y no desconfiaban de ella.

—Seguro que no la muerdan, Rosalía. Gracias.

Le costó pronunciar la frase con voz neutra, porque súbitamente, igual que cuando en el laboratorio se le revelaba la composición de una sustancia, o como cuando identificaba el hilo bueno en el ovillo enmarañado de una novela de Agatha Christie, acababa de encontrar la solución del «caso del laboratorio de Ugarte». ¿A quién no habría atacado nunca Troy? Más aún, ¿a quién se habría acercado con la cabeza gacha y meneando el trasero?

Tomó aire. Debía tranquilizarse. Se levantó del sofá y fue hasta el amplio ventanal de la sala con la taza de café en la mano.

Solo cuatro personas contaban con la confianza de Louise y Troy: Rosalía, Julián y los dos gemelos, Luis y Martín.

—¡Martín! —exclamó.

Tenía que ser Martín. Tanto Rosalía como Julián quedaban fuera de toda sospecha. Era impensable que participaran de una ideología extremista. En cuanto a los gemelos, podía ser cualquiera de ellos. Pero Luis era como su padre, un joven que solo pensaba en el deporte. Además, se llevaban bien y tenían incluso la costumbre de intercambiarse regalos. No hacía mucho que Luis le había dado un disco de Gary Noak Trio, *Thanks,* y él una calcopirita que encontró en la mina. A Martín, por el contrario, apenas lo veía. Se habían ido distanciando. Ni siquiera venía a visitarle.

Se bebió el café de la taza y regresó a la butaca. Había sido Martín, sin duda. Estudiaba Filosofía en la universidad. Luis, Educación Física, y Martín, Filosofía. Información de Julián. «Estoy un poco preocupado. Me han dicho que hay muchos comunistas en la Facultad de Filosofía.» Otra información de Julián.

Se le ocurrieron dos razones más que corroboraban su hipótesis. La primera, la expresión de Julián al darle la noticia del sabotaje a su regreso de París. Una expresión verdaderamente sombría. Sospechaba de su hijo, sin lugar a dudas. La segunda, que el saboteador había destrozado el laboratorio, pero no las oficinas. No dejaba de ser lógico. El chico no iba a atentar contra el lugar donde trabajaba su padre.

«¡Eureka!», exclamó, bromeando para sí. Daba alegría descubrir al asesino de una novela de Agatha Christie cuando todavía faltaban cuarenta páginas para el final, o partir en dos una piedra recogida del suelo e identificar de un vistazo sus componentes; pero su alegría, en ese momento, era aún mayor. Lo que estaba en juego era un hecho de la vida real. Se levantó y bajó a la bodega. Beberían un vino de Burdeos con la comida, y con el postre, un Veuve Clicquot, un champán excelente.

Salió de sus recuerdos como de un ensueño, y se apercibió de que ya había superado el semáforo del puente Mayou y la zona del Théâtre de Bayonne. Su Volvo avanzaba suavemente por la orilla del río. Se alarmó y miró el reloj del salpicadero. No pasaba nada: las manecillas de color naranja del reloj señalaban las cuatro y diez. Disponía de una hora larga para llegar a la consulta de Nadia.

Abandonó la idea de aparcar en Paulmy y dejó el coche en el aparcamiento anterior, Charles de Gaulle, a unos setecientos metros de la consulta. Después del viaje, a su pierna mala le vendría bien un poco de ejercicio. Había dejado de llover.

El Adour recibía al Nive, un río más pequeño, justo cien metros antes del muelle de enfrente del aparcamiento.

La corriente, siempre fuerte tras la confluencia, era aquel día, 8 de noviembre, violenta, y las aguas fangosas, invernales, revueltas, semejaban ser de una naturaleza distinta a las del arroyo de Ugarte, que en su cabeza eran claras y cristalinas, aguas de primavera o de otoño. Pero ¿era real la imagen? La memoria reaccionaba, en un primer momento, de forma vulgar y previsible; se aferraba a lo estándar, como las máquinas automáticas, como las sustancias químicas, como los charlatanes. La suya también. En las imágenes que le presentaba, el arroyo de Ugarte era, efectivamente, cristalino y claro, mucho más inocente que el desapacible Adour que tenía ante sus ojos; pero si hurgaba en el recuerdo emergía enseguida la piedra plana cubierta de musgo, de líquenes y de hojas muertas del bosque, y en medio de la piedra la calva circular de color rojizo, y dentro del círculo la piel que había dejado allí una serpiente. Un recuerdo al que se añadía, enseguida, otra imagen: la de Eliseo y el otro empleado de la panadería, acompañados por sus setters. Y otra más: los dos dóberman a su lado, esperando una orden. Luego la orden: «¡Ataca, Louise!». Y la imagen final: Louise tendida en el suelo, después de que Eliseo la derribara de un tiro.

¿Había sido una insensatez azuzar a Louise contra Eliseo, cediendo a un impulso emocional? Se hacía aquella pregunta a menudo. Ciertamente, él no podía saber que aquel hombre fuera un tirador tan bueno, pero la ignorancia no era excusa. Había sido una reacción poco inteligente. Sin cálculo previo jamás se llegaba a un buen resultado.

Le pareció que las aguas fangosas del Adour discurrían con más ímpetu que antes, lanzándose hacia la desembocadura con obcecación, con la manía propia de la materia. En el lado del mar, diez kilómetros más allá, el cielo era amarillento, del color del sodio. Las luces de las casas de la ciudad, que empezaban a encenderse, tenían el tono blanquecino del potasio. La vista era hermosa: una hermosa ciudad, una hermosa tarde. No obstante, no le distraía lo suficiente, no le hacía olvidar la verdad: Eliseo era más que él. *Un homme supérieur.* Siempre lo derrotaba.

Una vez más, vio la cabeza de aquel hombre en un plato, cortada por el cuello como la de Juan Bautista. Entre todas las mentiras y medias verdades que había contado a Nadia, esa imagen era verdadera. Se le aparecía también en sueños: Troy emprendiéndola a mordiscos con la cabeza. ¿Le había contado ese sueño a Nadia? No lo recordaba.

Se separó del río y se adentró en un jardín público en dirección a la avenida Paulmy.

Como siempre que acudía a la consulta de Nadia, lamentó no ser tan buen actor como Pierre Irissou. Una persona especial, Pierre. Realmente especial. Había obtenido un gran éxito allí mismo, en el Théâtre de Bayonne, y el periódico *Sud Ouest* le había augurado un gran futuro como actor profesional. Pero en lugar de seguir ese camino se había decantado por una vida solitaria. Organizaba retiros espirituales para creyentes cristianos en Trensacq, la aldea de las Landas donde residía. Pierre era un amigo fiel. No se olvidaba de las muchas horas que habían compartido en el Hôtel Le Splendid y en el grupo de teatro. Algunos fines de semana, o por Navidad, lo invitaba a su *ostau*, y él siempre volvía a Ugarte con un frasco de *miel de pin*. Con todo, había veces que lo miraba con severidad. Sospechaba, seguramente, que frecuentaba *maisons* como La Petite Pagode. Y no le gustaba. Él era un católico radical. Había estado a punto de ingresar en la comunidad benedictina de Belloc, aunque acabó casándose con una mujer tan católica como él, Margarita.

Iba por la avenida Paulmy golpeando el suelo con el paraguas como si fuera un bastón, al tiempo que repasaba las frases clave que pronunciaría ante Nadia.

De pronto, me vi a mí mismo en riesgo de ser asesinado. Los terroristas de ese otro lado de la frontera se lanzaron a la caza del ingeniero so pretexto de la ecología. Pretendían detener la construcción de una central nuclear.

Pasaría luego a hablarle de la huelga y, sobre todo, del sabotaje. Para acabar, insistiría en la prueba de su esquizofrenia. Seguía oyendo la voz de Troy, y eso le producía una enorme angustia.

Troy siempre ha sido agresivo, pero desde que hace mes y medio vio morir a Louise delante de sus ojos, mucho más. Está obsesionado. Oigo todas las noches su voz clamando venganza. La oigo aunque él esté en la caseta del jardín y yo, en mi habitación. De seguir así, voy a volverme loco.

Se detuvo frente al bistró y miró la hora en el reloj de su muñeca, un Certina de oro de manecillas muy finas. Todavía no eran las cuatro y media. Faltaban exactamente tres minutos. Entró en el local y pidió un té.

—¿Le pongo su croissant? —preguntó el dueño. Él asintió—. Siéntese, *monsieur*. Ahora se lo llevo.

Quiso seguir con el repaso del guion y trató de concentrarse. No pudo. Era tedioso volver una y otra vez a las mismas frases cuando no eran, ni lejanamente, como los versos de Verlaine, sino piezas pragmáticas, elementos de un plan. Para cuando el dueño del bistró le sirvió el té y el croissant, su mente había regresado a los días del sabotaje.

La comida con Charlie y con el otro policía en Villa Chantal fue extremadamente agradable. Al comienzo, nada más sentarse a la mesa, él les había dicho:

—No nos hemos reunido para analizar el sabotaje. Nos hemos reunido para una celebración. Señores: sé cómo ocurrió todo y quién fue el autor.

Charlie le miró de reojo.

—Entonces, ¿qué debemos hacer? ¿Comer, beber y escuchar? —preguntó.

—Con eso será suficiente —contestó el policía.

El otro policía amagó una sonrisa.

—Así da gusto —dijo.

Era un joven de cara demacrada y mirada insomne.

Mientras tomaban los entremeses, explicó la conclusión a la que había llegado esa misma mañana, poniendo sobre la mesa, como quien enseña sus cartas, la identidad del culpable: Martín Sola, veintidós años de edad, estudiante de Filosofía. Uno de los gemelos de Julián, el administrador de la mina.

A Charlie le pareció lógico. Encajaba con la información que ellos manejaban. No todos los agitadores de Ugarte eran gente de sindicatos mayoritarios. Había también maoístas. Eran peligrosos, aunque no estaban vinculados a ETA. En ese sentido, podía estar tranquilo. No le pegarían un tiro en la nuca.

—A no ser que esos otros decidan meter las narices. Tampoco estaban cuando empezó el jaleo de la central nuclear —apuntó el policía de mirada insomne.

Charlie negó aquella posibilidad:

—No es probable. En Ugarte no ha pasado casi nada. Seguramente intentarán meterse más adelante, pero ahora no. Necesitan más follón para animarse. *Sois calme, Antoine* —dijo. Y se echó a reír.

Entró Rosalía en el comedor. Dejó sobre la mesa una fuente de porcelana blanca con tres truchas rodeadas de un círculo de pimientos verdes.

—Son del arroyo de Ugarte. Las he preparado al horno, y no les he puesto jamón. Dos veces jamón en la misma comida me ha parecido demasiado.

—Rosalía hace lo que le da la gana —dijo él.

—Como debe ser —dijo Charlie.

A partir de ese momento, la conversación derivó a otros asuntos. Después de las truchas comieron tarta de manzana. Al final, brindaron con Veuve Clicquot.

Rosalía entró a preguntar si querían café.

—Mi compañero y yo seguiremos con el champán, Rosalía. Gracias. La trucha, soberbia. La mejor que he comido en mucho tiempo —respondió Charlie.

—Yo tampoco tomaré café —dijo él.

—Entonces me voy a casa. Recogeré todo después de comer.

Charlie tenía la mirada puesta en la copa de champán, como si el continuo subir de las burbujas le ayudara a concentrarse.

—Hablaremos con ese joven, Antoine. Te llamaré. Mientras tanto, haz vida normal.

Su compañero sacó una libreta y un bolígrafo del bolsillo de la chaqueta.

—¿Conoce la dirección de Martín Sola?

—Sus padres se divorciaron hace unos años. Su madre vive ahora con el dueño de la panadería, Julián, donde siempre, en la calle Mayor. Y Luis, el hermano gemelo, también en la calle Mayor, con su padre. Pero no sé dónde vive él.

Charlie cogió la copa de champán.

—Si lo calentáramos le sacaríamos enseguida toda la información. Pero toca andarse con cuidado. Ya sabes lo que pasó.

No lo sabía.

—Después de lo de Ryan vino lo de Arregui —aclaró el otro policía—. Lo calentaron demasiado y se les murió.

Calló un instante, y torció los labios en un gesto de amargura.

—La gente sabe que lo de calentar es necesario, pero no le gusta que nadie se lo recuerde.

Charlie apuró el champán que le quedaba en la copa. Le estrechó la mano.

—Te llamaré por teléfono —dijo al despedirse en la puerta.

Le llamó cuatro días más tarde, el viernes al mediodía.

—Martín tiene coartada. Se pasó casi todo el domingo en un simposio sobre Platón. Hay fotos.

Él se quedó mudo, sin saber qué decir.

—Antoine, vas a hacer una cosa. Coge tu viejo Volvo y ven aquí. Estoy en La Petite Pagode. Nos conviene repasar la situación.

Era una orden.

—Ahora estoy en la mina. Necesitaré tiempo para dejar a los perros en casa y darme una ducha.

—No tengo prisa. Aquí me tratan amorosamente.

Durante el viaje, primero por las carreteras secundarias de alrededor de Ugarte, luego por la A-63, repasó una y otra vez su análisis del sabotaje. Era imposible que estuviera equivocado. En las novelas de Agatha Christie, por puro juego, los hilos podían enredarse hasta la saciedad, pero en la realidad las cosas nunca eran tan complicadas. Había una lógica, A + B + C + D + E = F, y en este caso la F era Martín. Sin duda. Y, sin embargo, Charlie se lo había dicho bien claro: «Tiene coartada».

Hizo un esfuerzo para meterse en la piel de Martín, como en su época de actor amateur. Sentir como el personaje, pensar como él, esa era la clave del método Stanislavski. Imaginó que se proponía destrozar el laboratorio. Que se había comprometido a llevar a cabo aquella acción ante sus compañeros maoístas y ante algunos de los trabajadores que habían participado en las huelgas fallidas de la mina. «Destrozaré el laboratorio, pero no las oficinas. Mi padre se llevaría un gran disgusto.»

Imaginó luego una conversación entre los gemelos. «Luis, tienes que asistir a un simposio sobre Platón en mi lugar», decía Martín. «¿Por qué quieres que haga eso? Prefiero ir a ver el partido.» «Ya te lo explicaré más adelante, pero tienes que hacerme ese favor.»

Sí, eso era, así había ocurrido. Martín había convencido a su hermano gemelo para que lo suplantara en el simposio. Todos pensarían que el alumno que escuchaba atentamente las ponencias sobre Platón era él, Martín. Bastante ingenioso, sin duda. Pero no le serviría de nada, porque llegarían a él a través de Luis. «Luis, ¿dónde estuviste el domingo por la mañana? No se te ocurriría subir a la mina, ¿verdad?» Intentaría defenderse alegando que había estado en casa, en la cama, después de pasarse la noche del sábado de fiesta. Pero, aunque Julián confirmara la coartada, no serviría de mucho. Al verse en apuros, correría a pedir ayuda a su hermano, y Martín no tendría otro remedio que confesar la verdad. «Yo fui el autor del sabotaje», diría a la policía, «dejen en paz a mi hermano».

En La Petite Pagode, Charlie soltó una carcajada al oír su explicación, y se puso a aplaudir. Había tomado cocaína.

—Yo he pensado lo mismo, Antoine. He dado los mismos pasos y he llegado a la misma conclusión. Pero ¿sabes? Alguien más pensó e-xac-ta-men-te lo mismo.

Pronunció la palabra *exactamente* dando manotazos a la mesa de té sobre la que descansaban un cenicero, un vaso largo y una botella de Chivas. El cenicero, de baquelita, se desplazó unos centímetros.

Se encontraban en una sala repleta de espejos, y el que tenían justo delante los reflejaba de cuerpo entero, los dos sentados en un sofá rojo. Él se sentía incómodo. Comparado con el de Charlie, su cuerpo parecía deforme. La pierna mala se posaba en el suelo de forma poco natural. Le pidió que se sentaran en otro sitio.

Charlie se sirvió whisky en el vaso, lleno hasta el borde de cubitos de hielo, y encendió un cigarrillo. Fumaba tabaco americano, Marlboro.

—No, aquí estamos bien. Es más agradable contemplar en el espejo a una jovencita desnuda de veinte años, y no a dos tipos como nosotros. Pero es la habitación más discreta de esta casa. La conocías, ¿verdad? No me dirás que solo vas a las de arriba.

Él hizo un gesto. Solo utilizaba las de arriba.

—No fumas, Antoine. Ese es tu problema, te lo tengo dicho. Con un poco de nicotina en la sangre serías más listo y las cosas te saldrían mejor. El mundo es de los listos. Y esa gente de Ugarte es muy lista, seguro que todos son fumadores. Julián desde luego lo es. Le encantan los puritos Monterrey.

—Dime de una vez qué pasa, Charlie.

—Insisto, Antoine. Deberías fumar. Y beber un poco más de whisky, eso también. Mira qué contento estoy yo con mi cigarrillo y con mi whisky.

—Hoy no quiero beber.

Charlie le explicó el motivo de su buen humor. No era solo por el alcohol y el tabaco; era, sobre todo, por las características del caso. Llevaba muchos años tratando con delincuentes comunes o con terroristas, y el método utilizado era siempre el mismo. Se les calentaba un poco y los nombres de los cómplices salían enseguida.

—Como dirías tú: A-B-C, A-B-C, A-B-C.

Acompañó las series de letras con manotazos a la mesa de té, con tanta fuerza que, esta vez, el cenicero estuvo a punto de caer al suelo. Él se miraba en el espejo. Vio su cara. La de un hombre desconcertado. No alcanzaba a comprender lo que estaba ocurriendo.

Charlie hablaba ahora en voz baja, como para sí. A veces, al repasar su trayectoria profesional, caía en la melancolía. Era policía, pero no el policía que hubiera querido ser, sino un defensa del equipo. Defensa central, o izquierdo, o quizás derecho, eso daba igual. En definitiva, un leñero. No obstante, su sueño de juventud, el sueño de un idealista, porque en el fondo él era un idealista, había sido convertirse en alguien como el coronel Race, el detective de las novelas de Agatha Christie, y colaborar con los servicios secretos moviéndose en ambientes aristocráticos, entre mujeres con clase, algunas de ellas malvadas y hermosas, el tipo de mujer que luce vestidos negros escotados en los cócteles. Mujeres, por otra parte, difíciles, no como las de La Petite Pagode, que se quitaban el kimono a la mínima; pero, en cualquier caso, mujeres que podían ser conquistadas. Sin embargo, no se engañaba. Sus sueños habían quedado atrás. El espejo se lo recordaba. Todavía se veía bien, pero estaba perdiendo pelo, se le habían formado entradas y una especie de tonsura en la coronilla. Por todo ello, el asunto del sabotaje de Ugarte le producía una alegría especial. Aquel caso se asemejaba a los de las películas de detectives.

—Explícame lo que ha ocurrido, por favor —le dijo él.

Charlie se enderezó en el sofá y le pasó el brazo por el hombro. Le habló al oído, como quien cuenta un secreto.

—Antoine, estás en una ratonera.

—¡No entiendo nada! —dijo él. Se levantó y se quedó de pie a un lado de la mesa. Charlie encendió otro cigarrillo.

—Te falta nicotina en la sangre, ya te lo he dicho. Por eso estás tan obtuso. Pero, tranquilo, te resumo el caso.

Efectivamente, Martín era el autor del sabotaje. El único autor, porque si hubiera entrado en el laboratorio con alguien más, Troy se habría alterado. Un joven inteligente y precavido, sin duda. Eligió bien el día de su acción. El 9 de mayo, un domingo. Los trabajadores, cada uno en su casa, y el recinto de la mina, desierto. El ingeniero jefe —«tú, Antoine»—, en París, un dato que pudo obtener de su padre. Para redondear el asunto, un simposio sobre Platón en la Facultad de Filosofía. ¡Bingo! Se lo planteó a su hermano, y este accedió con una sola condición: se quedaría en la universidad hasta las seis de la tarde y luego se marcharía a casa para ver el partido de fútbol. Pero el plan tenía un punto débil. Un admirador del coronel Race preguntaría a Luis: «¿Dónde estuviste el 9 de mayo desde las nueve de la mañana hasta las seis de la tarde? ¿Tienes coartada?».

—Todo eso te lo he contado yo nada más entrar —dijo él.

—Sigamos, entonces. Pues, dicho y hecho. Le hice la pregunta a Luis: «¿Dónde estuviste el 9 de mayo desde las nueve de la mañana hasta las seis de la tarde?». Claro, no podía confesarme que había estado en la universidad, y ciñéndose sin duda a las instrucciones de su hermano, me contestó: «Fui con Eliseo a por truchas. Cogimos cinco, y Eliseo las dejó luego en una jaula que tiene al comienzo del canal. Por lo tanto, no puede decirse que actuáramos furtivamente. No pescamos las truchas. Solo las cambiamos de sitio».

Charlie interrumpió su exposición mientras apagaba el cigarrillo en el cenicero y bebía un sorbo de whisky. Él siguió sus movimientos en el espejo con aprensión. Estaba a punto de conocer el final del caso.

—Dadas las circunstancias, me metí en el papel del coronel Race y di el siguiente paso. Fui a la panadería para hablar con Eliseo. Me dijeron que no estaba, que había subido a la parte alta del canal, donde tiene las truchas. No lo dudé y subí hasta allí. Me lo encontré con su mujer y con sus dos hijos. ¿Conoces a su mujer, Paca? Pesará lo menos ciento veinte kilos. Tiene mucha personalidad.

Respondió que no, pero se corrigió enseguida. Sí, conocía a Paca, la veía a veces en la huerta de Rosalía. Una mujer que, además de enorme, era todo ruido y bulla, y que incluso mientras plantaba lechugas ponía el transistor a todo volumen. Pero desconocía que fuera la mujer de Eliseo, y que criaran truchas.

—Han construido una jaula de alambre en el punto donde el arroyo se incorpora al canal. Una pequeña piscifactoría. Las truchas que comimos el otro día eran de allí.

Charlie hizo una pausa.

—Eliseo es listo. No está nicotinizado, pero aun así es listo. Cuando le pregunté por Luis, ni se inmutó. «Dice la verdad, el domingo por la mañana estuvo conmigo. Pero no fueron cinco truchas, fueron cuatro. Él cogió dos y yo, otras dos.» ¿Te das cuenta, Antoine? Si me hubiera dicho lo mismo que Luis, habría parecido una respuesta acordada de antemano.

—Entonces, si confirma la coartada de Luis...

—Círculo cerrado. No hay nada que hacer.

—¿No hay forma de sacarle la verdad a Martín? Bastaría con calentarle un poco, ¿no?

—Calla, Antoine. Has caído en una ratonera. Ya te lo he dicho.

Charlie estaba ahora de pie, frente al espejo, ajustándose el nudo de la corbata roja y alisándose el traje negro, como si se dispusiera a dejar la sala. Pero se sentó de nuevo. El espejo mostraba a un hombre de semblante serio.

—Han interpuesto una denuncia contra ti, Antoine. Te lo explicaré en dos palabras.

Tuvo la impresión de que el espejo se movía, como si una onda sísmica hubiese alcanzado a La Petite Pagode, y apenas pudo prestar atención a las explicaciones de Charlie. Se enteró solo de lo fundamental. Había una declaración contra él, formulada por Julián. El administrador tenía razones para pensar que había sido precisamente él, el ingeniero jefe de la mina, el autor del sabotaje del laboratorio, con el objetivo claro de neutralizar la acción de los trabajadores y de los sindicatos. Un testigo aseguraba haberlo visto el domingo por la mañana en los aledaños de la mina, sin sus perros. Julián no lo podía asegurar al cien por cien, pero quería hacerlo constar.

—Díselo al coronel Race, Antoine. ¿Tienes coartada? ¿Dónde estuviste la mañana del 9 de mayo?

No tenía que pensarlo. A la vuelta de París, solía pasar el sábado por la noche en La Petite Pagode, y el domingo se quedaba en la cama con Van-Van hasta bien entrada la mañana.

Vio la cara de Charlie en el espejo. Su gesto era burlón. Le llevaba la delantera. Sabía de su relación con Van-Van, y que su coartada era buena. Pero sabía también, y por eso sonreía, que no podía utilizarla. No podía confesar la verdad. A sus colegas de la directiva no les haría ninguna gracia que se difundiese el asunto de La Petite Pagode. Y tampoco a él le convenía. Si había juicio, Van-Van sería llamada a declarar, y el mero hecho de imaginarla en el estrado le provocaba un sudor frío. El abogado no dejaría pasar la ocasión de dar publicidad al asunto, para regocijo de los vecinos de Ugarte y de los trabajadores de la mina, que empezarían a llamarle Van-Van. A veces, Gabacho, a veces, el Cojo y otras veces, Van-Van. Para colmo, no podría acudir a su amigo Pierre Irissou para pedirle consejo. Los católicos radicales simpatizaban con María Magdalena, no con sus clientes.

Empezó a salir de la sala, pero Charlie le agarró del brazo.

—Olvídalo, Antoine. Desde nuestro punto de vista, es lo mejor que puedes hacer. Martín ya está detectado, y nos basta con eso. Dentro de un año o dos, lo detendremos junto a una docena de maoístas como él.

Charlie le habló al espejo.

—Espejito, espejito, ¿hay alguien aquí que desee seguir con el caso?

Se echó a reír.

—El espejo dice que no.

Se dirigieron los dos a la puerta de la sala.

—¿Puedo saber quién es ese falso testigo que dice haberme visto en las proximidades de la mina? ¿Te lo dijo Julián?

—Adivínalo, Antoine.

—Eliseo.

—Bingo. Pero esta gente de Ugarte trabaja en equipo. Y son buenos, mucho mejores que los criminales de las novelas de Agatha Christie. Ojalá pudiera disponer de gente así para la guerra contra los terroristas.

Se sobresaltó al mirar la hora en el reloj. Solo faltaban cuatro minutos para las cinco. Salió del bistró y se puso a caminar por Maréchal Foch, una calle agradable, amplia, con hermosas casas ajardinadas y edificios de cinco o seis plantas que en sus bajos albergaban tiendas y cafés. En aquel momento, después de los chaparrones, estaba desierta, y sus zapatos resonaban en el silencio con dos sonidos diferentes y desacompasados. «¡La música del cojo!», había exclamado en una ocasión un borracho de Ugarte al cruzarse ambos en la calle.

Le resultaba difícil reconocerlo, pero era la verdad. Eliseo lo superaba siempre. *Un homme supérieur.* Lo había humillado durante las huelgas, cuando sabotearon el laboratorio, y lo había vuelto a humillar cuando él azuzó a Louise para que lo atacara. Pero no volvería a ocurrir. Roma no caería por tercera vez. Troy llevaría a cabo el trabajo y Nadia se encargaría de firmar el informe psiquiátrico, su salvoconducto. «No puede ser considerado responsable de sus actos», concluiría el juez en el peor de los casos, si no admitía que Troy se le hubiese escapado sin querer.

Había, con todo, una cuestión que le preocupaba. ¿Conocería el juez el caso de David Berkowitz? Un *serial killer,* el tal Berkowitz. Había matado a cinco o seis jóvenes en Nueva York sin motivo alguno, y luego se había declarado inocente ante el juez alegando haber actuado a las órdenes de un perro llamado Harvey, que lo empujaba a matar en nombre de Lucifer. Él había urdido su plan contra Eliseo después de leer un artículo sobre el caso en una revista estadounidense. Le echaría la culpa a Troy, igual que había hecho Berkowitz con Harvey. Naturalmente, existía un riesgo. Alguien podría traer a colación el caso durante el juicio. Pero no era probable. Muy poca gente en España era capaz de leer en inglés.

Un hombre le hacía gestos desde la puerta de un café. Llevaba la melena recogida en una coleta, y le costó unos segundos reconocerlo. Era el conductor del Peugeot 504, el *beatnik.* Tenía un paquete de Gitanes en la mano y le saludaba agitándolo en el aire: por fin había conseguido tabaco. Él respondió con un movimiento de cabeza y siguió adelante. Tenía a la vista la casa donde Nadia pasaba consulta, un pequeño chalé sin jardín.

Encontró la consulta muy cambiada. El flexo del escritorio y los focos incrustados en el techo estaban encendidos, no así la lámpara de pie. En las paredes que en anteriores sesiones habían permanecido en semipenumbra destacaban ahora unos cuantos cuadros, todos ellos abstractos, según le pareció en un rápido vistazo. Tras un titubeo, dejó el paraguas junto a la puerta y se dirigió a su butaca de siempre, pero sin llegar a sentarse. Nadia no estaba en ese lado, sino entre la ventana de tres hojas y el escritorio, de pie.

—Siéntese delante de mí, por favor —dijo. Tenía la pluma Montblanc en la mano, y la dejó sobre el escritorio.

Los números verdes del reloj digital marcaban las cinco y dos minutos, 17:02.

Llamaron discretamente a la puerta y entró un hombre en la consulta. Era el *beatnik* del Peugeot 504. Seguía con el paquete de Gitanes en la mano. Lo dejó junto a la Montblanc. Nadia lo apartó.

—No le permito fumar en la consulta —dijo. Por primera vez aquella tarde, asomó en su cara la sonrisa de Raísa Gorbachova—. Es Christian, un amigo mío. Le he prometido que la reunión será breve y que podrá salir enseguida a tomarse su dosis de nicotina.

El hombre se sentó a la izquierda de Antoine. Visto de cerca, era de complexión musculosa. Un atleta. No tendría cuarenta años.

—Dicen que la nicotina estimula el cerebro —dijo él, acordándose de Charlie.

El color de los estores de la ventana era en ese momento de un blanco sucio, y la cabeza de Nadia se perfilaba sobre aquel fondo con nitidez, como en un retrato. El

255

beatnik tenía un pequeño tatuaje, una estrella, entre el dedo pulgar y la muñeca de la mano derecha.

Nadia no dejaba de mirarle. Notaba en ella algo extraño.

—Antoine, se lo voy a decir sin rodeos. Me da usted un poco de miedo. Por eso está Christian aquí.

El *beatnik* le saludó a la manera de los judocas. Él pensó que no estaba haciendo teatro, que probablemente era un judoca. En cambio, Nadia era una farsante. En sus ojos no había miedo. Miraban como los de un gato.

—Se han invertido los papeles, por lo que se ve. Usted habla y yo escucho. No me parece muy correcto.

—No estamos en una sesión. No tendrá que pagar.

—Le repito, no es correcto.

Se revolvió en el asiento, como si un aumento de la electricidad de su cuerpo le hubiera provocado una sacudida.

—En cualquier caso, me alegro —añadió enderezándose—. Así podré gastarme los doscientos francos con una prostituta. Mi favorita es Van-Van.

La respuesta del *beatnik* fue inmediata:

—Me parece normal que frecuente los prostíbulos, señor.

Le estaba llamando cojo. Los hombres que, como él, padecían un defecto o una minusvalía morían sin llegar a conocer el amor sincero de una mujer. La historia del jorobado de Notre Dame mentía. Quasimodo y Esmeralda no se habían abrazado, ni siquiera en la hora de la muerte. Todas las Esmeraldas de Quasimodo eran en realidad Van-Vans.

Faltaba Troy en la consulta para responder a semejante burla. No llegaría lejos el *beatnik,* si pretendía neutralizar con movimientos de judo el ataque de un dóberman bien adiestrado.

Nadia estaba hablando. Explicaba algo acerca de los principios básicos del psicoanálisis. Él no puso atención. Se acababa de dar cuenta de que la mujer se había teñido el pelo de un negro intenso. Por eso la había encontrado extraña esa tarde. Miró atrás, a la estantería. Los números verdes del reloj digital marcaban las cinco y ocho, 17:08.

—Acabaré enseguida, Antoine.

—Resuma, por favor.

—Está bien. Seré breve: no ha hecho más que mentir desde la primera vez que vino a esta consulta. Al principio no sospeché nada y, lo confieso, sus reflexiones en torno a la piel de serpiente me causaron impresión. Me parecieron significativas. Pero empecé a tener dudas. Sus lágrimas me parecían excesivas. Sus ahogos, eso de que el aire de sus pulmones aumentara o disminuyera según las emociones, se me hacían raros. Y cuando me hablaba de sus perros Louise y Troy, sus frases sonaban a ejercicios de declamación. Antes de seguir, permítame una pregunta, Antoine: ¿qué es una «precipitación» para un químico?

Asomó a su cara la sonrisa de Raísa Gorbachova. El *beatnik* permanecía con los brazos cruzados, inmóvil.

Él no dijo nada. La mujer hojeaba su libreta.

—En la segunda sesión, estaba usted hablando de la piel de serpiente y de pronto declamó: «La cabeza de Juan Bautista habría encajado perfectamente en la calva de la piedra». Eso me recordó la historia de Salomé, tal como le dije. En ese momento, yo solo pensaba en el fragmento de la Biblia. Pero resulta que en la siguiente sesión pronunció usted otra frase: «El que deja Roma pierde Roma». Me gustó, y se la repetí a un amigo que es director de teatro...

Como en una presentación, tendió una mano hacia el hombre. Parecía una Raísa Gorbachova feliz. Se disponía a mostrar su carta, el triunfo.

El hombre sacó un cigarrillo del paquete de Gitanes. Lo sujetó entre el dedo índice y el corazón, como si fuera a fumar, pero sin encenderlo.

—Nadia lo plagió a usted después de, digámoslo así, una escena íntima, y a mí me chocó. Le dije: ¿de dónde has sacado esa frase?, ¿has interpretado alguna vez el papel de Salomé? Ella dijo: ¿qué Salomé? Y yo: eso de que quien deja

Roma pierde Roma lo dice Herodes en la obra *Salomé* del gran Oscar Wilde...

Movía muy bien los dedos, trazando dibujos en el aire con el cigarrillo. Estaba orgulloso de tener como amante a una mujer como Nadia. O, si no, era un casanova, un hombre que no necesitaba pagar a las chicas estilo Van-Van. Una especie de Charlie. Pero el parecido entre ambos acababa ahí. Christian no era policía, como había pensado al verlo en la consulta. Sabía demasiado de teatro. Charlie conocía a Agatha Christie, y poco más.

Nadia había cogido la Montblanc del escritorio y la hacía girar entre los dedos.

—Entonces se produjo la precipitación, Antoine. Lo vi todo claro. ¡Todos los viernes me convertía en espectadora de una representación teatral! Una vez que caí en la cuenta, todas las piezas encajaron. Solo una de ellas quedó fuera.

—¿Qué papel hacía usted en *Salomé*? —intervino Christian. Nadia no había mentido al presentarlo, era un hombre de teatro.

Mentalmente, recorrió a la inversa el camino que lo había llevado hasta allí, de Maréchal Foch a la avenida Paulmy, de Paulmy, cruzando el parque, a la orilla del Adour. Cien pasos más, y allí estaba el edificio del Théâtre de Bayonne, donde, en los tiempos del grupo de teatro amateur de Dax, había representado *Salomé*. Se vio a sí mismo con barba, el pelo desgreñado, vestido con un hábito harapiento, mientras al otro lado del escenario Pierre Irissou evolucionaba envuelto en dos túnicas de seda, una de color carmesí y otra naranja.

—El de Juan Bautista. El papel de Herodes lo hacía mi amigo Pierre Irissou.

El teatro se servía también de la mentira. De tener parecido con alguien, Pierre lo tenía con Juan Bautista. Era igual de testarudo, no débil y complaciente como Herodes. Sin embargo, si la interpretación era buena, lo que ocurría en el escenario no podía distinguirse de la realidad. Él, en cambio, era mal actor, no interpretaba bien. Ese era el problema.

Volvió la cabeza. Los números verdes del reloj digital marcaban las cinco y diecisiete, 17:17.

—Acabemos de una vez —dijo.

Nadia miró primero a Christian, luego a él.

—La única pieza que queda suelta, el porqué. Al principio pensé que venía a Bayona a hacer algo, algo ilegal, quiero decir, y que acudía a mi consulta para disponer de una coartada. Pero esa hipótesis quedó descartada la primera vez que Christian siguió sus pasos. Pudimos comprobar que venía aquí directamente, y que regresaba a casa de la misma manera. Eso sí, tras pasar la noche en un prostíbulo de Biarritz.

Christian se puso el cigarrillo delante de los ojos y habló como si lo estuviera examinando:

—A no ser que el motivo sea el prostíbulo..., pero no lo creemos así. Lo hemos hablado Nadia y yo, y no nos parece lógico. Hay prostíbulos por todas partes, y además hoy en día no tiene uno que andar a escondidas. Obviamente, a alguna gente le viene bien poder comprar sexo...

Dejó la frase sin acabar, sin extraer la conclusión: «De lo contrario, no podrían tenerlo con nadie».

—Tengo que marcharme —dijo él poniéndose en pie.

Christian se llevó el cigarrillo a los labios y guardó el paquete de Gitanes en el bolsillo del pantalón.

—Por mi parte, le agradezco la oportunidad, Antoine —dijo—. Ha sido un placer interpretar el papel de detective en la vida real. El único apuro lo he pasado hoy, por culpa de la lluvia. No se veía nada. Ni tan siquiera si el coche que tenía delante era un Volvo 760. No he estado seguro hasta que le he obligado a abrir la ventanilla con la excusa del tabaco.

—Tampoco yo tengo mucho que añadir —dijo Nadia—. He estado barajando algunas hipótesis acerca de su comportamiento, pero me ha contado tantas mentiras que no puedo formular un diagnóstico.

Siguió hablando. Repitió varias veces la palabra *narcisismo*. Cuando acabó, se sintió aliviado. No había pronunciado el nombre que más temía: David Berkowitz. Ni Nadia ni Christian conocían la historia de aquel criminal y del perro Harvey.

Antes de coger el paraguas y abandonar la consulta, echó un vistazo al reloj digital. Eran las cinco y veintitrés, 17:23.

5

Se dio una vuelta por la mina, y fue luego hasta la piedra plana donde una vez había visto la piel de serpiente. Seguía cubierta de musgo y líquenes, pero no de hojas muertas; ahora eran verdes, de primavera. La calva rojiza de su superficie se había reducido.

Tenía a su lado a Troy. Gemía una y otra vez, mirándole.

—¡Tranquilo! —le ordenó.

El dóberman bebió un poco de agua en el arroyo y se quedó quieto.

Miró la hora. En su Certina eran las siete menos cuarto de la tarde. Demasiado pronto. Llevaba toda la primavera vigilando los pasos de Eliseo, desde el día en que Rosalía le mostró la primera trucha de la temporada, y sabía que nunca subía antes de las siete y media a aquella especie de piscifactoría que había construido con alambre en el canal. Iba a veces con Paca, su mujer; lo había visto también con uno de los gemelos de Julián, seguramente Luis; pero los domingos siempre subía solo y un poco más tarde que otros días. Mejor que mejor. En la penumbra, corriendo entre los fresnos que bordeaban el canal, Troy sería casi invisible. Eso sí, tendría que acercarse bastante para distinguir la figura de Eliseo. Un problema menor, en cualquier caso. Troy atacaba también a las sombras. Estaba entrenado para ello.

Vio la trucha que le había enseñado Rosalía como si la tuviera delante de los ojos. Medía unos veinte centímetros de longitud y era muy bonita, de un color gris salpicado de motas rosas desde la cola hasta la cabeza. Estaba limpísima sobre la fuente de porcelana blanca, sin rastro de sangre. Rosalía le explicó que Eliseo no las pescaba con anzuelo, sino con un cabo largo que llevaba «un saco de red en una punta».

Rosalía se refería a un salabardo. No le preocupaba. A través de los prismáticos, mientras lo vigilaba, el cabo le había parecido de madera o de plástico. Mientras no fuera de hierro, no había peligro. Eliseo solía pasar unos minutos agachado ante la jaula del canal, retirando la porquería del agua y echando pan a las truchas. Él aprovecharía ese rato para azuzar a Troy y, a partir de ahí, que pasara lo que tuviera que pasar. Sin escopeta, poco podría hacer Eliseo.

Troy volvió a gemir con impaciencia, como si hubiera captado los pensamientos de su dueño. Estaba fuerte. En aquel momento debía de pesar unos cuarenta y cinco kilos, cinco kilos más que su peso habitual.

Era el 6 de abril de 1986, y habían transcurrido casi cinco meses desde su última visita a Bayona. El inesperado desarrollo de la sesión final lo había dejado preocupado. Si Troy hacía mucho daño a Eliseo, sus representaciones ante Nadia podían volverse contra él como un boomerang. En un juicio, serían consideradas un claro indicio de premeditación. No obstante, después de cinco meses, se sentía casi tranquilo. Nadia le había hablado de su caso al *beatnik*, pero no, por lo visto, a la policía. Además, no era probable que la justicia española estableciera contacto con una psiquiatra francesa.

Oyó el gruñido de Troy. Estaba de pie, con la cabeza levantada.

—¿Viene alguien? —preguntó él cogiendo los prismáticos.

Eran dos personas. El anorak de una de ellas era rojo, el de la otra, azul. Montañeros, seguramente. No caminaban por el borde del arroyo ni por el bosque, sino más arriba, cruzando la falda de la montaña, a unos doscientos metros de donde se encontraba él.

—¡Siéntate, Troy! —dijo.

Enfocó los prismáticos y siguió el recorrido de los dos montañeros. Descendían por un sendero, poniéndose de costado y apoyando de vez en cuando la mano en el suelo para superar un desnivel. Uno de ellos, el de azul, se rezagaba un poco. El de rojo le esperaba, y los dos seguían adelante, agarrados de la mano hasta que se topaban con otro desnivel. Eran, probablemente, una pareja de amigos o un matrimonio que volvía a casa tras su paseo dominical por el monte.

El de azul cojeaba. Estaban cada vez más lejos y era difícil saberlo, pero no parecía la forma de cojear de quien acaba de hacerse daño en la rodilla o en el tobillo. Tampoco era una cojera como la suya. Parecía más bien una secuela de la polio. A cada paso, todo su cuerpo se balanceaba como si quisiera recoger algo del suelo. Aun así, conseguía avanzar con bastante rapidez.

Los montañeros continuaron cuesta abajo en dirección al cauce del arroyo, alejándose cada vez más. Pronto se convirtieron en dos manchas oscuras, hasta que desaparecieron del todo. Solo quedó el verdor del paisaje en la imagen de los prismáticos. La hierba cubría los campos de Ugarte, y la mayoría de los árboles habían echado hojas nuevas.

Volvió a mirar la hora. Las siete. Tenía tiempo. Le bastaban veinte minutos para llegar a la jaula del canal. También él era un cojo de paso rápido, como el montañero de azul.

Apoyó el pie en la piedra plana y cruzó al otro lado del arroyo.

—¡Conmigo, Troy!

El perro se situó a su izquierda y los dos se dirigieron camino abajo, bordeando el arroyo. Echaba de menos a Louise. De haber contado con los dos perros, Eliseo no habría tenido escapatoria. Pero no había vuelta atrás.

Nunca había vuelta atrás. Se lo había dicho a Pierre Irissou unos meses antes, en la visita navideña a Trensacq;

a Pierre, y a todos los que habían acudido a la aldea con el propósito de compartir un diálogo espiritual: «Vosotros sois católicos, y creéis en los milagros tanto como los monjes de Belloc. Si corriera el rumor de que la Virgen ha vuelto a aparecer en La Salette o en Lourdes, os sentiríais inclinados a aceptar el hecho. Esa misma inclinación os lleva a creer en el más difícil de todos los milagros posibles: que las personas pueden perdonar. No es así, Pierre. No es así, amigos. Os diré mi verdad. No puedo perdonar a quien me acusó de ser el autor del sabotaje contra la mina y luego mató a Louise».

No mencionó a Eliseo durante la reunión, pero lo tuvo tan presente mientras hablaba que temió que su nombre se dibujara, como una llaga, en la piel de su frente.

—Ven, Toinou. Vayamos a dar un paseo —le había dicho Pierre unos días después. Los participantes en la reunión se habían marchado ya y estaban los dos solos en Trensacq.

Atardecía cuando salieron a dar un paseo, no alrededor del lago, como tenían por costumbre, sino adentrándose en un pinar y recorriendo un camino de tierra hasta llegar a un paraje donde se agrupaban unas colmenas. Eran en total nueve, de diferentes colores: dos azules, tres rosas, otras tres amarillas y la novena, un tanto separada del resto, de cristal. No hacía falta más para que cualquiera que pasara por allí lo tomara por un lugar especial. Se trataba en realidad de un cementerio. Las cenizas de Margarita estaban enterradas bajo aquel suelo. Margarita, la mujer de Pierre, fallecida tres años antes con treinta y siete años.

Pierre sacó una cinta de seda blanca de una pequeña bolsa de cuero que llevaba atada a la cintura, y sustituyó la que ya tenía la colmena de cristal. Era también blanca, pero estaba deslucida y había perdido tersura.

Se le puso enfrente, y tardó unos segundos en hablarle:

—Toinou, no cometas el pecado más grave. La vida es sagrada. ¿Me lo prometes?

Tomó plena conciencia del lugar. Las colmenas de colores, la nueva cinta blanca en el vértice de la de cristal, las flores de alrededor, la negrura del pinar, la oscuridad del día, la noche.

—No hace falta que te lo prometa.

—Nunca te he visto tan deprimido, Toinou.

Emprendieron el regreso, y para cuando llegaron al *ostau* era noche cerrada. El cometa Halley no estaba todavía a la vista, pero se hubiera dicho que solo faltaba aquel astro en el firmamento. Las estrellas, los planetas, los satélites, los asteroides iluminaban el cielo. Pierre, que no había dicho palabra en todo el camino, señaló hacia lo alto y exclamó:

—«*Le pointillement des étoiles...*» ¿Te acuerdas de cómo sigue? Seguro que sí, Toinou. Nadie del grupo de Dax tenía una memoria como la tuya. Yo me acuerdo en parte: «*Au-dessus des étangs, au-dessus des vallées, des montagnes...*».

Recordaba el poema. Invitaba al espíritu a superar todas las pesadas e insoportables penas, los *miasmes morbides,* para elevarse a espacios resplandecientes y serenos. Comprendió de pronto lo que trataba de decirle su amigo. Pierre no había interpretado bien lo que le había estado contando aquellos días o el desánimo que su actitud o su semblante parecían traslucir. Pensaba que su intención era la de suicidarse. A ello se refería al mencionar el pecado más grave. Para Pierre era inconcebible que la idea que había arraigado en su espíritu fuese la del asesinato.

Una batalla se libró en su interior en los meses que siguieron a su visita a Trensacq. Consideró incluso echarse atrás, y que un día, al cabo de los años, le diría a Pierre: «Eres un santo, sin duda. Obraste un milagro conmigo. Alejaste de mí todos los miasmas y pude así abandonar mi propósito de atacar a mi enemigo Eliseo». Sin embargo, los miasmas eran insidiosos, y acabaron persuadiéndolo de que la aprensión de Pierre podría jugar a su favor. No dispondría de un informe psiquiátrico, pero sí del testimonio de un amigo: «Estaba sumido en una depresión, no creo que pueda ser considerado enteramente responsable de sus actos».

Unos ladridos frenéticos lo sacaron de su ensimismamiento. A poca distancia del camino que bajaba al canal había una estación eléctrica, y los perros de vigilancia daban saltos y corrían tras la valla metálica que la cercaba. Troy se puso tenso. Le temblaba el cuerpo.

—¡Quieto, Troy!

Miró por los prismáticos. Eran tres perros, y uno de ellos había logrado salir por un hueco. Era muy pequeño, un chucho, y ladraba de forma irritante.

Agarró del cuello a Troy y lo empujó.

—¡Ataca!

Troy se lanzó corriendo. Él se llevó los prismáticos a los ojos. Al principio, el chucho siguió ladrando; luego, se calló de golpe y se quedó mirando fijamente; al instante siguiente, se precipitaba hacia el hueco. Se salvó por segundos. Troy la emprendió entonces contra los otros dos perros. Pero estaban asimismo a salvo, al otro lado de la valla. La bulla era enorme, cuatro perros ladrando a la vez. De haber habido vecinos en aquella zona de la montaña de Ugarte se habrían asomado a la ventana para ver qué ocurría, pero era un lugar desierto. Solo pasaban por allí los empleados de la estación eléctrica o los montañeros.

—¡Aquí! —gritó. Troy volvió enseguida a su lado.

Eran casi las siete y veinte. Las aguas del arroyo se veían negras; las hojas de los alisos de la orilla, de un verde oscuro; los prados, los arbustos, las rocas del monte, borrosos, como con una veladura de humo. El cielo era una única e inmensa nube gris con grietas azules.

Llegó al punto donde el camino y el arroyo se allanaban. A partir de allí el monte daba paso al valle, y las señales de la intervención humana empezaban a ser abundantes. Se encontró primero con una fuente, luego con una pasarela, más allá con una arboleda de fresnos. La jaula para las truchas estaba situada cien metros más abajo, donde el arroyo se incorporaba al canal. Eliseo debía de estar ya allí con su saco de pan y su salabardo.

Había entre los fresnos numerosas pilas de troncos lo suficientemente altas como para ocultar a una persona. Avanzando con cautela, se parapetó detrás de una que se alzaba a menos de cincuenta metros del inicio del canal. Sintió frío. Había mucha humedad. En el suelo, el musgo era más abundante que la hierba.

El perro olfateaba un amasijo de babosas envuelto en una sustancia viscosa de color naranja. A su alrededor, la capa de musgo estaba perlada de gotas de agua.

—¡Troy, aquí!

El perro se colocó a su lado, pero sin sentarse. Estaba alerta.

Cuando volvió a mirar por los prismáticos, vio en el camino a los dos montañeros, el del anorak azul y el del anorak rojo, y a la misma altura, al otro lado del canal, a Eliseo. A juzgar por sus gestos, les indicaba una dirección. Había que esperar un poco.

—¡Tumbado, Troy!

También él adoptó una postura de descanso, de rodillas, cerca del amasijo de babosas. Se acordó de Van-Van. También ella se ponía de rodillas delante de él. Una pulsión sexual le recorrió el cuerpo.

Troy se levantó súbitamente. Oía algo. Él se puso de pie y se llevó los prismáticos a los ojos. Agachado ante la jaula del canal, Eliseo removía el agua con un palo. No era el mango de un salabardo, era más grueso.

Troy empezó a gruñir. Había localizado a Eliseo. La tensión provocaba espasmos en sus músculos.

—¡Junto! —le ordenó en voz baja. El perro se le puso al lado.

Intentó obtener una visión más precisa de la orilla del canal girando la ruedecilla de los prismáticos, pero los dedos no le respondieron y solo consiguió desenfocar la imagen. El segundo intento empeoró las cosas: la imagen se desbarató y en su lugar apareció una mancha entre verde y negra. Respiró hondo y giró la rueda milímetro a milímetro. Al final, apareció la pared del canal. Allí no se veía el agua, pero sí más arriba, en el arroyo. Recogía el último sol de la tarde y parecía llena de espejitos.

Pensó primero que el objeto que manejaba Eliseo era un remo. Así lo levantaba, como un remero. Pero no, se trataba de una pala de horno de las que utilizaban en la panadería. Vio cómo la dejaba tendida sobre la pared del canal.

Agarró del cuello a Troy y lo impulsó hacia delante.

—¡Ataca!

Fue tal la rapidez con la que Troy se lanzó hacia Eliseo que para cuando miró por los prismáticos la escena se había transformado. Pero no en el sentido que esperaba. Las lentes no le mostraron la imagen de una persona derribada tratando de defenderse, sino la de Troy ladrando al borde del canal y Eliseo metido en la jaula, arrojando puñados de agua fuera.

Se quitó los prismáticos de los ojos. Troy no se zambulliría para alcanzar a su presa. Lo habían adiestrado para no hacerlo. Un perro no podía pelear en el agua.

Volvió a utilizar los prismáticos. Exasperado, Troy la emprendía a dentelladas entre los fresnos, mientras Eliseo seguía arrojándole agua. Pero no se trataba solo de líquido, unas manchas plateadas refulgían en la penumbra. Eran truchas, y Troy se volvía loco al verlas agitándose en el suelo. No cejaría hasta destriparlas todas.

Cuando volvió a enfocar la jaula, Eliseo no se encontraba ya allí. Había superado la barrera de alambre para meterse en la corriente del canal. Imaginó la siguiente escena: Eliseo fuera del agua, en el camino, huyendo hacia la panadería, y Troy cruzando el arroyo por donde menos agua había y alcanzándolo por detrás.

Los prismáticos volvieron a mostrarle una escena no deseada: Eliseo encaramado a la pared del canal, pero no por el lado del camino, para huir, sino por el otro, por el de los fresnos. Extendía el brazo para hacerse con la pala. Troy seguía peleando con las truchas.

Él abandonó el amparo de la pila de troncos y, avanzando de un árbol a otro, se acercó al canal. Respiraba con dificultad.

Ahora podía ver a simple vista lo que sucedía. Eliseo se dejaba llevar por la corriente, apoyándose en la pared para tomar impulso y desplazándose un par de metros cada vez. Hacía algo con la pala de horno. Los prismáticos le permitieron ver de qué se trataba: agarrándola al revés, daba pequeños golpes en el morro a Troy con la punta del mango.

—¡Junto! —gritó.

Troy no obedeció. Los golpes lo tenían desquiciado. Estaba a merced de Eliseo. Cuando este avanzaba en el canal, el perro le seguía por la orilla; cuando se detenía, el perro hacía lo mismo.

—¡Junto!

Fuera de sí, Troy echó a correr hacia el interior del bosque, alejándose del canal.

—¡Junto!

Esta vez obedeció. Acudió donde él y se acurrucó en el suelo. Tenía sangre en todo el contorno de la boca. Comprendió el empeño de Eliseo: había logrado al fin que Troy mordiera el mango de la pala, y en ese momento se lo había metido hasta la garganta.

—Vámonos de aquí, Troy. Hemos vuelto a perder.

El perro emitió una tos y echó sangre por la boca. Luego se levantó y se puso a caminar con paso tambaleante.

Buscó a Eliseo con los prismáticos. Se desplazaba canal abajo nadando. Al llegar al punto donde estaban los peldaños de piedra salió al camino. Se le acercaron los montañeros, el del anorak rojo apresuradamente. Eliseo señaló hacia arriba, hacia donde estaba él. Entonces, como si le hubieran quitado una traba que le obstruía los oídos, empezó a oír ruidos: la confusa conversación entre el montañero y Eliseo, el grito de alguien llamando desde la panadería, ladridos de perros que llegaban de la estación eléctrica.

Troy bebía agua en el arroyo. Tendría algunos dientes rotos, alguna herida en el paladar, pero podía utilizar la lengua. Un perro con la lengua dañada evitaba el agua.

—Nos vamos a Trensacq esta misma noche. Allí te curaremos.

Se dirigió hacia el monte, seguido por Troy. Rodearían la panadería y llegarían a Villa Chantal antes de que anocheciera.

El accidente de Luis

2012

Sucedió el segundo domingo del mes de agosto de 2012, hacia las seis de la tarde, a escasos metros de una playa de la costa vasca. El conductor de la furgoneta aceleró justo en el momento en que el semáforo iba a cambiar de naranja a rojo y atropelló a una joven que cruzaba el paso de cebra diez metros más adelante. Asustado, dio un giro brusco al volante, y el vehículo invadió la acera del otro lado de la carretera. Un instante más y había impactado de lleno contra un castaño de Indias. Un puñado de hojas cayó del árbol al suelo.

Consiguió apartar la tabla de surf que se le había venido encima y, tras salir a rastras de la furgoneta, recorrió un par de metros gateando. Se detuvo, se sentó de costado y miró alrededor. Había un capazo de rafia en medio del paso de cebra, y al lado una toalla de color turquesa. La joven estaba un poco más allá, inmóvil. Iba vestida con ropa de playa, con un ligero vestido de rayas blancas y azules. A unos cinco metros, fuera del paso de cebra, se veía una chancleta y, junto a ella, una cartera negra que brillaba al sol.

Se palpó el cuerpo, miembro a miembro, como lo haría un médico. En la cabeza no parecía tener sangre, aunque sí un entumecimiento en la parte de atrás, como si le hubieran anestesiado el cuero cabelludo. Notaba un escozor en las piernas, sobre todo en las rodillas, llenas de rozaduras; pero lo que más le dolía era el costado derecho. Tenía seguramente una herida, y las gotas de sangre que manchaban sus zapatillas blancas procedían de ella; pero llevaba un niqui de color granate y a simple vista no se notaba nada.

Empezó a oír ruidos. Era la radio de su furgoneta, que seguía funcionando: «¡Y ahora, la *boy band* One Direction! ¡La canción que suena en todas nuestras playas! "What Makes You Beautiful", "Lo que te hace bella"».

El locutor repitió la última palabra, bella-bella-bella-bella..., con menor intensidad cada vez, como si simulara el eco, al tiempo que se propagaban en el aire las primeras notas de la canción.

«¡One Direction!»

El grito final del locutor se confundió con otra voz que chillaba:

—¡La chica! ¡La chica!

Fue siguiendo la letra de la canción, «*you are insecure, don't know what for...*» ¿Por qué le gustaría a Susana? Llevaban tres meses juntos, tres meses desde que se acostaron por primera vez. En la cama, Susana siempre hacía el mismo chiste: «No soy la casta, soy la otra». A Susana le gustaba mucho la música destinada a un público veinte años más joven que ella, y ese verano se volvía loca con la de One Direction. No sabía muy bien por qué. *You are insecure... Insecure?* Susana era una mujer muy segura de sí misma.

Una sensación de extrañeza le hizo abrir los ojos, y extendió el brazo para coger el teléfono. Pero no estaba sentado en el sofá de su casa, sino en el asiento trasero de un coche que no conocía. Tampoco conocía al conductor.

—¿Dónde está mi tabla de surf? ¿Adónde vamos?

El conductor miró atrás por encima del hombro. En su rostro carnoso los ojos eran diminutos y la nariz, aplastada como la de un boxeador. Su voz sonó áspera:

—¿Adónde quieres que vayamos? ¡Al hospital! El servicio de urgencias está saturado y me han llamado a mí. ¡A ver si espabilas!

Dejaron la carretera local y se incorporaron a la autopista. Al pasar por una fábrica de Coca-Cola volvió a acordarse de Susana. A Susana le gustaba la Coca-Cola. Los días de calor se bebía tres o cuatro.

—Sabes lo que acabas de hacer, ¿verdad?

—He tenido un accidente —dijo él.

—¡Has matado a una chica! ¡Eso es lo que acabas de hacer!

—Y tú ¿quién eres?

—¿Yo? ¡El dueño de este taxi!

Le hablaba a voces, como si él estuviera en otro vehículo, no en el asiento de atrás.

Salieron de la autopista y enfilaron una calle flanqueada por árboles, luego una cuesta que llevaba a un pequeño alto. Se les presentó a la vista, enseguida, una iglesia de torre puntiaguda, y, quinientos metros más adelante, una mole de cemento, el hospital.

Sus pantalones cortos, de color blanco, tenían una mancha, una especie de lombriz roja que salía de debajo del cinturón. Se tocó el niqui y notó que las yemas de los dedos se le mojaban. Tenía sangre en algún punto del costado derecho.

El taxista continuó conduciendo hasta la entrada de urgencias y detuvo el coche delante de la puerta. Antes de parar el motor y bajarse, tuvo un detalle amable con él. Encendió la radio.

—Voy a por un celador. Vengo enseguida.

En la radio del taxi sonaba otra emisora. El locutor anunció la canción que iba a poner en un tono casi íntimo: «Adele, "This Is the End"».

Se dejó llevar por la melodía y el fuerte dolor del costado pareció remitir; pero, al tomar conciencia de lo que decía la cantante, *«this is the end, hold your breath and count to ten»*, «esto es el fin, aguanta la respiración y cuenta hasta diez», sintió miedo, y volvió a palparse la herida. Estaba sangrando, no cabía duda. Se acordó de otra de las frases de Susana: «Siento un miedo devorador a ser devorada». Susana se partía de risa con sus citas. En cambio a él, en aquel momento, el miedo le producía frío. O quizás era al revés: el frío que sentía en el cuerpo contagiaba sus pensamientos.

El taxista apareció en la entrada de urgencias. Se acercó al coche y abrió la puerta de atrás.

—Antes me he equivocado. La chica está viva todavía —dijo.

La nariz aplastada le impedía pronunciar las palabras con nitidez. Lo que él oyó en realidad fue «*La chica ta viva botadía*». Estuvo a punto de echarse a reír, pero, al instante, al hacerse cargo de las implicaciones de la noticia, se puso a llorar. «¡Menos mal que Dios no le ha retirado su manto!», exclamó. Era una expresión de su madre que él jamás habría utilizado en presencia de Susana, pero que seguía viva en algún pliegue de su memoria. Miró al taxista. Guardaba un parecido innegable con su madre. Solo con enderezarle la nariz y pulirle un poco las mejillas, parecería un hermano de su madre, o su madre una hermana del taxista.

Los pensamientos se le enredaban.

—¿Estás bien? —preguntó un hombre metiendo la cabeza en el interior del vehículo.

Llevaba el uniforme gris claro de los celadores y era muy corpulento. Calculó que le faltarían tres o cuatro centímetros para llegar a los dos metros de altura, y que su peso rondaría los ciento cinco kilos. ¿Estaría realmente su peso en función de su altura? Le pareció, de pronto, un asunto de gran importancia.

—¿Estás bien? —repitió el celador—. ¿Puedes moverte?

Tenía una voz bonita. Parecida a la de Adele, aunque algo más grave. Él asintió a la pregunta y empezó a salir del coche. El dolor del costado le cortó la respiración.

—¿Seguro que puedes moverte?

—Despacito sí. Creo que sí.

El celador le pasó el brazo izquierdo por detrás de la espalda, mientras con el derecho le rodeaba la cintura. Él hizo un gesto de dolor. El celador aligeró la presión que estaba ejerciendo con los brazos.

—¿Ahora? ¿Te duele?

—Un poco en la parte de atrás de la cabeza, y otro poco en el costado. Sigamos con la operación salida, si se me permite la expresión.

—Échame una mano, por favor —dijo el celador al taxista.

Lo tumbaron en una camilla. Los hombros y los brazos del taxista eran vigorosos.

—Tienes toda la pinta de un boxeador —dijo él—. En parte te pareces a mi madre y en parte, a Durán Mano de Piedra.

El taxista sonrió. Incluso se rio un poco. Su humor parecía haber mejorado.

Él siguió hablándole:

—¿Viste la pelea entre Durán Mano de Piedra y Sugar Ray Leonard? El mejor boxeo que se haya visto nunca. Sin quitarle nada al combate de Mohamed Ali y Foreman, que fue también sensacional.

El taxista desplegó una sonrisa aún más amplia y movió la cabeza afirmativamente. En otras circunstancias se habría quedado allí charlando.

—Al menos no lo has manchado de sangre —dijo tras examinar el asiento de atrás. *«Al nenos no has nanchado de sange.»*

Fue hasta la puerta delantera y apagó la radio, interrumpiendo la pieza de jazz que estaba sonando en ese momento.

—¡Que vaya todo bien! —se despidió. *«Que faia dodo bien.»*

El celador se puso en marcha, empujando la camilla a través de la zona de recepción de urgencias y por un pasillo, hasta meterla en un box.

—¿Cómo se llama la chica? ¿Lo sabes? —preguntó él.

El celador lo ayudó a pasar de la camilla a la cama y corrió la cortina de plástico. Negativo, no lo sabía.

—No la he atendido yo. Ya te lo diré luego. Ahora está en el quirófano.

Vino una enfermera, una chica joven. Tenía el pelo rizado y rubio. El rubio era teñido, artificial. Pero los rizos parecían naturales. Guardaba cierto parecido con Susana, sobre todo en la forma de mirar. Lo hacía con franqueza, incluso con descaro.

—¿Dónde te duele? —le preguntó sin mediar saludo.

De pequeño, su madre solía hacerle la misma pregunta cuando se ponía enfermo, dónde te duele. Pero en otro tono. La enfermera debía de ser una persona dura. También Susana lo era, a su manera; o, más que dura, alocada. Una chica de anuncio de Coca-Cola, pero con una experiencia vital que no se advertía en las chicas y los chicos Coca-Cola, que parecían anclados para siempre en su fase infantil, como Michael Jackson. Pero no se les podía pedir otra cosa. Eran muy jóvenes, no tendrían más de veinte años. En cambio Susana cumpliría cuarenta y dos a finales de verano.

—Estás ido —le dijo la enfermera. Adelantó una mano y chasqueó los dedos—. ¿Me vas a contestar? ¿Dónde te duele?

—Aquí, y un poco aquí —respondió llevándose la mano primero al costado derecho y luego a la parte posterior de la cabeza.

La enfermera le subió el niqui granate desde la cintura hasta el cuello y empezó a palparle, presionando sobre determinados huesos y órganos.

—¿Aquí? ¿Te duele aquí?

Él le iba informando escuetamente: «Un poco», «un poco más», «ahí bastante», «ahí no».

—Puede que el médico tarde un poco. Hoy estamos a tope.

—Esperaré.

Cuando se marchó la enfermera le vino a la cabeza el capazo de rafia de la chica, y vio la toalla azul turquesa caída en el suelo como si la tuviera delante de los ojos. Luego, la cartera. Era tan negra que en el momento del accidente le había parecido un manchón de galipote, pero no podía ser, porque tenía brillo, y el galipote solo brillaba cuando estaba muy caliente. Se preguntó si los plásticos se barnizaban, porque la cartera aquella tenía toda la pinta de estar barnizada. Él era profesor de Educación Física y no podía saberlo, pero cuando volviera al instituto lo consultaría con los del departamento de Química.

La enfermera estaba nuevamente a su lado. Le traía una pastilla.

—Tienes que tomártela sin agua. La tragas y punto.

—¿Ha acabado ya la operación de la chica?

La enfermera esperó a que se tragara la pastilla antes de responder.

—¿Te refieres a la chica a la que han atropellado esta tarde? Seguro que no. Me ha dicho una compañera que iba a ser una intervención larga.

No había en su rostro ni un atisbo de sonrisa, y con aquella expresión adusta se parecía aún más a Susana. Pero Susana solo se ponía así de vez en cuando. Por lo general solía mostrarse contenta y se reía por nada, sobre todo cuando fumaba marihuana.

Se presentó el celador y estuvo hablando con la enfermera sobre un paciente que acababa de trasladar a otro box. Luego se dirigió a él.

—La chica se llama Susana.

Era increíble, y durante unos segundos no supo qué decir. La chica a la que había atropellado y su pareja se llamaban igual. ¿Cómo las iba a distinguir? Pensó un rato más, y decidió que a su pareja la llamaría Susana Uno y a la del accidente, Susana Dos.

—No puedo decirte nada más, pero lo del nombre es importante —añadió el celador—. Es bueno poner nombre a la gente. Susana.

—Susana Dos, si no te importa —precisó él volviendo la cabeza hacia la enfermera. Pero ya se había marchado de su lado, por lo que no pudo seguir calculando el alcance de su parecido con Susana, con Susana Uno. En el caso de que fuera grande, de que continuara siendo grande, la llamaría Susana Tres.

El celador lo estaba observando. Era realmente un hombretón. Ahora le parecía más alto y más robusto que cuando le había ayudado a salir del taxi. ¿Cuánto mediría? ¿Dos metros y diez centímetros? ¿Y de peso? ¿Ciento veinte kilos?

—El médico debería haber venido ya, pero hoy estamos desbordados. Es lo que tiene el mes de agosto: mogollón de gente en la costa, mogollón de incidencias. A la gente le encantan las olas de la playa. Y a ti también, por lo que veo.

El celador leía un impreso, sin duda alguna su ficha de paciente.

—A un surfista no le puedes quitar las olas —dijo él—. ¿Qué sería un surfista sin olas? Como un pistolero sin pistola. O algo así.

—¿A quién se le ocurre llevar la tabla de surf en la furgoneta sin sujeción? —se preguntó el celador, que seguía con la lectura de la ficha—. Eso no está nada bien.

Era innegable, su voz sonaba como la de Adele, y seguramente era capaz de cantar como ella, o si no, con su corpulencia, como Demis Roussos. También era verdad que con sus dos metros diez y sus ciento veinte kilos habría podido hacer carrera como jugador de baloncesto. Pau Gasol era algo más alto, dos metros catorce, y más delgado, pero eso no quería decir mucho. El celador poseía un físico ideal para triunfar en el baloncesto.

Le hubiese gustado comunicarle sus pensamientos, pero le daba pereza. Se limitó a hacerle una pregunta:

—¿Cómo te llamas? Todavía no nos hemos presentado.

El celador le mostró la pulsera dorada que llevaba en la muñeca y le leyó lo que ponía sílaba a sílaba, como a un niño:

—Car-me-lo. Y tú Luis, ¿verdad? Lo pone en la ficha.

—De niño me llamaba así, pero ahora por lo general me llaman Lucky. Desde que empecé a salir con Susana Uno soy también Tuco. Dice Susana Uno que no me parezco en nada a Lucky Luke, y que en cambio a Tuco un montón. Ya sabes, Tuco, uno de los protagonistas de *El bueno, el feo y el malo*. Concretamente, el Feo.

Las palabras se le resbalaban de los labios, como cuando fumaba marihuana. Quiso reír, pero no consiguió abrir la boca.

—Mi ex me llamaba Luisillo. Una manía horrible. Por eso me divorcié —añadió.

—Lo entiendo —dijo el celador.

Entró la enfermera en el box, y con ella un médico que tenía un físico muy parecido al de Usain Bolt. Era idéntico, solo que un poco más blanco y más bajo. Quizás fuera atleta, además de médico, aunque no un corredor de cien metros. Hacía falta peso para correr distancias cortas a toda velocidad; peso y una fuerza tremenda. Le irían mejor las distancias medias, mil quinientos y cinco mil.

—¿Viste la carrera de cien metros la semana pasada? —le preguntó—. Usain Bolt, medalla de oro. Yohan Blake, de plata. Ambos jamaicanos. Y el tercero, Justin Gatlin, estadounidense.

—He seguido las Olimpiadas, pero no me quedo con los nombres como tú. Solo con el de Usain Bolt —dijo el médico. Le puso una luz, una pequeña linterna, primero delante de un ojo, luego del otro.

La enfermera hizo un gesto de hartazgo.

—Yo también me he aprendido el nombre de Usain Bolt. ¡Qué remedio! Todo el mundo habla de él.

—No te enfades por eso —dijo él.

Le hubiera gustado explicarle que, siendo como era profesor de Educación Física, la información deportiva formaba parte de su preparación, y que por eso seguía no solo los cien metros y otras pruebas estrella, sino también otros deportes que no interesaban a nadie, como por ejemplo el voleibol o, más concretamente, el voley playa. En las Olimpiadas de Londres, Alemania acababa de hacerse con la medalla de oro en esa modalidad, lo cual, pensándolo bien, era una anomalía, o más bien una paradoja, porque a nadie le entraba en la cabeza que el equipo de una nación con unas playas tan inhóspitas se impusiera al de Brasil.

Le costaba, sin embargo, ordenar tantas ideas, y las resumió brevemente:

—Brasil, medalla de plata.

El médico había apagado la linterna y se la había metido en el bolsillo de la bata. Pero no lo dejaba en paz: mueve el brazo hacia aquí, ahora hacia allí, ahora hacia arriba, tócate la punta de la nariz con el dedo índice, dobla las rodillas. Cuando se le acabó la retahíla comenzó a examinarle la cabeza. Luego, desapareció de repente del box, igual que la enfermera, y apareció en su lugar el celador.

—Nos vamos para abajo, Lucky —dijo quitándole el freno a la cama.

La cama se desplazó hacia delante, pero también hacia arriba y hacia abajo, como una chalupa a merced de las olas.

—Tuco, no Lucky. Mejor si me llamas Tuco. Vamos a hacerle caso a Susana Uno.

—Como quieras —dijo el celador sin dejar de empujar la cama—. Pero no sé qué pensaría yo si mi pareja me encasquetara el nombre del Feo. Preferiría ser el Malo. Es más guapo.

—Tengo que reconocerlo. Lee Van Cleef es más guapo.

Se encontraban delante de la puerta del ascensor y el celador esperó a que se abriera. Su parecido con Demis Roussos era en ese momento total, si bien su voz seguía siendo igual que la de Adele.

—¿Y qué me dices del Bueno, Demis? —preguntó él—. Ese sí que es guapo. Clint Eastwood. Además, ¡cómo maneja el revólver!

El celador silbó el tema musical de *El bueno, el feo y el malo: fufifufifuuu-fuuufuuufuuu, fufifufifuuu-fuuufuuufuuu...*

—¡Lo haces mejor que el de la película, Demis! —se sorprendió él, y quiso subrayar su opinión levantando el dedo índice. Pero no consiguió sacar el brazo de debajo de la sábana.

—Mi padre era pastor. Él me enseñó a silbar.

El celador empujó la cama al interior del ascensor. De pronto, el movimiento se hizo trepidante, traca-traca, traca-traca, como si hubieran entrado en el vagón de un tren antiguo. Esperó un poco antes de continuar.

—Pues el Bueno me recuerda a mi padre. Fumaba unos puritos de la marca Monterrey.

Quiso precisar que los puritos Monterrey los fumaba su padre, no el Bueno, que él supiera. Los del Bueno le parecían a él más cortos, dado que solo asomaban dos o tres centímetros cuando los sujetaba entre los dientes; pero no estaba para entrar en detalles.

—Yo, por mi parte, solo fumo marihuana, más o menos una vez a la semana —continuó—. Nada más. Un profesor de Educación Física debe cuidarse. Si no, se pone a jugar al voleibol con los alumnos y acaba hecho polvo.

Le vino a la cabeza un recuerdo.

—Hace muy poco fui a sacar unas cosas de mi casa natal con Martín. Con mi hermano gemelo, quiero decir. Porque tengo un hermano gemelo. Desde siempre.

Calló un momento. El «desde siempre» sobraba. Los gemelos no se convertían en hermanos a partir de los cinco años. Lo eran de nacimiento.

—No te lo vas a creer —prosiguió—. Abrimos un libro de la estantería y todavía conservaba el olor de los puritos Monterrey. Y eso que hace más de diez años que no vive nadie allí. ¡Fíjate!

Se abrió la puerta del ascensor y el celador empujó la cama por un pasillo.

—¿Cómo se llamaba ese libro de tu padre?

—*El pistolero que debía morir.* Una historia del Oeste. A mi padre le gustaban esas novelitas de pistoleros. Y a mí también, no te voy a decir que no. A mi hermano gemelo, en cambio, no le gustan. Él ha estado siempre muy politizado, y dice que esas novelas disimulan las masacres de indios perpetradas por los blancos en el Oeste. Seguro que tiene razón, pero yo no dejo de leerlas. También veo las películas.

—No todas son tan buenas como *El bueno, el feo y el malo.* A mí me encantó esa película.

El celador silbó de nuevo el tema musical: *fufifufifuuu-fuuufuuufuuu, fufifufifuuu-fuuufuuufuuu...* Él quiso imitarle, pero no consiguió alargar suficientemente los labios.

Vio acercarse a él una figura más bien flaca. Su apariencia le recordó al Malo. Traía algo en la mano, un objeto metálico alargado. Aguzó la vista. No tuvo duda: era el cañón de un revólver Colt.

—Un paso más y te pego un tiro, Malo. ¿No ves quién soy?

—¿Quién eres? —preguntó el celador.

Él oía la voz, pero no podía verle la cara.

—¡Tuco! —dijo.

Se llevó la mano al costado. Pero su pistola no estaba allí. Además, sintió dolor al tocarse esa zona del cuerpo.

La figura flaca se le acercó más.

—Dispara, Malo —dijo él—. Acaba conmigo ahora que puedes. Si no lo haces, no cejaré hasta meterte una bala en la frente. Aunque te escondas en el último agujero del mundo, te encontraré.

—Tranquilo, estás en la peluquería —dijo el celador invisible, obligándole a tumbarse—. Este hombre solo pretende cortarte el pelo, y lo que lleva en la mano no es un revólver, es un rasurador eléctrico.

—No trates de engañarme —dijo él—. Un pistolero no se hace peluquero de la noche a la mañana. Ni aun habiendo pasado por la cárcel. La cárcel no cambia a nadie. Tampoco cambió a mi hermano Martín. Salió de allí con las mismas ideas que cuando entró.

—En este caso salió transformado en un peluquero de verdad. No muevas la cabeza y déjale hacer su trabajo —dijo la voz del celador.

—Entonces, que sea un servicio completo. Corte de cabello y barba. Tampoco me vendría mal un baño. El Bueno me dejó tirado en el desierto y llevo días caminando bajo un sol abrasador. Tengo arena hasta en los calzoncillos.

—El Bueno no habría hecho algo así de no haberle jugado tú antes una mala pasada —repuso la voz del celador.

—Ten cuidado con lo que dices —dijo él.

Un ruido sordo que venía de la calle le hizo mirar por la ventana. Eran caballos, soldados. Una columna del Ejército Confederado atravesaba la calle mayor del pueblo con sus cañones y sus fusiles, batiéndose en retirada tras haber perdido los territorios del Misisipi frente a los yanquis. Eran miles de hombres, miles de soldados con uniformes sucios y botas estropeadas por la arena del desierto, con gorras de color gris y amarillo empapadas en sudor. ¡Qué bonitas eran las gorras de color gris y amarillo! En casa de sus padres había aparecido una que había sido de Elías, un amigo de la infancia que ahora vivía en Estados Unidos. ¿Qué tal le iría a Elías entre confederados y yanquis? ¿Habría tenido algún otro episodio de mudez? En ese caso, nada mejor que subir a la parte alta del canal de Ugarte y esperar a que viniera un jabalí. Se lo tenía que advertir, pero no sabía su dirección, solo que daba clases en la universidad y que vivía en Austin, Texas. Pero ¿dónde?, ¿en qué calle, exactamente? Seguro que su hermano lo sabía, porque Martín había seguido en contacto con él. Pero ¿para qué tanta pregunta? Todas quedaban en el aire, tenía la cabeza un poco tonta.

El ruido sordo de los caballos y de los soldados del Ejército Confederado cesó de repente para dar paso a una conversación. Se vio rodeado por tres hombres, tres sujetos enmascarados. Uno de ellos le acercaba una luz intensa a los ojos. ¿Forajidos de Carson City?

Un coronel del Ejército Unionista se puso a gritar a los enmascarados. Estaba tumbado en un catre, al parecer sin poder moverse.

—¡Los que luchamos a favor del presidente Lincoln respetamos al enemigo! ¡No lo torturamos! Su comportamiento es inadmisible y una deshonra para nuestro uniforme azul. ¡Escribiré al general Grant para que tome medidas!

Al volver la cabeza para mirar a los forajidos, vio que el jefe de ellos era el Malo, Lee Van Cleef. Observaba al coronel con su habitual sonrisa de ratón.

—Sí, ahora se burla de mí porque tengo la pierna gangrenada y no puedo luchar. Pero el general Grant os dará vuestro merecido. ¡Torturadores!

Al lado de Lee Van Cleef había un hombrachón que, como el celador, se parecía a Demis Roussos. Se volvió hacia él y le clavó un punzón en el brazo. El pinchazo fue doloroso.

—Será mejor que nos digas los nombres de tus amigos. Sabemos quién eres. Lo sabemos todo.

—Si lo sabéis todo, ¿por qué me tenéis tumbado en esta mesa? ¿Por qué me hacéis sufrir?

Era curioso. La conversación era una réplica de la que tuvo una vez en un calabozo de la policía. También entonces el torturador tenía la cara tapada; pero no al estilo de los forajidos de Carson City, con pañuelo, sino con una capucha negra.

—Será mejor que nos digas los nombres de tus amigos, Carlitos —le había dicho—. ¿O prefieres que te llame Marty? Porque tú te llamas Marty. Bueno, tampoco. Tu verdadero nombre es Martín.

Fue oírlo y caer en la cuenta. El torturador lo confundía con su hermano. Realmente, ser el hermano gemelo de Martín era un rollo. ¡Un rollo! Lo había sido siempre, desde pequeño. Y esta era ya la segunda vez que la policía lo detenía e interrogaba por su culpa. La primera vez, en la época de las huelgas de Ugarte, cuando Martín destrozó el laboratorio, apenas tuvo consecuencias, pero ahora lo habían conducido a un calabozo de la policía. Enfadado, furioso, estuvo a punto de confesar la verdad: «Os equivocáis, vosotros buscáis a mi hermano». Pero le invadió de repente un amor grande, desmedido, hacia Martín, como si algo líquido, cálido, una bolsa de agua, se hubiese desparramado por el interior de todo su cuerpo. Había habido problemas entre ellos, discusiones, se habían disgustado con cierta frecuencia; pero el vínculo con quien desde siempre había sido su serio hermano gemelo no podía romperse. Y quizás no fuera errado aquel «desde siempre» en su caso, porque solo los gemelos eran hermanos desde el primerísimo momento.

Movido por aquel amor, decidió guardar el secreto. Cuanto más tiempo aguantara en el calabozo sin dar información, más fácil sería para Martín esconderse de la policía. Miró al torturador:

—«Carlitos» es un nombre horrible. La verdad, los diminutivos me dan dolor de cabeza. Carlitos, Paquito, Josecho, Luisillo...

Tuvo que reprimir las ganas de extenderse sobre el asunto de los diminutivos, porque sabía que acabaría hablando de su mujer. Muchas de sus discusiones domésticas estaban motivadas por aquel «Luisillo» que ella se empeñaba en utilizar. Pero si se ponía a contar su vida, los policías descubrirían que él no era Martín.

Ahora eran dos los torturadores. Lo tenían sobre una mesa, atado a ella con unas correas que le inmovilizaban los tobillos, de manera que la mitad del cuerpo encontraba apoyo, pero la cabeza y el tronco quedaban colgando. Con enorme esfuerzo, lograba sostenerse en horizontal o, al menos, dejar que la cabeza cayera lentamente.

—Se ve que está en forma —dijo el segundo torturador al primero, acercándose a la mesa. También él llevaba una capucha, pero la tela que le ocultaba la cara era de color verde. Verde esmeralda.

Volvió a sentir la tentación de confesar la verdad. Que practicaba gimnasia, surf, voleibol, que por eso estaba tan en forma. Que era capaz de hacer un montón de flexiones, tanto en el suelo como encima del plinto.

—Tiene suerte, el muchacho —dijo el de la capucha negra al de la capucha esmeralda. Era como si estuvieran charlando en la barra de un bar—. A los que no están en forma la cintura no los sostiene y caen hacia atrás. Se dan unos golpes tremendos en la cabeza.

—Pues es aún peor cuando se les rompe la columna, eso no se lo deseo yo a nadie —repuso el de la capucha esmeralda.

—Ha ocurrido un par de veces —precisó su compañero—. Caen hacia atrás y ¡chas! El ruido lo tengo grabado, ¡chas! Directos a la silla de ruedas.

Se preguntó cuánto tiempo llevaría detenido, pero no fue capaz de calcularlo. Miró al techo y a las paredes buscando la luz del día, pero nada. Por lo visto, se encontraba en los sótanos de un edificio de la policía. Sentía que la cabeza se le llenaba de sangre, y cada vez le resultaba más difícil mantenerse en horizontal.

—Danos tres nombres, Carlitos, y nos vamos a tomar un café —dijo míster Esmeralda.

—Tres son poco. Que sean cinco —le corrigió el de la capucha negra.

—No me gustan los diminutivos. No me llaméis Carlitos —dijo él. La cabeza le rozaba el suelo y no le era fácil hablar.

Míster Esmeralda le dio un manotazo en la tripa. Tenía la mano tan fría que sintió una quemazón en la piel.

—De acuerdo. Entonces te llamaré Marty. Lo dicho, danos unos nombres, y a tomar café.

—Cinco nombres —insistió el de la capucha negra.

—Cuatro —zanjó míster Esmeralda.

—Vale, cuatro. Estoy empezando a hartarme.

El de la capucha negra le golpeó también en la tripa, pero con el puño, y fuerte. Sintió dolor, aunque no en la misma tripa, sino en el costado. Alguien le hablaba al oído:

—*Al nenos no has nanchado de sange.*

Volvió la cabeza y vio la cara del taxista. Indudablemente, tenía un enorme parecido con Durán Mano de Piedra, y también con su madre, aunque, desde luego, su madre era mucho más guapa.

—¿Cómo? —preguntó.

—*Al nenos no has nanchado de sange* —repitió el hombre, y le mostró la tapicería del asiento del taxi. No había allí ninguna mancha roja.

Apareció el celador con una camilla y lo ayudó a tumbarse sobre ella tras pedirle al taxista que echara una mano.

—*La chica ta viva botadía* —dijo el taxista a su espalda.

—Yo también —dijo él observando las cosas tiradas en el suelo.

Había un capazo de rafia en medio del paso de cebra, y al lado una toalla de color turquesa. La joven estaba un poco más allá, inmóvil. Iba vestida con ropa de playa, con un ligero vestido de rayas blancas y azules. A unos cinco metros, fuera del paso de cebra, se veía una chancleta y, junto a ella, una cartera negra que brillaba al sol.

—¿Qué ha pasado ahí? —quiso preguntar, pero tenía la boca abierta y no podía cerrarla. Le dolía. Y el cuello también. Y la espalda. Y la cintura.

El lugar de la chancleta lo ocupaba ahora una bota de cuero como las de los *cowboys* del Oeste, pero sin espuela. La bota de cuero se movió de repente, y luego la otra, la del otro pie. A continuación, aparecieron otros dos zapatos, de punta corta, negros, que empezaron asimismo a moverse.

—Yo les tengo simpatía a los maoístas, y no quisiera hacerte daño. Pero estoy un poco cansado y me gustaría volver a casa con unos nombres en el bolsillo —dijo el de los zapatos negros de punta corta.

Quería verle la cara y consiguió levantar la cabeza a base de forzar el cuello. El esfuerzo no le sirvió para nada. Tenía puesta la capucha negra.

—Es verdad que les tenemos simpatía a los maoístas. Pero no nos gustan nada las cosas que están escribiendo últimamente algunos de ellos. Hablan de bombas y otras cosas igual de peligrosas. Nos gustaría comentarlo contigo, Marty.

Él le miró. Era míster Esmeralda. Llevaba los bajos del pantalón vaquero metidos en las botas de *cowboy* y un cinturón con una gruesa hebilla metálica; en lugar de camisa, una blusa negra sin mangas, como las de Neil Young; en la cabeza, la capucha de color verde esmeralda.

—Nos gusta lo chino, pero en su justa medida. Lo de las bombas y demás no —dijo el de la capucha negra.

El dolor, ahora, no era local, limitado a determinadas zonas del cuerpo. Lo envolvía como un aura. El de la capucha negra aseguraba estar harto y con ganas de irse a casa, lo cual implicaba que, como mínimo, llevaba cinco o seis horas detenido: cuatro horas hasta que lo condujeron al sótano, una hora para preparar teóricamente el interrogatorio, otra hora más para ponerlo en práctica. Su mujer estaría ya haciendo sus cálculos. Ella tenía sin duda sus defectos, siendo el peor la manía aquella de dirigirse a él con diminutivos como Luisillo, pero era profesora de Matemáticas y, como tal, dueña de una lógica impecable. Conocía de sobra a Martín, había aguantado sus discursos sobre la revolución en las sobremesas de las celebraciones familiares, que si Mao Tse-Tung esto, que si Mao Tse-Tung aquello, de modo que, con aquella lógica suya, dos más dos igual a cuatro, despejaría la incógnita de inmediato, «se lo ha llevado la policía pensando que era Martín», sin imaginar tonterías como que la abandonaba por llamarlo Luisillo o por haber hecho *match* con una jugadora de baloncesto que iba a su mismo gimnasio. Su mujer sabía que él estaba enamorado de ella, tampoco en eso la engañaba su lógica, y por tanto pasaría a la acción y llamaría a Martín: «Más vale que te escondas. Si no me equivoco, la policía te está buscando. Luisillo no ha venido para nuestro paseo de antes de cenar». El problema era que no recordaba a qué hora de la tarde lo habían interceptado en la calle y que no podía saber si ya había anochecido.

Le sobrevino otro golpe de amor hacia su hermano. Decidió aguantar.

—Mao Tse-Tung tiene una idea que me gusta —dijo—. Pero si queréis que os la cuente, ponedme de pie. Me cuesta mucho hablar en esta postura.

Míster Esmeralda lo agarró por el brazo derecho, el de la capucha negra, por el izquierdo, y entre ambos lo izaron hasta la mesa. La mesa se movió, traca-traca, traca-traca, igual que el vagón de un tren antiguo. Respiró hondo tres veces, como acostumbraba hacer en el gimnasio antes de los ejercicios de plinto.

—¿Sabéis lo que se le ocurrió a Mao Tse-Tung para subir al Everest? No para subir él, para que subiera China. Pues en vez de enviar un grupo de cinco o seis montañeros, envió trescientos, la mayor cordada que se haya visto nunca en el Everest. Y resultó que hicieron cumbre sin problemas. Lo que no sé es cuántos. Más de cien, si te descuidas. Mao Tse-Tung deseaba demostrar al mundo que la iniciativa colectiva tiene más probabilidades de éxito que la iniciativa individual.

Volvía a tener la mitad del cuerpo fuera de la mesa, la cabeza muy cerca del suelo. Vio con el rabillo del ojo la punta de cuero de la bota de *cowboy;* luego, sintió una patada cerca de la oreja.

Su cuerpo se elevó hacia el techo, no menos de tres metros, y observó desde allí arriba a los dos hombres, uno a cada lado de la mesa. Se fijó en las botas de míster Esmeralda. Las había visto en algún sitio. ¡Efectivamente! Eran iguales que las de Lee Van Cleef. Los dos hombres salieron a toda prisa del sótano.

Poco a poco, como los astronautas en una zona ingrávida, su cuerpo empezó a bajar. Había momentos en que el descenso se ralentizaba y se quedaba suspendido en el aire, pero al fin pudo posarse sobre la mesa con la levedad de una pluma. Tenía mucho sueño.

Cuando cerró los ojos tuvo la sensación de que avanzaba por la galería de una mina, seguramente por la de Ugarte, por donde un día le llevó Antoine, pero esta vez sin guía, solo, angustiado. Un instante después, fuera ya de la galería, se vio en una habitación, sentado en una silla de plástico blanca. Tenía delante una mesa, también blanca, también de plástico. Sobre ella, una cafetera, dos tazas de porcelana de color azul cielo, cucharillas, un recipiente con terrones de azúcar y un pequeño libro de color rojo intenso. Enfrente de él se sentaba un hombre de unos cincuenta años, calvo en la zona frontal pero con una melenita rubia, ojos azules, delgado, vestido con una camisa blanca y un chaleco de flores. Era idéntico al guitarrista de The Mamas & The Papas. No llevaba reloj en la muñeca. En cuanto a la habitación, tampoco en aquella había ventanas. Imposible saber cuánto tiempo llevaba en el calabozo.

—Tranquilo. Ya ha pasado todo. ¿Qué te han hecho? ¿El quirófano? —preguntó el hombre mientras le servía café. Su voz era dulce—. ¿Leche? ¿Un poquito de azúcar?

Tenía en casa un disco de The Mamas & The Papas e intentó visualizar el nombre del guitarrista, que venía en la carátula; pero sentía una fuerte presión en la frente, como si una de esas prensas con las que los ebanistas pegan las piezas de madera le oprimiera la cabeza, y a su memoria le costaba arrancar.

—El quirófano es malo, y la bañera, no digamos. ¿Te han hecho la bañera? —se interesó el hombre. Se sirvió café.

Era extraño. No sentía el olor a café.

El hombre suspiró.

—Es duro. Es duro lo que te han hecho aquí. Yo no soy partidario. Si he de ser sincero, opino que la policía debería usar otros métodos.

Sacó un paquete de Winston de un bolsillo del chaleco, un mechero del otro y encendió un cigarrillo.

—Es americano —dijo—. Cogí la costumbre cuando vivía en California y desde entonces no puedo fumar el Winston nacional.

Le vino por fin a la cabeza el nombre del guitarrista de The Mamas & The Papas: John Phillips, Papa John. También él había pasado una larga temporada en California, dando clases de surf en San Diego, donde había tenido la suerte de asistir a un concierto de Papa John después de disolverse el grupo, así como a un concierto de los Beach Boys. Pero se guardó los datos para sí. La policía tendría constancia de que Martín nunca había estado en California, y él, en ese momento, era Martín, no Lucky o Tuco.

El humo del cigarrillo sobrevolaba la mesa y le llegaba a la cara. Y aun así, no percibía el olor a tabaco. ¿Por qué? Quería recapacitar sobre ello, pero el parloteo del hombre que se parecía a Papa John se lo impedía. No paraba de hablar. Sus palabras eran como puntitos negros que se mezclaban con el humo. Las paredes y el techo de la habitación parecían cubiertos de hollín por culpa de tantas palabras. Papa John le acercó la taza.

—Tómate el café. Se te va a enfriar.

El café le dejó un regusto a medicina. El segundo sorbo se le atragantó y le hizo toser.

Ajeno a todo, Papa John continuaba con su verborrea. Las palabras y el humo del Winston se confundían en sus labios.

—¿Sabes por qué me fui a California? —Papa John amagó una sonrisa—. Para follar. La época aquella de los hippies era algo fantástico. Todas las noches te follabas a una o a dos. Me gustaba mucho su lema, y me sigue gustando todavía. Haz el amor y no la guerra. Debería ser así. La vida es corta, y no merece la pena dedicarse a la guerra.

«Conocí ese ambiente mejor que tú, pero no voy a decir nada», pensó él.

Papa John cogió el pequeño libro que descansaba sobre la mesa y se lo tendió. Unos ideogramas chinos adornaban la cubierta roja.

—*El libro rojo.* Me lo regaló una chica a la que conocí en San Francisco. Era una admiradora furibunda de Mao Tse-Tung. Igual que tú.

Él acarició con los dedos la portada del libro. Su superficie era tersa, no tenía polvo.

—¿Qué opinas de las cuatro tesis de Mao, Marty? No son tan interesantes, a mi parecer. Emplea títulos altisonantes como «La ley de la praxis» o «La ley de la contradicción» para exponer ideas que parecen tomadas de las fábulas. Ya sé qué me vas a decir, que Mao se dirigía a seiscientos millones de chinos, la mayoría de ellos analfabetos, y que es normal que escribiera así. Vale, lo acepto. Y reconozco que algunas de las cosas que dice son bonitas. Lo de la escoba, por ejemplo. Debe de estar por aquí.

Le quitó *El libro rojo* de las manos y lo abrió. A él le pareció que los ideogramas chinos de las páginas se movían como hormigas.

—No lo recuerdo palabra por palabra —continuó Papa John—, pero lo que viene a decir Mao es que hay que derribar todas las fuerzas reaccionarias. Que si no las derribas, no desaparecen. Como el polvo. Donde no llega la escoba, el polvo no desaparece solo.

Aplastó la punta encendida de su Winston contra la taza de café.

—Esos de la otra habitación no te han provocado quemaduras, ¿verdad? Solo te han hecho el quirófano —dijo señalando hacia atrás con el dedo pulgar.

Sintió que se elevaba en el aire. Pero no, como minutos antes, al modo de un astronauta en un espacio ingrávido, sino por levitación y con silla incluida, manteniéndose suspendido a metro y medio del suelo. Pudo constatar, desde esa altura, que Papa John estaba más calvo de lo que había pensado en un primer momento. Si bien su melena era bastante abundante, le faltaba mucho pelo en la coronilla. Intentó averiguar si llevaba botas vaqueras del estilo de las de Lee Van Cleef, pues cabía la posibilidad de que Papa John y míster Esmeralda fueran la misma persona; pero sus pies quedaban debajo de la mesa de plástico blanca y no pudo vérselos.

Papa John esgrimía un papel mecanografiado. Un panfleto.

—Marty, voy a ser breve. Estoy cansado y me gustaría ir a casa a ver el partido. Soy un alienado, no como vosotros.

Papa John miraba al frente, no hacia arriba, sin importarle que él estuviera a metro y medio de altura. Su cara, con la barbilla torcida hacia la izquierda, como quien se hurga una muela con la lengua, se debatía entre la sonrisa y la mueca.

Siempre mirando al frente, extendió las dos manos. Sostenía en una *El libro rojo,* en la otra el panfleto.

—Habéis copiado una frase de aquí —dijo. Sacudió primero *El libro rojo,* luego el panfleto. Leyó en voz alta—: «Todos los *comunistas* tienen que comprender *esta verdad:* el *poder* nace del *fusil*». Esto es un disparate, Marty. En China, me callo, pero ¿aquí? He leído en alguna parte que el Partido Comunista de China cuenta con diez millones de militantes. En cambio, vosotros ¿cuántos sois? ¿Cien jóvenes, en todo el País Vasco? Hasta ahora, la mayoría erais idealistas, generosos. Eso está claro. Sabemos por ejemplo que una parte del dinero de la herencia de tu madre fue a parar a la caja de resistencia de un grupo de huelguistas. Pero ahora ¿qué os pasa? ¿Os vais a liar a poner bombas, como los terroristas?

El dato era nuevo para él. Ignoraba que su hermano hubiese destinado parte de su herencia a una caja de resistencia. Tampoco era de extrañar. ¡La parte de Martín en la herencia había sido bastante mayor que la suya! Estuvo en un tris de soltar un reproche, pero se controló. Pese a las tensiones familiares, él quería a Martín. Eran hermanos desde el minuto cero.

Papa John sacudió nuevamente el panfleto. Él sintió que su silla se movía como un pequeño helicóptero. Tras unos segundos, subió un poco y enfiló hacia un ángulo de la habitación.

—Quiero ayudarte, Marty —prosiguió Papa John, esta vez mirando arriba, hacia donde se encontraba él—. Si os da por poner bombas, os pueden caer treinta años, y eso es algo que no se lo deseo a nadie. Dame un par de nombres, Marty, y nos vamos los dos a ver el Italia-Alemania. Me han dicho que Televisión Española va a ofrecer una retransmisión impresionante.

—La final del Mundial la va a ganar Italia —sentenció él desde el ángulo superior de la habitación—. A día de hoy, no hay equipo que pueda doblegar a la *squadra azzurra*. Alemania es muy poderosa físicamente, pero van a necesitar algo más que fuerza.

Mientras se explicaba, un dato se abrió camino en el barullo de sus pensamientos: estaba previsto que la final se jugara a las ocho de la tarde del domingo en el Santiago Bernabéu. Dada la impaciencia de Papa John por ir a ver el partido, lo lógico era pensar que llevaba veinticuatro horas en manos de la policía, como mínimo. Estaba casi seguro de que su detención había tenido lugar antes del partido por los puestos tercero y cuarto, Polonia-Francia. Su mujer habría pasado ya el aviso y su hermano estaría escondido.

Papa John se levantó con torpeza, golpeando con el pie la mesa de plástico. Estuvo a punto de tirar la cafetera al suelo.

—Pues si me pierdo la final por tu culpa...

Dejó la frase sin acabar.

—De verdad, ¿qué clase de maoístas sois vosotros? —clamó extendiendo los brazos—. Os ha intoxicado algún terrorista infiltrado. La tercera tesis de Mao deja bien claro que una cosa es la lucha obrera y otra, la lucha nacional. A ver si os enteráis.

—Aquí ha habido un malentendido. Yo no tengo ni idea de las cuatro tesis de Mao —dijo él sintiendo un gran alivio al reconocer por fin la verdad. Se salió de la silla y, una vez más, quedó suspendido en el aire, como si la gravedad hubiera desaparecido de la habitación.

Papa John lo seguía con la mirada, arrugando el ceño.

—Me habéis confundido con mi hermano.

«Por segunda vez», pensó, y por un instante se vio en el simposio sobre Platón, sentado entre los alumnos en lugar de Martín, mientras un catedrático leía su ponencia sobre la episteme y la *doxa*. Pero no dijo nada. Hacía mucho tiempo de aquello, y todo el asunto de las huelgas de la mina debía de estar ya archivado; pero a saber. Había oído comentarios de que la justicia española no era de fiar. Algunos de sus compañeros de instituto decían que en cualquier momento podían sacarse de la manga una ley y pedir con ella cualquier condena.

—Mi hermano sabe mucho de política, siempre ha sido muy aplicado. Yo también, pero lo mío son los deportes. Pregúntame lo que quieras. ¿Quieres saber la alineación de Italia para el encuentro de hoy? Dino Zoff, Baresi, Bergomi, Cabrini, Bruno Conti, Altobelli, Rossi...

Papa John le miraba fijamente.

—¿Quién eres tú? ¿No eres Marty, Carlitos?

Se movía de aquí para allá en la habitación. Llevaba mocasines, no botas. No era, por tanto, míster Esmeralda, el que le había estado haciendo el quirófano con la cabeza enfundada en una capucha. O tal vez sí. Uno podía cambiarse de calzado en un santiamén.

—No —respondió—. Yo soy Luis, alias Lucky, alias Tuco.

Nada más pronunciar el tercero de los nombres oyó el silbido: *fufifufifuuu-fuuufuuufuuu, fufifufifuuu-fuuufuuufuuu...*

—¿Tuco? —La expresión de Papa John era ceñuda.

—Sí, Tuco, el Feo.

Papa John se marchó precipitadamente y él se puso a contemplar la habitación desde el aire. La mesa de plástico blanca seguía allí en medio, con dos sillas igualmente blancas y de plástico a cada lado. Sobre ella, la cafetera metálica, las dos tazas de porcelana de color azul cielo, en una de las cuales había ahora dos colillas apagadas, y además las cucharillas, los terrones de azúcar en un recipiente, el pequeño libro rojo de Mao Tse-Tung y el paquete de Winston.

Papa John entró en la habitación, seguido de un grandullón con barbas. Se acercaron a la mesa y se pusieron a hablar. Papa John cogió el paquete de Winston y sacó un cigarrillo.

—Dice que Carlitos es su hermano gemelo. Que él no es Martín. Que es Luis.

—Alias Lucky, alias Tuco —añadió él. Volvía a estar sentado en la silla, con Papa John a su derecha y el barbudo a su izquierda.

El barbudo le propinó una bofetada.

—¡Encubridor! ¡Lo vas a pagar caro! —aulló antes de darle la segunda bofetada.

—Ya sé quién eres tú. Tú eres el Malo —dijo él.

Señaló a Papa John.

—Y este de aquí, el Bueno. Así que estamos los tres, el Bueno, el Feo y el Malo, y lo mejor será, creo yo, llegar a un acuerdo. Al fin y al cabo, compartimos el mismo objetivo, que no es otro que el de recuperar el dinero que el desertor Bill Carson sustrajo al Ejército Confederado. ¡Estamos hablando de doscientos mil dólares en oro! ¡Doscientos mil! Pero no va a ser fácil dar con el paradero del desertor Bill Carson. Ni los confederados ni los yanquis han podido encontrarlo. He visto su retrato en los pasquines, y parece un tío listo.

Oyó de nuevo el silbido: *fufifufifuuu-fuuufuuufuuu, fufifufifuuu-fuuufuuufuuu...*

El Malo no le quitaba ojo. Parecía enfadado.

—¡Es el colmo! ¡Encima se burla de nosotros!

Lo empujó con tal fuerza que chocó contra la pared, golpeándose la nariz. No podía respirar, y levantó la cabeza en busca de aire. Notó que tenía las manos pringadas de una sustancia viscosa. Abrió los ojos, asustado. Se hallaba junto a una diligencia detenida en el camino, en medio del desierto. Los caballos tenían las patas cubiertas de polvo. El sol le daba de lleno en la cabeza, y se dijo que tenía que largarse de allí cuanto antes, porque no llevaba sombrero. Fue entonces cuando se percató de que salía sangre por debajo de la puerta trasera de la diligencia. Por eso estaban sus manos manchadas de rojo, y no porque le sangrara la nariz. Se oyó una voz:

—¡Agua! ¡Agua!

Abrió la puerta de la diligencia y vio un revoltijo de cadáveres apilados de mala manera, diez cadáveres o más en el interior de un coche de seis plazas, todos acribillados, todos con sus guerreras y sus pantalones grises manchados de sangre, todos muertos, a excepción del que clamaba pidiendo agua. Era un hombre bien parecido, de pelo rubio, ojos azules y nariz aguileña. De pronto, lo reconoció.

—¡Bill Carson!

Era igual a como lo dibujaban en los pasquines, aunque en ese momento tenía el rostro bastante sucio, cubierto de polvo y sangre.

—¡Agua!

—Te la daré, Carson. Pero primero tienes que decirme dónde has escondido los doscientos mil dólares en oro.

Oyó el silbido, *fufifufifuuu-fuuufuuufuuu, fufifufifuuu-fuuufuuufuuu...* Inmediatamente, en medio de unas rocas, apareció el Bueno. No Papa John, sino Clint Eastwood.

—¡Agua!

La lengua de Bill Carson, ennegrecida, era como un trapo usado, y había cada vez más sangre en su cara; pero no era suya, sino la de un soldado que yacía sobre él con la tapa de los sesos levantada.

—En el cementerio...

—¿Qué cementerio?

—¡Sad Hill!

—Sad Hill. Bien, Bill Carson, bien. Pero ¿en qué tumba? Sé buen chico y díselo a Tuco.

—¡Agua!

Se moría de sed, y si no bebía algo iba a callar para siempre. La mitad del cuerpo le colgaba fuera de la diligencia, y solo medio palmo separaba su boca del polvo del desierto.

—No te mueras, ¿eh? Voy a traerte un poco de agua.

Regresaba con la cantimplora cuando oyó de nuevo el silbido, *fufifufifuuu-fuuufuuufuuu, fufifufifuuu-fuuufuuufuuu...* El Bueno estaba apostado detrás de la diligencia. Encendió una cerilla con la uña y la acercó a su pequeño puro.

—¿Qué fumas? —quiso saber él.

—Monterrey —respondió el Bueno.

—Vaya, como mi padre. Pues ten cuidado. Esos puritos se llevaron a mi padre a la tumba.

—No digas bobadas. Tu madre no fumaba puritos y aun así está muerta. —Señaló a Bill Carson—. Y ese de ahí también.

Era verdad. El desertor confederado, el dueño de doscientos mil dólares en oro que habría entregado gustosamente su fortuna a cambio de un poco de agua fresca, yacía ahora con los labios rozando el suelo del desierto, como queriendo besar el polvo.

—¿Qué sabes tú? —preguntó al Bueno.

—Yo, el nombre de la tumba. ¿Y tú, Tuco?

—El nombre del cementerio.

—Eso quiere decir, Tuco, que cada uno de nosotros sabe la mitad de lo que necesita saber —dijo el Bueno—. No tenemos otro remedio que hacernos socios. ¿Cien y cien? ¿Cien mil para ti y cien mil para mí?

—Trato hecho —respondió él. Señaló la diligencia con un movimiento de cabeza—. ¿Y qué vamos a hacer con esos? No podemos ponernos a cavar con este sol. Yo también me muero de sed. Además, apestan. Creo que ya están pudriéndose.

—Dejemos que la naturaleza siga su curso. Es bueno que la gente conozca la suerte que espera a los desertores.

Agarraron entre ambos a Bill Carson y lo devolvieron al revoltijo de cadáveres. Luego azuzaron a los caballos. La diligencia desapareció en el desierto en medio de una nube de polvo.

—Larguémonos de aquí —le dijo al Bueno poniéndose en camino.

La visión del cementerio de Sad Hill le hizo reír, por su enormidad, por los miles y miles de cruces que se levantaban sobre las tumbas. ¡Qué estupidez, la de aquellos soldados confederados!... Tenían a gala colocarse en línea delante del enemigo, ordenada y elegantemente, igual que en las paradas militares de las grandes celebraciones, ofreciendo dianas francas. Caían, así, cien, doscientos, quinientos jóvenes por día. ¿Qué podía hacer uno ante tanta estupidez, ante tanta cruz, sino reír? El llanto no era una reacción suficiente.

Iban los dos a caballo. El del Bueno era castaño, con un rombo blanco en la frente; el suyo, pinto, más gris que blanco.

—¿De qué te ríes? —preguntó el Bueno. Por una vez, no llevaba su purito en la comisura de la boca.

301

Él le expuso sus pensamientos acerca del vínculo entre la risa y el llanto, y mientras lo hacía se sintió de la misma clase, de la misma calaña que el Malo. También aquel se echaba a reír delante de los cadáveres. ¿Por dónde andaría? Hacía tiempo que no daba señales de vida.

Oyó de nuevo el silbido: *fufifufifuuu-fuuufuuufuuu, fufifufifuuu-fuuufuuufuuu...*

Miró hacia atrás y vio al Malo en el camino. Su sombrero era negro, igual que su caballo.

—Mis pensamientos no son tan profundos —respondió el Bueno—. Solo me preocupan los doscientos mil dólares en oro. Entre tanta tumba, no va a ser fácil dar con la que guarda el tesoro.

—Y ese que nos viene siguiendo ¿no te preocupa? Le gusta el dinero, como a nosotros.

—En absoluto. Conozco el mundo del cine y sé que acabará perdiendo el duelo. Siempre es así con los malos. Lee Van Cleef está al tanto.

Miró hacia atrás por segunda vez. El Malo seguía tras ellos, pero a más distancia que antes. En cierto modo, era lógico. El caballo de los malos solía ser más lento que el de los buenos. Realmente, la suerte de los malos en las películas no dejaba mucho que desear. En la vida real, en cambio, las cosas no estaban tan claras. Su hermano decía que en la vida real el éxito era para los malos, que aprovechaban la menor oportunidad para chuparle la sangre al prójimo; que por eso, como decía Mao Tse-Tung, había que barrerlos, barrerlos y tirarlos a la basura, como hacía su madre con las cucarachas que invadían continuamente la panadería.

Él no estaba tan seguro. Tal vez, Martín tuviera razón al llamar «gentuza» a aquella gente y al compararla con las cucarachas. Pero, claro, Martín era un maoísta. Un santo maoísta que había entregado parte de la herencia de su madre a la causa, según le había contado Papa John, y que además se había pasado dos años en la cárcel por culpa precisamente de Papa John, porque aquel policía lo había engañado a él diciéndole que faltaban unas horas para el inicio del partido Italia-Alemania y que quería irse a casa para verlo en la tele. Mentira: la final era al día siguiente. Llevaba solo una decena de horas detenido y había confesado demasiado pronto que él no era Marty, alias Carlitos. Martín no tuvo tiempo de escapar y fue detenido. El asunto tuvo, sin embargo, su lado positivo, ya que, gracias a la detención, su propósito de dedicarse a poner bombas, si es que lo tuvo en algún momento, no llegó a materializarse. Una suerte, pues los maoístas no tenían ni el hábito ni la destreza de otros grupos en el manejo de explosivos. El primero que lo intentó había muerto al estallarle la bomba en las manos.

De nuevo el silbido: *fufifufifuuu-fuuufuuufuuu, fufifufifuuu-fuuufuuufuuu...* Miró alrededor. Se encontraba en el cementerio de Sad Hill. Lo acompañaba el Bueno, que sostenía el purito en la comisura de la boca.

—Tú mira el lado derecho, Tuco —le dijo—. Yo miraré el izquierdo. Y métete en la mollera este nombre: Arch Stanton. Los doscientos mil dólares en oro están en su tumba. Si la encuentras, haz un disparo al aire. Yo haré lo mismo.

Él estuvo de acuerdo y, antes de nada, recorrió con la mirada las proximidades del cementerio. Los caminos del desierto se veían vacíos. El Malo debía de estar escondido en alguna parte. Seguramente allí mismo, detrás de una tumba.

—¿Te has aprendido bien el nombre del soldado que guarda en su tripa los doscientos mil dólares en oro? —preguntó el Bueno.

—Arch Stanton.

—Vale. No perdamos tiempo. Y acuérdate: vamos a medias. No se te ocurra engañarme. Si intentas largarte con el dinero, te volaré los sesos.

—Los sesos no, por favor. Ya me duele bastante la cabeza.

Caminando por una de las estrechas calles que se abrían entre las filas de tumbas, se topó, unos cincuenta metros más adelante, con una lápida que llevaba el nombre de George Harrison. Le vino a la memoria, por un instante, la cara del Beatle, y aquel instrumento suyo, el que había traído de la India... ¿Cómo se llamaba? No podía recordarlo. Se entristeció, porque él quería mucho al Beatle introvertido, fallecido a consecuencia de un cáncer de pulmón, igual que su padre. Tenía una canción, una canción que cantaba con aquel instrumento de la India, que hablaba de una chica sexy, tipo Susana Uno. Pero ¿qué hacía pensando en el Beatle George Harrison? Aquella tumba debía de pertenecer forzosamente a un soldado confederado, tal vez a uno de los cuatro mil que cayeron en la batalla de Chickamauga. Su objetivo, en ese momento, era Arch Stanton. Cuando encontrara su tumba y se hiciera con los doscientos mil dólares en oro allí escondidos, se largaría con el Bueno a otra parte. Se acordó de una frase de Lee Marvin en *La leyenda de la ciudad sin nombre*: «Hay dos clases de gente: los que van a alguna parte y los que no van a ninguna». Él se iría a un lugar alejado de las guerras, donde no hubiera tantos tiros ni tantas bombas ni tantas torturas.

Siguió avanzando de tumba en tumba. ¡Arch Stanton! ¡Arch Stanton! ¡Arch Stanton! ¿Dónde te enterraron, Arch Stanton? Vio en un lateral del cementerio una parcela semioculta que semejaba un jardín, el único pedazo de tierra feraz en aquel entorno polvoriento. Quizás Arch Stanton estuviera allí.

Un arco daba acceso a la parcela. Había allí una tumba toda adornada de flores diminutas de muchos colores, como si alguien hubiera esparcido una bolsa de popurrí de semillas. ¿De quién podía ser? No era la primera vez que la veía. Intrigado, dirigió los ojos a la lápida. Se echó a llorar. Era la tumba de su madre.

No podía hablar, las lágrimas se lo impedían.

—Qué bonita está la tumba, qué bien la cuida Martín, ¿verdad, Marta? —dijo cuando se sobrepuso. Pero no fue su madre quien acudió a su pregunta; fue el mismo

Martín. Se plantó delante de la tumba como un fantasma y le soltó un reproche:

—¿A qué has venido? No te necesitamos. Vuélvete a California.

Durante su año californiano pensó más de una vez en regresar a casa, pues sabía que su madre no estaba bien, que había caído enferma en el momento más inoportuno, justo cuando la empresa de precocinados que había montado con Miguel y la hermana de aquel empezaba a ir sobre ruedas, con una plantilla de diez empleados y unos beneficios en ascenso, quizás doscientos mil dólares en oro al año, o tal vez más; pero lo había ido posponiendo, limitándose a llamar por teléfono de vez en cuando, porque no se esperaba un final tan fulminante. Ni se lo esperaba él ni se lo esperaba nadie. Por eso, cuando volvieron a casa de un concierto en Palm Springs, él y una chica llamada Patty, parecida a Susana Uno, y leyó el telegrama de Martín, «ha muerto hoy», el shock fue mayúsculo, y hasta barajó la posibilidad de tomar el primer avión.

Esa noche, Patty y él se hartaron de fumar marihuana, y después de un rato, seguramente a eso de las tres de la madrugada, porque es a esa hora cuando le vienen a uno las verdades a la cabeza, hizo una confesión a Patty: «Yo no quería tanto a mi madre, y cuando mi padre y ella se separaron preferí quedarme en casa y no me fui a la panadería como Martín. Porque ¿qué se me había perdido a mí en la panadería? ¿Tú qué opinas, Patty? Me hubiese gustado seguir jugando a hacer regatas en el canal o trepando monte arriba tras las huellas de los jabalíes con Eliseo y el Gitano Rubio, pero ¿qué más da, Patty?, ¿qué más te da a ti quiénes son Eliseo y el Gitano Rubio? Son gente de allí, de la panadería. Sí, había mucho jabalí en la zona. Una vez se cayó uno al canal, ya te lo contaré otro día. Pues así fue. Yo escogí quedarme en casa con mi padre porque no había en el pueblo nadie que supiera de deporte tanto como él. Fíjate si eso era así que en aquellos años en que nadie conocía la palabra *surf* me compró una tabla y me llevó a hacer un cursillo en Biarritz. Además, yo disfrutaba viendo con él los partidos de fútbol en la tele, los dos sentados en el sofá, él fumándose su purito Monterrey y yo bebiéndome mi limonada. Tampoco en eso coincidía con mi madre, porque los domingos por la tarde se empeñaba en que nos juntáramos los tres, Martín, ella y yo, precisamente a la hora en que retransmitían los partidos... Ahora que lo pienso se me ocurre que mi madre no tenía el don de la oportunidad, y que tampoco ahora al morir lo ha tenido. Abandonar California solo para ir a un funeral me parece una exageración. Es verdad, Patty, tienes razón. Uno tiene que hacer todo lo posible para ir a los funerales de la familia, yo fui al de mi padre y me gustaría ir también al de mi madre, pero estoy a doce mil kilómetros, *darling*, y prefiero quedarme contigo».

Oyó el silbido, *fufifufifuuu-fuuufuuufuuu, fufifufi-fuuu-fuuufuuufuuu...*, y miró alrededor, confiando en divisar al Bueno entre las tumbas. Pero a quien vio, de nuevo, fue a Martín. Permanecía en el mismo lugar de antes, delante de la tumba adornada de flores. Le estaba hablando y gesticulaba como un actor, como una especie de Hamlet recitando su soliloquio.

—Al abrir una guía telefónica y observar esas largas listas de nombres, ¿no parecen todos equiparables? ¿No parecen referirse a personas semejantes? Y sin embargo, la realidad es otra. Si se pudieran voltear los nombres impresos como las piedras de un huerto y ver la vida que esconden, comprobaríamos que no hay dos seres iguales, que unos son como el Bueno y otros, como el Malo.

Fufifufifuuu-fuuufuuufuuu, fufifufifuuu-fuuufuuufuuu... El silbido sonó justo en el momento en que Martín nombró al Bueno y al Malo. Pero su hermano prosiguió como si no hubiera oído nada.

—Me hice esa reflexión, Luis, cuando el notario leyó el testamento de nuestra madre.

Martín no le llamaba Lucky, y mucho menos Tuco. Le llamaba Luis, como cuando eran niños. Se acordó de que él se había presentado a la lectura del testamento con una camisa mitad naranja, mitad azul que había comprado en el barrio Castro de San Francisco, una prenda muy poco apropiada para la ocasión.

—Allí estábamos los dos en el despacho del notario —continuó Martín—. Dos hermanos gemelos, dos personas casi idénticas, con la única diferencia de que tu piel estaba más bronceada después de tus paseos por las playas de San Diego. Pero ¡qué abismo entre los dos! Yo con mi madre en el hospital durante mes y medio, sin dejarla sola ni una noche, y tú, una llamada de vez en cuando. Me vi obligado a mentirle. A decirle que no podías regresar para estar con ella por tu contrato con el club de surf. ¡Eres un tiparraco, Luis! ¡Siempre has sido un tiparraco!

La última frase le impactó como un disparo, y cayó en la cuenta de que se encontraba en un duelo, y de que su hermano era el Bueno y él, el Malo, un reparto nada ventajoso para él, ya que en todas las películas perdía el Malo.

—¿De qué te quejas, Martín? ¿Acaso la mayor parte de la herencia no fue a parar a tus bolsillos? Te quedaste con dos tercios. Nuestra madre te recompensó con creces.

Sus palabras salieron también como un disparo, pero Martín no se inmutó. Se limitó a sonreír frunciendo levemente los labios, al estilo de todos los buenos de las películas.

—¿Y cuando la policía me arrestó por tu culpa? ¿Qué me dices de eso, Martín? Me hicieron el quirófano. ¿Qué habría sido de mí si se me hubiera roto la columna? Adiós al deporte, adiós al surf, adiós a California. ¡Los golpes que recibí por defenderte no los hubiera aguantado ni el mismo Durán Mano de Piedra!

Martín acusó esta vez el impacto. Él siguió disparando:

—¡Y menos mal que Papa John me engañó y te detuvieron! Si no, te habrías liado a poner bombas como aquel militante... ¿Cómo se llamaba? ¿Cómo se llamaba el militante que iba a poner una bomba en el coche de un empresario y le estalló el explosivo, matándole en el acto, al poco tiempo de tu ingreso en la cárcel...? ¡Jesús Fernández Miguel!

Martín se dio a la fuga, quitándose de enfrente de la tumba y echando a correr hacia el extremo opuesto del cementerio. Él lo siguió, leyendo al pasar los nombres de los muertos grabados en las lápidas: Lucía, Miguel, Rosalía... Pero Martín se había ocultado entre las tumbas, y tuvo que desistir.

Aminorando el paso, bajó por una calle que acababa en un muro de piedra de poca altura. Se veían desde allí tantos montes como podía abarcar la vista. Eran de un verde intenso y se asentaban en desorden, ocupando cada cual el lugar que, por azar, le había correspondido treinta y cinco millones de años atrás, cuando se fracturaron las tierras del planeta. Los que se alzaban al fondo, más altos que los demás y con cimas más abruptas, formaban una muralla irregular, una masa titánica; los siguientes, más cerca, a menor altura, un cerco de colinas redondas y suaves, como las que dibujan los niños en la escuela. Las casas que, aquí y allá, ocupaban las laderas, casas de las afueras de Ugarte, flanqueadas a veces por arboledas o bosquecillos, eran asimismo como las de los dibujos infantiles, cuadrados blancos coronados por triángulos de color rojo. Desde el cementerio no podía verla en detalle, pero la más bonita de todas era Villa Chantal, el chalé donde había vivido Antoine, el químico que supervisaba las minas del pueblo, el jefe de su padre y también, durante una época, su amigo, hasta que Martín perpetró el sabotaje contra el laboratorio de la mina. «Acuérdate, Martín, del riesgo que corrimos todos para proporcionarte una coartada», pensó. No pasó de ser un suspiro, y se le fue enseguida de la cabeza.

Continuó cuesta abajo por la calle del cementerio, caminando sobre las hojas secas allí acumuladas y haciéndolas crujir cada vez que las pisaba y las rompía. Al llegar al final, se encontró con una escalera de mano, y se subió a ella para mirar por encima del muro. En el pequeño valle que seguía a los montes y a las colinas se hallaba el núcleo del pueblo, unas trescientas casas ordenadas en torno a una plaza y un frontón. Localizó con la vista la suya, la de su familia; luego, en un ramal del valle, la panadería y el arroyo.

Oyó el silbido, *fufifufifuuu-fuuufuuufuuu, fufifufi-fuuu-fuuufuuufuuu...,* y captó el mensaje: debía abandonar el cementerio de Ugarte y regresar a Sad Hill.

Se bajó de la escalera y se puso a caminar, recordándose a sí mismo su objetivo: Arch Stanton. Al poco rato, todavía dentro de los límites del cementerio de Ugarte, vio en una lápida la fotografía de su padre. Normal que estuviera allí. Era el panteón de la familia de su padre, los Sola.

Llegó a Sad Hill preocupado. El Bueno no había efectuado ningún disparo al aire. Eso indicaba que no había dado con el paradero de los doscientos mil dólares en oro, pues era inconcebible que el Bueno se largara con todo el dinero. El Bueno nunca faltaba a su palabra. Por eso lo interpretaba Clint Eastwood y no Lee Van Cleef.

—¡Esto es absurdo! —exclamó tras leer varios apellidos inscritos en las lápidas: Lasa, Flores, Arregi, Mendia, Irazu, Medina, Altuna, Iruretagoiena...—. ¡Sigue siendo gente de mi pueblo! ¡No estoy en Sad Hill!

El silbido sonó esta vez más apremiante: *fufifufifuuu-fuuufuuufuuu, fufifufifuuu-fuuufuuufuuu...; fufifufifuuu-fuuufuuufuuu, fufifufifuuu-fuuufuuufuuu...* El Bueno le llamaba desde muy cerca. Sintió en el rostro el aire que expulsaba por la boca al silbar. Abrió los ojos. Tenía delante una cabeza grande.

—*Fufifufifuuu-fuuufuuufuuu, fufifufifuuu-fuuufuuufuuu...* —silbó la cabezota. Luego se echó a reír—. Ya sabía yo que la música de la peli lo traería a la realidad.

Le hablaba a una enfermera, no a él.

—Voy a pasar el aviso —dijo la enfermera, y salió de la habitación.

—¡Ya era hora de que despertaras! Te has pasado casi dos semanas en el otro mundo —voceó la cabezota.

Estaba en una habitación, pero apenas distinguía los detalles. Había mucho vaho.

—Alguien se ha dejado el grifo del agua caliente abierto. Ciérralo, haz el favor —dijo.

—¿Me conoces?

Empezaba a recobrar la conciencia. El hombre que le hablaba, vestido con un uniforme gris, era el celador cuya voz se parecía tanto a la de Adele. Y él estaba, efectivamente, en una habitación, acostado en una cama, con unos colgantes sobre la cabeza que, entre el vaho, parecían los zarcillos de una planta.

—¿Te acuerdas de lo que pasó? —insistió el celador.

Las imágenes empezaron a girar en su mente, transformándose sin cesar, como si le hubieran puesto delante de los ojos un caleidoscopio, y vio al taxista que era igual que Durán Mano de Piedra, y enseguida una chancleta, una cartera negra brillando al sol, un capazo de rafia en medio del paso de cebra, una toalla turquesa al lado, y un poco más allá, la chica a la que acababa de atropellar, con un ligero vestido de playa de rayas blancas y azules. Preguntó por ella.

—¿Susana? Ya le dieron el alta. Al final solo fue una rotura de cadera.

El celador se alejó hacia la puerta. Él quiso pedirle que cerrara el grifo del agua caliente, pero no anduvo lo suficientemente rápido. Entró antes el médico, el que era como Usain Bolt en bajito y en más blanco. Lo acompañaba la enfermera.

El celador, el médico y la enfermera estuvieron hablando durante un rato al lado de la puerta.

—Por lo que se ve, los silbidos han surtido efecto —dijo el médico. Sonreía.

Repitió las comprobaciones del día que lo ingresaron. Encendió una pequeña linterna y se la puso delante de un ojo, luego del otro. A continuación, empezó a darle órdenes: mueve el brazo hacia aquí, ahora hacia allí, ahora hacia arriba, tócate la punta de la nariz con el dedo índice, dobla las rodillas.

—Me gusta esa forma de mirar. Esto está mucho mejor —concluyó volviéndose hacia la enfermera y dándole instrucciones sobre la medicación—. Puede empezar a tomar agua —añadió—. Mañana probaremos con la gelatina, y poco a poco iremos metiendo purés.

—¿No puede ser gazpacho? —preguntó él—. Cuando estudiaba Educación Física nos dijo un profesor que a las personas que sufrían una fractura de cráneo se les daba gazpacho, por tratarse de un alimento muy completo y tan digerible como el agua. Además, me gusta más que el puré.

A la enfermera se le alegró la cara. El médico también sonrió, pero no como Usain Bolt, más discretamente.

—Iremos viendo.

—¿Cuándo me darán el alta?

—Aquí no hacemos profecías —respondió el médico, y se marchó de la habitación.

—Yo calculo que dentro de unos quince días estará en la calle. Tenga un poco de paciencia —dijo la enfermera mientras comprobaba los tubos y goteros que colgaban encima de la cama.

—Una pregunta más: ¿en qué habitación estoy?

—La 303.

—Estupendo. Capicúa.

La enfermera señaló el televisor sujeto a la pared de enfrente de la cama. Debido al vaho, a él le costaba distinguir el contorno del aparato.

—¿Le apetece ver la tele? Funciona con tarjeta.

—Me gustaría, sí. A lo mejor dan un partido.

—Se lo diré a la auxiliar.

Se puso a escuchar en cuanto se quedó solo. Por lo general, un chorro de agua no se oía a la primera. Al oído le costaba captar ese ruido. Sin embargo, transcurrieron unos segundos, y la línea recta del silencio no se quebró. Al parecer, no había ningún grifo abierto. Pero seguía habiendo vaho.

En Ugarte, cuando aún eran niños, Marta solía darse un baño largo los domingos por la mañana. Al entrar luego ellos a lavarse la cara, lo encontraban todo lleno de un vaho parecido al que flotaba en la habitación 303, aunque mucho más agradable, impregnado del aroma de los jabones y los champús franceses que, por encargo de Julián, traía Antoine de París.

Después del baño, Marta no se preparaba enseguida para salir a la calle. Se ponía un albornoz de color rojo que le llegaba hasta los tobillos y se sentaba en la terraza para tomarse el segundo café del día mientras se fumaba un cigarrillo. Luego, se levantaba y se ponía a recorrer la terraza de lado a lado con las manos en los bolsillos del albornoz, como si estuviera pasando revista para comprobar que todo estaba en su sitio. Aunque tal vez no fuera ese su propósito y solo deseara estar al aire libre para que la brisa y el sol secaran su cabello.

La imagen reapareció en su memoria. Marta sin más ropa que su albornoz rojo, paseando en la terraza. Una mujer guapa, Marta. Incluso entonces, después de haber tenido dos hijos. Morena, con un aire de chico en sus facciones, la nariz más bien achatada, y un cuerpo que cumplía con todas las medidas, no podía precisar cuáles, pero sin duda las mejores. Y además aquellos ojos, un poco caídos, profundos... En la época en que todavía se llevaban bien, su padre solía decir que cuando Marta miraba de reojo los hombres se ponían nerviosos. Luego se enteraría de que uno de los hombres a los que Marta ponía nerviosos era Miguel, el dueño de la panadería.

Abrió los ojos. El aire de la habitación 303 era ahora diáfano, sin rastro de vaho. Frente a su cama, sobre una repisa, había una planta. Paulatinamente, fue discerniendo sus líneas: eran ocho tallos en total, de unos cincuenta centímetros, con doce o trece flores de color violeta. Con sus largos tallos desnudos y sus hojas verde oscuro en la base, parecían suspendidas en el aire.

Estaba aún observándolas cuando el celador vino con la tarjeta del aparato de televisión.

—Me he encontrado con la auxiliar y le he dicho que te la traería yo. Quería hacerte una visita. Nos has tenido en vilo. ¿Cómo va tu regreso al mundo? —preguntó.

—Son orquídeas —añadió, como si le hubiera preguntado por ellas.

—Disculpa. No me acuerdo de cómo te llamabas.

—Carmelo —dijo el celador mostrándole la pulsera dorada que llevaba en la muñeca—. Te atendí cuando llegaste en el taxi. No parecía nada grave. Fue luego cuando se dieron cuenta del golpe que tenías aquí.

Se tocó con la mano la parte posterior de la cabeza.

—Ya me acuerdo —dijo él—. Y del taxista también. Tenía pinta de boxeador, se parecía a Durán Mano de Piedra.

—¿Sabes con qué te diste el golpe?

No lo recordaba.

—Con la tabla de surf. Llevabas una tabla de surf en la furgoneta, y por lo visto empezó a dar vueltas cuando chocaste contra el árbol. Si te llega a dar en la cara, ahora estarías desfigurado. En cierto modo has tenido suerte.

Introdujo la tarjeta en la televisión y le pasó el mando.

—Ya me pagarás cuando te den el alta. Aquí tienes los botones. Escoge el canal y ya está.

—Tienes la voz de Adele, no sé si te lo han dicho alguna vez.

Carmelo pasó por alto el comentario.

—No hay muchas cosas interesantes en la tele —dijo—. Desde que acabaron las Olimpiadas, ya no dan ni deportes. Tendrás que tomártelo con calma. Aquí el tiempo pasa despacio.

Había un sobre sujeto con una pequeña pinza a uno de los tallos de la planta. Carmelo lo cogió y se lo pasó, como había hecho con el mando.

Se volvió hacia él antes de abandonar la habitación.

—Y sin embargo pasa. El tiempo, quiero decir.

Abrió el sobre que había venido con las orquídeas. Traía un mensaje de Susana Uno, su despedida. Le deseaba lo mejor, a la vez que le comunicaba su propósito de dar por concluida su relación. No estaba mentalizada para ser la cuidadora de nadie.

Dejó el papel y el sobre en la mesilla.

La habitación, el hospital, todo estaba en silencio. Cerró los ojos y prestó atención. Solo percibió el leve zumbido del tubo fluorescente. Nada más. Ninguna voz. Quizás no fuera hora de visitas, o quizás, simplemente, no se admitían en aquella planta. Se preguntó si Martín se habría enterado de su accidente. Pero ¿cómo? ¿A través del hospital? A través de la matemática desde luego que no, porque ella vivía ahora a mil kilómetros de distancia con otro Luisillo y no le habría llegado la noticia. Y, de haberle llegado, ¿qué? ¿Acaso se ganaba algo? ¿No ocurriría lo mismo que cuando la policía se lo llevó detenido? A la matemática ni se le pasó por la cabeza avisar a Martín. Eso era lo que Martín se negaba a entender, que él había aguantado más que suficiente con Papa John y el otro, cuando hubiese podido librarse nada más ser interceptado en la calle, diciéndoles no soy yo la persona que buscáis. Y no lo hizo, guardó el secreto incluso cuando le hicieron el quirófano, porque Martín y él eran hermanos desde el minuto cero. Martín, sin embargo, no quiso entenderlo y se enfadó. Y se enfadó aún más cuando él lo visitó en la cárcel y le dijo que el engaño de Papa John había sido para bien, porque de lo contrario habría acabado reventado por una bomba como aquel otro maoísta, Jesús Fernández Miguel. Martín era bueno y serio, pero la empatía no era su fuerte. En eso era como la Pantera Rosa. Un ingenuo. No se daba cuenta de los problemas que causaba a su alrededor, de lo que supuso por ejemplo para su familia y sus amigos su decisión de llevar a cabo un sabotaje cuando las huelgas de la mina, más para Julián que para nadie, pero también para él, y para Eliseo. Y luego, a posteriori, todos a echarle una mano, a fastidiarse todos por su culpa, como tuvo que fastidiarse él mientras le recordaban las cuatro tesis de Mao Tse-Tung.

No entraba ruido de tráfico por la ventana. Calculó que serían las cuatro o las cinco de la tarde. En agosto no había vida en la ciudad. Sí, en cambio, en la playa. Pero él no podía ir a la playa. Se imaginó a Susana Uno saliendo del mar con su bikini diminuto de color verde esmeralda. Era curioso. La capucha con la que se tapaba la cara Papa John o como quiera que se llamase el policía que lo torturó era también de color esmeralda. Miss Esmeralda y míster Esmeralda. ¿Tendría algún significado la coincidencia? A saber.

El aire de la habitación estaba limpísimo, parecía aire destilado. ¿Existía el aire destilado? Otra cosa que ignoraba.

Pulsó uno de los botones del mando. En la pantalla apareció el rostro de una mujer joven. Tenía los ojos enrojecidos, estaba emocionada, o llorando. Vino luego la imagen de una báscula, y enseguida la de un *trainer* vestido con un chándal. «Daisy pesa ahora doscientos siete kilos, y nos hemos propuesto el objetivo de bajar a cien.» Volvió a aparecer la mujer, con el cuerpo enfundado en una malla negra como la de las bailarinas de ballet, y a continuación el título del programa: *From Fat to Fit*.

Miró alrededor. Más allá de la ventana, las hojas de una arboleda parecían de plástico, y lo mismo las nubes dispersas en el cielo azul, nubes de plástico. Eran también de plástico los tubos de la vía que le habían insertado en una vena de la mano. Las paredes de la habitación eran eso, paredes; las baldosas del suelo, baldosas; la cama era metálica; en cuanto al tubo fluorescente, estaba pegado al techo.

Se fijó en las orquídeas. Sus pétalos, alveolados, de color violeta y con manchas blancas, parecían mariposas que se habían quedado allí atrapadas, en suspenso, sin poder salir de la habitación.

Susana era especial. Él respetaba su decisión. Las cosas habían estado claras entre ellos desde el principio: seguirían juntos mientras se lo pasaran bien; si surgían malos rollos, borrón y cuenta nueva. ¿Cuántos días habían sido en total? Unos noventa, más o menos tres meses. Entre todas las flores, ¿habría elegido las orquídeas intencionadamente, como símbolo de aquella etapa? No, seguro que no. Susana era especial, pero no tanto. Martín, en cambio, sí. Martín era muy especial. Le habían contado que adornaba la habitación de hospital de Marta con flores de todas las clases, quizás también con orquídeas. Y luego, cuando ella falleció, lo mismo, adornó la tumba con un montón de flores. Esa era la cuestión, por eso se había puesto Martín en su contra, por su comportamiento con Marta, no por lo de la detención y todo aquel rollo, porque Martín no tardó en tomar conciencia de que las cuatro tesis de Mao no merecían arriesgar la vida. Lo que no le perdonaba Martín era su ausencia mientras Marta se moría en el hospital, y su ausencia luego en el funeral, que no hubiese salido corriendo de la cama donde estaba con Patty para coger el primer avión. Le daban ganas de llorar cada vez que se acordaba, cada vez que pensaba en el error que cometió quizás por culpa de la marihuana, o del ácido, y aunque eran cosas del pasado, aunque se había vaciado el vaso del tiempo, él seguía percibiendo el olor que emanaba de aquel vaso, y era un olor triste, muy triste. Además, Martín, si tú no me perdonas, ¿qué va a ser de nosotros? Porque lo nuestro no es como lo mío con Susana, nosotros hemos estado juntos desde el minuto cero. ¿No significa eso nada para ti? ¿Tiene que venir Mao Tse-Tung a explicarte lo que supone ser hermanos como lo somos nosotros? ¿Tiene que venir el sindicato? ¿Eh, Martín?

Oyó el silbido: *fufifufifuuu-fuuufuuufuuu, fufifufifuuu-fuuufuuufuuu...*

—¡Quita la película! —exclamó.

Al abrir los ojos vio a Carmelo. Una sonrisa le ocupaba toda la cara.

—¡Si no te silbo no te despiertas! Tienes visita, mira quién ha venido.

—¿Martín?

—Por fin te has despertado —dijo un hombre desde la puerta. Hablaba con voz nasal. Tenía un gran parecido con Durán Mano de Piedra.

Era el taxista que lo había trasladado al hospital después del accidente.

—Patri me ha llamado muchas veces para preguntar cómo estabas —dijo Carmelo pasándole el brazo por el hombro al taxista—. Se quedó preocupado por no haber sido más amable contigo cuando te trajo al hospital.

—Pensaba que habías matado a la chica y te dije las de dios. Ya perdonarás.

Estaba de pie en medio de la habitación, dudando qué hacer. Sus ojos diminutos se cerraban del todo cuando sonreía. El celador acercó una silla a la cama y le indicó que se sentara.

—Cuéntale algo, Patri. A Tuco le conviene hablar.

—Como no te hable de boxeo, yo de otra cosa no sé.

El celador se despidió desde la puerta.

—¿Quién ganó la medalla de oro de los pesos pesados, Patri?

El taxista se levantó de la silla.

—¡Anthony Joshua! —exclamó—. ¡Va a ser el nuevo rey del boxeo! Maneja la derecha así, de abajo arriba. ¡Tiene un uppercut acojonante!

Se puso en mitad de la habitación y empezó a moverse como en un ring, igual que un bailarín, dando golpes al aire.

—Así, así, así, y de repente, ¡uppercut!

El golpe, de abajo arriba, tremendo, hubiese dejado K. O. a cualquier rival.

Se abrió la puerta y Patri interrumpió su crónica pugilística. Un hombre entró en la habitación. Las gafas de pasta negra le daban un aire intelectual.

—¡Mala hierba nunca muere! —dijo.

—¡Martín!

Daisy en la televisión

Daisy llega al volante de su coche a una gasolinera, se detiene ante la ventanilla de un *drive-thru* y pide algo de comer sin apearse del vehículo. Es una mujer rubia que no aparenta más de treinta años.

El empleado, al que hemos visto por un instante, desaparece en el interior de la caseta y, durante unos segundos, la pantalla nos muestra el paisaje de alrededor: enormes extensiones de tierra árida bajo un cielo azul y soleado, y una autopista por la que apenas circulan coches. Sabremos más adelante que se trata de un distrito del estado de Texas.

Daisy aguarda la comida y vemos su cara en primer plano: es carnosa, pero de forma ovalada y bastante agradable. Dado el nombre del programa, *From Fat to Fit,* suponemos que debe de estar muy gorda; pero no podremos comprobarlo hasta verla de cuerpo entero.

Por la ventanilla de la caseta no asoma, como cabía esperar, el empleado, tendiendo a Daisy la bolsa del pedido, sino el presentador del programa, el *trainer* que ayudará a la protagonista a perder peso, un hombre con aspecto de deportista. Pillada por sorpresa, Daisy ríe nerviosa, se tapa la cara con las dos manos, está avergonzada. Aunque se trata de un programa de televisión, no todo estaba hablado, al parecer, y el desconcierto de Daisy es genuino. Se ha sonrojado. El *trainer* comparte las risas. Se encuentra ya fuera de la caseta del *drive-thru.*

Daisy baja del coche y corre a abrazar al *trainer* dando grititos y riendo, como una adolescente. Es inmensa. Sabremos más adelante que está casada y que es madre de tres hijos. ¿Cuánto pesa? ¿150 kilos?

Aparece un rótulo en la pantalla: «Segundo día».

Vemos un gimnasio que tal vez no sea oscuro pero que lo parece en comparación con el sol y el cielo azul de Texas que nos acaban de mostrar. La cámara se detiene ante una báscula grande en la que cabría bien una tortuga gigante de las Galápagos. Ahí viene Daisy: lleva un albornoz blanco, está nerviosa, dice que no sabe cuánto pesa, que no puede pesarse ni en casa ni en el *drugstore*. El *trainer* sostiene en la mano un monitor metálico. «¡Adelante! ¡Veamos!», dice. Daisy se sube a la báscula y se produce un largo silencio que durará hasta que se estabilicen los números que van apareciendo en la pantalla. Finalmente, ahí está el peso: 456 *pounds*. «207 kilos», dice una voz en *off*. El *trainer* arruga el ceño al ver la cifra, y no parece estar fingiendo. Asegura no haberse ocupado nunca de una persona que pesara tanto.

—¿Cuánto tiempo hace que no te cuidas? —pregunta mientras Daisy solloza cabizbaja.

Ella hace referencia a sus tres hijos, a su marido, al esfuerzo que supone atenderlos a todos teniendo además que trabajar fuera para llevar un sueldo a casa.

El *trainer* abraza a Daisy, pero no, como harían muchos, suspirando *poor Daisy, poor Daisy*, sino con aire severo:

—¡Tienes que perder peso! ¡Tienes que salvar tu vida! ¡Hazlo por ti!

Daisy asiente, se seca las lágrimas de las mejillas con el borde de la mano.

Vemos una caja grande en el suelo. Dice el *trainer*:

—¡Coge todos tus kilos y arrójalos contra la pared, Daisy!

Casi gateando, Daisy empuja con rabia la caja contra la pared. Oímos el sonido del impacto.

La decisión de participar en el programa ha dado fortaleza a Daisy, que se despide con una alegría un tanto exagerada de sus platos habituales: aquellas pizzas, aquellas *fries,* aquellos *cakes...* Adiós, adiós a todo eso para siempre, *good bye!, good bye!* Mientras oímos sus gritos, aparece en la pantalla su coche, circula por la autopista bajo el cielo azul de Texas. En un momento dado, al pasar por delante de un restaurante BBQ, Daisy nos informa de que en aquel establecimiento se sirven las mejores barbacoas del mundo. Pero adiós, *good bye,* adiós también a BBQ, adiós para siempre. La escena siguiente tiene lugar en la cocina de su casa, donde la vemos acompañada del *trainer* y de una dietista. Están preparando el primer puré de verduras de la nueva era.

Llega el sexto día y Daisy está asustada. Ha acudido al médico para someterse a una resonancia. Una de las imágenes es tremenda: tiene que introducirse semidesnuda en un enorme cilindro metálico, y vislumbramos por un segundo sus 207 kilos, los colgajos de tejido adiposo y las gorduras. Es difícil no acordarse al verla de la venus de Willendorf. De haber entre los espectadores del programa un alma gemela de Francisco de Asís, es posible que le hablara de esa semejanza con palabras no exentas de dulzura: «Hermana mía, con 207 kilos puedes seguir siendo una venus, para mí lo eres. Si por motivos de salud te ves obligada a perder peso, adelante; pero si no, quédate como estás, Venus».

Los pensamientos de Daisy van, sin embargo, por otros derroteros. Se le nota en la cara, en la mirada. Abrumada por la vergüenza y por el miedo, le gustaría retroceder a su época de adolescente y dar otro rumbo a su vida; pero son golpecitos lanzados al aire, deseos inútiles. Es imposible volver atrás. Ella lo sabe, y está K. O. De encontrarse en un ring batiéndose con un enemigo de carne y hueso, el árbitro detendría el combate y la mandaría a la esquina. Luego escribiría en el acta: «Derrotada por inferioridad». Pero no es el caso. Estamos en un hospital, no en un cuadrilátero.

Las manos del doctor auscultan a Daisy con un estetoscopio. Su vientre es como el de una mujer embarazada de ocho meses, pero en este caso no hay armonía, no es un «bombo», sino un «saco» abultado, con la parte inferior hundida. El tipo de abdomen que presenta un insecto la víspera de poner miles de huevos.

Oímos la voz del médico. Habla de bollería industrial, de salsas, de bebidas azucaradas. El *trainer* le hace un resumen a Daisy:

—Casi dos tercios de tu cuerpo son grasa.

«138 kilos de grasa», informa la voz en *off*.

—Daisy, no te asustes, todo se arreglará —le consuela una enfermera.

Es el octavo día, y han llevado un montón de aparatos de gimnasia a casa de Daisy. Conocemos a su familia: su hermana mayor, su madre, su marido, los niños.

Dice la hermana:

—Tienes que aprender a quererte.

Es una mujer estilosa de unos treinta y cinco años, con un cierto aire a Raquel Welch. La altura de sus pómulos, que empiezan casi debajo de los ojos, parece resultado de la cirugía. La madre dice:

—Lo vas a conseguir.

En contraste con el *look* de la hermana, totalmente americano, la madre parece europea. Es muy discreta, no está cómoda, todo indica que tiene mala opinión de los programas como *From Fat to Fit*.

El marido dice:

—Quiero verte con vida, Daisy.

No tiene buen aspecto. Se nos informa de que, tras sufrir un ictus, quedó inválido del brazo izquierdo. Entendemos mejor ahora que Daisy se lamentara el segundo día del esfuerzo que supone para ella el cuidado de su familia. Poco puede un impedido contribuir en las tareas del hogar.

El *trainer* es el último en tomar la palabra. Explica a Daisy cuál es el objetivo, y el premio que recibirá en caso de alcanzarlo:

—Tienes que perder 45 kilos en tres meses. Si lo consigues, te facilitaremos una niñera para que te ayude en el cuidado de los niños.

Daisy deja caer unas lágrimas.

—Una niñera me vendría muy bien —dice.

La siguiente escena corresponde al día número veinte. Embutida en una malla negra, una Daisy sofocada se ejercita en uno de los aparatos de gimnasia que han instalado en su casa. Sus mejillas están encendidas, asoman gotas de sudor en las puntas de su cabello rubio.

Es el día sesenta y ocho. Daisy practica *boxing* con su *trainer*. Sus golpes se pierden en el vacío.

Han transcurrido los tres meses, ha llegado el momento de enfrentarse de nuevo a la báscula. La voz en *off* se pregunta: «¿Habrá conseguido Daisy perder 100 *pounds*, 45 kilos? ¿Logrará hacerse con el premio que le permitirá contar con la ayuda de una niñera?».

Vemos, por un instante, a Daisy al volante de su coche, la autopista, el cielo azul de Texas, el sol. Luego, el gimnasio y la báscula gigante. El *trainer* nos recuerda que al inicio del programa Daisy pesaba 456 *pounds*. Si la báscula marca 356, la primera prueba se considerará superada, y ella podrá disponer de una niñera en casa. «Tenía que perder 100 *pounds* en tres meses, 45 kilos», reitera la voz en *off*.

En el gimnasio hay otros hombres además del *trainer*. Daisy, muy nerviosa, se enfrenta ella sola a la báscula. Se demora; pero no hay otra opción, tiene que seguir adelante.

La escena se ve interrumpida por un anuncio protagonizado por personas que quedaron mal tras someterse a una operación de cirugía estética. La pantalla nos presenta pechos deformes, rostros monstruosos, mientras otra voz en *off* nos asegura que las víctimas de semejantes despropósitos son *celebrities* o personas que en su momento gozaron de una gran popularidad.

Las imágenes son patéticas y todos los semblantes, en claro contraste con el de Daisy, muestran una expresión huraña. En la pantalla aparece escrita una pregunta: «¿Se pueden remediar los errores de la cirugía?». Si una joven antisistema estuviera viendo el programa, haría acaso un comentario sardónico del tipo: «Ahora anunciarán alguna pastilla para suicidarse. Es lo único que busca el capitalista, sacar dinero de donde sea. Son vampiros, una gente repugnante». Pero, con todo, el suicidio sería la segunda salida. Es mejor la solución previa. «¿Se pueden remediar los errores de la cirugía?» La voz en *off* ha repetido la pregunta, y, según nos dice, claro que hay soluciones. Aparece en pantalla un teléfono. Basta con llamar a ese número.

Viene a continuación el anuncio de una película o de una serie. Se nos muestran las habitaciones de una casa moderna y elegante, ambiente nocturno, luces indirectas, estores de color claro en las ventanas. Suena el teléfono. Emerge de la oscuridad una figura femenina, parece joven, de clase social alta. Se oye una voz de hombre al otro lado del hilo telefónico: «Ha ocurrido algo tremendo, Charlotte. He matado a Jeff».

Estamos de nuevo en el gimnasio. Haciendo acopio de fuerzas, Daisy se sube a la báscula. Los números bailan en el monitor del *trainer*. La voz en *off* vuelve a explicar la situación: «Si pesa 356 *pounds* o menos, prueba superada, tendrá una niñera. ¡Vamos a ver si lo consigue!». Al cabo de unos segundos, vemos la cifra en la pantalla, 356 *pounds*, 162 kilos. Daisy da gritos de alegría y abraza al *trainer*. En la siguiente escena, empuja una caja contra la pared. Pero esta vez no se trata de la expresión de un deseo. La caja contiene los 45 kilos que se ha quitado de encima.

El cielo azul y el sol de Texas, la ciudad de Houston, una cafetería, plástico, cristal, materiales metálicos. Sentadas a una de las mesas, Daisy y su madre. Un halo de desánimo envuelve a ambas. Daisy ha acudido a la cita buscando un poco de alegría, un eco amistoso que refuerce la satisfacción que ella siente, pero no tiene apoyo, nadie la acompaña en su viaje hacia la delgadez. No al menos en esa cafetería. Cuando le confía a su madre su gran logro, que ha perdido 45 kilos, y le comenta lo bien que le viene tener una niñera, la mirada apagada de aquella no se enciende, sus manos no se mueven, no se levanta de la mesa para fundirse en un abrazo con su hija. Se la ve triste. Puede que estuviera ya triste antes de entrar en la cafetería. Más aún: quizás estuviera triste antes de que su hija emprendiera su viaje hacia la delgadez. Soñó seguramente, al nacer Daisy, con un gran futuro para ella; sintió euforia al oírle pronunciar sus primeras palabras, qué nena tan lista nuestra Daisy, y lo mismo más adelante, qué jovencita tan guapa nuestra Daisy...; pero cuando empezó a engordar y rebasó los 100 kilos, los 120, los 140, cuando quedó claro que iba a llegar a los 200, todas las bombillitas encendidas durante aquellos primeros años se fueron apagando como las de los árboles de Navidad una vez acabadas las fiestas... ¡Qué triste traer una criatura al mundo y que esa criatura se convierta en una masa de tejido adiposo! Claro que, por otra parte, su tristeza podría tener una causa más general. La vejez, por ejemplo. Cuando, a partir de cierta edad, el tiempo pasado levanta la voz y proclama su verdad —*la vérité nue*—, solo cabe rendirse, aceptar la desaparición de toda alegría. ¿Qué podría decirse de la madre de Daisy? Es probable que no haya jóvenes antisistema entre los seguidores de este tipo de programa, pero, si los hubiera, la interpelarían con severidad: «¿Por qué asumes los valores de un sistema corrupto? ¿Por qué te entristeces? ¿Te parece una reacción aceptable?». Preguntar es fácil, ya se sabe.

En la pantalla, Daisy llora.

—Nunca se ha sentido orgullosa de mí, y desde que engordé, menos todavía —dice, dolida por la conversación que acaba de tener con su madre—. Ella no ve el esfuerzo que estoy haciendo para seguir con vida.

El alma gemela de Francisco de Asís —¡qué pena que no estuviera con ella en la cafetería de Houston!— le habría dicho: «No llores, Daisy. No eres una masa de tejido adiposo, sino la venus de Willendorf. Lo comprendo, sé que las líneas del amor no son iguales, y que una de ellas, la que va de la madre a la hija, debería ser más firme que la que va de la hija a la madre; pero, acéptalo, las cosas son así a veces. Enjúgate las lágrimas, Daisy. Con 45 kilos menos, tu rostro es incluso más bello que antes». Por desgracia, el alma gemela de Francisco de Asís le habla desde el otro lado de la pantalla, y ella no puede oírle desde Houston.

He ahí el cielo azul de Texas semejante al de una tarjeta postal, el cielo de siempre. Daisy conduce por la autopista, va a trabajar, y al pasar por el BBQ donde sirven las mejores barbacoas del mundo le dice adiós con orgullo. Es capaz de controlar el apetito insaciable al que antes siempre sucumbía. Otro escollo salvado. Mientras, en su casa, una mujer delgada de pelo corto entra en la cocina y se dispone a preparar algo para sus hijos. Es la niñera, el premio a su esfuerzo.

Daisy repasa ahora unas fotos que recogen diferentes instantes de su vida y se las va comentando al *trainer*. La primera muestra a una muchacha grandota vestida con falda plisada y jersey grueso de pico, un uniforme cuya severidad hace pensar en los colegios católicos. Sonríe melancólicamente, y una cinta ancha le sujeta el pelo que, en esa imagen, es negro. En la segunda foto se la ve con sus compañeras de colegio en lo que parece una excursión, y ahí está de nuevo su sonrisa, triste, no solo melancólica. Sigue una sucesión de instantáneas que representan las diferentes etapas del viaje de Daisy hacia la obesidad: 100 kilos en la primera, en la siguiente unos 120, en la tercera unos 140...

No obstante, Daisy ha invertido el sentido de su viaje, y su meta es ahora la delgadez. Ha perdido ya 45 kilos, y ahí la vemos en su casa, en la habitación donde han instalado los aparatos de gimnasia. Un mensaje sobreimpreso en la pantalla nos informa de que hace cuatro horas diarias de ejercicios, al tiempo que una música de fondo, uno de esos valses rápidos que suenan en las bodas *cowboy* de las películas del Oeste, subraya la satisfacción que le produce el esfuerzo. Cuesta, sin embargo, imaginarse a Daisy bailando con su marido. No por ella, sino por él. Apoyado en el marco de la puerta de la cocina, contempla la sesión de gimnasia. El problema no es tanto su brazo inválido como la flacidez de todo su cuerpo. Da la impresión de que sus músculos carecen de la tensión necesaria para mantenerlo erguido. El ictus no lo mató, pero le dejó graves secuelas. Una persona cruel le diría a Daisy: «Por escoger un marido así engordaste tanto, *darling*. Abandónalo, y verás cómo empiezas a adelgazar». Pero a esa persona cruel, si es que existe, Daisy no la puede oír.

Aparece otro mensaje. Han transcurrido seis meses, ha llegado el momento de someterse a un nuevo control de peso. Daisy se sube a la báscula, el cuerpo enfundado en una malla negra, el pelo suelto. El *trainer* está a su lado, con el monitor en la mano. Los números bailan durante unos diez segundos, pero finalmente, cuando empezamos a preguntarnos si el aparato se habrá estropeado, ahí está su peso actual: 288 *pounds,* 131 kilos. Nuevo mensaje en la pantalla: «Ha perdido 76 kilos en seis meses». El *trainer* y Daisy se abrazan. El *trainer* dice algo a Daisy. Daisy no llora, tampoco ríe. Cierra los ojos y confiesa:

—Ha sido muy duro, pero gracias a Dios lo he conseguido. He rezado mucho para llegar hasta aquí.

En el viaje de los 207 kilos a los 100, Daisy ha de acometer una nueva etapa el día 181. Debe continuar perdiendo peso, en una progresión que es cada vez más difícil, y le han programado una prueba que trasciende los ejercicios de gimnasia. Las imágenes nos muestran dónde va a tener lugar: en una *training tower,* la torre de entrenamiento de los bomberos de Texas, una construcción de ladrillo que parecería medieval de no ser por su forma de chimenea. El *trainer* nos informa:

—Es en esta torre donde se realizan los entrenamientos más duros.

El bombero que lo acompaña, un negro esbelto de unos treinta y cinco años, proporciona más detalles. En el interior de la torre la temperatura asciende a los cincuenta y cinco grados. Una escalera de caracol enlaza los seis cuerpos de los que consta la edificación.

—Daisy tendrá que subir hasta arriba vestida con un traje ignífugo que pesa veinte kilos —añade el *trainer.*

Equipada para la prueba, Daisy parece más normal, porque un traje ignífugo de veinte kilos hace grande a cualquiera, incluso al bombero esbelto. Se adentran ambos en la torre y la cámara nos muestra la escalera de caracol, estrecha, asfixiante de por sí, más asfixiante aún si uno va, como Daisy, no solo con el pesado traje, sino con un casco rojo en la cabeza, una máscara respiratoria en la cara y unas gafas enormes. Han subido el primer tramo, Daisy a duras penas. Antes de continuar, descansa veinte segundos, sube luego dos o tres escalones más ayudada por el bombero y de repente parece un elefante moribundo, se balancea, choca contra las paredes, tropieza. Daisy no puede, Daisy se ahoga.

Cuando la llevan fuera y le quitan el traje, todo parece indicar que aquella chica de sonrisa triste, de pelo negro, vestida con un uniforme de colegiala va a acabar allí su viaje. No el que inició 181 días atrás, el 207-100, sino el principal. No puede respirar, su corazón —lo dice en voz baja uno de los bomberos— está a punto de reventar. Si el alma gemela de Francisco de Asís pudiera asistirla en ese momento, le diría: «Es suficiente, Daisy. Con 131 kilos estás muy bien. Más que a la de Willendorf, te pareces ahora a una venus de Malta. Y te diré una cosa: yo he visto, no en las puertas de Tannhäuser sino aquí, entre nosotros, a niñas de quince años tiritando bajo la marquesina del autobús con sus minifaldas y blazers ligeros a tres grados bajo cero; he visto a los que un día fueron los hombres más apuestos de la ciudad, ya envejecidos, con las manos arrugadas, alopécicos, engalanarse con sombreros y fulares como jovenzuelos; he visto a hombres y mujeres que tras ponerse una y otra vez en manos de cirujanos charlatanes acabaron finalmente como los monstruos que han desfilado en el anuncio. Y por esa razón, por haber visto tanta gente engañada o equivocada, te ruego que lo dejes, Daisy. Los antiguos griegos, seguidores siempre de la verdad, situaban la belleza física en segundo lugar en su escala de valores. Piensa en ello, Daisy: la belleza física no es lo más importante».

Pero Daisy continúa ahí, en el exterior de la *training tower* de los bomberos de Texas, tratando de respirar con la boca abierta, ahogándose. No podría oír al alma gemela de Francisco de Asís ni aunque la tuviera al lado. Tampoco a la persona cruel. Mejor así, mejor no escuchar su chiste: «No. Daisy no va a morir. De haber muerto no la veríamos en el programa. Los concursantes que caen en el camino se quedan sin su porción de fama». «No estoy de acuerdo», replicaría la joven antisistema. «El dinero constituye el único valor firme en esta moribunda sociedad capitalista. La retransmisión de una muerte en directo atraería a numerosos telespectadores y, por consiguiente, mucha publicidad. Por lo tanto, nadie ha perdido la vida en *From Fat to Fit*. Tampoco Daisy.»

Efectivamente, Daisy no ha muerto. En el programa se impone la normalidad. Vemos en la pantalla el cielo azul de Texas, la autopista, una señal que indica *Houston 10 miles*. A continuación, a la conductora de un vehículo: es ella, Daisy. Se dirige al hospital. Ahora que su peso se ha reducido hasta los 131 kilos, el cirujano ha accedido a operarla.

Daisy está semidesnuda junto al cilindro metálico. Van a hacerle una nueva resonancia. Los 76 kilos que se ha quitado de encima en su viaje 207-100 se notan, presencia de la ausencia. No es ya, está claro, la venus de Willendorf, sino la de Malta. En la escena siguiente, las manos del cirujano se mueven sobre el abdomen de Daisy, mientras una voz en *off* nos recuerda que la operación es un premio. El primero, cuando bajó de 207 a 162, la niñera. Ahora, una vez alcanzado el objetivo de los 131, la intervención quirúrgica.

Un salto en el programa: se nos anuncia que en la progresión de Daisy se ha producido un retroceso. Siguen varios planos que corresponden al momento crítico, el día 209 del viaje 207-100. En la casa de Daisy todo está patas arriba, los niños andan descontrolados, no hay ni rastro de la niñera ni del marido. Simultáneamente, ella circula por la autopista bajo el cielo azul de Texas. Al llegar al BBQ donde se sirve la mejor barbacoa del mundo, estaciona el coche en el aparcamiento. La cámara se detiene, a continuación, en una bandeja con chuletas de cerdo, patatas fritas y salsa kétchup, y, en un plano más abierto, vemos a Daisy con expresión ceñuda, devorándolo todo con una rabia que parece aumentar con cada patata frita que se lleva a la boca. En el hipotético caso de que la persona cruel hubiese coincidido con ella en el BBQ, le habría dicho: «Para este viaje no necesitabas alforjas, Daisy». Por su parte, el alma gemela de Francisco de Asís habría tratado de consolarla: «Sufres, Daisy, pero el sufrimiento no es tu enemigo, sino tu aliado». A lo que la joven antisistema habría replicado: «No estoy de acuerdo. Quien acepta el sufrimiento consolida la esclavitud». Sin embargo, Daisy está sola en el BBQ con sus chuletas de cerdo, su salsa kétchup y sus patatas fritas, y sola sale al exterior, sola se aleja del BBQ bajo el cielo azul de Texas.

Se cumplen nueve meses, ha llegado el momento de pesarse de nuevo, y Daisy se dirige a la báscula donde una tortuga de las Galápagos podría acomodarse plácidamente. Su rostro trasluce preocupación. Avanza sin vacilaciones, dispuesta a enfrentarse a la realidad. El *trainer* vigila el monitor. Cuando se estabilizan los números, exclama:

—¡Has engordado dos kilos, Daisy!

La pantalla omite el final de la escena y muestra un primer plano del *trainer*.

—Vuelve a caer en los errores del pasado —nos dice apenado.

Es hora de dar paso a la publicidad. El primer anuncio tiene como protagonista al Rey de las Tartas, un latino con bigotes al que vemos rodeado de los productos de su reino: tartas de chocolate, de crema, tazas rebosantes de chantilly y merengue, pasteles de nata, más tartas de chocolate. La escena induce a pensar que, al igual que Daisy, el programa atraviesa una crisis, en este caso de identidad, porque no deja de ser contradictorio que un programa que se llama *From Fat to Fit* anime a consumir semejantes bombas energéticas. Los anuncios se encadenan. En el segundo, una modelo que parece haber salido de un calendario nos presenta artículos de joyería, diamantes falsos, perlas artificiales que simulan ser auténticas, cristales de colores. El tercer anuncio, que defiende las virtudes de la cirugía estética, es una variación del que hemos visto antes: primeros planos de mujeres que parecen réplicas de la modelo del calendario, pero que, a diferencia de la que anunciaba las joyas, tienen la barbilla torcida, un labio hinchado, un pecho que cae hacia un lado. Una voz en *off* dice: «Hay veces que las cosas no salen bien a la primera». Aparece un doctor en la pantalla: «Tu problema tiene solución: una nueva cirugía puede corregir la anterior. No dudes en llamarnos por teléfono».

Ha pasado un año desde la primera vez que vimos a Daisy en una gasolinera de la autopista. «Día 365», leemos en la pantalla. Vamos a ser testigos de una reunión. Además de Daisy y su marido participan en ella los bomberos de Texas. Todos están relajados y sonrientes. Salta a la vista que ha habido cambios durante el intermedio, y que se han producido en la buena dirección. Daisy se muestra confiada:

—¡Conseguiré mi objetivo!

Daisy se va a pesar por quinta vez en la báscula de siempre, aunque ya no la precisa. Con una normal, de baño, le sería suficiente.

El *trainer* mira el monitor. Mejor de lo esperado: en esta última etapa ha perdido 19 kilos, uno más de lo que habían planificado. Daisy pesa ahora 114 kilos. El *trainer* está exultante.

—¡Es increíble lo que ha conseguido!

No vemos el cielo azul de Texas, ni la casa de Daisy, ni el gimnasio, sino el reluciente salón de actos de un hotel donde, sentadas en butacas de madera y terciopelo, aguardan unas cuarenta personas. La madre, la hermana y el marido de Daisy ocupan la primera fila. A ratos, la cámara se adentra en una habitación que bien podría ser un camerino, moviéndose a ras del suelo y enfocando luego los pies y las piernas de Daisy hasta la rodilla; una visión que volvería loco a un fetichista tipo Adamov, tal es la finura de los zapatos de cuero negro y tacón de aguja. Los zapatos se mueven de aquí para allá, con pasos ensayados, de desfile, y los tobillos de Daisy son ahora bonitos, nada que ver con los tobillos hinchados y deformados a fuerza de soportar 207 kilos de peso.

La cámara abandona los zapatos negros y enfoca unas cortinas, o, mejor dicho, un telón. El público aguarda impaciente. Se abre el telón y hace acto de presencia, en primer lugar, el *trainer,* que saluda a los concurrentes con una sonrisa. ¿Qué aspecto tendrá ahora Daisy? Nadie la ha visto últimamente. Pero ahí viene, ahí viene por fin: lleva unos pantalones negros muy ceñidos y una blusa frambuesa con transparencias. Sonríe, se mueve con estilo. Se sube a una pequeña tarima y comienza a girar, exhibiendo su cuerpo ante el público. Primer plano de la madre, la hermana y el marido: abren los ojos con sorpresa, pero no parece que vayan a soltar un *Wow!* La madre no, desde luego. A la madre le cuesta participar en la celebración. Se diría que no puede evitar pensar que están haciendo el ridículo. Y la hermana y el marido, más de lo mismo. Parece mentira que la alegre Daisy provenga de esa familia tan triste. Cuando pesaba 207 kilos no le faltaba alegría, y ahora, con mucho menos tejido adiposo, la vemos acariciarse de forma insinuante los muslos y el vientre plano, como si se dispusiera a hacer un *striptease*. El *trainer* debería quizás acercarse a ella y susurrarle un consejo al oído: «Daisy, Daisy, huye de tu familia. Coge tu coche y no pares hasta llegar a México». Menos mal que la atmósfera *disappointing* provocada por la falta de entusiasmo de la familia se anima con los aplausos y los hurras del resto de la gente. El *trainer* afirma que la transformación ha sido asombrosa, gracias, mayormente, al valor y al coraje de los que ha hecho gala Daisy.

La cámara, que gira trescientos sesenta grados en torno a Daisy, constata la transformación. Antes era la venus de Willendorf, luego fue una venus de Malta; ahora es el vivo retrato de Anita Wlodarczyk, la plusmarquista mundial de lanzamiento de martillo.

Orquídeas

2017

Era uno de los últimos días del verano, 6 de septiembre, miércoles. Recogieron las cosas esparcidas por la habitación 121, las metieron en la pequeña maleta de color turquesa y se dirigieron hacia la salida del hospital por el pasillo de la Unidad de Pediatría. A la niña le habían dado el alta esa misma tarde, cuando se cumplían diez días de su ingreso y posterior intervención de urgencia a causa de una peritonitis.

—Nos vamos a casa, Garazi —le dijo Martín.

—Ya era hora —dijo ella dándole la mano.

Tenía doce años y era una niña de rostro despierto, algo baja de estatura para su edad. Sus ojos, castaños, denotaban al mismo tiempo timidez y determinación.

De camino al área de ascensores, se detuvieron en el mostrador del control de enfermería con el propósito de despedirse de la enfermera Rosa; pero esa tarde no trabajaba. La enfermera de turno, sentada delante de un ordenador, dejó lo que estaba haciendo y les tendió un papel.

—Podéis escribirle una nota, si queréis.

Garazi tiró de la mano de su padre. Con un gesto, Martín indicó a la enfermera que volvería más tarde.

Notó la vibración del móvil en el bolsillo de la camisa. La voz de su mujer sonó fuerte y nítida, como si la tuviera al lado: «Estoy delante de la puerta con el taxi». Fue una frase seca, carente de emoción. «Ya ha acabado la pesadilla, Ana. No puedo estar más contento», dijo él. La frase quedó como suspendida, a falta del reproche que la habría rematado: «En cambio, tú estás de mal genio, como siempre». «¿Venís o qué?», insistió Ana.

El ascensor del hospital era enorme, con capacidad para unas quince personas. Pero a esa hora de la tarde apenas quedaban visitas, y Garazi y Martín lo compartieron solo con un matrimonio de mucha edad. Por las pocas palabras que intercambiaron, tenían un hijo ingresado.

Las hijas, los hijos: ¿qué clase de vínculo se establecía con ellos? Cuando Garazi dejó de ser una niña y empezó a ser, con ocho o nueve años, una persona con voz y personalidad propias, él pensó que comenzaba su separación, una nueva etapa en la que ambos se irían distanciando. Garazi nunca sería para él alguien tan ajeno como el matrimonio del ascensor, pero sí una persona desligada de él, tan extraña, quizás, como en ese momento lo era su mujer. La transformación, un episodio minúsculo dentro de la transformación general del mundo, era necesaria e inevitable.

Sin embargo, su previsión no se había cumplido. Garazi estaba ya a las puertas de la adolescencia y la sentía cada vez más adentro, como si se hubiera ido hundiendo en su espíritu; además, se hallaba en todas partes. No podía mirar las fotos de las filas de niños que esperaban para subir a los trenes que los conducirían a Auschwitz; no podía leer las crónicas de las masacres perpetradas contra los indios lakotas o navajos, donde se hablaba de las niñas violadas por los soldados de la *Cavalry*. Él veía a Garazi en todos ellos. «Desde que soy madre no puedo ver películas con niño.» Se lo había dicho hacía tiempo Begoña, la compañera con la que compartía la dirección de la revista del sindicato, y a él, en esa época, cuando aún faltaban años para que naciera Garazi, le había parecido una ocurrencia. Ahora, lo entendía perfectamente.

En el exterior del hospital, bajo la luz natural, la piel de Garazi parecía hecha de nata. Le dio un beso en la frente para comprobar si tenía fiebre. No tenía.

—¡Déjame! —dijo ella apartándole.

Su actitud ante el menor síntoma de enfermedad, casi policíaca, fastidiaba a Garazi. También le fastidiaba a él. Le provocaba, además, una enorme fatiga nerviosa. «La tensión cansa más que andar saltando detrás de una charanga.» Era otra de las frases de Begoña. Tenía razón Garazi y tenía razón Begoña, pero no era una manía fácil de superar.

Ana subió casi corriendo las escaleras de la entrada del hospital.

—El informe médico y el alta —dijo él pasándole un sobre.

Ana lo cogió y le dio luego tres besos a Garazi.

—Saludos de parte de Odín. Quiere saber cuándo vas a ir a hacerle una visita.

Ana trabajaba en un club hípico y Odín era el caballo preferido de la niña.

Él las acompañó hasta el taxi y entregó al conductor la maleta de color turquesa. Garazi lo observaba desde el interior del coche.

—¿No vienes a casa?

—Acuérdate, tengo que ir a la floristería.

Garazi y él habían acordado comprar una orquídea blanca para el personal que la había atendido. Algunas familias lo hacían, en señal de agradecimiento, y la planta quedaba como una ofrenda sobre el mostrador del control de enfermería. Esa tarde, él solo había visto allí un helecho joven de color muy verde.

—¡Es verdad! —exclamó Garazi despidiéndolo con la mano.

El taxi giró en la rotonda de enfrente del hospital y desapareció en una de las salidas. Su casa se encontraba a diez minutos, en un barrio obrero de la ciudad.

No podía quitarse de la cabeza la palidez de Garazi. Los resultados de los últimos análisis habían sido normales, pero eso no acababa de tranquilizarle. «El optimismo se contagia, igual que el pesimismo.» Lo solía decir la enfermera Rosa. También a ella le fastidiaba su actitud, no le gustaban las personas que se desanimaban fácilmente. Después de la operación de Garazi, estando la niña en la Unidad de Reanimación, él le había preguntado: «¿Saldrá adelante?». La respuesta de Rosa vino acompañada de un puñetazo en el brazo: «¡Cambia de actitud, haz el favor! ¡Cómo no va a salir adelante!». El puñetazo le dolió de verdad. Era una mujer fuerte. Si había que cambiar de postura a Garazi en la cama, lo hacía ella sola sin ayuda de nadie.

La floristería estaba ubicada en la misma avenida que el hospital, a unos cien metros. Caminaba hacia allí cuando oyó que alguien lo llamaba por su nombre. No tenía ganas de hablar con nadie, y su primera reacción fue la de hacerse el sordo; sin embargo, unos pasos más adelante, la voz le resultó familiar y se volvió. Un hombre de cara ancha le sonreía desde la mediana de la avenida mientras aguardaba a que el semáforo se pusiera en verde. Era el carnicero de Ugarte, Esteban, compañero suyo en la escuela del pueblo. Tenía a su hijo de catorce años ingresado en el hospital, enfermo de cáncer.

—Voy a comprar una planta —dijo él cuando se reunieron en la acera.

Esteban le estrechó la mano.

—Me alegro mucho.

Esteban sabía bien lo que significaba aquella compra.

—Nosotros todavía no estamos en disposición de comprar flores —añadió—. Andoni tiene que seguir en el hospital. No queda otro remedio.

Era un hombre tranquilo, de expresión pausada. En la escuela de Ugarte, él y su hermano Luis siempre acababan metidos en peleas. Esteban, jamás.

—¿Qué tal Andoni? Lo he visto a menudo con mi hija en la sala de juegos. Le gusta el ordenador.

Veía a Garazi en todos los niños, también en Andoni. Cada vez que se acordaba de él le entraban ganas de llorar.

Esteban miró hacia el edificio del hospital, como si esperara ver a su hijo asomado a una ventana.

—Nos han dicho que tendremos que ir a Houston para continuar con el tratamiento, y Andoni intenta mejorar su inglés. Se defiende muy bien, pero utiliza el ordenador para acostumbrarse al acento americano.

—Fue un acierto poner ese servicio en la Unidad de Pediatría, aunque a Garazi no le ha servido para dar un empujón a su inglés. Lo suyo son los videojuegos.

—Andoni también se entretiene. Disfruta un montón con esos vídeos que le pasa Luitxo.

Esteban seguía llamando Luitxo a su hermano, como cuando eran niños. Al contrario que él, Luis iba al pueblo con frecuencia, cada vez más, y tenía mucho trato con Esteban.

—Le pasó el documental sobre las Olimpiadas de Roma, ¿verdad?

—En inglés, además. Y cuando hablan entre ellos también lo hacen en inglés. No me digas que no es raro.

En la redonda cara de Esteban apareció una sonrisa. Una sonrisa de verdad, no de circunstancias, como habría sido la suya de tener un hijo enfermo de cáncer. ¿Sería creyente? Los creyentes aceptaban mejor los golpes de la vida.

La gente que iba o venía del hospital pasaba junto a ellos sin hacer ruido, como si pisaran la acera con zapatillas de felpa. Solo se oían los pitidos que emitía el semáforo antes de ponerse en verde para los coches.

—Luitxo le regaló también un vídeo de una final del Baskonia —dijo Esteban—. Andoni disfruta muchísimo con el baloncesto. Ahora, con eso de que tendrá que ir a Houston, siempre anda metido en la web de los Houston Rockets.

Luis poseía un don especial para acertar con los regalos. A Garazi le había encantado el caleidoscopio que le trajo al día siguiente de la intervención quirúrgica. Fue lo primero que metió esa tarde en la maleta turquesa, cuando le dieron el alta.

Martín tuvo la impresión de que los pitidos del semáforo sonaban cada vez más fuerte. Era molesto. Le estrechó la mano a Esteban.

—Pasaré un día a hacerle una visita a Andoni.

—Si te viene bien, Martín. Si no, ya nos veremos en Ugarte. Pero tú vas poco al pueblo, ¿verdad? Luitxo me dice que la revista del sindicato te da mucho trabajo.

—Es verdad. Apenas me muevo de aquí.

—Hay que arrear con lo que nos toca. Así es la vida.

Las orquídeas ocupaban casi todo el escaparate de la floristería. Entró y pidió dos de flor blanca. La mujer que lo atendió cuestionó la elección:

—¿No prefieres combinar una blanca y una morada? Si las pones juntas, tendrás un racimo de mariposas de colores.

Iba vestida con unas botas de goma y un delantal de tela de mahón, como si acabara de llegar del huerto. Tenía la piel de la cara sonrosada. No parecía de nata, sino de pulpa de tomate.

—Yo digo que los pétalos de esta flor son como mariposas, pero mi marido se burla de mí. Dice que le echo demasiada fantasía. Qué va a decir, si él no tiene ninguna.

Rio abiertamente, dejando a la vista el hueco de la paleta que le faltaba en la dentadura.

La floristería solo distaba cien metros del hospital, pero en un hipotético mapa de la felicidad ambos lugares habrían ocupado extremos opuestos. Era imposible encontrar una risa como la de aquella mujer en la Unidad de Pediatría o en cualquier otra unidad. Ni siquiera en la de los recién nacidos.

—Prefiero que las dos sean blancas —dijo—. Una es para el hospital y la otra, para casa.

Se acordaba de las orquídeas que vio en la habitación de su hermano cuando fue a visitarlo al hospital, después de que saliera del coma. Eran de color morado, regalo de su novia de entonces. No quería que fueran iguales. Aquellas significaban otra cosa.

—Bien, como quieras —dijo la mujer. Metió las orquídeas en una bolsa de papel y garabateó el precio en un trozo de cartón: cuarenta euros.

Ya en casa, se sentó a la mesa de la sala y creó en el ordenador un nuevo documento: «Enfermedad de Garazi. Memorando». En ese momento, las ocho y media de la tarde, la niña estaba sentada en el sofá viendo la televisión mientras cenaba una tortilla francesa y un yogur. A su lado, Ana comía una ensalada directamente de una fuente de cristal. Oyó una voz que preguntaba: «¿Cuánto tiempo hace que no te cuidas?», y luego unos sollozos. «Desde hace tiempo, desde hace mucho tiempo. Los niños me reclaman, mi marido está imposibilitado y no puede ayudarme, y por si fuera poco tengo que ir a trabajar para traer un sueldo a casa.»

Miró hacia el televisor. Una mujer obesa abrazaba a un hombre vestido con chándal. La escena tenía lugar en un gimnasio. «¡Tienes que perder peso! ¡Tienes que salvar tu vida! ¡Hazlo por ti!», la urgió el hombre cuando se soltaron del abrazo. Por la forma de hablar, debía de ser su entrenador.

—Pues yo bien que me cuidaba, pero no me sirvió de nada —dijo Garazi.

«¡Coge todos tus kilos y arrójalos contra la pared, Daisy!», ordenó el entrenador, y la mujer agarró una caja grande y la empujó contra la pared. La secuencia le hizo darse cuenta de la casualidad. Era el mismo programa que estaba viendo su hermano Luis cuando fue a visitarlo al hospital, unos años antes.

—¿No vas a cenar? Tienes ensalada en la cocina —le dijo Ana.

—No tengo hambre.

Apenas se hablaban entre ellos, pero procuraban guardar las formas delante de su hija.

La orquídea blanca que había comprado en la floristería se alzaba a un lado del ordenador. La otra, casi idéntica, seguiría donde la había dejado una hora antes, en el mostrador de la Unidad de Pediatría, junto al helecho verde. Un descanso para quienes pasaran por allí. Un descanso también en casa, para sus ojos.

Las dos orquídeas, la de encima de la mesa y la del hospital, se aunaban en su mente. Fijó su atención en el ordenador y repitió en la primera página el título que llevaba el documento: «Enfermedad de Garazi. Memorando».

Durante la estancia en el hospital había sido incapaz de tomar una sola nota, ni sobre el papel ni en el ordenador, por aprensión, por miedo a que la menor referencia a la enfermedad pusiera en marcha alguna fuerza maligna, aliada de la muerte; un temor ilógico, supersticioso, ajeno a los esquemas mentales que regían su vida, y que solo había podido atemperar volcando toda su atención en blogs relacionados con su trabajo en el sindicato. Ahora, por fin, el paréntesis angustioso había acabado. Era 6 de septiembre, estaban de vuelta en casa. Sobre la mesa, junto a la orquídea blanca, reposaba el alta firmada por los médicos. La muerte, siempre al acecho, permanecería cerca; pero había retrocedido un paso, o dos. Un murmullo, unas líneas no la activarían.

Se concentró, rastreando en la memoria cómo había empezado todo, y se puso a escribir.

«26 de agosto de 2017. En un camping de montaña. Era sábado, Ana había quedado con unos compañeros de trabajo para ir a las carreras que se iban a disputar ese fin de semana en el hipódromo de Lasarte, así que Garazi y yo íbamos a estar solos en el camping donde pasamos las vacaciones. Después de una tranquila tarde en la piscina, nos juntamos a cenar con unos amigos en el cobertizo del bar, en el mismo camping. Una cena sencilla: gazpacho, atún de lata con cebolla y pollo asado. Pedimos además espaguetis para los niños.

»Garazi estaba sentada en una esquina de la mesa y se me acercó justo cuando íbamos a empezar con el pollo. "¿Podemos volver ya al bungaló? Estoy cansada." Le respondí con brusquedad. Supuse que no estaba a gusto con los amigos que le habían tocado al lado, todos ellos chicos, y le pedí que se sentara y terminara de cenar, que era la despedida de las vacaciones. Al día siguiente volveríamos a casa. "Allí no tendrás problemas con el wifi, así que perfecto", le dije. Ella llevaba todas las vacaciones quejándose de la cobertura en el camping. "No tengo hambre", dijo. "Pues yo sí." El pollo se me estaba enfriando en el plato. "Garazi, vete al bungaló y espérame allí." Le ofrecí la llave. No la cogió. "Iré al tobogán." La zona del tobogán tenía la mejor cobertura de todo el camping. "Me duele un poco la tripa", añadió. "¡Lo que faltaba!", exclamé. Me sentí agobiado. Estando Ana ausente, yo era el único responsable de la niña. "Dentro de veinte minutos nos iremos a dormir. Vete si quieres al tobogán." Me dirigí luego a los amigos sentados enfrente de mí. "Garazi siempre ha sido así. Lo suyo es ir a la contra. Cuando era un bebé, salíamos a alguna parte, en coche, y a los dos minutos ya se había hecho caca. Había que parar en la primera gasolinera para cambiarle el pañal." Los amigos se rieron, y cuando quise mirar a Garazi para ver su reacción, ella se alejaba del cobertizo. Era ya de noche. La oscuridad se tragó enseguida su figura.

»Para cuando me reuní con Garazi habían pasado los veinte minutos prometidos y diez más. Estaba sentada debajo del tobogán, acurrucada. La luz de la pantalla del móvil le iluminaba las manos y un poco la cara. Al acercarme, noté un gesto de dolor en su rostro. Tenía los labios fruncidos. "Me duele la tripa", dijo. Le di la mano y la ayudé a ponerse de pie. Cuando volvimos al bungaló y la acosté en la cama, le pregunté en qué punto le dolía. Ella se llevó la mano a la parte baja del abdomen. "Tranquila, volveremos a casa y el lunes mismo iremos al médico." Quise darle un beso. Ella no lo aceptó. "Ahora un beso, ¿verdad?, y hace un rato les decías a esos imbéciles que lo mío es ir a la contra." "Tienes razón. Perdona."

»Garazi no tardó en quedarse dormida. Le puse la mano en la frente. No tenía fiebre. Sin embargo, no paraba de revolverse en la cama. Hacia el amanecer, su agitación fue a más. Se me ocurrió que no había por qué esperar hasta el lunes para llevarla al médico, habría alguno de guardia en el pueblo vecino. "¿Te apetece desayunar?", le pregunté cuando se despertó. Dijo que no. "Deberíamos ir a un centro de salud. ¿Te parece bien?" Estuvo de acuerdo, y puso el móvil a cargar. "Luego quiero llamar a mi madre." Es triste ver sufrir de dolor a una niña sentada en el borde de la cama de un bungaló. Yo sentí esa tristeza en lo más hondo de mi ser.»

Apartó los ojos del ordenador para mirar a Garazi. La niña señalaba la pantalla de la televisión con la cucharilla que había utilizado para comer el yogur.

—¿Tiene que subir hasta ahí arriba? ¡Se va a ahogar!

Daisy, la concursante del programa, se encontraba en el campo de entrenamiento de los bomberos de Texas, ante una torre de ladrillo con forma de chimenea. Un bombero acababa de indicar que una escalera de caracol unía los seis cuerpos de la torre, y que la temperatura en el interior era de cincuenta y cinco grados. El entrenador hizo un aparte para explicar la prueba a la que se iba a enfrentar la mujer: «Tendrá que subir hasta arriba vestida con un traje de bombero ignífugo que pesa veinte kilos». Los planos se fueron encadenando en una secuencia alarmante: Daisy envuelta en el traje ignífugo, con un casco rojo, una máscara respiratoria y unas gafas enormes pegadas a la cara; Daisy subiendo por la escalera de caracol, tropezando a cada paso; Daisy tambaleándose, chocando ahora con una pared, ahora con la otra; Daisy caída en el suelo.

—¿Se ha muerto? —preguntó Garazi.

Ana se rio.

—No, es solo un mareo.

348

—¿Estás a gusto en casa, Garazi? —dijo él apagando el ordenador. La niña no le oyó. Seguía con mucha atención el programa.

Salió de la sala y se acercó a la ventana de la cocina. Se veían muy pocas luces en el exterior, solo las de las farolas que alumbraban las calles de una zona industrial cercana al barrio. No era una visión reconfortante. Algunas empresas habían cerrado, y en el exterior de las naves la chatarra se mezclaba con las zarzas. Las paredes estaban llenas de pintadas de protesta y de carteles reivindicativos. Más allá, en la oscuridad, se distinguían las luces de una aldea, una decena de manchas mortecinas amarillentas y una rectangular de color rojo. Las mortecinas pertenecían a las casas de los labradores; la de color rojo, al rótulo de un restaurante. Un núcleo de población insignificante, pensó. Y la agricultura, un sector en declive. Durante su estancia en la cárcel, los presos que militaban en otros grupos políticos solían burlarse de los maoístas: «En China, con doscientos millones de campesinos, es lógico que Mao Tse-Tung los considerara la base de la revolución, pero ¿aquí? De verdad, los maoístas vascos dais risa». Tenían razón. Su proyecto político había sido producto de una ilusión. *La Cina non era vicina.*

Garazi se asomó a la puerta de la cocina.

—Voy a dormir con mi madre. Tú puedes dormir en mi cama.

Seguía pálida, pero su mirada tenía más viveza que los días anteriores.

—Me parece bien, Garazi. Descansarás mejor.

Él era un mal guardián. En la habitación 121 de la Unidad de Pediatría, de noche, procuraba no dejarse vencer por el sueño, y se pasaba las horas vigilando la respiración de su hija, asegurándose de que el suero y los antibióticos seguían goteando en los tubos, palpándole la frente, molestando. Sí, era mejor que durmiera con su madre.

Ana apareció al poco rato, cuando él estaba cenando la ensalada. Dejó sobre la mesa las medicinas que debía tomar Garazi.

—El antibiótico se lo daré yo antes de ir a trabajar. ¿Tú tienes que salir a algún sitio por la mañana?

—¿Cómo quieres que salga, estando la niña enferma?

—No sería tan raro.

También aquella frase escondía un reproche: «Hasta ahora te has largado de casa cada vez que te ha dado la gana, con la excusa de las reuniones del sindicato».

—Trabajaré desde casa. Saludos a Odín.

El revés: «Vete donde tus caballos. Ya me encargaré yo de cuidar a nuestra hija».

Lo despertaron por la mañana los ruidos que hacía Ana en la cocina. Abrió y cerró la puerta del armario de la vajilla. Dejó correr durante unos segundos el agua del grifo. ¿Qué hacía? Un tintineo lo sacó de dudas: preparaba el antibiótico para Garazi disolviéndolo en un vaso de agua con una cucharilla. Miró la hora. Las siete menos diez de la mañana. La noche había terminado.

Se acercó a la cama donde dormía Garazi después de que se marchara Ana. Todo estaba en orden. La niña respiraba con normalidad. Trece veces por minuto, como en el poema de Gabriel Celaya que cantaba Paco Ibáñez. Al entrar en la cocina para desayunar, vio la nota encima de la mesa: «Ya le he dado el antibiótico. Si siente algún dolor, dale un paracetamol». La siguiente línea estaba subrayada: «Vigila el apósito, por si acaso. Si sale líquido por la herida, sécaselo con una gasa».

A Garazi le habían practicado una «incisión de McBurney», un corte de pocos centímetros por debajo del ombligo. Conocía el nombre, McBurney, porque lo había consultado en Google. Conocía también otros detalles de la operación, las precauciones que se debían tomar, el recorrido que hacía el bisturí para atravesar los tejidos y llegar a la zona infectada, la forma de proceder en el momento de la extirpación... Mientras se informaba, a él le había parecido complicado; pero por lo visto no lo era, ni siquiera en el caso de que el apéndice fuera retrocecal. Así se lo había asegurado la pediatra que atendió a Garazi en el hospital, una mujer seria y al mismo tiempo agradable, capaz de empatizar con los familiares de los pacientes. Pensó que no estaría mal regalarle una orquídea también a ella. La podía dejar en el mostrador de la Unidad de Pediatría: «Para Laura, con nuestro agradecimiento».

La claridad del día se iba abriendo paso poco a poco, y desde la ventana de la cocina se divisaban tres colinas que cerraban el horizonte. En aquella misma ventana, en tiempos en los que su relación con Ana era mejor, solían decirle a Garazi: «Son las tres cumbres de una montaña rusa». La aldea, al abrigo de la colina del medio, con las luces de las casas y el rótulo rojo del restaurante apagados, era una mancha ocre. Más cerca, había movimiento: un tractor araba el campo ya cosechado; en la zona industrial, la entrada y salida de vehículos era incesante. La vista era más alegre que la víspera.

Después de desayunar, dejó abierta la puerta de la habitación donde dormía Garazi y la de la sala y echó una ojeada al buzón del correo electrónico. Tenía dos mensajes, ambos enviados por Begoña desde la dirección de la revista del sindicato. Abrió primero el que más le llamó la atención por su asunto: «Estercolero».

«En un alarde de inspiración, al ejecutivo de la empresa privada que gestiona las residencias de ancianos se le ha ocurrido un bonito nombre para nuestro sindicato: "Estercolero". Tenemos enfrente gente primaria. Histéricos. Solo una semana de huelga y mira cómo se han puesto. Se negarán a negociar.»

Begoña había estudiado Periodismo, pero le interesaba mucho la psicología y siempre integraba el factor personal en sus análisis. «Gente primaria. Histéricos.» Seguro que tenía razón.

El otro mensaje lo había titulado «Empiezan a lanzar basura». Era un fragmento de un artículo de prensa sobre la huelga de las residencias. Begoña había subrayado las líneas que recogían las declaraciones de un alto cargo de la Administración.

«Los que hacen esta huelga no tienen corazón. Se están dando casos muy graves. En una residencia, un diabético no recibió la comida pautada. En otra, no se les cambió el pañal a los ancianos en todo el día. Muchos residentes tuvieron que permanecer en la misma postura porque nadie fue a moverlos. No podemos permitir que se repitan tales situaciones y, por tanto, los servicios mínimos deben ser del 80%.»

Begoña añadía un comentario:

«Tiene su gracia que este don Cacas denuncie la falta de corazón de las trabajadoras. Pero lo más gracioso es que otro don Cacas ha exigido en nombre de la empresa que los servicios mínimos se cumplan en un 100%. El tipo es un genio, no me extraña que lo hayan nombrado director. ¡Ha inventado la huelga sin huelga!»

Redactó de inmediato su respuesta:

«El asunto merece que le dediquemos el número de octubre. En portada, en letras grandes, la lista de las condiciones actuales de las trabajadoras y, como fondo, la foto de una de las residencias. ¿Qué te parece?»

La portada pondría de manifiesto el cinismo de la Administración y de la empresa privada ante unas condiciones laborales que no distaban mucho de la esclavitud.

Desvió la mirada hacia la orquídea. Su blancura armonizaba con el silencio de la casa. La planta le parecía cada vez más bonita. Se levantó de la mesa para hacerle una visita a Garazi. Estaba bien, nada parecía alterar su sueño.

De nuevo delante del ordenador, abrió el documento en el que había empezado a contar la enfermedad de Garazi. No quería dejarlo a medias, como había ocurrido con el diario en el que Ana y él se habían propuesto registrar los primeros años de su hija. La libreta de pastas duras que compraron con ese fin dormía en algún cajón de la casa con la mayor parte de las hojas en blanco.

«*27 de agosto, domingo. Primera consulta médica.* Hasta que operaron a mi hija, yo apenas sabía nada sobre el apéndice. Solo lo que recordaba del libro de bachiller, que era como una pequeña lombriz que colgaba al inicio del intestino grueso. Ahora sé algo más, y sobre todo he aprendido lo más relevante para entender el caso de Garazi: que esa pequeña lombriz puede adoptar diferentes posiciones y encontrarse a la vista u oculta. Si está oculta, detrás del intestino grueso y hacia arriba, recibe el nombre de "retrocecal".

»Cuando salimos del camping para acudir al centro de salud del pueblo más cercano yo ignoraba que el apéndice de Garazi fuera, justamente, retrocecal, difícil de detectar aplicando lo que técnicamente se conoce como "escala CRIA". En dicha escala, según me explicó Laura, la pediatra que tan amable ha sido con nosotros, al vómito se le asigna un punto; al dolor en la fosa ilíaca derecha, otro punto; a la rigidez muscular en esa parte del cuerpo, si es grande, tres puntos; a una temperatura corporal mayor o igual a 38,5 °C, un punto.

»Garazi solo dio un punto. Le dolía la fosa ilíaca, pero no presentaba ni vómitos ni fiebre, y, sobre todo, faltaba el síntoma más decisivo, que habría conducido a una exploración más exhaustiva: la rigidez abdominal. De haber sido normal su apéndice, y no retrocecal, el síntoma se habría manifestado.

»"Yo diría que es un simple dolor de tripa", dijo el médico del centro de salud. Era un hombre de unos cincuenta años, bajo y robusto. Casualmente, lo conocía de una consulta anterior, y tenía motivos para confiar en él. Un par de años antes me habían salido unas manchas rojas en los pies y me atendió él en el centro de salud del barrio. Echó una rápida ojeada a mis pies y garabateó unas líneas en un papel. "Vaya a una farmacia y dígales que le preparen esta pomada. Extiéndasela sobre las manchas antes de irse a dormir y al cabo de una semana habrán desaparecido." Añadió: "Seguro que usted hace *footing*. No deje de hacerlo, pero cómprese unas zapatillas apropiadas". Al darle yo las gracias, se soltó un par de botones de su bata blanca y me mostró la insignia que llevaba en el jersey. Era de un club de halterofilia. "Ha sido un diagnóstico fácil. Estas manchas se dan mucho en los deportistas." Seguí sus indicaciones y a la semana tenía los pies bien.

»Cuando regresé al camping con Garazi, el sol —dicho sea a la manera de los poetas clásicos— arrojaba sus flechas a los árboles haciendo que las hojas sonrieran. En la piscina no había ni una sola sombra. Alrededor, debido a la niebla, las montañas parecían desprovistas de gravedad, trozos de materia suspendidos en el aire. No era el mismo mundo físico que el día anterior. Yo no sabía aún que aquel ropaje —la luz del sol, el suave verde de las hojas— era engañoso, retrocecal, y me dejé llevar por el alivio que me había producido la visita al centro de salud. Decidí pasar el domingo en el camping y volver a la ciudad al atardecer. "Si quieres, Garazi, primero desayunamos y luego nos bañamos en la piscina. Hay que disfrutar del último día de vacaciones." Garazi no mostró entusiasmo. "Para mí no es el último día de vacaciones. Las clases empiezan el 14 de septiembre."

»Desayunó muy poco y salió enseguida de la piscina, quejándose de que el agua estaba muy fría. Le pregunté: "¿Te duele la tripa?". Dijo que sí. "¿Quieres que nos vayamos a casa?" Su respuesta fue de nuevo afirmativa. "Espera donde el tobogán mientras yo lo recojo todo."

»Dejamos el camping a mitad de mañana. El sol seguía dirigiendo sus flechas a los árboles, dorando las rocas del monte y los trigales de la llanada; pero, de vez en cuando, la niña lloriqueaba de dolor en el asiento de al lado, y bastaba aquel sonido para anular los mensajes positivos del médico del centro de salud y del mundo físico. Garazi estaba enferma, no había otra verdad. Solo un hecho frenaba mis pensamientos negativos: mi condición de hipocondríaco. La enfermedad leve la tomaba por grave; la grave, por terminal. Llegado el caso, Ana se encargaba de recordármelo.

»Una vez en casa, tras vaciar las mochilas y meter la ropa sucia en la lavadora, con la comida preparada, quedó claro que todos mis esfuerzos para instalarnos en la normalidad eran en vano. Las fuerzas que empujaban en sentido contrario resultaban más poderosas. Garazi permanecía recostada en el sofá, enviando mensajes de WhatsApp, inapetente. Apenas probó los espaguetis que le puse en el plato. De tanto en tanto, emitía un gemido. Le pregunté: "¿No se te va el dolor?". "Al contrario. Cada vez me duele más. Ya sabes que lo mío es ir a la contra." "Perdona, Garazi. No me odies por haber dicho esa tontería a los amigos del camping." "Te perdono." "Te daré un paracetamol, yo creo que te hará bien. Te lo puedes tomar con un yogur, si te apetece." "No quiero yogur."

»Diez minutos después de tomarse el analgésico se quedó dormida. Me dije entonces que, si bastaba un paracetamol para aliviarle el dolor, el mal no podía ser grave. Más tranquilo, me senté ante el ordenador y empecé a pedir colaboraciones para la revista del sindicato. Luego avisé a mi compañera Begoña: "Garazi se ha puesto enferma y quizás no pueda ir al local mañana. Podemos coordinarnos por correo electrónico, si te parece bien". La respuesta de Begoña entró antes de que pasara un minuto: "Ningún problema, Martín. No escatimes mimos a tu hija".

»Garazi durmió cerca de dos horas. Nada más despertar, empezó a quejarse de dolor, igual que por la mañana. Yo no lo podía soportar. Es cierto, como dice Bertolt

Brecht en un poema, que el hilo de humo que sale de una chimenea dota de vida a lo que hasta entonces parecía inerte, a la pequeña casa, al lago cercano; pero no es menos cierto que el gemido de dolor de un niño puede hundir todo un mundo, con su sol, su cielo azul, su vino y sus cantos.

»Me senté al lado de mi hija en el sofá. La cogí de la mano. Me preguntó cuándo iba a volver su madre. Miré el reloj. Faltaba poco para las siete. "La última carrera del hipódromo va a ser ahora. Llegará a casa antes de las nueve." Tuve un momento de duda. Podía llamar a Ana y pedirle que regresara cuanto antes. Pero no merecía la pena. Daba lo mismo que Ana volviera a las nueve o a las diez. No obstante, también era verdad que Garazi estaba sufriendo. Precisaba del amparo de su madre. Le dije a Garazi: "Le pediré que venga pronto". Raramente se quedaba Ana a cenar con sus compañeros, y era poco probable que se retrasara. Sin embargo, preferí llamarla. Fue inútil. Tenía el teléfono apagado. Me acerqué a Garazi: "Creo que deberíamos ir de nuevo al médico. El hospital está a un paso. Estaremos de vuelta antes de que regrese tu madre". Ella asintió. Tenía los ojos cerrados.

»Llamé por teléfono al servicio de urgencias del hospital. Una experiencia nefasta. Tanto, que el deseo de registrarla ha sido, quizás, lo que más me ha empujado a escribir este memorando.»

Tuvo que dejar de teclear. Garazi le estaba llamando. Fue a la habitación, se sentó en la esquina de la cama y buscó la mano de la niña debajo del edredón.

—¿Cómo está mi pequeña?

—Bien. ¿Dónde está mi madre?

—Ha ido a trabajar. ¿Quieres llamarla por teléfono?

—Luego.

Garazi cerró los ojos.

—¿No quieres levantarte? Siéntate en el sofá y te llevaré el desayuno.

—Todavía no.

Tenía la almohada un poco torcida, y se la puso bien. Garazi abrió los ojos de golpe. Le acababa de venir algo a la cabeza.

—Daisy no murió, ¿verdad?

—¿Daisy?

—Esa mujer que pesaba doscientos siete kilos, la que empezó a subir a lo alto de la torre de los bomberos.

Él se echó a reír y le dijo que no. El programa había seguido adelante.

Desmejorada como estaba por la operación y la estancia en el hospital, los ojos de Garazi resaltaban en su cara como dos avellanas en una superficie de nata. Aquellos ojos se volvieron hacia él:

—¿Y Andoni? Andoni tampoco ha muerto, ¿verdad?

Tardó unos segundos en darse cuenta de que se refería a su amigo del hospital, al hijo de Esteban, el carnicero de Ugarte.

—Has estado soñando, Garazi. Andoni está bien. Verás cómo se cura pronto.

—No sé si se va a curar.

Garazi no hablaba como una niña. Sus ojos miraban hacia dentro. Estuvo un rato callada antes de continuar.

—Habla inglés perfectamente, tiene un oído alucinante. Es capaz de pronunciar la misma frase con tres acentos diferentes: como se diría en Londres, como se diría en Texas y luego, si te descuidas, como lo diría un *afroamerican*.

—Es increíble, sí. Nadie lo esperaría de un chico de Ugarte.

A Martín le vino a la cabeza la imagen de Esteban tal como lo había visto camino de la floristería. Un hombre inteligente, que se había preocupado de que su hijo aprendiera inglés desde niño, enviándolo incluso a Londres, según le contó su hermano Luis.

—Cierra los ojos, Garazi.

Se levantó de la esquina de la cama y subió hasta arriba la persiana de la ventana. La luz del día inundó la habitación.

—Y para la música es un *crack* —continuó Garazi—. La profesora del hospital trajo el otro día una guitarrita a la sala de juegos, y media hora después, mirando en internet, ya había sacado una canción. Una chacarera.

Sonrió al decir «chacarera». Una palabra nueva, aprendida en el hospital.

—Andoni me da mucha pena. Seguramente se morirá —dijo.

Él no quería hablar de ello. Se fue hasta la puerta de la habitación. Garazi insistió:

—Al despedirnos me dijo: «Yo saldré de aquí para ir a Houston. Pero no sé si allí podrán curarme».

—Todo irá bien. Estate tranquila. Y ahora, dime, ¿qué quieres desayunar?

—Plátano machacado con unas gotas de limón.

Era el plato que más le gustaba de pequeña. Levantó el dedo pulgar y fue a preparárselo.

La mención de Andoni y el recuerdo de sus circunstancias —cómo lo llevaba la corriente canal abajo hacia la muerte— alteraron su conciencia, y al mirar por la ventana de la cocina toda la vista que se ofrecía a sus ojos se le antojó extraña: extrañas las tres colinas, la aldea al pie de la colina del medio, el rótulo rojo del restaurante que, aun siendo de día, seguía encendido; extraño el tractor que araba una parcela y las naves de la zona industrial. Luego, igual que cuando la respiración agitada recobra su ritmo, fue volviendo en sí.

Le vino a la memoria un pasquín con el que se encontraba cada vez que pasaba por la zona industrial, cuando salía a correr. «¡Pregúntaselo a tu conciencia, traidor!», clamaba con rotundidad el título, en letras grandes; pero la radicalidad desaparecía en el texto que venía a continuación. Los trabajadores mencionaban al dueño de la empresa por su nombre y apellido, y se dirigían a él en tono lastimero: «Nos has dejado en la calle después de haber trabajado lealmente para ti durante veinte años». Era patético. Aquella queja sobraba. Si la protesta de los obreros no pasaba de ahí, el supuesto traidor se reiría de ellos. Había que presionar a todos los don Cacas; primero, mediante la huelga; luego, si era necesario, con acciones bien calculadas, como había hecho él años atrás en la mina de Ugarte. Y había que presionar también a la gente, porque la gente, toda la gente, los mil quinientos vecinos de Ugarte, los trescientos mil de la ciudad, los millones que poblaban Europa o los Estados Unidos, vivía indiferente al sufrimiento ajeno, con la misma indiferencia que en ese momento mostraban los montes, los tractores y las naves industriales ante la enfermedad de Andoni.

Vio a Garazi en el vano de la puerta de la cocina. Estaba en pijama, abrazándose como si tuviera frío. El pijama, de seda negra y adornado con motivos chinos, era muy ligero.

—¿Quieres que te traiga el albornoz? —le preguntó.

—Tráeme el turquesa.

A Garazi le gustaban los albornoces, y tenía tres, uno amarillo, otro blanco con rayas negras y el tercero, el que acababa de pedir, de color azul turquesa.

—¿Dónde quieres comer el plátano? ¿En el sofá?

—No. Me quedaré en la cocina con el teléfono. Tengo un montón de mensajes de mis amigas.

—Entonces me voy a la sala. Si necesitas algo, me llamas.

Repasó en el ordenador lo que llevaba escrito en el memorando sobre la enfermedad de Garazi. Le faltaba por contar el episodio más desagradable, la llamada al servicio de urgencias después de regresar a casa del camping.

«Dado que el estado de Garazi no mejoraba, llamé a urgencias. Respondió una mujer; por la voz, debía de ser muy joven. Le expliqué con detalle los síntomas de la niña.

"Además, le duele mucho. No para de gemir", concluí. Pensaba que me pondría con un médico, pero no. Empezó a pedirme datos, el nombre del paciente, el número de la tarjeta, el domicilio y demás. Se los di. Luego, para mi asombro, se puso a darme consejos, como si yo fuera imbécil: "Lleve a su hija al centro de salud de su barrio. Mañana es lunes". Estaba claro que mis palabras le habían entrado por un oído y salido por el otro. "Ya sé que mañana es lunes. Póngame por favor con un médico." Me soltó entonces una parrafada que solo pude entender a medias. Hablaba a toda velocidad, comiéndose la mitad de las sílabas. Me encaré con ella: "Si no me equivoco, estoy llamando a un servicio que se paga con los impuestos de todos y, primero, debería hablarme de manera inteligible y, segundo, tengo derecho a ser atendido por un médico". Del otro lado de la línea me llegó un chorro de palabras de las que solo me quedé con una: "No". Tenía una voz desabrida y a veces se le quebraba. Estaba nerviosa, más que yo. De pronto, lo entendí. O, mejor dicho, me imaginé una escena que lo explicaba todo: un tecnócrata al servicio del sistema dando instrucciones a aquella joven y a otros empleados sobre la mejor manera de actuar como *stoppers*. Era sabido que la gente perdía la calma enseguida y que llamaba a urgencias por cualquier bobada. Para atender todas las peticiones, sería preciso duplicar el número de empleados, y eso no era posible, el dinero público no alcanzaba para tanto. Retórica del sistema. Caca de tecnócrata.»

Sonó el teléfono en la cocina. «Bien», dijo Garazi. «Bien», repitió. Y tras un rato en silencio: «Entonces, lo de Odín no es grave».

Cuando a Martín le pareció que habían acabado, fue a la cocina.

—¿Qué te ha dicho tu madre? ¿Ha pasado algo?

La luz del día entraba de lleno por la ventana, reavivando el color turquesa del albornoz de Garazi.

—Le han encontrado una garrapata a Odín, pero por suerte no era de esas que contagian enfermedades —respondió la niña. La claridad de la cocina la obligaba a entrecerrar los ojos—. ¿Has visto alguna vez cómo se le quita una garrapata a un caballo?

—Sí. Una vez ayudé a tu madre. Tirando firmemente hacia fuera, ¿no? Sin retorcer.

—O si no, se cubre la garrapata con un gel. El bicho asqueroso no puede respirar y se suelta.

La piel de Garazi aún parecía de nata.

—¿Quieres algo?

—Estoy hablando con mis amigas. Van a venir a visitarme.

—Entonces voy a seguir trabajando.

Volvió al ordenador y continuó con su relato:

«La *stopper* que hablaba comiéndose las sílabas no cedió, y tuvimos que quedarnos en casa. Diez horas más tarde, a las cinco de la mañana, Garazi gritaba y se retorcía de dolor. La llevamos al hospital. Solo una hora después, la niña se encontraba en la mesa del quirófano. Peritonitis. Ana y yo estuvimos más de dos horas en la salita de espera de la zona de quirófanos. Por fin vino el cirujano: "Hemos llegado a tiempo". Tras diez días en el hospital, los antibióticos han hecho su trabajo y Garazi se va recuperando. Ahora estamos en casa. Mañana, 8 de septiembre, pasaremos la primera revisión en el centro de salud.»

Ni él ni Ana conocían la palabra *seroma*. La aprendieron el 8 de septiembre, cuando la pediatra del centro de salud del barrio vio el apósito mojado.

—Tiene un poquito de seroma, pero es normal —dijo. Cada vez que presionaba la zona de la incisión, la herida exudaba un líquido parduzco.

La pediatra le explicó a Garazi que el seroma era una acumulación de suero en la zona donde se había practicado una intervención. Por regla general, el cuerpo lo acababa absorbiendo.

—De todas formas, la enfermera te hará un drenaje —añadió.

Garazi sonrió, pero solo con los labios, no con los ojos. Llevaba una camiseta de color azul marino con la imagen de un caballo rupestre en color rojo, y se la estiró sobre los vaqueros cuidando de que el dibujo quedara derecho.

La enfermera del centro de salud era tan enérgica como Rosa. Cogió de la mano a Garazi y se la llevó a la sala de curas. La ayudó a tumbarse en la camilla.

—Te va a doler un poco, pero será un instante, justo el momento del pinchazo —dijo mostrándole una jeringuilla.

Garazi empezó a subirse la camiseta.

—Mejor si te la quitas, cariño. Pero ¡ojo! Si no te andas con cuidado, te la robaré. El caballo del dibujo es precioso. A mi sobrina le va a encantar.

Garazi no siguió la broma. Lo miró a él.

—Tú espera fuera.

Salió de la sala de curas y se sentó en una silla del área de espera desde la que se abarcaba toda la planta baja del centro de salud. Había mucha gente esperando el turno de consulta. No era fácil saber cuánta exactamente, porque el flujo de personas que entraban o salían de la puerta principal era incesante, pero serían más de cuarenta: unos veinte hombres y mujeres de más de sesenta años, diez jóvenes de alrededor de treinta, diez adolescentes y tres menores, dos niñas y un niño. De pronto, resonó en su cabeza la voz de la *stopper* que hablaba comiéndose las sílabas, y empezó a insultarla entre dientes. No se lo perdonaba. Si ella no lo hubiera frenado, no estarían ahora allí con el problema del seroma. Y la intervención quirúrgica no habría sido a vida o muerte, sino una rutinaria operación de apendicitis.

Tomó aire y procuró tranquilizarse. No lo consiguió del todo, pero sus insultos tomaron otra dirección. La *stop-*

per no tenía tanta culpa. Podía hacer daño, como cualquier persona débil en circunstancias difíciles; pero los verdaderos responsables eran los instructores que formaban a aquella clase de funcionarios y los ideólogos que inspiraban al poder.

Vio salir a la enfermera de la sala de curas. Venía hacia él.

—¿Todo bien?

—Sí, bien, pero tenía mucho líquido. Y está muy pálida. Yo creo que habría que hacerle un hemograma.

Garazi y Ana asomaron por la puerta de la sala de curas. El azul marino de la camiseta de la niña y el caballo rojo estampado en su pechera acentuaban su palidez.

—Garazi, tendrás que volver el lunes —dijo la pediatra cuando los tres se sentaron en la consulta—. Estoy de acuerdo con mi enfermera. Vamos a hacer un hemograma, por si acaso.

Hablaba de forma relajada, dando impresión de normalidad. Sabía que ellos estaban preocupados.

—¿Le quitamos algún punto? Todavía le sale bastante seroma —preguntó la enfermera.

La pediatra inclinó la cabeza a un lado y permaneció un rato con un ojo cerrado, como si apuntara a un objetivo. Luego se dirigió a la niña:

—Puede que el lunes te quitemos alguno. Pero antes hacemos lo del hemograma, ¿vale?

Garazi asintió y se levantó de la silla. Tenía prisa por marcharse de allí.

Terminada la consulta, apenas hablaron mientras recorrían la poca distancia que los separaba de casa. En las calles, todo era movimiento en torno a ellos, gente en las aceras, coches, autobuses, bicicletas, gorriones buscando comida en las terrazas de las cafeterías, niños y padres en los parques, columpios que subían y bajaban. Aquel movimiento constituía la vida, la animación, el ánima del mundo; pero ellos, Garazi, Ana, él mismo, estaban excluidos, a la espera, parados, preguntándose cuándo saldrían del encierro impuesto por la enfermedad. Porque eso era en ese momento su vida, un encierro. Una prisión peor, en muchos aspectos, a la de acero y cemento que él había conocido. Estando allí jamás se había sentido tan aislado.

Al llegar a casa, Garazi se puso delante del televisor. Había dibujos animados. Los protagonistas eran un mapache y un amigo suyo con pinta de pájaro. Ana y él se sentaron en la cocina para tomar un café.

—¿Podrás quedarte en casa el lunes y acompañarla al médico? —preguntó Ana—. Yo no puedo faltar al trabajo.

—Sin problema. Seguiré con la revista.

Ana hizo un gesto de disgusto.

—Es una mierda lo de las garrapatas.

—¿Y por qué no vas ahora? Te quedarás más tranquila. Ya cuido yo de la niña.

—Gracias.

Se le habían empañado los ojos y no tuvo fuerzas para seguir hablando. Se fue a la sala, se sentó en el sofá junto a Garazi y estuvo susurrándole al oído mientras la abrazaba.

—No te preocupes. Tú cuida de Odín —dijo la niña sin apartar los ojos de la pantalla. El mapache y su amigo con pinta de pájaro corrían despavoridos delante de un meteoro que iba a caer en un parque.

Él acompañó a Ana hasta la puerta de la entrada. Se despidieron con un beso.

Al mediodía vinieron cinco amigas de Garazi a visitarla. Se apretujaron en el sofá y se pusieron a jugar con el caleidoscopio que le había regalado Luis.

—Nos vamos a la habitación a ver vídeos en YouTube. Tú trabaja tranquilo —dijo después de un rato Garazi, y todas salieron de la sala, cada cual con su móvil en la mano.

Se la veía más animada que en el centro de salud, pero había una gran diferencia entre su forma de moverse y la de sus amigas. Al levantarse del sofá, aquellas se habían puesto en pie como impulsadas por un resorte. Garazi, con lentitud.

La orquídea blanca seguía junto al ordenador. La mujer de la floristería veía mariposas en aquella flor. Para él, en cambio, era un recipiente que recogía entre sus pétalos el silencio de la sala y la luz que entraba por la ventana.

Había dos mensajes nuevos en el buzón del correo electrónico, el primero de Begoña y el segundo de un compañero que había estado con él en la cárcel. Abrió el segundo:

«Mañana, 9 de septiembre de 2017, se cumplen cuarenta y un años de la muerte de Mao Tse-Tung. ¡Acuérdate, amigo! ¡Ánimo!»

Respondió al instante:

«¡Efectivamente, que no falte el ánimo!»

El de Begoña era sobre las condiciones laborales de las empleadas de las residencias para la tercera edad. Recogía los testimonios de dos trabajadoras.

«*Idoia.* Somos tres personas para levantar y asear a cuarenta ancianos, y, aunque empezamos a las seis y media de la mañana, siempre se producen desfases, por ejemplo a la hora de darles las medicinas. Además nos cronometran, como si estuviéramos en una competición, midiendo el tiempo que dedicamos a cada persona sin tener en cuenta su grado de dependencia. Dicho claramente, nos obligan a tratarlos mal.

»*Florinda.* Llevo cinco años trabajando en residencias para la tercera edad y lo tengo muy claro: antes de que me ingresen en un sitio de esos, me tomo una pastillita y al otro barrio. Una cosa es vivir y otra respirar. En algunas residencias drogan a los ancianos para que no den la lata. ¿Es eso vida? Yo prefiero morir.»

Clicó en la flecha para responder:

«El primer testimonio es muy revelador, yo lo pondría entero. Del segundo entresacaría lo de que en las residencias drogan a los ancianos.»

La respuesta de Begoña llegó al instante:

«Estamos de acuerdo. ¿Qué tal está Garazi?»

Él:

«Mejor, a ver si un día de estos puedo pasarme por ahí.»

Begoña:

«No hace falta, Martín. El correo electrónico es un invento estupendo.»

Begoña había añadido un emoticono a su mensaje, un sol sonriente.

El estado de Garazi no evolucionó favorablemente. El sábado por la tarde, al poco de reunirse con sus amigas en el parque del barrio, se sintió mal, y Ana tuvo que traerla a casa agarrada del brazo. Martín se las encontró abrazadas en el sofá cuando volvió de correr. Las dos miraban la pantalla del móvil. «Charlot the Kid. Shamahina. Wild King», dijo Ana. Eran nombres de caballos. «Moonhill. Satine Rouge...»

Se sentó al lado de Garazi y le dio un beso. Luego, sin disimulo, le puso la mano en la frente. No tenía fiebre. Pero su palidez era extrema. La piel de nata de su rostro parecía más lechosa que veinticuatro horas antes.

—Vamos a ver el vídeo de la carrera. Adivina quién ganó —dijo Ana.

El ruido de caballos al galope, golpeando la pista del hipódromo, se hizo cada vez más fuerte. Luego fue disminuyendo hasta desaparecer.

—¿Shamahina?

—Sí, ella fue la ganadora. Muy bien, Garazi.

—Hubiese preferido que ganara Charlot the Kid.

Ana amplió con los dedos la imagen de la pantalla.

—Si el *jockey* hubiera atacado por el interior, habría podido ganar, pero ¿lo ves? Va por fuera para evitar el barro, y ahí es cuando pierde la carrera.

Garazi se había incorporado en el sofá.

—Quiero irme a la cama.

Sus ojos parecían albergar dos miradas. En una de ellas estaban los caballos, Shamahina, Charlot the Kid, y en la otra, imágenes menos precisas. Quizás la de las amigas del instituto, de las que apenas había podido despedirse en el parque. O la del pasillo del hospital. O la de las luces del quirófano. O la de Andoni.

—Es normal que te sientas cansada, Garazi —dijo él—. Hace pocos días que saliste del hospital. Tienes que acostumbrarte a la vida normal.

Ana y él la acompañaron hasta su habitación. Cuando la tumbaron en la cama, miraron el apósito. Estaba un poco mojado.

—El lunes tenemos consulta, a ver qué opina la pediatra —le dijo Ana dándole un beso.

—Y a ver qué sale en el hemograma —añadió la niña. Todos estaban aprendiendo nuevas palabras: apósito, seroma, hemograma.

Él le dio otro beso y salió con Ana de la habitación.

—¿Qué vamos a cenar? —le preguntó.

También los ojos de ella albergaban dos miradas, y la que se ocupaba de lo inmediato era muy débil; la otra, triste. Hizo un gesto negativo, no pensaba cenar.

—¡Todas las complicaciones llegan a la vez! —exclamó—. El lunes me necesitan en la hípica. No conseguimos acabar con la plaga de garrapatas.

—No te preocupes, Anita. No tengo ningún problema para llevarla al médico. Voy bien con la revista.

Se le había escapado aquella forma de llamarla, «Anita», y los dos se quedaron sin saber cómo continuar. Era un nombre del pasado. Cuando se conocieron, veinte años atrás, y empezaron a vivir en una especie de encierro, el del amor, ajenos a todo, aquella Ana que tenía delante, con su mirada triste, sus ojeras, era «Anita», una chica menuda que se ponía un casco rojo para montar a caballo.

—Prepararé una ensalada de tomate. ¿Te parece bien? Hay que comer algo —añadió.

Ana se encogió de hombros.

Los resultados del hemograma fueron buenos, y al preguntar él si el nivel de hemoglobina era normal, la pediatra giró la pantalla del ordenador para que pudiera ver la cifra: 14. Perfectamente normal.

—Entonces, ¿por qué estoy tan blanca? —preguntó Garazi.

Tras su paso por el hospital, se mantenía alerta. Incluso cuando parecía estar pensando en otra cosa. Al igual que su mirada, su pensamiento era doble, de dos sensores, y uno de ellos vigilaba sin descanso su cuerpo, como un monitor. Se le notaba, sobre todo, al acercarse la hora de tomar el antibiótico: cinco minutos antes ya lo estaba pidiendo.

—Puede deberse a varias razones, pero lo que nos importa ahora es esto, el hemograma.

La pediatra señaló esta vez de uno en uno los datos más importantes: los glóbulos rojos, los leucocitos, las plaquetas. Todo estaba bien. Entró la enfermera en la consulta.

—¿Cómo va la herida? —le preguntó la pediatra.

—Todavía tiene un poco de seroma.

Su rostro serio delataba una mayor preocupación que el de la pediatra, pero no podía saberse si era por Garazi o por algún otro paciente.

Volvían a casa cuando empezó a sonar el móvil.

—¿Ana? —dijo él. Pero era su hermano.

—Luis *speaking*. ¿Cómo está mi sobrina favorita?

Le resumió cómo había ido la consulta. Luego le pasó el teléfono a Garazi. Al cabo de unos segundos, la niña se estaba riendo.

—¿Qué te ha dicho? —preguntó él cuando acabaron.

Garazi sacudió la cabeza alegremente.

—Un montón de disparates. Tengo un tío friki.

El móvil sonó por segunda vez nada más llegar a casa. Era Ana. Quiso repetir la explicación que le había dado a Luis, pero no pudo ocultar su preocupación. Viendo la palidez de Garazi, no alcanzaba a comprender que el hemograma estuviera bien.

—Yo estoy en las mismas. Pero los datos no pueden mentir —dijo Ana.

—Eso es verdad.

Garazi le quitó el móvil de la mano y se interesó por Odín.

—Me alegro mucho —dijo tras atender a la explicación de su madre—. Yo estoy bastante bien. ¿Cuándo vas a venir a casa?

La respuesta se alargó bastante.

—Vale —dijo Garazi antes de cortar la comunicación. Se fue al sofá y se concentró en su móvil.

Él se sentó delante del ordenador. Era un día nublado, más propio de otoño que de verano, y la poca luz que entraba por la ventana de la sala quitaba viveza a los pétalos de la orquídea, dándoles un tono vainilla. Era la misma flor, pero ensombrecida.

Pulsó la tecla para encender la pantalla. Había un mensaje de Begoña en el buzón del correo electrónico: «Más de seis millones al año».

«Estos últimos años, desde que la Administración privatizó los servicios de las residencias para la tercera edad, las empresas del sector de la salud y todos los don Cacas implicados en el negocio se han embolsado más de seis millones de euros. Encontrarás los datos exactos en el documento adjunto. ¿Qué tal Garazi? ¿Va recobrando fuerzas?»

Como si quisiera animarlo a responder afirmativamente, Garazi se levantó del sofá para mirar por la ventana.

—Mis amigas proponen juntarnos en el parque, pero no se puede. Está lloviendo.

—Tómatelo con calma, Garazi. Habrá todavía días bonitos y podrás salir a pasear tantas veces como quieras.

La niña encendió el televisor.

—Es el canal del otro día, donde dieron lo de Daisy. Ya sabes, la mujer que pesaba doscientos siete kilos.

En la pantalla, ante un rótulo escrito en chino, una mujercita de no más de uno veinte de altura hablaba con voz muy aguda.

—¿Qué dice?

—Creo que adoptan a niños enfermos.

Era mala suerte encender el televisor para pasar el rato y encontrarse con un programa de tristezas. Estuvo a punto de comentarlo en voz alta, pero no lo hizo.

Hablaba ahora en la pantalla un hombrecito más pequeño aún que la mujer. «En China no pueden ofrecerles la atención que precisan, y es por eso que vamos a llevarlos a Chicago. Allí los cuidaremos bien.» Señaló a tres niños acostados en una cama. Dos de ellos eran siameses. La imagen era impactante.

—¿No quieres ver otra cosa?

—No. Es muy interesante.

La luz que entraba por la ventana de la sala era cada vez más tenue. La orquídea se había vuelto de color arena. Respondió al mensaje de Begoña:

«Está bien. Examinaré la información. Habrá que ver qué es lo que queremos destacar. Necesitamos datos referentes al salario de las mujeres. Si las que cobran seiscientos euros al mes son mayoría, ya tenemos el titular: "Seiscientos euros para ti, seis millones para mí". Garazi va mejorando. Despacio, pero en la buena dirección.»

Garazi no comió mucho. La mitad de la crema de calabacín y un trocito de pollo. Aun así, estuvo animada, y le explicó la buena suerte que habían tenido las siamesas del programa. En Chicago les habían practicado una operación de diecisiete horas para separarlas. Afortunadamente, las dos habían salido con vida, cada una con su corazón, su hígado, sus pulmones... A lo largo del día, sin embargo, la vitalidad de Garazi fue mermando. Al volver Ana por la tarde y empezar ella a repetirle la historia de las siamesas, se calló de golpe.

—Estoy un poco cansada. Creo que voy a irme a la cama.

Sintió enojo hacia su hija: ¿es que no pensaba curarse nunca?

—Voy a tomarle el relevo a tu padre. Yo también quiero cuidar a mi niña —dijo Ana poniendo cara alegre—. Martín, tú vete a correr.

—Cuéntale lo de las siamesas —dijo Garazi.

—Ya me lo contará luego. A tu padre le vendrá bien tomar un poco el aire.

Solía atravesar la zona industrial, doscientos metros entre naves y talleres, a paso casi normal, y no echaba a correr hasta tomar el camino de parcelaria que conducía a la aldea. Luego, poco a poco, iba acelerando el ritmo hasta que la agitación, el aturdimiento provocado por el esfuerzo, borraba sus pensamientos o los reducía al mínimo: solo reparaba en los campos de avena o de trigo, o en los rastrojos aún sin recoger, o en las marcas que un tractor había dejado en el camino. Pero aquel lunes no hubo descanso, y siguió pensando en la situación en que se hallaban, en cómo había cambiado su vida en el lapso de un par de semanas, y cuando tuvo enfrente las tres colinas, «la montaña rusa», el recuerdo de cuando Garazi era pequeña, el contraste con el presente, lo dejó sin aire y lo obligó a detenerse.

Esperó un par de minutos haciendo ejercicios de respiración; luego, echó de nuevo a correr. Al llegar a la altura del restaurante del rótulo rojo, no tomó el camino de vuelta, como hacía normalmente, sino que continuó cuesta arriba, en dirección a la cima de una de las colinas, hasta que no pudo más y se dejó caer al suelo, boca arriba. Gruesas nubes cubrían el cielo. Pronto empezaría a llover.

Le llegó el sonido de las campanas del reloj del pueblo. Eran las siete. Se levantó y emprendió el regreso. Cuesta abajo, no tardó en dejar atrás el restaurante y enfilar el camino de parcelaria. Unos cientos de metros después, ya más tranquilo, fijó la mirada en lo que tenía delante: su barrio, el bloque donde vivían, más atrás los otros bloques de viviendas y la torre de una iglesia. A lo lejos, a la derecha, el edificio blanco del hospital.

Ya en la zona industrial, vio un coche de la Policía Municipal estacionado delante de una nave. Dos agentes estaban arrancando un pasquín.

—¿Por qué lo quitáis? ¿Con qué derecho? —los increpó al llegar a su altura.

En la pared solo quedaba la parte de arriba del pasquín: «Pregúntaselo a tu concienc...». Uno de los policías se le puso delante. Llevaba la mano en la cintura, a diez centímetros de la pistola.

—¿Con qué derecho? —repitió él.

—Siga corriendo —dijo el policía.

—¿No os da vergüenza estar al servicio de un depredador?

Se le acercó el segundo policía.

—Váyase, si no quiere que le llevemos a comisaría.

Volvió la cabeza hacia su compañero.

—Se ve que hacer ejercicio no le sienta bien.

Sentía ganas de seguir haciéndoles frente. Pero no podía arriesgarse a ser detenido. Garazi estaba enferma.

—Y tú ¿por qué tienes la mano en la cintura? ¿Para sacar la pistola? —preguntó al primer policía.

Sin esperar a la respuesta, se alejó corriendo. Oyó una voz a su espalda: «Déjale. Está loco». El segundo policía no quería líos.

Al entrar en casa, Ana estaba hablando por teléfono. Notó enseguida, por el tono de voz, que se dirigía a una persona desconocida. Prestó atención: daba explicaciones a un médico sobre el estado de Garazi. Fue a la habitación de la niña y se sentó a su lado, en el borde de la cama. No hizo falta tocarle la frente. Estaba sudando. Tenía fiebre. Garazi hizo una broma:

—Yo también he ido a correr. Por eso estoy toda sudada.

Sonrió. En sus ojos se adivinaban todavía las dos miradas, pero la sombría era más consistente.

Ana entró en la habitación.

—Me ha dicho el médico que estés una hora sin el edredón y que te llevemos al hospital en caso de no normalizarse la temperatura. Ánimo, esto también pasará.

Era habitual que Garazi se resistiera cuando se le pedía algo y tratara de salirse con la suya; pero esta vez se comportó como una niña pequeña, extendiendo los brazos hacia atrás mientras Ana le retiraba el edredón. Llevaba el pijama negro. Vistos de cerca, los motivos chinos estampados sobre la seda, las flores, los árboles, los pájaros, parecían muy alegres.

Garazi tuvo un escalofrío.

—¿Cuánto tiene? —preguntó él.

—Treinta y ocho con siete —dijo Ana. Señaló el baño—. Trae una toalla para que le seque el sudor. Y tú dúchate. Vamos a tener que ir al hospital.

Cuando el temor era solo suyo, podía tranquilizarse a sí mismo pensando en su tendencia a la aprensión. Pero no era el caso. En aquel momento, una única mirada ocupaba los ojos de Ana. Estaba asustada.

—Sí, es mejor que vayamos. Dame diez minutos.

Antes de ducharse, se sentó delante del ordenador para escribir un mensaje a Begoña:

«Garazi vuelve a tener fiebre y nos vamos al hospital. Seguramente, tendremos que quedarnos allí. Llevaré el portátil, así que estaremos en contacto. Mándame más testimonios de las trabajadoras de las residencias, si puedes. Habrá que añadir una entrevista con alguna representante del sindicato. No disponemos de mucho tiempo: apenas quince días para dejarlo todo listo para la imprenta. Octubre está a la vuelta de la esquina.»

Atardecía, no había luz en la sala. Las carnosas hojas de la base de la orquídea parecían negras; los pétalos, grises. Encendió la luz y la planta recobró su mejor aspecto. Sus hojas se tornaron verdes; sus pétalos, blancos.

Entró un nuevo mensaje en el buzón. Era del amigo que le había recordado el aniversario de la muerte de Mao Tse-Tung, una especie de circular. El asunto: «Cena de excombatientes».

«Unos cuantos compañeros de cárcel hemos pensado en hacer una cena a finales de este mes. Si os apetece ir, escribidme.»

Apagó el ordenador y fue a ducharse. Cuando salió del baño, vio la maleta azul turquesa de Garazi junto a la puerta de la entrada. Ana ya estaba preparada.

—Date prisa, Martín. El médico con el que he hablado por teléfono me ha dicho que hay bastante gente en urgencias.

Garazi estaba sentada en el sofá, envuelta en un albornoz. Dijo en voz baja, como para sí:

—Un día fatal para ir al médico. Ya se sabe, lo mío es ir a la contra.

Martín estuvo insultándose mientras se vestía apresuradamente en su habitación. ¿Por qué habría dicho, cuando Garazi se sintió mal en el camping, la estupidez aquella de que lo suyo era ir a la contra? Se dio un tortazo a sí mismo. Lo solía hacer en ocasiones, cuando le parecía que su torpeza merecía un castigo.

Algunas veces, si la inflamación es grande, el apéndice puede acabar por reventar, y el contenido del intestino, sus miles de bacterias, se esparce por la cavidad abdominal contaminando su membrana protectora, el peritoneo: es lo que se llama peritonitis. Si tal «porquería», mezcla de sangre y pus, no es eliminada, la infección puede extenderse a todo el cuerpo y afectar a los riñones, los pulmones, el hígado, hasta provocar la muerte. Ocurre en un tercio de los casos.

Finalizada la intervención de Garazi, el cirujano les comunicó que habían procurado limpiar a fondo la cavidad abdominal, porque bastaba un residuo de pus para que las bacterias volvieran a reproducirse. Por desgracia, no podía garantizar que lo hubieran conseguido. Si se presentaba una nueva infección, habría que controlarla con antibióticos de refuerzo.

—¡Esperemos que no ocurra! —había exclamado él en ese momento.

Pero desear no servía para nada. Los treinta y ocho grados y siete décimas de Garazi indicaban que la infección se había vuelto a activar.

Viéndose de nuevo en el box de urgencias, no pudo evitar pensar negativamente: todo lo que podía salir mal estaba saliendo mal; todo era retrocecal, todo le venía torcido a su hija. Se sintió agobiado y abandonó el box para tomar el aire y calmarse. Pero regresó antes de un minuto.

La pediatra, Laura, estaba con Ana junto a la cama de Garazi. En los ojos de la niña se había instalado una tercera mirada: no la alegre de cuando seguía en el móvil las carreras de caballos del hipódromo, ni la triste de cuando se recostaba en el sofá o en la cama, sintiéndose enferma, sino la mirada esquiva de quien está avergonzada. Se sentía responsable de la situación. La culpa, al igual que la infección, se había adueñado de ella. Se trataba, sin embargo, de algo inoculado; inoculado por él con su reproche, con la estupidez aquella de que siempre iba a la contra. Apostado detrás de Ana, dirigió una mueca graciosa a la niña y le guiñó un ojo. Garazi sonrió, y él tuvo que contenerse para no ponerse a llorar.

—No es nada raro lo que te está pasando, cariño —dijo Laura a la niña. Había bajado a urgencias por voluntad propia, «como amiga de Garazi»—. Tienes un poco de suciedad en la tripita, pero te la sacaremos.

Hizo una llamada con el móvil para preguntar por otro médico. Se refería a él como «el motorista»: «¿Nuestro motorista está de guardia?». Era ya de noche, y en el hospital solo quedaba el personal de turno. Al parecer, la respuesta fue afirmativa. «Voy a llamarle al móvil.»

Martín se puso alerta. Si localizaba al «motorista», buena señal; si no, otra piedra de través para Garazi.

«¿Dónde estás?», dijo Laura al cabo de unos segundos. «Esa distancia no es nada para ti. Súbete a tu caballo metálico y ven aquí.» Salió a continuación del box y, por lo que él pudo oír, estuvo un rato dando explicaciones.

—En un cuarto de hora está aquí —dijo entrando de nuevo en el box. Le habló a la niña—: Te vamos a llevar a otro sitio. Nuestro motorista se encargará de quitarte la suciedad. Ya verás, es un fenómeno.

La piel del rostro de Garazi parecía en ese momento de nieve. En la capa blanca, dos hoyos azulados, las ojeras.

—¿No va a venir Rosa? —preguntó.

—¡Telepatía! Me han dicho que estabas aquí y me he escapado a hacerte una visita —exclamó una enfermera entrando en el box. Era Rosa.

Se acercó a Garazi y le estampó un beso en la frente. Poco después, cuando se presentó el celador para trasladar a la niña al quirófano, pidió llevarla ella.

—Permíteme, si no te importa. Hace tiempo que no veo a esta amiga mía.

—Cinco días y medio —dijo Garazi.

El pequeño quirófano donde se practicaban los drenajes se hallaba en la planta baja del hospital. Ana y él se sentaron en unas sillas de plástico del pasillo, junto a una ventana abierta. Al cabo de unos minutos vieron aparecer al cirujano. Era joven y llevaba un casco de motorista negro en la mano. Se dirigió con determinación hacia el quirófano.

—Ahora le meterán la jeringa en la tripa —dijo Ana.

Se levantó de la silla y se fue hasta la ventana. Él la siguió y le pasó el brazo por el hombro.

—¿Por qué nos tiene que ocurrir esto? —dijo ella.

Era un doble lamento. El primero, por la enfermedad, por aquel mal insidioso que se había presentado bajo la máscara de un simple dolor en el abdomen. El segundo, por un azar. En el patio interior que se veía desde la ventana había una furgoneta que tenía las puertas traseras abiertas y dejaba ver unas literas metálicas. Al lado, una camilla sobre la que yacía un saco de plástico negro con forma de figura humana. En el saco negro, forzosamente, el cuerpo de una persona que acababa de fallecer en el hospital.

Ana lloraba agarrándose la cabeza con las dos manos. Se abrazaron.

Media hora más tarde, aprendieron una nueva palabra por boca del «motorista»: absceso. La mayor parte del pus acumulado en la cavidad abdominal de Garazi había sido extraída durante la intervención quirúrgica, pero una pizca, que el «motorista» delimitó dejando medio centímetro entre el dedo índice y el pulgar, había quedado en un recoveco, en un punto al que la jeringa no podía acceder. Era lo que en términos médicos se conocía como absceso. Pero debían estar tranquilos. No iba a ocasionar ningún problema. Combatirían el brote de bacterias con antibióticos. Sería cuestión, a lo sumo, de una semana.

—Seguro —concluyó el cirujano, y les pidió permiso para ir a cambiarse.

Los tres días siguientes a su segundo ingreso en el hospital, el 12, el 13 y el 14 de septiembre, la temperatura de

Garazi se mantenía en torno a los treinta y siete grados a lo largo del día, y solo al atardecer, de siete a nueve, subía unas décimas. Él solía ir al hospital sobre esa hora, para tomarle el relevo a Ana y pasar la noche con la niña. Notaba el calor de su frente al darle un beso.

A Garazi le habían vuelto a asignar la habitación 121 de la Unidad de Pediatría, y allí se quedaban los tres charlando después de que la auxiliar retirara la bandeja de la cena. Quien más cosas contaba era Ana. En la hípica la situación se iba normalizando, habían logrado controlar la plaga de garrapatas, y Odín progresaba en sus entrenamientos. Tenía también noticias de las amigas de instituto de Garazi. Le habían preguntado si podían ir a visitarla al hospital; pero la pediatra, Laura, había insistido en que esa semana convenía evitar todo estrés, así que seguirían sus consejos. Por eso no le habían llevado el móvil. Debía guardar reposo hasta que la fiebre desapareciera del todo.

Sus conversaciones se alargaban hasta las diez de la noche. A esa hora, la enfermera venía a comprobar la temperatura y la tensión arterial, y Ana se marchaba a casa. Él se sentaba entonces en una butaca arrimada a la cama y cogía la mano de Garazi por debajo de la sábana. Eso les bastaba para sentirse unidos, y los dos se quedaban callados.

Lentamente, por la acción de las sustancias que iban penetrando en sus venas, la respiración de Garazi se iba haciendo más profunda; luego, cerraba los ojos y se dormía. Entonces él apagaba el fluorescente del cabecero de la cama y sentía que la oscuridad entraba de lleno por la ventana, y que las paredes, el suelo, el techo, la cama blanca se cubrían de sombras. La mano con la que seguía agarrando la de su hija acababa adormeciéndose. La soltaba y encendía el ordenador.

El cuarto día, 15 de septiembre, viernes, se le ocurrió una idea. Tenía en el ordenador una carpeta donde guardaba fotos antiguas de su pueblo natal, y empezó a marcar las que podían darle más tema de conversación. Había observado en el pasado que Garazi escuchaba con mucha atención las historias sobre Ugarte. Para ella, pertenecían a otro mundo. Ugarte se encontraba a solo ciento veinte kilómetros en el espacio; en el tiempo, muy lejos.

Empezó a clicar sobre las fotos. En la primera, Luis, Elías y él aparecían delante de la panadería, cada cual con su barco de juguete. En la segunda, de nuevo los tres, pero metidos en el agua del canal. En la tercera, solo los barcos, alineados en la orilla del camino como en un muelle: una chalupa verde, una gabarra roja y una piragua blanca.

Las imágenes despertaron en su mente una escena de la que no había foto alguna, pero que era, quizás, la más apropiada para describírsela a Garazi: la del momento en que vieron un jabalí en el canal con las pezuñas ensangrentadas, haciendo esfuerzos desesperados por salir del agua. «Pero acabó bien», le diría, «porque al final Eliseo y el Gitano Rubio lo desviaron a un ramal y pudo escapar al monte». Garazi preguntaría por el Gitano Rubio nada más oír el nombre. «¿El Gitano Rubio? ¿Quién era ese?» Tenía tres fotos suyas. En una de ellas estaba con Elías, con Luis y con él. En otra, con Eliseo, el acordeón al hombro, en postura de tocar. En la tercera, con Marta y con Miguel.

Garazi sabía que Marta era el nombre de su abuela, pero tenía cierta confusión respecto al nombre de su abuelo. A veces pensaba que se llamaba Julián y, otras veces, Miguel. Pero aún no había cumplido trece años y él no quería hablarle de determinadas cosas hasta que concluyera del todo su infancia.

Amplió la foto siguiente y apareció un retrato de Marta. Posaba con una amiga en la calle Mayor de Ugarte. Dos chicas muy guapas. La amiga, Lucía, llevaba minifalda. Su madre le había contado que Lucía había echado a perder su vida por haberse casado con un chico malo que la arrastró al juego y a las apuestas, y que acabó suicidándose. «En el pueblo ocultaron lo que pasó. Se mató de una forma terrible, y no quisieron que sus padres supieran la verdad. Dijeron que se había ahogado en un río. Pero, en realidad, se metió allí después de haber tomado un veneno. Por lo visto, el veneno le provocó sed, y fue eso lo que la empujó a meterse en el agua. Fíjate qué muerte.» Su madre lloraba por Lucía mientras ella misma se moría en el hospital, a menos de cien pasos de la habitación donde ahora se encontraba Garazi. «Martín, no me permitas hablar de estas cosas, se me remueve todo por dentro.» Él trataba de distraerla cambiando de conversación: «¿Quieres que llame a Luis? En California serán las doce del mediodía». «Sí, llámale.» En general, Luis cogía el teléfono y empezaba con bromas. Ella fingía escandalizarse: «No habrás fumado marihuana, ¿verdad, Luitxo?», «¿LSD? ¡No me creo que hayas tomado LSD!». Luego, un día, en una de las llamadas, su madre dijo sin venir a cuento: «Martín pregunta cuándo vas a venir a verme. Lo pregunta él, no yo». Su hermano, no había que ser adivino para saberlo, le respondió con una de sus historias. La voz de su madre cambió de tono. «Luitxo, te lo digo en serio. Si no vienes a visitarme, te quitaré parte de la herencia.» Con Miguel, tras hacerse cargo de la parte comercial de la panadería, se había vuelto una mujer de negocios. Nunca bromeaba con el dinero. La amenaza iba en serio.

Clicó sobre otra de las fotos. Aparecieron los dos dóbermans de Antoine. No tenían maldad. El día del sabotaje había subido a la mina con prevención, temiendo que, lejana ya la época en que visitaba Villa Chantal, Troy no lo reconociera, y entró en el laboratorio con una barra de hierro, por si tenía que defenderse; pero nada más oír su voz el perro se le acercó cabizbajo, balanceando los cuartos traseros, y enseguida, ante sus caricias, se tendió en el suelo como hacía de cachorro. Luego permaneció sentado en un rincón mientras él lo destrozaba todo. No podía entender lo que estaba ocurriendo, pero confiaba en él, en el amigo que durante años le había llevado la comida en un plato. La idea de traición no existía en la mente de los perros.

Se inclinó hacia Garazi. Su respiración era sosegada. Le puso la mano en la frente. La tenía fría. El suero caía con regularidad del gotero al tubo.

Volvió al ordenador y continuó escogiendo fotos de Ugarte. Una de ellas mostraba un momento feliz: toda la familia reunida en la terraza de casa una noche de verano, su padre fumando un purito Monterrey con un vaso de whisky en la mano, su madre haciendo el gesto de ofrecer su copa de ron al fotógrafo, Luis y él riendo.

No quiso seguir con las imágenes del pasado y miró el correo electrónico. Tenía cinco mensajes, los tres primeros de Begoña, el siguiente del compañero que estuvo con él en la cárcel, el quinto de Tuco, su hermano Luis, que, a partir del accidente y de los delirios que había sufrido durante el coma, firmaba sus mensajes con el apodo de uno de los protagonistas de la película *El bueno, el feo y el malo.*

Los tres mensajes de Begoña recogían testimonios de las trabajadoras de las residencias de ancianos. Pensó que uno de ellos merecía ocupar un lugar destacado en la revista. Una mujer que trabajaba en el turno de noche contaba un incidente:

«La situación empeora por las noches. Es imposible tener bajo control cuatro plantas con solo dos empleadas. Hace unos días, una anciana se cayó de la cama a poco de pasar ronda, y se estuvo cuatro horas tirada en el suelo llamándonos. Nadie de las habitaciones cercanas podía ayudarla, y nosotras no la podíamos oír por encontrarnos en otra planta.»

Escribió a Begoña:

«Hay que resaltar este testimonio. Un incidente de este tipo vale lo que mil palabras.»

Abrió a continuación el mensaje cuya línea de asunto decía «Cena de excombatientes». El organizador anunciaba que la cena de antiguos compañeros de cárcel tendría lugar el 23 de septiembre, sábado, y que la cita sería hacia las ocho de la tarde. Leyó el nombre y la dirección del restaurante. Era el del rótulo rojo que veía desde la ventana de la cocina de su casa. Funcionaba como casa de agroturismo. El compañero explicaba que se quedarían a dormir allí después de una larga sobremesa en la que se dedicarían a «recordar viejos tiempos».

Le envió su respuesta:

«Si ese día salgo a correr me pasaré por allí y tomaré una cerveza con vosotros. No podré quedarme a la cena.»

Abrió el mensaje de su hermano:

«Mañana iré al hospital hacia las once y estaré con Garazi hasta las cinco de la tarde. Luego me quedaré otro rato, porque alguna gente de Ugarte planea ir a hacerle una visita a Andoni: el Gitano Rubio, Eliseo y Paca..., toda la cuadrilla. Dile a Ana que no hace falta que vaya antes de las cinco. Y una última cosa, *last but not least.* ¿Tienes la dirección de correo de Elías? Sigue en Austin, ¿verdad? Necesito hablar con él cuanto antes.»

El reloj del ordenador indicaba la una y doce minutos, 1:12.

Se acercó a Garazi. Nada alteraba su sueño, y no tuvo que tocarle la frente para cerciorarse de que no tenía fiebre. Las sustancias que entraban en sus venas junto con el suero la ayudaban a descansar y, sobre todo, combatían las bacterias del absceso. Susurró «¡Ánimo, Garazi!», y le dio un beso en la mano que descansaba fuera de la colcha.

Antes de intentar dormir salió un momento de la habitación para comprar una botella de agua en la máquina del área de ascensores. El pasillo estaba vacío y silencioso. A la derecha se alineaban las habitaciones pares: 120, 118, 116...; a la izquierda, la serie impar, 119, 117, 115..., se veía interrumpida por el mostrador del control de enfermería. La orquídea blanca y el helecho verde seguían allí.

El silencio del pasillo, el de las habitaciones, el de todo el hospital era producto de las sustancias que circulaban por las venas de los pacientes; no era natural, no era verdadero. Podía incluso ser engañoso, retrocecal, impuro; pero la orquídea blanca neutralizaba la amenaza que flotaba en el ambiente. Siguió caminando hacia la máquina expendedora y, al llegar al mostrador del control de enfermería y ver de cerca las dos plantas, se acordó de la orquídea de su casa, que estaría velando la sala oscura como un cirio encendido, y notó en su corazón una calidez que no había sentido en mucho tiempo.

La enfermera estaba consultando algo en el ordenador. Se volvió hacia él.

—Voy ahora mismo a echarle un vistazo a Garazi.

—Yo creo que está bien. Al menos no tiene fiebre.

—Sería una buena señal. Hoy no le hemos puesto antipiréticos.

—¿Seguro?

La enfermera pulsó unas teclas en el ordenador.

—Efectivamente. No se le han administrado antipiréticos.

Sintió un estremecimiento, como si se hubiera producido un cambio en la carga eléctrica de su cuerpo. La frase resonaba en su cabeza: «No se le han administrado antipiréticos».

—¡Qué bien! —Se despidió de ella con la mano—. Voy a por un botellín de agua. En el hospital se me seca la garganta.

—Normal. Pasas muchas horas aquí.

La máquina expendedora, iluminada de arriba abajo, contrastaba vivamente con el marrón oscuro de las baldosas de la zona de ascensores y con las sombras que proyectaban los fluorescentes del techo. No era más que un frigorífico con puerta acristalada, pero parecía un objeto extraído de una nave espacial.

Las azuladas botellas de agua resplandecían en el interior de la máquina. Al introducir la moneda y pulsar el botón, una de ellas cayó con gran estrépito. La cogió de la bandeja y sintió el frío del plástico en la mano.

Se preguntó para qué querría Luis la dirección de Elías. No acertaba a imaginar el motivo. Elías trabajaba como profesor en la Universidad de Texas, y todos los veranos se daba una vuelta por el País Vasco; pero no le constaba que tuvieran relación.

Se encontró con la enfermera en la puerta de la habitación. Era muy joven, pero su actitud era la de una persona madura.

—Tu hija está descansando muy bien. Veremos qué dice mañana el médico, pero yo creo que os mandarán pronto a casa.

Tuvo la misma impresión al acercarse a Garazi. De no tener una vía insertada en el brazo derecho, habría pensado que su sueño era tan plácido como el de cualquier día de escuela.

Activó el ordenador y escribió «Elías» en el buscador del correo electrónico. Los mensajes de los últimos años llenaron toda la pantalla. Copió la dirección, añadió la de su hermano y redactó el mensaje:

«¿Cómo va todo, Elías? El otro día vimos en casa un reality filmado en Texas sobre una mujer que pesaba doscientos siete kilos. Los cielos eran siempre azules. Daban ganas de ir ahí.

»Mi hermano me ha pedido tu dirección. He pensado que no te importaría, así que lo pongo en copia. Ya sabes, ha sido siempre bastante locuelo, pero no es mala persona. Últimamente se hace llamar Tuco.»

Aún tenía abierta la carpeta de las fotos de Ugarte. Arrastró al correo la de los tres barcos de juguete y añadió una postdata:

«¿Cuál era el tuyo?»

La respuesta de Elías entró casi al momento:

«El verde. El tuyo, el blanco. El de Luis, el rojo.»

Miró en la red qué hora era en Austin. Las seis y cuarenta y dos minutos de la tarde, 18:42. Le envió un mensaje de despedida deseándole un feliz fin de jornada.

Laura, la pediatra, se presentó en la habitación a las diez de la mañana. Le dijo que quería examinar a Garazi a solas y que esperara fuera. Sería cuestión de diez minutos. La acompañaba la enfermera Rosa.

El aspecto del pasillo nada tenía que ver con el de la noche: familiares de enfermos que formaban corrillos junto a las puertas de las habitaciones, auxiliares vestidas con uniformes rosas que repartían los desayunos con sus carros, enfermeras de azul con sus bandejas de medicinas... Necesitaba estirar las piernas y se puso a recorrer el pasillo; pero era molesto moverse entre tanta gente y prefirió esperar frente a la puerta de la habitación de su hija. Al cruzar los brazos, notó los latidos de su corazón. Diez minutos era mucho tiempo. Por lo general, las visitas médicas del hospital solían durar poco. Un vistazo rápido, unas cuantas preguntas y se despedían hasta el día siguiente.

Finalmente no fueron diez minutos. No habían pasado ni cinco cuando Laura, seguida de Rosa, salió de la habitación. Estaba sonriente.

—Garazi está bien. Si hoy se mantiene sin fiebre y la analítica sale normal, el lunes le daremos el alta.

Rosa sacó un termómetro digital del bolsillo y se lo mostró.

—Treinta y seis con seis, la temperatura más normal del mundo. Voy a enmarcarlo para que te lo lleves a casa.

—Me alegro mucho —dijo él. Miró a Laura—. ¿El absceso ha desaparecido?

—Todavía no, pero ahora es inocuo. No le va a causar ningún problema.

—¿Y se quedará ahí, en la cavidad abdominal?

El rostro de Laura no se inmutó.

—Solo por un tiempo. Su cuerpo lo reabsorberá poco a poco. Estate tranquilo.

—A Martín le cuesta mucho estar tranquilo —comentó Rosa.

—Es cosa de proponérselo —concluyó la pediatra con una sonrisa. Le dio unas palmadas en el brazo y las dos mujeres desaparecieron entre la gente del pasillo.

Al volver a la habitación le dio un beso a Garazi.

—¿Quieres que llamemos a tu madre?

—Sí, pero tenéis que traerme el móvil. Todas mis amigas han empezado ya el instituto y necesito hablar con ellas.

Estaba incorporada en la cama. Sin el brillo de la fiebre, sus ojos parecían descansados. La piel de su rostro tenía algo de color: el rosado del melocotón en las orejas, un gris suave bajo los ojos, un blanco cálido, no el de la nata, en las mejillas.

Ana cogió el teléfono enseguida. Garazi le habló sin darle tiempo a preguntar. «Estoy bien. Pero ¿cuándo vas a pasar por casa? Necesito el teléfono. Vale. Trae también el cargador.»

Guardaba en la memoria, desde sus tiempos de estudiante de Filosofía, el significado original de la palabra *euforia*. No hacía referencia a la alegría o al dinamismo, sino a la fuerza generada por el espíritu en circunstancias adversas. En su caso, había actuado como un dique de contención frente al empuje de una mala corriente, sin resquebrajarse ni siquiera ante los peores embates, como cuando Garazi fue ingresada por segunda vez y Ana y él presenciaron aquella escena del patio del hospital, propia del inframundo: el momento en que un cadáver, envuelto en un plástico negro, era introducido en una furgoneta. Ahora, 16 de septiembre, la corriente parecía haberse calmado, y no sabía adónde dirigir, a favor o en contra de quién, aquella fuerza interior, la euforia. Finalmente, cuando volvió a llamar a Ana y empezó a explicarle que su hermano se quedaría con Garazi hasta las cinco de la tarde y que bastaba con que ella apareciera a esa hora, rompió a llorar.

Al otro lado del teléfono, Ana permaneció en silencio. Luego dijo: «Tranquilo, Martín». También a ella se le quebraba la voz. «Si Luis puede hacernos ese favor, me quedaré aquí. Tenemos que sacar adelante todo el trabajo atrasado por culpa de las malditas garrapatas.» «No hay problema, Ana. Garazi estará encantada con Luis.»

Entró una auxiliar con la bandeja del desayuno: leche con cacao, galletas y mermelada. Garazi empezó a desayunar de inmediato.

—¿La tarjeta de la tele? —preguntó.

Estaba metida en la ranura del televisor. Garazi cogió el mando y encendió el aparato. Aparecieron en la pantalla los dibujos animados de la serie *Dragon Ball*.

—¿Te gustan? —le preguntó él.

—No mucho, pero da igual. Tú vete a desayunar a la cafetería.

Al igual que el color de su piel, su personalidad empezaba a aflorar.

En la cafetería de la planta -1 del hospital el olor a café transformaba el aire: correspondía a la salud, no a la enfermedad, y resultaba reconfortante. Las ensaimadas, los donuts y los croissants ocupaban el centro del largo mostrador, y eran grandes y bastos.

Había una mesa libre junto a una columna y se sentó allí con su café con leche y su croissant.

Una mujer se detuvo a su lado. Era delgada y pequeña, de rostro afilado. Tendría unos cuarenta años. El pelo, corto, lo llevaba levantado con fijador. Su cabeza recordaba la de cierto pájaro.

—Tú eres Martín, ¿no? —dijo con una sonrisa. Él empezó a ponerse en pie—. Desayuna tranquilo. Solo quería saludarte. Soy la mujer de Esteban.

Se sentía incómodo, y acabó por levantarse. Le tendió la mano con cierta torpeza.

—Encantado.

—No soy nacida en Ugarte, por eso no me conoces. Yo te he reconocido porque eres idéntico a Luis —dijo la mujer. Sus ojos eran negros y vivaces.

Se acordó del nombre del pájaro al que se parecía: abubilla.

—¿Qué tal está Andoni?

La mujer volvió a sonreír, pero de forma más ambigua que un momento antes.

—Vamos a llevarlo a Houston. Aquí no lo pueden curar.

—Allí tienen más adelantos, eso es verdad.

—Eso dicen, sí. Y Garazi ¿qué tal está?

—Mejor, gracias.

Notaba una traba en la garganta, o, más exactamente, en la cabeza.

—Andoni pregunta por ella —dijo la mujer—. Han coincidido varias veces en la sala de juegos. Se arreglan bien.

—¿Cuándo os marcháis a Houston?

—El día 20, el próximo miércoles.

La mujer se despidió estrechándole la mano.

Ana solía explicar que los caballos, al tener los ojos ubicados a ambos lados de la cabeza, gozan de una visión mayor del entorno, pudiendo también ver lo que tienen a izquierda y derecha. «Tú tienes ese don, Martín», le había dicho alguna vez. No le faltaba razón. Siempre había tenido la capacidad de considerar los diferentes lados de un problema, sobre todo durante su activismo político; pero ya no era el mismo. El hecho de no haber asociado el mensaje de su hermano Luis con las circunstancias de Andoni era prueba de ello. Porque la conexión era obvia: Elías vivía en Austin, Texas, muy cerca de Houston, y a Andoni y a sus padres les vendría bien contar con la ayuda de alguien que llevaba años residiendo allí. Por eso deseaba Luis contactar con él. Tampoco había sido capaz de medir la gravedad del cáncer de Andoni. Ahora estaba claro.

Mientras se acababa el desayuno, cogió un periódico que vio sobre una mesa y lo hojeó buscando alguna noticia referente al conflicto de las residencias de ancianos; pero no pudo concentrarse, y unos minutos después había salido de la cafetería y subía las escaleras hacia la habitación 121.

Encontró a Garazi y a Luis riéndose. En la pantalla del televisor, *Dragon Ball* había dado paso a una película cómica. A Charlot le propinaban un sartenazo en la cabeza y, aturdido por el golpe, se le veía trastabillar por la calle, retorciendo las piernas como si fueran de goma.

—Tú sigue viendo la peli, ahora vuelvo —le dijo Luis a Garazi en cuanto él asomó por la puerta.

—¿Adónde vas? —preguntó Garazi.

—Quiero mandar a tu padre a casa a por unas cosas.

—¿Qué cosas?

—Tiene que traerme unos discos.

—Pues que traiga también el móvil.

—Tranquila, que te lo traigo —dijo él.

Garazi soltó una carcajada. En la pantalla arreciaban los sartenazos, pero los destinatarios de los golpes eran ahora unos policías nazis. Caían redondos en la acera, sin ejecutar baile alguno.

—Volvemos enseguida —dijeron pronunciando la frase ambos a la vez, como cuando eran niños.

Se sentaron en un banco del área de ascensores y Luis empezó a hablar de Andoni. Su cuerpo no estaba respondiendo a la quimio como cabía esperar, y lo iban a llevar a Houston. Gracias a las gestiones realizadas por el hospital, todo estaba atado.

—Ya lo sé, Luis. Me he encontrado con su madre en la cafetería.

Le vino a la memoria la imagen de la mujer, su cabeza de abubilla. Luego, la de Esteban. Dos personas que parecían destinadas a no salir jamás de Ugarte y que ahora se veían obligadas a viajar hasta Texas con su hijo enfermo.

—Elías me ha mandado un mensaje. Dice que hará todo lo que esté en sus manos —dijo Luis.

Levantó el dedo pulgar. Con casi sesenta años, conservaba los gestos juveniles. Se puso de pie.

—Lo bueno es que Garazi se ha curado. Enseguida la tendréis en casa —añadió.

Él también se puso de pie. Estaban ahora el uno frente al otro. Luis lo abrazó. Adivinó de pronto lo que rondaba la cabeza de su hermano. Deseaba acompañar a Andoni y a sus padres a Houston, pero dudaba. Sentía prevención hacia sus propias efusiones sentimentales. No quería comportarse «en plan Tuco».

—Luis, yo creo que serías un gran apoyo para ellos. Tú estás acostumbrado a los aeropuertos. Además, puede darse el caso de que justo el miércoles que viene Elías no pueda ir a buscarlos.

Luis volvió a abrazarlo. Se le había iluminado el rostro.

—Has leído bien mis pensamientos, Martín. *Twin telepathy!*

Lo abrazó por tercera vez.

—Me alegro de que te parezca bien, Martín. La opinión del hermano mayor pesa mucho.

—Tendrás que comprar el billete de avión.

—Al comprar los suyos reservé uno para mí. Por si acaso. Tuco no es ya el Tuco de antes. Se ha vuelto más prudente.

Garazi recibió el alta el lunes 18 de septiembre, y él tuvo un sueño esa misma noche. En el piso donde vivían reinaba el caos, como si hubieran entrado a robar y lo hubieran dejado todo revuelto, las ropas de los cajones y los libros de las estanterías esparcidos por el suelo, el ordenador destrozado, la orquídea blanca achicharrada sobre la mesa. El estropicio se extendía al barrio: los techos de las naves de la zona industrial se habían desplomado, y las tres colinas con forma de montaña rusa se veían desfiguradas, como después de un cataclismo. Cuando despertó, sin embargo, lo único fuera de lugar era la orquídea: no estaba sobre la mesa, sino en la habitación de Garazi. Y Garazi dormía sosegadamente. Al tocarle la frente sintió en la mano la tibieza que desprende un cuerpo sano.

Los sueños eran también recipientes. No alojaban, como la orquídea, la luz y el silencio, sino el miedo. ¿Cuántos sueños serían precisos para recoger todos los miedos, de manera que la cabeza quedara libre? No había modo de calcularlo, pero sabía que con el de aquella noche no sería suficiente. Pasaban los días —el 19, el 20, el 21— y a él le costaba respirar tranquilo. Temía que se repitiera lo que había ocurrido tras la primera alta de Garazi, que la enfermedad permaneciera agazapada, esperando el momento oportuno para volver a atacar. ¿Sería el absceso realmente inocuo? Los días que Ana se quedaba en casa y él iba al local del sindicato, cada llamada telefónica lo alarmaba; cuando regresaba de correr a última hora de la tarde, abría la puerta aguzando los ojos y los oídos. Pero pasaron aquellos días y no hubo ningún cambio. Garazi se encontraba cada vez mejor. La piel de su rostro tenía ahora otro tono; se movía con agilidad de una habitación a otra de la casa; no paraba de utilizar el móvil. Nada indicaba que aquellas señales fueran retrocecales.

El viernes 22 de septiembre, se levantó temprano para repasar el PDF de la revista del sindicato. Luego escribió a Begoña:

«Creo que ha quedado bien. Solo cambiaría algunas de las fotos de las residencias. Me pasaré por ahí después de comer, hacia las cuatro. Primero tengo que llevar a Garazi al instituto. Hoy vuelve a su vida normal.»

La respuesta de Begoña no se hizo esperar:

«¡Qué alegría me da que Garazi esté bien! Perfecto, Martín. Le daremos un último repaso al PDF. Voy a buscar otras fotos... Nos vemos.»

Apareció Ana en la puerta de la sala. Iba vestida para salir, vaqueros azules, una chaqueta también vaquera pero roja, camiseta blanca.

—¿Cómo me ves? —preguntó. Estaba contenta.

—Estupendamente bien.

En el rostro de ella no había señales de preocupación. Disponía de mejores medios para expulsar los miedos de su cabeza.

—Me voy a trabajar. He dejado la ropa de la niña encima de la cama. Luego me llamas para contarme qué recibimiento le han hecho en el instituto.

—¿A qué hora la despierto? ¿Hacia las once?

—Sí, mejor que se levante con tiempo —dijo Ana—. Querrá ducharse y ponerse guapa. Y no te olvides, iré yo a recogerla a la salida. Tú vete al sindicato.

—No me olvidaré. Yo no soy tonto —respondió. Era el eslogan publicitario de una cadena de establecimientos. Le hacía mucha gracia a Garazi.

Llegaron al instituto poco antes de que empezaran las clases de la tarde, y unas compañeras que estaban en la puerta de entrada se la llevaron dentro entre gritos y abrazos. Al cabo de un rato, los gritos se repitieron en una de las aulas, más alto. Observó desde el pasillo: todos los alumnos habían dejado sus pupitres, y reían o vociferaban mientras la profesora pedía orden con los brazos levantados. Quiso, antes de marcharse, acercarse hasta Garazi para recordarle que al acabar las clases Ana la estaría esperando, pero no hubo manera. Sus compañeros se agolpaban en torno a ella y no dejaban paso.

Salió del instituto y se dirigió al local del sindicato caminando por un parque. Los árboles, castaños de Indias en su mayor parte, lucían ya los colores del otoño, diferentes, cada cual los suyos, su propia combinación de hojas verdes, ocres y anaranjadas. El colorido infundía alegría. En un momento dado, una castaña se desprendió de su erizo y le cayó encima, dándole un golpecito en la cabeza. Lo encontró gracioso, como si se tratara de una travesura de la naturaleza, parte de un juego bienintencionado. Más adelante, caminando de una calle a otra, volvió a pensar en Garazi. Cuando era pequeña y paseaban juntos, ella solo tenía ojos para los coches amarillos, y exclamaba «¡coche amarillo!» cada vez que en medio del tráfico descubría alguno. Para cuando se dio cuenta estaba ya delante del local. En las nuevas circunstancias, el tiempo pasaba más rápido.

Las oficinas del sindicato, alineadas desde la entrada hasta el patio interior del edificio, estaban separadas entre sí como los boxes del hospital, pero con mamparas en vez de cortinas. Por fortuna, no había otro parecido entre ambos lugares, y la diferencia de las diferencias, lo que más los separaba, era el olor a tabaco. Normalmente no lo sentía; pero, como llevaba tiempo sin aparecer, el tufo le llegó nada más cruzar la puerta. El olor a tabaco era persistente. Hacía ya diez años que no se podía fumar en el local y todavía seguía allí. Lo mismo había ocurrido en su casa de Ugarte. El olor de los puritos Monterrey continuaba impregnando las novelitas del Oeste y los demás libros de su padre.

La oficina que compartía con Begoña era la última del pasillo, y la única con ventana. Había una hoja del periódico local encima del teclado de su ordenador. Tenía pegado un post-it con una nota, «Lee esto», y el dibujo de una flecha que apuntaba a un artículo breve. Era una información de agencia: «Fallece un joven por presunta negligencia médica». Estaba fechada el 5 de septiembre. En las escasas diez líneas de que constaba, sus ojos se fijaron de inmediato en una palabra: *peritonitis*. Y luego en otras dos: *urgencias, imprudencia*. Los hechos habían tenido lugar en un hospital de la provincia de Barcelona.

Buscó en la red. Eran muchos los periódicos que se habían hecho eco de la noticia. Un joven de dieciséis años, aquejado de dolor de estómago, había buscado consejo médico repetidamente, cuatro veces en el transcurso de diez días. Primero, en el centro de salud, le diagnosticaron estreñimiento. A los dos días, habiendo aumentado los dolores, acudió al servicio de urgencias del hospital. Lo despacharon diciendo que se trataba de una gastroenteritis. Dos días después, otra vez a urgencias. Gastroenteritis. Tres días más tarde, con fuertes dolores, fue de nuevo al centro de salud. Gastroenteritis. Al día siguiente, el muchacho sufrió un desvanecimiento. La familia llamó al 112 y el joven fue trasladado en una ambulancia al hospital, donde se le practicaron dos intervenciones quirúrgicas. Sin éxito. Falleció esa misma noche. La prensa recogía las declaraciones de sus padres: «Entró en el hospital con una peritonitis muy avanzada, con el intestino perforado y la infección muy extendida. Sufrió un shock séptico, que le provocó un fallo multiorgánico. Si le hubieran hecho un TAC y no una simple radiografía, como fue el caso, nuestro hijo seguiría con vida».

Begoña y un joven estaban en el patio interior, fumando, y se reunió con ellos llevando consigo la hoja del periódico.

—La noticia salió cuando estaba tu hija en el hospital, pero no quise decirte nada —dijo Begoña.

Era una mujer rubia de treinta y siete años que iba siempre bien vestida y maquillada. En la calle, fuera de su ambiente, nadie la tomaba por lo que era, una militante liberada de un sindicato radical.

—Con el asunto ese de tu hija, los hemos tenido aquí —dijo el joven agarrándose la nuez con el índice y el pulgar.

Para él, todos los niños eran Garazi. Ahora lo era el muchacho catalán. Se imaginó a un niño agarrándose a la falda de su madre y preguntándole: *Mama, per què plores?* A la imagen se le encadenó el recuerdo de la madre de Andoni, con aquella cabeza que recordaba la de una abubilla.

—Escribí algo sobre lo que me pasó al llamar a urgencias. Podría añadir los datos de este caso y darle forma de artículo —dijo. Pero su mente, tras acordarse de la madre de Andoni, se había desplazado a Houston.

La ventana de la oficina que daba al patio estaba abierta, y se oyeron tres alertas seguidas de un ordenador. Habían entrado tres mensajes.

—Es el tuyo, Martín —dijo Begoña—. El mío suena más grave.

Miró la hora. Eran casi las cinco. Las diez de la mañana en Houston.

—Voy a ver.

Eran de su hermano, como había supuesto. Los tres tenían el mismo asunto: «La cuadrilla de Houston». Al abrir el primero se encontró con una foto: de izquierda a derecha, Esteban, su mujer, Andoni, Elías y Luis. Posaban sonrientes en un parque cuidado, vacío de gente. Al fondo se levantaban una decena de rascacielos que, por su desnudez, parecían piezas de una maqueta. El cielo era de un azul intenso, como en el programa *From Fat to Fit* dedicado a Daisy.

En el segundo mensaje había otra foto. Elías y Luis estaban agarrados del brazo, Elías con un sombrero blanco y su hermano con un traje vaquero.

En la foto que acompañaba al tercer mensaje aparecían Luis y Andoni, Luis con un sombrero negro y Andoni con el sombrero blanco que llevaba Elías en la foto anterior.

Su hermano había añadido unas líneas:

«Aquí estamos en Houston Tuco y Coyote Kid. ¿Y por ahí qué tal? ¿Garazi bien? Por nuestra parte, dispuestos a luchar con el mismo *winning spirit* que los Houston Rockets. Elías está demostrando ser un guía extraordinario. Hoy nos va a llevar a un restaurante Thai.»

El azul del cielo era inmaculado, los rascacielos se erguían impertérritos, la hierba verde y las anaranjadas hojas de los árboles eran alegres. No parecían engañosos.

Redactó la respuesta:

«Garazi ha empezado hoy a ir al instituto. Estamos bien. A ver qué tal vosotros por ahí. Saludos a Elías y a todos los demás.»

Al día siguiente, sábado, regresó a casa de una asamblea del sindicato a las siete de la tarde y encontró la orquídea en el fregadero de la cocina.

Había una nota de Ana encima de la mesa:

«Martín, he regado la orquídea y la he dejado ahí para que escurra. Ponla donde siempre. Volveremos antes de las nueve. Garazi y sus amigas quieren ir a ver a Odín y voy a hacer de anfitriona.»

Se cambió de ropa y salió a correr. Disponía de dos horas, tiempo suficiente para ir y volver, ducharse y preparar la cena.

Al pasar por la zona industrial vio un pasquín nuevo justo en la nave donde estaba el que había arrancado la Policía Municipal. El nombre y el apellido del patrón figuraban con letras más grandes, y los obreros le advertían que no cejarían hasta cobrar el dinero que les debía. «¡No te saldrás con la tuya, explotador!» Pensó que «explotador» estaba mucho mejor que el anterior «traidor», y que podrían tratar el asunto en el siguiente número.

Llegó al final de la calle y empezó a correr por el camino de parcelaria. Según avanzaba, pisando una y otra vez el suelo, rítmicamente, las zapatillas hacían un ruido sordo que él, dejándose llevar, fue asociando a una fuga. Se fugaba de la temporada cavernosa que acababan de atravesar, y también de la idea misma de caverna, de muerte, como el montañero que se aparta del borde del precipicio para que el vacío no lo atraiga y engulla. Porque la muerte engullía: Marta, engullida; Julián, engullido; Garazi, casi engullida, igual que Luis en el momento del accidente; Andoni, en riesgo de serlo.

Cada vez más cerca de las colinas, empezó a distinguir sus colores. Eran menos vistosos que los de los castaños de Indias de los parques de la ciudad, como si el otoño llegara allí más despacio. En el cielo dominaban las señales del atardecer: el sol oculto tras las nubes, espacios claros como de seda azul verdosa.

Entró en la aldea y, nada más llegar a la plaza, oyó carcajadas y voces, el alboroto de un grupo de gente que celebraba algo. El rótulo rojo del restaurante estaba encendido. Se acordó al instante: era 23 de septiembre, la fecha de la cena de excombatientes. Los que estaban en el restaurante eran sus antiguos compañeros de cárcel. Su primer impulso fue el de acercarse, y llegó incluso a dar unos pasos en aquella dirección; pero retrocedió y tomó el camino de vuelta a casa.

Epílogo en forma de alfabeto

No hay palabras que sean como el agua destilada, insustanciales, ajenas a la vida y al mundo. Podría parecer que *aguja,* palabra simple, hace referencia únicamente a una barra pequeña puntiaguda o a un tubito metálico cortado a bisel, pero basta pensar en la Bella Durmiente, o en las que se guardan en los dispensarios médicos, o en las que a veces se encuentran en los váteres de los bares, para tomar conciencia de su extensión y profundidad. ¿Y qué decir de los libros? Cientos de páginas, miles de palabras, millones de combinaciones posibles... No solo suponen un infinito virtual, como el que nos sugiere una milla de mar cuando nos ponemos a mirar desde el paseo marítimo, sino un infinito real, trasunto de todas las realidades de fuera y de dentro, del mundo y del alma.

Dada la infinitud de los libros, optamos por simplificar y reducir a una frase el tema del que tratan. «Es sobre la guerra», decimos; «es sobre un crimen pasional», «es sobre una expedición polar»; son formas de hablar, porque de alguna manera hay que hacerlo en este mundo sublunar, en la confianza de que haya algo de cierto en lo de la vida eterna y tengamos allí, en el paraíso, en la nueva Bizancio, donde sea, tiempo de sobra para mantener largas y matizadas conversaciones. Hasta ese momento, conformémonos con los temas. Entre todos los que discurren por *Casas y tumbas,* citaré primero el de la amistad.

Son amigos Elías y Mateo, amigos igualmente Eliseo, Caloco, Celso y Donato; amigos, al fin, además de hermanos gemelos, Martín y Luis. ¿Y los matrimonios? ¿Marta y Julián? ¿Martín y Ana? Quizás una relación familiar estrecha no se ajuste del todo a ese modo de afecto, pero es evidente que, en algunas etapas de la vida, sobre todo cuando ya se ha dejado atrás la juventud, lo que prima en una pareja bien avenida es la confianza, la lealtad y la *suavitas,* tres virtudes que, desde los tiempos romanos, se asocian justamente a la amistad.

«Una pareja bien avenida... ¡Una contradicción en los términos!», me dice un malévolo metiéndose entre mis pensamientos y apareciendo en este comienzo del alfabeto. No le responderé. Tendrá que esperar su turno, allá por la decimotercera letra. Ahora toca hablar de Aldo, apellidado Buzzi.

Buzzi

El escritor italiano Aldo Buzzi y el artista rumano afincado en Estados Unidos Saul Steinberg estuvieron cruzándose cartas, Nueva York-Milán, Milán-Nueva York, durante más de cincuenta años. En 2002, Buzzi reunió en un volumen las que le había escrito Steinberg, publicadas luego en español por la editorial Media Vaca en traducción de Juan Carlos Gentile Vitale. Yo lo leí por primera vez un invierno muy frío, en una sala en la que alguien había encendido una estufa de leña, y tuve la impresión de que la atmósfera caldeada rimaba con las sensaciones que me producía la lectura.

En una de las cartas, Steinberg menciona a quien, al parecer, era su único amigo en Estados Unidos, y dice: «Puedo hablar con él del mejor modo, es decir, tengo la posibilidad de razonar, es decir, de inventar mientras hablo». Quizás sea esa particularidad el gran valor de la amistad: transforma y mejora la conversación.

Podría decir ahora el Malévolo: «Sobre la amistad entre Buzzi y Steinberg quisiera subrayar la distancia que los separaba, Nueva York-Milán, Milán-Nueva York, cerca de seis mil quinientos kilómetros. En algún libro francés está escrito que se puede vivir en el mismo barrio que tu enemigo, incluso en la misma casa, pero que si no se quiere arruinar una amistad, es mejor que el amigo o la amiga vivan en otra ciudad o en otro continente».

Tampoco le respondo esta vez. Todavía estamos lejos de la decimotercera letra. Cerca, en cambio, de la c.

CUARTEL

En los cuarteles solo había varones. Así era, al menos, en los que yo conocí. De los mil recuerdos que conservo del servicio militar, me viene ahora el de la mañana en que, antes de traspasar por última vez la puerta del cuartel, una decena de soldados recién licenciados se abrazaban llorando: «¡Adiós, amigo! ¡Ojalá nos volvamos a ver!». Quise incluirlo en el segundo capítulo de este libro, pero se impusieron otros más dramáticos y al final quedó fuera, igual que la letra CH del antiguo alfabeto de la lengua española.

CHACARERA

Según el diccionario, la chacarera es un baile popular argentino, de parejas sueltas, cuyo compás es variable, tres por cuatro, seis por ocho. Atahualpa Yupanqui interpretó a la guitarra la última de las que compuso Cachilo Díaz, una bellísima canción que lleva el título de «La humilde». Yo la escuchaba continuamente mientras escribía el libro, y una de las veces el ordenador dio un salto y me llevó a un recitado del propio Yupanqui en el que compara la vida con un río que avanza entre piedras. En un primer momento, por las dificultades con que se encuentran Elías, Martín, Luis, Eliseo, Marta, Daisy o Garazi, este libro tuvo un título que provenía de aquel verso: *Hilos de agua entre las piedras.*

DONATO es de la cuarta letra. ELISEO, de la quinta. FRANCO, de la sexta.

FRANCO

Antes de *Casas y tumbas* y de *Hilos de agua entre las piedras,* este libro tuvo otro título: *El soldado que llamó cabrón a Franco.* Escribí parte del texto y la introducción: «Esta novela surgió de una minucia, o mejor, de una serie de minucias. Primero fue una urraca, que se elevó desde un campo de patatas a un cable eléctrico. Luego, la visión de una pareja desconcertante: un mastín de casi un metro de altura y sesenta kilos de peso seguido por una obediente oca...». Ambos hechos me trajeron a la memoria una experiencia que tuve en el cuartel de El Pardo. Los soldados destinados al Centro de Transmisiones nos habíamos hecho con una cría de urraca que, cumpliendo al pie de la letra la teoría sobre la impronta del zoólogo Konrad Lorenz, estableció con nosotros relaciones filiales. Quiso uno del grupo enseñarle a decir «¡Franco, cabrón!», y con ese fin se lo repetía continuamente. «Cuando lo aprenda a decir bien, nos acercamos un fin de semana al palacio del dictador y la soltamos, a ver si hay suerte y vuela hasta la ventana de su despacho.» Por distintas razones, la idea no prosperó. Se me ocurrió años después que la historia podría tener un desarrollo, e imaginé un nuevo título: *Fusila-*

404

miento de una urraca. Pero para entonces yo tenía en mente otras geografías, no solo la del cuartel.

GEOGRAFÍAS

Un término pedante, el de *geografías,* aunque se haya impuesto y muchos lo utilicen a la hora de hablar de las islas literarias inventadas por Tomás Moro, Jonathan Swift, Robert Louis Stevenson y otros autores. Sería mejor decir *territorios* o *espacios,* puesto que, a la hora de escribir, lo mismo que una isla vale un cuartel, o un colegio, o un hospital.

Pensemos en la mente humana: ninguna isla más vasta. Viajando a través de su mente, la monja agustina Ana Catalina Emmerick alcanzaba el tiempo y los paisajes del diluvio universal, experiencia que le permitía luego dar detalles de la construcción del arca de Noé. En igual sentido, Bernadette Soubirous vio repetidas veces lo que se cita en el primer capítulo de este libro, *«uo damo abillado en blan dab'uo cinturo bluo e uo roso iaoumo sus dados pé»,* es decir, «una dama vestida de blanco con un cinto azul y una rosa amarilla en cada pie». Con todo, nada excepcional, nada que pueda sorprender a quien recuerda sus sueños nocturnos. «Cuando estamos durmiendo», escribe Proust, «un dolor de muelas es percibido por nosotros como una muchacha a la que cien veces tratamos de sacar del agua». Tampoco Kafka se hubiera sorprendido: *La metamorfosis* y otros textos suyos surgieron de las imágenes que veía en el entresueño, según explicó al teósofo Rudolf Steiner.

¿Qué decir, por otra parte, de los paisajes y personajes que solo son visibles bajo los efectos del alcohol o de las drogas? Pues que son infinidad, y que todos pueden ayudar al escritor a profundizar en el entendimiento de su tema general, que no es otro que la vida.

Podría exclamar ahora el Malévolo: «¡Pedante! ¡Pijo! ¡Cuánto nombre!». Quizás tenga razón, pero no hay que hacer caso de las críticas negativas de aquellos que jamás hablarían bien de nosotros. De modo que cojo impulso y salto a otro de los espacios citados en *Casas y tumbas*.

Camino del hospital en el que estaba ingresada una de mis hijas, entonces adolescente, me venía a la cabeza, como sin querer, sin ton ni son, un *bertso* —una tonada— que en 1926 escribió Lucasia Teresa Elicegui a la muerte de su hijo: «*Nun zera gure seme Inazio Mari, Evaren umietan ez zera ageri...*». «¿Dónde estás, hijo mío, Inazio Mari? Entre las criaturas de Eva no se te ve...» Casi tuve un desfallecimiento cuando, al encontrar la composición en una antología editada por Antonio Zavala, supe que el niño había muerto por una peritonitis, causa también de la hospitalización de mi hija.

Toda la 1 para aquel niño, INAZIO, Inazio Mari.

Al parecer, se han perdido la mayoría de los *bertsoak* que le dedicó su madre. El tercero comenzaba así: «*Bizitza eta eriyotzan gabiltz zure billa, gure izatia ortan bukatu dedilla...*». «Te buscamos en la vida y en la muerte, a eso se reduce nuestra existencia...» Hay quien se asombra de que en el mundo rural, muchas veces iletrado, brillen la finura espiritual o la inteligencia. Piensan así sobre todo los clasistas que, careciendo de ambas cualidades, ven el mundo como una geografía piramidal en la que ellos, ¡qué casualidad!, ocupan la cúspide. Pero no: su lugar es la isla de los Fanfarrones, de insoportable ruido.

JABALÍ

De los muchos animales que aparecen en los libros que he escrito, quizás sea el jabalí el más presente. Figura en *Obabakoak,* en el cuento infantil *Shola y los jabalíes* y en dos capítulos de esta novela. Una vez más, la experiencia manda: los niños de la montaña guipuzcoana crecimos con el miedo a encontrarnos con uno de esos animales en un paso estrecho o en medio de un bosque. Los jabalíes ocuparon, así, el lugar que en otra época y en otras zonas ocupó el lobo. Pero, como ocurre con la palabra *aguja,* su significado va más allá de la anécdota. Acordémonos, por ejemplo, de que fue precisamente un jabalí el que hirió a Ulises produciéndole la cicatriz que luego, cuando aquel volvió a Ítaca, reconoció al tacto su antigua nodriza.

El espacio rural está bien comunicado con el mundo clásico. Ocurre con *jabalí,* y ocurre también, por poner otro ejemplo, con *pastor.* Eliseo es pastor, como pastores eran los de Belén o los que conoció Virgilio.

K de CONSTANTE

Hay escritores que se valen siempre de los mismos elementos y de los mismos motivos. Yo soy uno de ellos. Animales, cuestiones de familia —siempre con el tema del doble de por medio: dos amigos, dos hermanos, gemelos...—, paisajes solitarios, minas, ingenieros, luchas políticas, torturas policiales, laberintos mentales, canciones, gags... No hay nada premeditado. Uno percibe sus constantes cuando repasa sus trabajos, o cuando algún benévolo se olvida por un momento de su naturaleza benevolente y, haciendo un extraño, nos lanza su cuerno de punta malevolente: «¡Otra vez hablando de jabalíes! ¡Qué manía!».

LUCÍA

Me sorprendió encontrar a Lucía en el portal de la casa de mis padres. Hacía años que no vivíamos en el pueblo natal, y nunca habíamos tenido mucho trato ni con ella ni con su familia. Supe la razón cuando hablé con mi padre: buscaba dinero, el préstamo que los bancos, conocedores del origen de su problema económico —las apuestas, el juego—, le negaban sistemáticamente. «Anda de una casa a otra. Pero ¿quién va a prestarle?», dijo. Era un hombre que no conocía la burla y que, ante lo que parecía fuera de toda lógica o medida, se limitaba a alzarse de hombros.

Menos de un año después supe que Lucía había aparecido muerta en un río, y reviví el suceso cuando, al escribir el libro, llegué al capítulo de Antoine. Pensé en establecer una relación narrativa entre ella y el ingeniero químico. Escribí incluso la primera frase del relato: «Era una de esas mujeres que parecen más guapas con el pelo corto». Pero no encontré la forma de contar su historia sin apropiarme de su desgracia, y, huyendo del latrocinio, me limité a poner su nombre y lo que le había ocurrido en boca de Marta.

MOVIMIENTO

Todo se mueve, y lo que más se mueve es lo ingrávido, lo que hay dentro de nuestra cabeza y acaba transformándose en palabras, gestos, cambios de tono y otras expresiones. Somos movimiento *plus* un poco de materia.

NORWICH

Hay en el suelo de la catedral de Norwich un espejo convexo que, en su metro cuadrado de superficie, refleja el interior completo del edificio. Si uno se toma su tiempo y se fija bien, encuentra en él hasta los nudos del artesonado o las figuras de los ángeles dibujados en las vidrieras. Podría constituir —y estaría en la tradición— una buena metáfora de lo que pretenden ser los libros: espejos que, a pequeña escala, recogen todos los detalles de un universo. El problema es que los universos no se están quietos, y que los espejos, para parecerse a los libros, deberían alojar imágenes movedizas. Otro problema, que en realidad es una ventaja, son los reflejos, las irisaciones. Como los cristales —como el plumaje de las urracas—, las palabras pueden adoptar una tonalidad especial, una connotación no prevista. Al escribir el tercer capítulo del libro, «Antoine», me encontré de pronto en el terreno de Agatha Christie; en el cuarto, «El accidente de Luis», en el de las novelas y películas del Oeste.

OBJETOS

La teoría no los necesita, pero la ficción sí, porque apelan a lo que conocemos a través de los sentidos. No habría Bella Durmiente sin aguja; tampoco habría *Casas y tumbas* sin gorras, navajas suizas, ballestas, coches, televisores, paquetes de tabaco, orquídeas...

POESÍA

El lector puede hallar en *Casas y tumbas* la poesía de los autores citados expresamente, con Baudelaire a la cabeza; pero también, así lo espero, la que yo he deseado para la novela. Trato de que haya poesía en todos mis textos, aunque de forma invisible, como el nutriente en la fruta.

Y la q es de un grupo chicano que se hacía llamar QUESTION MARK & THE MYSTERIANS.

Durante mi adolescencia, escuché mil veces su hit «96 Tears». La canción estaba destinada a figurar en el libro, pero, según iba conociendo al teniente Garmendia y a su novia Vicky, me pareció imposible que ellos escucharan una canción tan dramática: «Vas a llorar 96 lágrimas, llorar, llorar, llorar...». Me acordé entonces de los Herman's Hermits, pop ligero, adecuado para las señoritas que en los años setenta se paseaban por El Pardo mientras sus progenitores cazaban faisanes en los alrededores, o, en su caso, elefantes, leones y antílopes allá por África.

RUMANO

Abro de nuevo el libro donde Aldo Buzzi reunió las cartas de Saul Steinberg y me encuentro con sus opiniones sobre su primera lengua. Negativas, sin excepción: «El rumano lo he ignorado siempre, incluso cuando era un niño de doce años, lengua de mendigos y de policías». Pero, con la edad, va aflorando un problema: la lengua primera no ha cedido, sigue dentro de él, le vuelve a los labios cuando busca la palabra justa. *Nueva York, 23 de abril de 1991:* «Ciertas palabras rumanas, no usadas desde hace setenta años o más, saltan fuera desde algún recoveco de la memoria». *Nueva York, 21 de noviembre de 1994:* «Oigo la triste noticia sobre Cioran, rumano de París al que veía desde hace años, uno que se negaba a hablar en rumano con buenas razones. Ahora, a los ochenta y dos años, afectado de alzhéimer, habla solamente rumano, lengua infantil (en todos los sentidos)». Retoma el asunto en 1998. *Amagansett, 7 de julio:* «He telefoneado a un compañero de clase, un médico emigrado a Los Ángeles hace veinte años. Habla solo rumano (que ahora, con alarma, comprendo que vuelve con fuerza a mi memoria, quizá como a Cioran, que en su último año de vida solo recordaba el rumano)...».

La primera imagen que me viene al leer estas confesiones de Steinberg es la de un hombre que huye de su sombra; la segunda, recordando el amor que sentía por su mascota Papoose y las maravillosas líneas que le dedicó a su muerte, la de un gato que trata de desprenderse de su cola. Sin embargo, las metáforas no me ayudan a entender el hecho, quizás por mi condición de persona educada en el amor al euskera. Por suerte, doy con las líneas que le escribe a Buzzi en una carta de principios de 1990. *Nueva York, 4 de enero:* «Tengo lo que se llama *phantom pain,* el dolor fantasma, es decir, un dolor preciso y fuerte en el pulgar de la pierna amputada hace años. Es el dolor del patriota rumano que fui hasta los ocho o diez años, cuando el antisemitismo del lugar me hizo renunciar para siempre a esa jodida nación, permaneciendo solo fiel al paisaje, el olor y la casa de la calle Palas».

Por fin lo entiendo, y nada más leer esas líneas veo mentalmente los alrededores de mi pueblo natal, los caminos, el musgo, la fuente de Zelatun, el monte Hernio. Resuena en mi cabeza la pronunciación de sus nombres, *bidiak, goroldiyua, Zelatungo iturriya, Hernio mendiya...*

Llego a la s, que es la de SEIKILOS, un hombre que hace unos dos mil años erigió una tumba para su esposa Euterpe. Seikilos me lleva a la T de tumba.

TUMBA

El arqueólogo escocés William Ramsay encontró, cerca de Éfeso, una columna de mármol con una inscripción: «Soy una tumba, una imagen. Seikilos me colocó aquí en señal duradera de un recuerdo inmortal». Sigue al epitafio una pequeña canción, palabras y notación musical, letra y música: «Mientras vivas, brilla; no sufras por nada; la vida dura poco y el tiempo exige su tributo». Al parecer, es la composición musical más antigua que se ha conservado completa.

En un texto *negro* que escribí como epílogo de este libro, «Conferencia sobre la vida y la muerte en el cementerio de Ugarte», uno de los oradores, el doctor Mortimer —Morty, para los amigos—, se dirige al público tras citar un caso similar al protagonizado por Seikilos, y exclama: «Vosotros que me escucháis, decidme ahora, ¿de dónde surge el amor?, ¿de la vida, acaso? ¡En absoluto! La vida hunde el amor. En cambio la muerte lo atrae, lo fortalece, incluso lo resucita a veces. Lo mismo podría decirse de las canciones, de la poesía y del arte en general. ¡La muerte es lo más grande, amigos!». Al oírle, su ayudante Parko —alias Parky— gimotea y se queja: «Y aun así, ¡aun así!, la vida goza de mejor fama que la muerte. ¡No hay derecho! ¡No es justo!».

Dejé el texto fuera y lo sustituí por este alfabeto, siguiendo el consejo de algunos amigos. ¿Dónde estaban los abogados de la vida que habrían podido refutar a la pareja Morty-Parky? El texto sigue en el ordenador a la espera de una revisión.

UNIVERSO

Creo haber conocido el viejo mundo, el mismo que, de forma más plena, conoció Lucasia Teresa Elicegui. Habitaban en él personas que, tratando de mostrarse racionales y realistas, informaban —al antropólogo Julio Caro Baroja, por ejemplo, y a mediados del siglo XX— del vuelo nocturno de algún pariente difunto, o de los robos que tal o cual vecino cometía después de metamorfosearse en gato. Pero, más allá de los casos que ahora nos resultan pintorescos, todo era en aquel entonces, en las zonas rurales de muchos lugares del mundo —en Asteasu, en Santa María del Campo, en Viandar de la Vera, en Brissac—, radicalmente distinto. Como escribió Leslie P. Hartley, ellos, los de antes, hacían las cosas de forma diferente. Imposible encontrar en su léxico palabras como *depresión, lucha de clases, maoísmo, Semana Santa en Cancún* o *Black Friday.*

En *Casas y tumbas,* Ugarte es un lugar situado en la frontera entre el viejo y el nuevo universo, al contrario que Obaba, que pertenecía enteramente al primero. En Ugarte, quiero subrayarlo, hay televisión.

Nada más terminar este apartado de la u, oigo una risita. Es el Malévolo, que se ha vuelto a infiltrar en mi cabeza. Gesticula como un tertuliano de la televisión y dice: «Unos creían en brujas; otros, en Mao Tse-Tung. ¿Dónde está la diferencia?». Me defiendo con inocencia, como un niño: «Se ve que no has leído el libro. Las brujas utilizaban la escoba para volar. Los maoístas, como bien dice míster Esmeralda, para barrer reaccionarios». El Malévolo, como todos los malévolos, es un sujeto a su malevolencia pegado, y sigue con su sonsonete; pero lo dejo plantado y me voy a la siguiente letra.

VUELTA

Todas las lenguas del mundo ofrecen la posibilidad de la expresión rotunda: esto o aquello; ser o no ser; estás conmigo o contra mí; hay dos clases de personas, las que se van y las que se quedan; hay dos clases de literatura, la buena y la mala... Me dejo llevar y propongo mi propia frase rotunda: «Hay dos clases de literatura, la que propone una vuelta por fuera (crímenes en Norlandia, pasiones en la corte china del siglo XII, traiciones letales en un campus norteamericano...) y la que en su propuesta incluye una vuelta más, la que el lector debería dar por dentro de sí mismo».

x de Sonnet en X

Estaba en un cuartel, concretamente en el Regimiento Mixto de Ingenieros n.º 1 de Madrid, haciendo un cursillo de formación para radiotelegrafistas. Una mañana, cogí de una taquilla el impreso de un telegrama y observé que tenía un texto escrito a mano. Alguien había copiado allí un poema en francés. Decía la primera línea: «Sonnet en X, de Stéphane Mallarmé». Ya lo dice la canción: «La vida te da sorpresas, sorpresas te da la vida...».

YIDDISH

El 25 de diciembre de 1911, Kafka hace una breve anotación en su diario. Habla de las obras de teatro que se representan en yiddish, y afirma que las literaturas en lenguas minoritarias pueden ser muy fuertes y afortunadas, pues adquieren enseguida un valor político. No puedo calibrar el sentido exacto de sus palabras, porque no conozco el contexto. Conozco, en cambio, algo que Kafka no podía adivinar: la suerte que les esperaba a quienes en aquel tiempo hablaban yiddish en Europa.

ZETA

He escrito al principio de este alfabeto que no hay palabras que sean como el agua destilada, insustanciales, ajenas a la vida y al mundo. Llevo ahora el símil más lejos: tampoco lo son las letras sueltas, los sonidos sueltos. Hablo de mi caso y de la zeta. Durante mucho tiempo solo podía pronunciarla como en euskera, con sonido sibilante, y llamaba mucho la atención cuando en el colegio debía decir en voz alta «raíz cuadrada» o «zapatero a tus zapatos»; o simplemente mi nombre real, José Irazu. Me convertí así en uno de los *bilash* de la clase, y la zeta cobró para mí una connotación negativa. Luego, sin embargo, durante los años que viví en Bilbao, la cosa cambió. A Andone Gaztelu, que regentaba con sus hermanas el restaurante Txoko-Eder, también le llamaba la atención mi forma de pronunciar la letra, y cada vez que me veía entrar por la puerta del comedor lanzaba una especie de silbidos: *zzzzzz, zzzzzz, zzzzzz...* Andone —la Miss Martiartu de los cómics de Juan Carlos Eguillor— era una mujer de mucha personalidad que lo mismo soltaba un dicterio contra la clase gobernante, que cantaba una vieja nana vizcaína. Nadie se aburría con ella. Yo tampoco. Sus *zzzzz...* liberaron a la letra de su carga negativa.

Más zetas: las que marcan la palabra *zigzag*. Este epílogo que ahora termina, un comentario a *Casas y tumbas*, parece rectilíneo, un alfabeto ordenado. Pero no, nada de rectas. Ha avanzado en zigzag.

Índice

Este libro se terminó
de imprimir en
Móstoles, Madrid,
en el mes de
enero de 2020

Descubre tu próxima lectura

Si quieres formar parte de nuestra comunidad,
regístrate en **libros.megustaleer.club**
y recibirás recomendaciones personalizadas

Penguin
Random House
Grupo Editorial

 megustaleer